Pureza Mortal

J. D. ROBB

SÉRIE MORTAL

Nudez Mortal
Glória Mortal
Eternidade Mortal
Êxtase Mortal
Cerimônia Mortal
Vingança Mortal
Natal Mortal
Conspiração Mortal
Lealdade Mortal
Testemunha Mortal
Julgamento Mortal
Traição Mortal
Sedução Mortal
Reencontro Mortal
Pureza Mortal
Retrato Mortal
Imitação Mortal
Dilema Mortal
Visão Mortal
Sobrevivência mortal
Origem mortal

Nora Roberts
escrevendo como
J. D. ROBB

Pureza Mortal

2ª EDIÇÃO

Tradução
Renato Motta

Copyright © 1996 by Nora Roberts

Título original: *Purity in Death*

Capa: Leonardo Carvalho

Editoração: DFL

Texto revisado segundo o novo
Acordo Ortográfico da língua Portuguesa

2015
Impresso no Brasil
Printed in Brazil

CIP-Brasil. Catalogação na fonte
Sindicato Nacional dos Editores de Livros, RJ

R545p   Robb, J. D., 1950-
2ª ed.   Pureza mortal / Nora Roberts escrevendo como J. D. Robb;
         tradução Renato Motta. – 2ª ed. – Rio de Janeiro: Bertrand
         Brasil, 2015.
            434p.

            Tradução de: Purity in death
            ISBN 978-85-286-1472-5

            1. Romance americano. I. Motta, Renato. II. Título.

10-6189   CDD – 813
                                                     CDU – 821.111(73)-3

Todos os direitos reservados pela:
EDITORA BERTRAND BRASIL LTDA.
Rua Argentina, 171 – 2º andar – São Cristóvão
20921-380 – Rio de Janeiro – RJ
Tel.: (0xx21) 2585-2070 – Fax: (0xx21) 2585-2087

Não é permitida a reprodução total ou parcial desta obra, por quaisquer
meios, sem a prévia autorização por escrito da Editora.

Atendimento e venda direta ao leitor
mdireto@record.com.br ou (21) 2585-2002

*Curvamos a cabeça diante de Ti,
Saudamos e engrandecemos o Teu nome,
Ó Deus Todo-poderoso!
O homem, porém, é o Teu pior instrumento
Quando tenta trabalhar com puras intenções.*
— WILLIAM WOODSWORTH

*Na amizade é falso, implacável no ódio,
Decidido a arruinar tudo ou a governar o Estado.*
— JOHN DRYDEN

Prólogo

O calor era de matar. O mês de julho flexionou os músculos suados e fez Nova York mergulhar em uma onda de calor recorde, transformando a cidade numa sauna insuportável. Alguns conseguiam escapar, fugindo para suas casas de praia onde bebericavam drinques gelados e curtiam as brisas do mar, enquanto trabalhavam via *tele-link*. Outros faziam estoques de mantimentos e se refugiavam em seus lares com ar-condicionado central como tribos em estado de sítio.

A maioria, porém, era obrigada a aguentar o calor. Com a temperatura na casa dos quarenta graus, sem refresco à vista, o astral das pessoas baixava, a grosseria reinava, os desodorantes não davam conta e pequenos aborrecimentos tiravam o bom humor até das criaturas mais amáveis, tornando-as violentas.

Os setores de emergência estavam lotados de pessoas feridas pelo calor infernal, em pleno verão de 2059. Muitas pessoas que, sob condições normais nem mesmo atravessavam a rua com o sinal aberto, acabavam descobrindo como era uma delegacia de polícia por dentro, conheciam o mundo atrás das grades e convocavam advogados, às pressas, para explicar aos agentes da lei por que haviam tentado estrangular um colega de trabalho ou tinham empurrado um desconhecido sob as rodas de um táxi.

Depois que esfriavam a cabeça, os acusados não sabiam responder a essas perguntas e ficavam ali, sentados ou em pé, com o rosto sem expressão, aturdidos como alguém que acaba de sair de um transe.

Mas Louie K. Cogburn sabia muito bem o que fazia, por que fazia e o motivo de continuar fazendo. Era um traficante de drogas leves, basicamente zoner e jazz. Para aumentar sua margem de lucros, Louie misturava um pouco de grama seca e moída no zoner, depois de pegá-la nos parques da cidade; o jazz era "preparado" com farinha, que ele adquiria em quantidades industriais. Sua clientela era formada, basicamente, por crianças de classe média entre dez e doze anos que frequentavam as três escolas próximas do seu apartamento no Lower East Side.

Isso ajudava a cortar despesas e tempo de viagem.

Preferia vender direto para a garotada da classe média porque os mais pobres geralmente achavam seus distribuidores de drogas na própria família ou na vizinhança, e os ricos descobriam depressa demais a grama moída e a farinha que ele misturava ao material. Quanto à faixa etária, Louie a escolhera por simples lógica. Gostava de dizer que preferia fisgá-los muito jovens para garantir uma clientela cativa pelo resto da vida.

Até agora, a sua fórmula tinha dado certo, embora Louie ainda não estivesse no ramo há tempo suficiente para ter clientes além do ensino médio.

Mesmo assim, Louie levava o negócio muito a sério. Toda noite, enquanto seus clientes faziam o dever de casa, ele também fazia o seu. Tinha orgulho de seus precisos registros contábeis, e ganhava mais dinheiro por ano do que nas firmas em que trabalhara como contador. Acreditava que os homens verdadeiramente bem-sucedidos são os que trabalham para si mesmos.

Ultimamente, andava se sentindo insatisfeito e ligeiramente irritado, talvez à beira do desespero depois de passar algumas horas rodando seus programas de controle de clientes em um computador de segunda mão. Mas a culpa disso, certamente, era o excesso de calor.

E a enxaqueca. A dor de cabeça cruel e latejante que nem uma dose pura dos produtos que vendia era capaz de aliviar.

Já perdera três dias de trabalho porque a enxaqueca se tornara o foco do seu mundo. Trancou-se em seu conjugado minúsculo, cozinhando no calor diabólico e ouvindo música barulhenta a todo o volume, para encobrir a tempestade que rugia em sua cabeça.

Alguém ia ter de pagar caro por tudo aquilo, isso era certo. Alguém.

O babaca do síndico não tinha mandado consertar o ar-condicionado central do prédio. Louie pensava nisso mais uma vez e sentia a raiva aumentar, enquanto os olhos miúdos, muito vermelhos, analisavam os números na tela. Vestia apenas uma cueca e se colocara ao lado da única janela do apartamento. Nem um ventinho entrava por ali, e o barulho da rua era terrível. Gritos, buzinas, pneus cantando no asfalto.

Aumentou ainda mais o volume, para que o trash rock que saía do som abafasse o barulho da rua e lhe aliviasse a dor.

Sangue escorria do seu nariz, mas ele não percebeu.

Louie K. pegou a garrafa de uma bebida alcoólica caseira que estava quase morna e a esfregou na testa. Gostaria de ter uma arma a laser. Se tivesse uma dessas, ele se debruçaria sobre o peitoril da janela e mandaria pelos ares metade do quarteirão nojento onde morava.

Seu ato mais violento até então fora empurrar um dos seus clientes delinquentes para fora do skate aéreo, e ele caiu no chão. Agora, porém, irresistíveis imagens de morte e destruição invadiam sua mente, enquanto suava abundantemente, diante dos registros de clientes no computador. Louie sentia a loucura lhe florescer dentro do cérebro como se fossem rosas negras.

Seu rosto estava pálido como cera. Filetes de suor lhe escorriam por entre os cabelos emaranhados e continuavam, apressados, ao longo da face estreita. Seus ouvidos apitavam, e o que parecia um mar de óleo balançava de um lado para outro dentro da sua barriga. O calor o fez se sentir enjoado, com um insuportável mal-estar. Se ele ficasse doente, iria perder dinheiro. Precisava convencer o síndico a resolver o problema da refrigeração. *Tinha* de fazer isso.

Suas mãos tremiam enquanto ele fitava o monitor. Olhava para frente, sem desgrudar os olhos da tela.

Visualizou uma imagem de si mesmo indo até a janela, subindo no peitoril, socando com os punhos fechados a espessa muralha de ar quente que o envolvia; socando o barulho e as pessoas lá embaixo. Tinha uma arma a laser na mão e, em sua mente, espalhava morte e destruição, entre gritos de vingança. Então gritou, gritou alto, gritou mais ao pular da cadeira.

Pôs-se de pé e então...

Alguém esmurrava a porta e ele girou o corpo na direção do som. Com os dentes cerrados, pulou no peitoril.

— Louie K., seu babaca! Desliga a porra dessa música!

— Vá pro inferno — resmungou, baixinho, pegando o taco de beisebol que muitas vezes usava nos parques e nas praças para intimidar clientes em potencial. — Vá pro inferno, vá pro inferno. Vamos todos para o inferno!

— Você está me ouvindo? Porra!

— Sim, eu tô te ouvindo. — Sentiu ferroadas na cabeça, como se brocas de ferro finas lhe perfurassem o cérebro. Precisava tirá-las dali. Soltando um grito agudo, deixou o taco cair no chão e puxou os cabelos com força. Mas o bate-estaca não saiu de sua cabeça.

— Suze vai chamar os tiras. Tá me ouvindo, Louie? Se você não baixar essa merda de som, ela vai ligar para a polícia. — Cada palavra emitida era enfatizada com um soco na porta.

Com a música, o bate-estaca, os gritos e as ferroadas martelando-lhe o cérebro ao mesmo tempo, Louie tornou a empunhar o taco de beisebol.

Abriu a porta e começou a girar o taco em todas as direções.

Capítulo Um

A tenente Eve Dallas tentava matar o tempo, sentada em sua mesa de trabalho. Empurrava as tarefas com a barriga, coisa que não se orgulhava de fazer, nem era do seu feitio. A ideia de trocar de roupa, colocar um espetacular vestido de noite e sair dirigindo pelas ruas, a fim de se encontrar com o marido e um monte de estranhos para um jantar de negócios disfarçado em reunião social, era tão atraente, para ela, quanto se jogar dentro de uma máquina de reciclagem e ligar o botão de fragmentar.

Naquele momento, a Central de Polícia lhe pareceu um lugar muito atraente.

Eve abrira e fechara um caso na mesma tarde. Havia formulários a preencher e ela *não tinha* como adiar mais a redação do relatório. Afinal, a maioria das testemunhas concordara que o sujeito que mergulhara de cabeça de uma passarela aérea, caindo de uma altura de seis andares, foi o mesmo que, segundos antes, dera início a uma briga na base do empurra-empurra com dois turistas de Toledo. O caso não lhe exigira muito tempo.

Há vários dias os casos que lhe caíam nas mãos eram, invariavelmente, variações do mesmo tema: violência doméstica. Maridos e mulheres brigavam até um esganar o outro, discussões de rua acabavam em morte e houve até mesmo uma disputa mortal em uma carrocinha de lanches pela posse de um sorvete de casquinha.

O excesso de calor tornava as pessoas agressivas, mesquinhas e idiotas, refletiu Eve, e essa combinação muitas vezes acabava em sangue.

Ela mesma sentia vontade de esganar alguém só de pensar em se vestir, se enfeitar toda e passar várias horas em algum restaurante esnobe, conversando abobrinhas com gente que não conhecia.

Isso é o que acontece, pensou, desolada, quando uma mulher se casa com um sujeito com tanta grana que dá até para comprar um continente.

Roarke, na verdade, curtia eventos daquele tipo. Isso a deixava abismada. O fato é que ele se sentia tão à vontade num restaurante de cinco estrelas, mordiscando canapés de caviar — um restaurante que provavelmente lhe pertencia, é claro —, quanto em casa, curtindo um hambúrguer.

Como o casamento deles acabara de entrar em seu segundo ano de vida, era melhor Eve aprender a parar de reclamar dessas coisas. Resignada com a situação, empurrou a cadeira para trás e se levantou.

— Você ainda está aqui, Dallas? — Peabody, a auxiliar de Eve, estava parada no portal da sala. — Você não ia a um jantar de bacanas na parte cara da cidade?

— Vai dar tempo. — Uma olhada de relance no relógio de pulso lhe provocou uma fisgada de culpa. Talvez ela se atrasasse, afinal, mas não muito. — Estou encerrando o caso do cara que mergulhou da passarela.

Peabody, cujo astral de verão desafiava a ordem natural das coisas e a mantinha animada mesmo em meio ao calor sufocante, exibiu um ar sisudo e seus olhos castanhos se mostraram muito sérios.

— A senhora não está adiando o encerramento do caso, está, tenente?

— Um dos residentes da cidade que eu jurei servir e proteger virou ketchup, esmagado como um inseto em plena Quinta

Avenida. Acho que ele merece trinta minutos a mais do meu tempo, você não acha?

— É dureza uma mulher ser obrigada a usar um vestido deslumbrante, se cobrir de diamantes e, ainda por cima, ter que engolir champanhe e aturar crocantes croquetinhos de lagosta ao lado do homem mais bonito que já nasceu neste planeta ou fora dele. Não sei como você consegue aguentar todo esse fardo nos ombros, Dallas.

— Não enche!

— Enquanto isso eu estou aqui, livre, leve, solta e pronta para me sentar num banquinho espremido na pizzaria da esquina, dividindo a comida e a conta com McNab. — Peabody balançou a cabeça. Seus cabelos, que mais pareciam uma tigela com franjas, dançaram suavemente para os dois lados. — Não dá para expressar o quanto eu me sinto culpada, comparando a minha vida com o sufoco que é a sua.

— Quer arranjar encrenca, Peabody?

— Não, senhora. — Peabody fez cara de humilde. — Quero apenas que você saiba que pode contar com o meu apoio, neste momento difícil.

— Vá lamber sabão! — Um pouco irritada, mas se divertindo com o papo, Eve se afastava da mesa quando o *tele-link* tocou.

— Quer que eu atenda e informe que a senhora já saiu, tenente?

— Não mandei você parar de me encher? — Eve se virou para a mesa e atendeu a ligação: — Divisão de Homicídios, Dallas falando.

— Tenente... Olá, senhora.

Eve reconheceu o rosto do policial Troy Trueheart assim que ele surgiu na tela, mas nunca tinha visto seu rosto muito jovem, típico de bom-moço americano, tão abalado.

— O que houve, Trueheart?

— Tenente... — Ele tornou a hesitar e engoliu em seco. — Tivemos um incidente. Respondi a um chamado e... Puxa vida, eu o matei, tenente.

— Policial Trueheart — Eve investigou a localização dele na tela, enquanto falava. — Você está de serviço?

— Não, senhora. Sim, senhora. Na verdade eu não sei exatamente.

— Recomponha-se, Trueheart! — Eve deu a ordem com voz ríspida, e observou que a cabeça do policial recuou, como se ele tivesse sido atingido fisicamente. — Relatório!

— Sim, senhora. Eu tinha acabado de sair do meu turno e estava a caminho de casa, a pé, quando uma civil gritou de uma janela, solicitando ajuda. Respondi de imediato. No quarto andar do prédio em questão, deparei-me com um indivíduo armado com um taco de beisebol, que atacava a mulher que gritara. Outra pessoa, também do sexo masculino, estava inconsciente no chão do corredor, com sangue lhe escorrendo pela cabeça. Entrei no apartamento onde o ataque estava acontecendo e... tentei impedi-lo, tenente. Ele a estava matando. Nesse momento o atacante se virou para mim, ignorando todos os avisos e ordens para que desistisse da ação Consegui sacar minha arma e atirei para atordoá-lo. Juro que minha intenção foi atordoá-lo, tenente, mas ele morreu.

— Trueheart, olhe para mim e me escute com atenção. Isole o prédio, dê o alerta sobre o incidente através da Emergência, informe-lhes que você já se reportou a mim e que eu estou a caminho. Pode deixar que pedirei assistência médica. Tome conta do local, Trueheart. Siga o regulamento à risca. Você compreendeu tudo?

— Sim, senhora. Puxa, eu devia ter ligado para a Emergência antes de tudo. Eu devia...

— Fique aí, de prontidão, Trueheart, que eu já estou a caminho. — Peabody! — comandou Eve, ao sair pela porta.

— Sim, senhora, já estou indo.

* * *

Havia duas viaturas paradas de frente uma para a outra e uma van apertada entre elas e a esquina, no instante em que Eve estacionou. O bairro era do tipo onde as pessoas se espalhavam, em vez de se aproximarem, quando os tiras chegavam. Devido a isso, não havia mais de meia dúzia de gatos-pingados acompanhando a movimentação, e lhes foi ordenado que se mantivessem afastados.

Os dois guardas que flanqueavam a entrada olharam para a tenente e trocaram um olhar. Sua alta patente tinha o poder de moer o saco de tiras que mijassem fora do penico.

Eve sentiu a frieza do olhar deles ao se aproximar.

— Um tira não devia ser punido por cumprir seu dever, muito menos por outro tira — um deles murmurou.

Eve parou na mesma hora e o olhou de cima a baixo.

O guarda viu diante de si a própria imagem da autoridade sob a forma de uma mulher com olhos castanho-dourados que o fitavam com frieza, não tinham expressão e pareciam perigosos como os de uma cobra. Seus cabelos, curtos e repicados, tinham quase a mesma cor dos olhos e emolduravam um rosto estreito marcado por uma boca larga que agora formava uma linha fina. Havia ainda uma covinha no queixo, que parecia duro e pronto para resistir a um soco, se necessário.

Diante desse olhar fulminante, o guarda se sentiu encolher.

— E um guarda não devia reclamar de uma oficial que cumpre seu dever — retrucou ela, com frieza. — Se tem algum problema com meus atos, policial, espere eu terminar meu serviço, pelo menos, para depois cair de pau.

Assim que entrou no saguão, pouco maior que uma caixa de sapatos, Eve apertou o botão do único elevador. Já estava fumegando de raiva, e a sensação tinha pouco a ver com o calor opressivo.

— Qual é o problema com alguns tiras que gostam de pular na sua garganta só porque você tem uma patente mais alta que a deles?

— Estão nervosos, Dallas — replicou Peabody quando elas saíram do elevador. — A maioria dos guardas da Central conhece

Trueheart e gosta dele. Quando um policial elimina alguém em uma operação não autorizada, a sessão de testes psicológicos é sempre brutal.

— Qualquer sessão de testes é sempre brutal, independentemente da situação. O melhor que podemos fazer por ele, no momento, é manter o ambiente limpo e em ordem. Ele já meteu os pés pelas mãos ao ligar para mim antes de dar o alerta para a Emergência.

— Trueheart vai ser punido por isso? Foi você que o tirou da função de patrulheiro de ruas e o levou para a Central, no inverno passado. O pessoal da Divisão de Assuntos Internos precisa entender que...

— A Corregedoria não se comove muito com essas coisas, não. Vamos torcer para que ele não precise responder a nenhuma comissão de inquérito. — Eve saltou do elevador e analisou a cena.

Trueheart tinha sido esperto e profissional o bastante, ela notou, aliviada, para não tocar nos corpos. Dois homens jaziam, esparramados, no corredor. Um deles estava caído de cara numa poça de sangue que já começava a coagular.

O outro estava de barriga para cima, fitando o teto com olhos arregalados. Por uma porta escancarada ao lado dos corpos dava para ouvir sons de choro e gemidos.

A porta do apartamento em frente também estava aberta. Eve notou vários buracos e amassados recentes nas paredes, lascas de papel de parede e respingos de sangue. Do que fora um taco de beisebol sobrara unicamente uma base quebrada, coberta de sangue e pedaços de cérebro.

Perfilado como um soldado e pálido como um fantasma, Trueheart se mantinha postado ao lado da porta. Seus olhos ainda estavam vidrados pelo choque.

— Tenente — saudou ele.

— Aguente firme, Trueheart. Ligar o gravador, Peabody! — Eve se agachou para examinar os dois corpos. O primeiro deles, muito ensanguentado, era grande e bem definido, com uma mistura de gordura e músculos típica de alguém sempre pronto a arrebentar uma parede, quando irritado. A parte de trás do seu crânio tinha a aparência de um ovo esmagado por um tijolo.

O segundo corpo vestia apenas uma cueca cinza. Seu corpo magro e ossudo não exibia feridas nem marcas roxas. Não havia nenhum dano aparente. Finíssimos fios de sangue lhe escorriam pelos ouvidos e pelas narinas.

— Policial Trueheart, já conseguimos a identificação destes indivíduos?

— Sim, tenente. A... ahn... a primeira vítima tem o nome de Ralph Wooster, e residia no apartamento 42-E, o homem que eu...
— Ele parou de falar. No mesmo instante Eve ergueu a cabeça e seus olhos se fixaram nos dele.

— E quanto ao segundo indivíduo? — perguntou ela.

Trueheart passou a língua nos lábios, para umedecê-los.

— O segundo indivíduo foi identificado como Louis K. Cogburn, do apartamento 43-F.

— E quem está chorando agora, no apartamento 42-E?

— Suzanne Cohen, que morava com Ralph Wooster. Foi ela quem pediu ajuda pela janela do apartamento. Louis Cogburn a estava atacando com o que me pareceu ser um bastão ou taco, quando eu cheguei ao local do incidente. Foi nesse instante que...

Ele hesitou novamente, mas Eve ergueu um dedo, como alerta.

— Exame preliminar da primeira vítima: pele mulata, tinha pouco mais de trinta anos, pesava cerca de cento e dez quilos, e sua altura era um metro e oitenta e cinco; ele sofreu traumas severos na cabeça, rosto e corpo. Um taco, aparentemente de madeira, que está manchado de sangue e massa encefálica, parece ter sido a arma de ataque. O segundo homem, também na casa dos trinta, é branco, pesa cerca de sessenta quilos, mede em torno de um metro e setenta e cinco e foi o agressor. A causa da morte ainda não foi determinada. A segunda vítima sangrou pelas orelhas e pelo nariz. Não há traumas nem feridas aparentes.

Eve se empertigou.

— Peabody, não quero que ninguém toque nesses corpos. Farei o exame de campo assim que acabar de conversar com Suzanne Cohen. Policial Trueheart, você usou sua arma durante o incidente?

— Sim, senhora. Eu...

— Quero que entregue sua arma à minha auxiliar, que vai colocá-la numa embalagem lacrada, para ser devidamente examinada.

Ouviram-se resmungos dos dois guardas que estavam no fim do corredor, mas Eve os ignorou e manteve os olhos grudados em Trueheart.

— Você não é obrigado a entregar sua arma sem um representante legal presente no ato. Portanto, pode convocar um advogado, se desejar. Estou lhe pedindo para entregar a arma a Peabody a fim de que não deixemos margens para questionamentos quanto à sequência dos fatos, durante a investigação.

Em meio ao choque, Eve notou a confiança absoluta que Trueheart depositava nela.

— Sim, senhora.

Quando ele levantou a mão para pegar a arma, ela segurou o braço dele.

— Desde quando você é canhoto, Trueheart?

— Meu braço direito está dolorido e sem força, tenente.

— Você foi ferido no curso deste incidente?

— Sim. Ele me deu dois golpes violentos antes de eu conseguir...

— O indivíduo que você se viu obrigado a neutralizar o atacou durante a ação? — Eve sentiu vontade de sacudi-lo. — Por que diabos você não me contou isso logo de cara?

— Tudo aconteceu muito depressa, tenente. Ele veio correndo em minha direção, batendo, e eu...

— Dispa sua camisa.

— Como, senhora?

— Tire a camisa, Trueheart. Peabody, grave aqui.

Ele enrubesceu. *Por Deus, como ele era inocente*, pensou Eve, enquanto Trueheart desabotoava a camisa. Peabody sugou o ar com força, mas se essa reação foi motivada pelo torso sem dúvida bonito de Trueheart ou pela imensa marca roxa que explodia a partir do ombro direito e lhe descia pelo braço, em diferentes matizes, até o cotovelo, não dava para saber.

— Ele acertou você em cheio. E mais de uma vez, pelas marcas. Quero que os paramédicos deem uma boa olhada nesses machucados. Da próxima vez que você for ferido em ação, policial, declare esse fato de imediato. Agora, permaneça de guarda.

O apartamento 42-E estava em ruínas. Pelo pouco que havia sobrado intacto da decoração, Eve imaginou que faxina não era prioridade para os moradores. Mesmo assim, provavelmente o lugar não era um campo minado de cacos de vidro, e certamente o surrealismo da parede, sarapintada com respingos de sangue, não era o aspecto normal do apartamento.

A mulher na maca também parecia ter tido dias melhores. Um curativo cobria seu olho esquerdo; acima e abaixo dele, a pele estava em carne viva.

— Ela está lúcida? — perguntou Eve a um dos paramédicos.

— Mais ou menos. Nós a mantivemos acordada porque imaginamos que a senhora iria querer trocar algumas palavrinhas com ela. Mas seja o mais rápida que puder — pediu o atendente —, porque vamos interná-la. A vítima sofreu deslocamento de córnea, a maçã do rosto foi esmagada e seu braço está quebrado. O cara a atacou sem dó nem piedade.

— Cinco minutinhos — pediu Eve. — Srta. Cohen... — Eve deu um passo à frente e se inclinou na direção da mulher. — Sou a tenente Dallas. Pode me contar o que aconteceu?

— Ele enlouqueceu. Acho que matou Ralph. Simplesmente enlouqueceu.

— Louis Cogburn?

— Louie K., isso mesmo. — Ela gemeu. — Ralph ficou revoltado; a música estava tão alta que não dava nem para raciocinar direito. Sem falar no calor do cão. Queríamos só tomar alguns drinques e ficar sossegados em casa, numa boa. Que diabo será que aconteceu? Louie K. geralmente coloca o som em volume alto, mas dessa vez a música estava estourando nossos tímpanos. Louie vinha ouvindo o som no volume máximo há vários dias.

— O que Ralph fez? — Eve perguntou, estimulando-a a falar mais. — Está me ouvindo, srta. Cohen?

— Ralph foi até lá, socou a porta e mandou acabar com o barulho. Foi aí que Louie saiu lá de dentro transtornado, gritando e girando um taco de beisebol, ou algo assim. Parecia louco. O sangue começou a espirrar, mas ele continuou gritando. Eu fiquei apavorada, apavorada de verdade. Bati a porta e corri até a janela para pedir socorro. Dava para ouvir os gritos dele no corredor e os sons horríveis de coisas batendo na parede. Não consegui ouvir a voz de Ralph. Continuei gritando por socorro, e então ele apareceu.

— Quem apareceu?

— Louie K. Nem parecia Louie. Estava coberto de sangue e havia algo errado com os seus olhos. Veio para cima de mim com o taco. Eu corri, ou pelo menos tentei. Ele começou a destruir tudo, reclamando aos berros que sentia ferroadas na cabeça. Ele me atingiu com o taco e eu não me lembro de mais nada depois disso. Louie me acertou no rosto e só acordei com os paramédicos tratando de mim.

— Você viu ou falou com o policial que respondeu ao seu pedido de socorro?

— Não vi nada, a não ser estrelas. Ralph está morto, não está? — Uma única lágrima lhe escorreu pelo rosto. — Eles não querem me contar, mas Louie nunca teria conseguido passar por Ralph, a não ser que estivesse morto.

— Sim, ele faleceu, sinto muito. Ralph e Louie já tinham brigado antes?

— Brigado como? Tipo um partir para cima do outro? Não. Trocaram gritos algumas vezes, por causa da música alta, mas era mais comum eles curtirem um drinque e, às vezes, fumarem um pouco de zoner juntos. Louie é um cara magricelo. Nunca provocou problemas por aqui.

— Tenente. — Um dos paramédicos entrou. — Temos que levá-la para o hospital.

— Tudo bem. Mande alguém dar uma olhada no meu policial. Ele recebeu alguns golpes violentos no braço e no ombro. — Eve recuou e foi até a porta atrás dele. — Trueheart, me faça um relatório oral de tudo o que aconteceu. Quero clareza e todos os detalhes.

— Sim, senhora. Eu larguei o meu turno às dezoito e trinta e segui na direção sudeste, a pé.

— Qual era o seu local de destino?

Ele enrubesceu de leve. A cor surgiu, mas logo desapareceu do seu rosto.

— Eu... ahn... Me dirigia à casa de uma amiga. Havia combinado de jantar com ela.

— Você havia marcado um encontro?

— Sim, senhora. Quando me aproximei deste prédio, ouvi pedidos de socorro e vi uma mulher debruçada sobre uma das janelas. Ela parecia estar desesperada. Entrei no prédio e fui direto ao quarto andar, seguindo o barulho de uma briga. Várias pessoas chegaram à porta, mas ninguém tentou sair. Pedi que alguém ligasse para a polícia.

— Você subiu de escada ou de elevador? — Detalhes, pensou Eve. Era preciso acompanhá-lo ao longo de todos os detalhes.

— Fui pelas escadas, senhora. Sabia que seria mais rápido. Ao chegar a este andar, vi o homem identificado como Ralph Wooster caído no chão do corredor, entre os apartamentos 42-E e 43-F. Não verifiquei se estava ferido porque ouvi gritos e vidros se quebrando dentro da unidade 42-E. Respondi aos pedidos de socorro imediatamente, e vi que o homem identificado como Louis K. Cogburn atacava uma mulher com o que me pareceu ser um taco de beisebol. A arma estava...

Ele parou de falar por um momento e engoliu em seco.

— A arma estava coberta com o que me pareceu ser sangue e massa cinzenta. A mulher jazia inconsciente no chão e Cogburn estava em pé, acima dela. Segurava o taco sobre a cabeça, prestes a desferir outro golpe na vítima caída. Saquei a pistola de atordoar nesse momento; mandei o agressor desistir da ação e largar a arma, e me identifiquei como policial.

Trueheart se obrigou a parar de falar e passou as costas da mão sobre a boca. O olhar que lançou para Eve foi de fraqueza e súplica.

— Tenente, as coisas aconteceram muito depressa a partir daí.

— Conte tudo.

— Ele se afastou da mulher. Reclamou de ferroadas na cabeça e falou de uma janela estourando, coisas sem sentido. Então, tornou a erguer o taco e virou o corpo meio de lado, como se planejasse bater novamente na mulher desacordada. Eu entrei na sala para evitar isso, e ele me atacou. Tentei desviar e agarrar o taco. Ele ainda me acertou dois golpes, mas acho que o taco quebrou. Eu recuei, tropecei em alguma coisa e bati na parede. Vi quando ele veio mais uma vez na minha direção e ordenei que parasse.

Trueheart respirou fundo, para se acalmar, mas isso não impediu o tremor em sua voz:

— Ele ergueu a arma para trás, girando-a como se fosse dar uma tacada, e eu disparei minha pistola. Mantenho a arma preparada para dar uma descarga leve, ela está no nível mínimo. A senhora pode ver que...

— O que aconteceu depois?

— Ele berrou. Berrou como... Acho que nunca ouvi nada tão terrível. Ele gritou, correu para o saguão de entrada do apartamento, e eu fui atrás. Mas então ele caiu. Achei que estava atordoado, apenas isso. Mas quando me agachei para colocar as algemas nele vi que estava morto. Verifiquei seu pulso e confirmei. Fiquei desorientado, senhora. Sei que o procedimento correto não seria ligar para a senhora antes de dar o alarme, mas...

— Deixe isso pra lá. Policial, no instante em que disparou a arma você receava por sua vida ou pelas vidas dos civis à sua volta?

— Sim, senhora. Receava, sim.

— Você! — Eve apontou para um dos guardas que estavam no fim do corredor. — Acompanhe o policial Trueheart até a rua. Ele precisa de cuidados médicos. Coloque-o em uma das viaturas até que os paramédicos que estão lá embaixo possam atendê-lo. Fique com ele até eu acabar aqui. Trueheart, entre em contato com seu advogado.

— Mas, senhora...

— Estou aconselhando você a chamar um advogado — disse Eve. — Declaro aqui, para devido registro, que, na minha opinião, e após um exame superficial das evidências, considerando também as declarações de Suzanne Cohen, o seu relato do incidente é satisfatório. O uso da pistola parece ter sido necessário para proteger a sua vida e a dos civis próximos. Isso é tudo o que posso afirmar por ora, pelo menos até uma análise completa do local. Agora, quero que você saia com seu colega, chame o advogado e deixe os paramédicos avaliarem seu estado.

— Sim, senhora. Obrigado, tenente.

— Vamos nessa, Trueheart. — Um dos guardas deu um tapinha amistoso em suas costas.

— Policial? Alguém que patrulha essa área conhecia os caras que morreram?

Ele olhou para trás e informou:

— Proctor trabalha neste setor. Deve conhecê-los.

— Peça-lhe para vir falar comigo — ordenou Eve, isolando um dos locais e entrando no apartamento 43-F.

— Proctor está muito abalado — disse Peabody.

— Sim, mas vai ter que superar. — Eve analisou o aposento do agressor, de um lado a outro.

Tudo era uma bagunça, uma imundície, com um cheiro penetrante de comida estragada e roupa suja. A cozinha, muito apertada, consistia em uma bancada de sessenta centímetros de comprimento, um AutoChef pequeno e uma miniunidade de refrigeração. Uma lata imensa fora colocada em cima da bancada. Eve ergueu as sobrancelhas ao ler o rótulo.

— Olhe só, eu não imagino o nosso Louie K. batendo muitos bolos. — Abriu um dos dois armários e analisou com atenção uma fileira de frascos cuidadosamente fechados. — Pelo visto, Louie estava no mercado de drogas. É muito estranho; ele mantém tudo aqui mais arrumado que a cozinha do programa da tia Martha, mas o resto da casa é uma pocilga.

Eve se virou, analisando tudo.

— Mesmo assim, não há poeira nos móveis, nem nas mesas da sala — reparou. — Isso também é estranho. Não imagino um cara que dorme em lençóis que fedem a lixão e, ao mesmo tempo, se preocupa em espanar os móveis.

Ela abriu o closet.

— Aqui também está tudo arrumadinho. As roupas são meio fora de moda, mas estão limpas. Repare naquela janela, Peabody.

— Reparar o que, senhora?

— O vidro está limpíssimo, por dentro e por fora. Alguém lavou essas vidraças há menos de duas semanas. Por que alguém lavaria os vidros da janela e deixaria... Que diabo é isso?... Comida não identificada espalhada por todo o chão?

— Folga da faxineira?

— Sim, alguém está de folga há uma semana. Esse é mais ou menos o tempo que aquele monte de cuecas está empilhado ali. — Ela olhou para a porta quando um patrulheiro entrou. — Você é Proctor?

— Sim, senhora.

— Conhece os dois caras mortos?

— Conheço Louie K. — Proctor balançou a cabeça para os lados. — Que zona!... Desculpe, tenente, mas este local está realmente uma bagunça. E aquele garoto, Trueheart, está vomitando até as tripas lá fora, na rua.

— Fale-me de Louie K. e deixe que eu cuido de Trueheart e das tripas dele.

Proctor se empertigou.

— Louie K. era um traficantezinho de drogas leves, corria atrás dos meninos de idade escolar. Oferecia amostras de zoner e de jazz para viciar a garotada aos poucos. Um desperdício de tempo, se quer saber. Já cumpriu uma pena leve, mas geralmente era muito esperto, e a galera da Divisão de Drogas Ilegais nunca conseguiu bons testemunhos dos garotos.

— Louie K. era um cara violento?

— Pelo contrário. Ficava na dele, não batia boca com ninguém. Quando algum guarda o mandava circular, ele saía numa boa. De vez em quando lançava um olhar de quem vai reclamar, mas nunca tinha peito para isso e saía de fininho.

— Pois é, mas teve peito para abrir a cabeça de Ralph Wooster, espancar violentamente uma mulher e agredir um policial.

— Devia estar experimentando um dos produtos que vende, suponho, embora isso não seja do feitio dele. Louie fumava um baseado de zoner de vez em quando, mas era pão-duro demais para curtir as drogas mais caras. Quem fez o que eu vi ali fora só podia estar sob o efeito de Zeus, que é uma droga muito mais forte — acrescentou Proctor, apontando o corredor com o polegar. — O cara pode ter pirado na batatinha, mas a verdade é que nunca lidou com nenhuma droga pesada, que eu saiba.

— Certo, Proctor. Obrigada.

— Quando um cara vende drogas para garotos de escola, o mundo fica um pouco melhor sem ele.

— É, mas isso não cabe a nós julgar. — Eve o dispensou virando as costas. Foi até uma escrivaninha e fez cara de estranheza ao ler o que estava escrito na tela do computador:

PUREZA ABSOLUTA ALCANÇADA

— Que diabos isso significa? — perguntou, em voz alta. — Peabody, tem alguma merda nova nas ruas que tenha o nome de Pureza?

— Nunca ouvi falar.

— Computador, explique o significado da palavra "pureza".

COMANDO INVÁLIDO

Franzindo a testa, ela informou seu nome, o número do distintivo, a autorização e repetiu:

— Explique o que quer dizer "pureza".

COMANDO INVÁLIDO

— Hum. Peabody, pesquise substâncias ilegais novas e conhecidas. Computador, saia dessa tela e informe qual a última tarefa executada.

A tela estremeceu, apagou e logo em seguida tornou a acender, exibindo uma planilha organizada e detalhada, um inventário de lucros, perdas e dados de clientes, todos codificados.

— Então, segundo a informação da última tarefa executada e pelo relógio do sistema, Louie estava sentado bem aqui, numa boa, analisando a contabilidade de forma eficaz, quando sentiu uma vontade incontrolável de rachar a cabeça do vizinho.

— Está um calor infernal, Dallas — disse Peabody, por cima do ombro de Eve. — Tem gente que simplesmente pira.

— É. Talvez a explicação seja apenas essa. — Tem gente que fica zureta de uma hora para outra. Não há nada aqui nos dados dele com o nome de Pureza.

— Também não achei nada na pesquisa on-line sobre alguma droga ilegal com esse nome.

— Então que diabo é isso, e como foi alcançado esse tal "estado de pureza absoluta"? — Eve deu um passo para trás. — Vamos dar uma boa olhada em Louie K., para ver o que ele tem a nos contar.

Capítulo Dois

Ele não contou tanta coisa quanto Eve gostaria. O máximo que ela conseguiu determinar na cena do crime, com a ajuda do seu kit de serviço, foi que Louie K. morreu devido a um choque neurológico. Esse não era o tipo de termo que gera acenos de aprovação das autoridades.

Ela enviou o corpo para o Instituto Médico Legal e pediu prioridade.

Considerando a pilha de presuntos para os legistas investigarem em meio aos calores do verão, Eve teria sorte se obtivesse a confirmação de alguma patologia antes da próxima geada.

Pretendia forçar a barra, insistir e pagar pra ver diante do chefe dos legistas.

Enquanto isso não acontecia, ela conversou pelo *tele-link* com o advogado designado para defender Trueheart, e ambos dançaram a rumba da burocracia. Depois mandou o policial novato, ainda muito abalado, para casa, e mandou-o ficar esperto, esperando a bateria de testes que era o terror dos policiais.

Depois, Eve voltou à Central para escrever um relatório detalhado sobre o incidente que resultara em duas mortes e uma pessoa gravemente ferida.

Por fim, apesar das fisgadas que sentiu na barriga só de pensar nisso, cumpriu o procedimento padrão e enviou uma cópia do relatório para a Corregedoria.

Ao chegar em casa, já havia passado muito da hora do jantar.

As luzes estavam acesas, de modo que a fortaleza urbana que Roarke chamava de casa brilhava como um farol na noite. Sombras verde-escuras, lançadas por árvores imensas e muito frondosas, rendilhavam belos padrões sobre a grama verde e se espalhavam acima dos rios de flores que, durante o dia, eram brilhantes e coloridas.

A região do Lower East Side, onde Eve tinha passado a maior parte da noite, não tinha nada a ver com aquele paraíso particular de riqueza, privilégios e indulgência.

Ela já estava quase acostumada a pular sem sobressaltos de um mundo para outro sem perder o equilíbrio. Ou quase.

Deixou a viatura da polícia diante dos degraus de pedra e subiu a escada muito rápido, levada mais pelo desejo desesperado de se livrar do calor do que pela pressa.

Mal Eve entrou pela porta e respirou o ar limpo e fresco do ar-condicionado central, Summerset, o mordomo-sargentão de Roarke, apareceu no saguão, como uma visão desagradável.

— Sim, eu perdi o jantar elegante — disse Eve, antes de ele conseguir abrir a boca para reclamar. — Sei que sou um fracasso miserável como esposa e um péssimo exemplo de ser humano. Não tenho classe, nem educação, muito menos senso de decoro ou *finesse*. Devia ser arrastada nua pelas ruas e apedrejada, para pagar pelos meus pecados.

Summerset ergueu uma das sobrancelhas, a expressão dura como aço.

— Senhora, o seu senso de autocrítica é perfeito — afirmou ele.

— Que bom! Isso nos fará economizar tempo. — Eve seguiu direto para as escadas. — Ele já está em casa?

— Acabou de chegar.

Um pouco aborrecido por ela não ter lhe dado chance de criticá-la, o mordomo fechou a cara e decidiu que seria mais rápido da próxima vez.

Quando Eve teve certeza de que Summerset evaporara e voltara para o buraco de onde tinha aparecido, parou diante de uma das telas de controle e perguntou ao sistema:

— Onde está Roarke?

BOA NOITE, QUERIDA EVE. ROARKE ESTÁ NO ESCRITÓRIO.

— Eu já imaginava! — Ele devia estar tratando de negócios. Eve sentiu vontade de ir direto para o quarto, a fim de curtir uma ducha longa e quente, mas a culpa a fez seguir para o escritório dele.

A porta estava aberta. Dava para ouvir a voz dele vindo lá de dentro.

Provavelmente, Roarke estava refinando os detalhes de algum grande projeto tratado durante o jantar de negócios daquela noite, mas Eve nem prestou atenção às palavras.

A voz dele era pura poesia, sedutora por si só, mesmo para uma mulher que não compreendia o coração dos poetas. Vestígios do sotaque irlandês acrescentavam música ao que ela imaginava serem apenas fatos duros e números.

A voz combinava com o rosto de beleza selvagem, em estilo celta, com traços angulosos e fortes, profundos olhos azuis e uma boca muito carnuda, cheia e firme que devia ter sido esculpida por algum deus cuidadoso, em um dia de muita inspiração.

Ela entrou e viu que Roarke estava diante de uma das janelas, olhando para fora enquanto ditava um memorando. Ele tinha jogado os cabelos para trás, reparou ela. A pesada camada de seda negra que normalmente ele deixava solta lhe escorria, naquele momento, quase até os ombros.

Ele ainda vestia o smoking preto e elegante que usara no jantar, e a roupa delineava sua figura alta e esbelta. Quem o visse assim enxergaria um homem de negócios elegante, muito bem-sucedido e tipicamente urbano. Ele se cobrira com um verniz que o mostrava refinado e civilizado, mas Eve sabia que o celta perigoso ainda estava ali, logo abaixo da superfície.

Isso continuava a excitá-la, sempre.

Eve percebeu um lampejo do homem perigoso no instante em que ele se virou para trás, mesmo sem ela ter feito um único som, e seus olhos se encontraram com os dela.

— Assinado, Roarke — disse ele ao microfone. — Transmita o contrato, com cópia para Hagerman-Ross. Olá, tenente.

— Oi. Sinto muito por ter faltado ao jantar.

— Isso não é verdade.

Ela enfiou as mãos nos bolsos. Era ridículo o jeito como suas mãos tinham vontade de agarrá-lo o tempo todo.

— Tudo bem... senti *um pouquinho* por ter furado.

Ele sorriu, e foi como se um relâmpago de charme e humor iluminasse o lugar.

— Não foi tão chato e sacal quanto você imaginou.

— Provavelmente, não. Se tivesse sido tão chato e sacal quanto imaginei, eu teria entrado em coma. Mesmo assim, sinto muito por ter decepcionado você.

— Você não me decepcionou. — Ele foi até ela, ergueu-lhe o queixo com o dedo e a beijou de leve. — Tiro a maior onda quando peço desculpas aos convidados pela ausência da minha esposa, chamada às pressas para resolver um caso. Assassinato sempre é um bom papo para animar um jantar elegante. Quem morreu?

— Dois carinhas que moravam no centro. Um pequeno traficante, peixe miúdo, arrebentou o vizinho com um taco de beisebol, e depois atacou uma mulher e um tira. O tira conseguiu apagá-lo.

Roarke ergueu uma das sobrancelhas. Havia mais, ele percebeu. Tinha mais coisa por baixo dessa história, muito mais do que o ar distraído dela fazia parecer.

— Uma simples briga de vizinhos não me parece o tipo de caso que prenderia você no trabalho até tão tarde.
— O tira era Trueheart.
— Ah. — Ele colocou as mãos nos ombros dela e os massageou.
— Como ele está, psicologicamente?
Ela tentou responder, mas balançou a cabeça e, se afastando, começou a caminhar de um lado para outro do escritório, gritando:
— Merda. Merda, merda, merda!
— A coisa foi assim tão feia?
— Um garoto tão novo, perder o cabaço desse jeito... É uma barra, viu?
Roarke acariciou rapidamente o gato gordo que estava esparramado sobre o console e, por fim, deu um empurrãozinho em Galahad, para ele cair fora dali.
— Interessante essa sua expressão.
— Há tiras que passam uma vida inteira na polícia sem matar ninguém. Um garoto que usa farda há menos de um ano se vê numa situação em que tem de atirar e acaba matando o agressor. Isso muda tudo.
— Mudou para você? A primeira pessoa que você eliminou em ação? — acrescentou ele. Ambos sabiam que ela havia matado uma pessoa muito antes de receber um distintivo.
— No meu caso foi diferente. — Muitas vezes, Eve se perguntava se o jeito como começara a sua vida tinha tornado a morte diferente para ela.
Um insulto pessoal e frio.
— Puxa, Trueheart tem só vinte e dois anos, ainda é um novato, de farda impecável. — Uma dor intensa e profunda pareceu florescer dentro dela. Eve se agachou e coçou a parte de baixo do queixo de Galahad, com olhar distraído. — Essa noite ele não vai dormir. Vai repassar a cena mais de mil vezes em pensamento. Se eu tivesse feito isso, se eu tivesse feito aquilo. E amanhã... — Eve passou as mãos no rosto e esticou o corpo. — Não vou conseguir impedir que

ele encare a bateria de testes. Não dá para interromper o procedimento.

Ela sabia o que significava passar por aqueles testes. Ele teria de ficar completamente pelado e então seria monitorado e interrogado; teria de deixar que máquinas e técnicos futucassem o seu corpo e o seu cérebro, invadindo suas entranhas como um tumor.

— Está com receio de que ele não passe nos testes?

Ela olhou para trás e pegou o cálice de vinho que ele servira.

— Trueheart é mais forte do que parece, mas está se cagando de medo. O pior é que está nadando em culpa. Se levar essa culpa e as dúvidas para a sala de testes, os examinadores poderão derrubá-lo. Ainda por cima, vai haver uma investigação interna, da Corregedoria.

— Por quê?

Ela se sentou e explicou tudo em detalhes, enquanto o gato pulou e, com a ajuda das patas, fez um ninho e deitou no colo dela. Falar daquilo em voz alta era de grande ajuda para Eve, pois clareava sua mente, ainda mais diante de alguém como Roarke, que pegava as coisas com rapidez e via o quadro completo antes mesmo de as linhas serem esboçadas.

— Uma arma de atordoar não pode levar à morte de ninguém, sob essas circunstâncias.

— Eu sei — concordou Eve. — Esse é o ponto. Ela teria de estar ajustada para potência máxima, e só mataria uma pessoa se estivesse encostada na jugular dela. Mesmo assim, seria necessária mais de uma rajada.

— Isso significa que a versão de Trueheart não se sustenta.

Os inspetores da Corregedoria podiam achar que não. Eve sabia disso e argumentou consigo mesma, como faria diante deles.

— Ele estava sob muita pressão. Havia um civil morto, uma mulher em grande perigo, e ele tinha sido ferido.

— É isso que você vai alegar para a Corregedoria?

Sim, ele sempre enxergava longe.

— Mais ou menos. — Ela tamborilou com os dedos na coxa, inquieta, depois acariciou o gato e tomou um pouco de vinho. — Preciso do relatório do Instituto Médico Legal. Não tem como eles julgarem que Trueheart eliminou o suspeito de forma deliberada. Estava em pânico, tudo bem. Vai levar uma repreensão por se deixar tomar pelo pânico, vai cumprir trinta dias de suspensão e talvez seja obrigado a fazer sessões de terapia. Não posso evitar nada disso. A coisa já ficou esquisita para o lado dele por ter ligado para mim, em vez de alertar direto a Emergência. Se a Corregedoria farejar que alguém está escondendo a verdade, o garoto já era.

Roarke se sentou e provou um pouco do vinho que segurava.

— Você já pensou em ir conversar com o seu velho amigo Webster?

Ela batucou no braço da poltrona com os dedos e olhou firme para Roarke. Pensou ter visto um ar divertido no rosto dele, ou algo mais. Muitas vezes era difícil decifrá-lo.

Don Webster não era exatamente um velho amigo. Ele fora, por pouquíssimo tempo e muitos anos antes, amante de Eve. O fato de Webster, por motivos que fugiam por completo à compreensão de Eve, nunca ter conseguido superar a única noite que eles haviam passado juntos provocara uma violenta e fascinante briga entre ele e Roarke.

Não era algo que ela queria que se repetisse.

— Talvez eu faça isso, a não ser que você ache que essa seria uma boa oportunidade de socar a cara dele novamente.*

Roarke tomou mais um gole de vinho e sorriu.

— Creio que Webster e eu chegamos a um acordo razoável. Não posso culpá-lo por sentir atração pela minha esposa, pois eu também sinto a mesma coisa. Ele sabe que, se tornar a colocar as mãos no que é meu, vou quebrar todos os ossos do seu corpo em pedaços

---

* Ver *Julgamento Mortal*. (N. T.)

miúdos com pontas irregulares. Esse acordo tem funcionado bem, até agora.

— Ótimo. Fantástico. — Eve falou isso entre dentes. — Ele já superou esse lance. Ele mesmo me garantiu — acrescentou, e Roarke simplesmente sorriu novamente. De forma mais indolente, agora. Como um gato.

— Quer saber de uma coisa? — reagiu Eve, irritada. — Já estou com a cabeça cheia de coisas com que me preocupar, então não quero conversar sobre isso esta noite. Queria ligar para o comandante — continuou ela —, mas não posso fazer isso. Tenho que dançar direitinho conforme a música e seguir todas as regras. O garoto vomitou até a alma, depois do incidente, e não havia nada que eu pudesse fazer por ele.

— Ele vai ficar bem, mamãe.

Os olhos dela se estreitaram.

— Preciso ter cuidado. Fui eu que o trouxe para a Divisão de Homicídios, e já o coloquei no hospital logo depois, alguns meses atrás, lembra?*

— Eve...

— Tudo bem, tudo bem. Eu não fui culpada, mas o coloquei em uma situação em que ele acabou no hospital. Agora ele é suspeito de eliminar um homem sem motivo. Tenho responsabilidade com ele.

— Você vê isso por esse ângulo. — Ele passou as mãos de leve sobre os dedos dela, que não paravam quietos. — É isso que faz você ser como é, e é por isso que ele ligou para você antes. Estava apavorado. Tirar uma vida não é uma questão simples para a maioria das pessoas, nem deveria ser. O fato de ele ter sentimentos não o torna um tira melhor?

— Claro, e pretendo usar esse argumento, também. Só que as coisas não se encaixam, Roarke, simplesmente não se encaixam — lamentou, levantando-se novamente para circular pelo escritório.

---

* Ver *Testemunha Mortal*. (N. T.)

— Não havia marcas de queimado na garganta da vítima. Se Trueheart tivesse acabado com o sujeito de forma irregular, haveria sinais. Por que eles não estavam presentes?

— Ele não poderia ter usado outra arma, com poder letal?

Ela balançou a cabeça para os lados.

— Não conheço ninguém com menos probabilidade de carregar uma arma extra sem autorização. E se eu estiver errada a respeito disso, onde é que essa arma foi parar? Não estava com ele, nem no apartamento invadido. Mandei revistar os recicladores de lixo. Trueheart ligou para mim minutos após ter atirado. Não teve tempo de pensar com clareza, nem de dispensar o flagrante e sumir com a arma sem levantar suspeitas. Além do mais, analisando tudo o que aconteceu, a coisa está sem pé nem cabeça.

Eve tornou a se sentar e se recostou por um momento.

— Veja Louie K, por exemplo. O patrulheiro da área, os vizinhos e até a mulher que ele atacou o descreveram como um sujeito fracote e muito discreto. Suas vítimas eram crianças de escola. Tem ficha na polícia, mas não histórico de violência. Não encontramos nenhuma arma no seu cafofo.

— E o taco?

— Ele jogava beisebol. Estava sentado em casa, de cueca, analisando seus registros. Uma contabilidade perfeita, um apartamento imundo e zoneado. Mas não totalmente imundo. O armário de louça estava impecavelmente arrumado e as vidraças foram lavadas recentemente, mas restos de comida estavam em toda parte e havia uma pilha imensa de pratos sujos, sem falar nas roupas espalhadas. Era como se ele estivesse doente ou bêbado há mais de uma semana.

Eve passou a mão pelos cabelos enquanto trazia a imagem do minúsculo apartamento de volta à lembrança. Visualizou a vítima dentro dele, sentado diante do computador, junto à janela, morrendo de calor, suando abundantemente e só de cueca.

— Ele ouvia música no volume máximo. Nada de novo, segundo os vizinhos. Ralph, do outro lado do corredor, chega e bate na porta com força. Mais uma vez, nenhuma novidade. Só que dessa vez, em vez de baixar o som, Louie K. pega seu taco de beisebol e agride seu eventual colega de chope até a morte.

"Racha o crânio dele — continua Eve, revivendo a cena. — Transforma seu rosto em ketchup, bate com tanta força que chega a quebrar um taco bom e sólido. O vizinho que reclamou era maior que Louie K., pesava cinquenta quilos a mais que o agressor, no mínimo. Mesmo assim, não consegue se defender do vizinho barulhento."

Roarke sabia que Eve estava vendo tudo naquele instante, revivendo na mente imagens do que acontecera. Embora não estivesse lá, conseguia ver tudo.

— É duro revidar quando seus miolos estão escorrendo pelos ouvidos — lembrou Roarke.

— Sim, essa é uma tremenda desvantagem. Eis que, logo em seguida, e berrando sem parar, Louie K. arromba a porta da vizinha e corre atrás dela. Um tira aparece para socorrê-la e Louie voa nele.

— O calor excessivo transforma as pessoas.

— Sim, pode ser. Torna-as agressivas. Mas o sujeito estava ali, numa boa, analisando sua contabilidade. Anotando as vendas do dia, como costumava fazer à noite. As coisas não se encaixam.

Franzindo a testa, Eve se encostou na mesa de Roarke.

— Você conhece alguma droga ilegal com o nome popular de Pureza?

— Não.

— Pois é, ninguém conhece. Quando eu entrei no apartamento do agressor, o monitor estava ligado. Um aviso estava na tela: Pureza Absoluta Alcançada. Que diabo é "pureza absoluta", e como ela foi alcançada?

— E se é alguma substância nova, como é que um traficante pé-rapado que vende a droga em escolas seria um dos primeiros a trabalhar com ela? — atalhou Roarke.

— Já me fiz essa mesma pergunta. O computador não quer me responder, mesmo com o meu código de autorização. Mandamos a máquina para a DDE, mas eu não posso colocar Feeney para trabalhar nela — resmungou Eve, quase para si mesma. — Não está certo colocar o chefe dos detetives eletrônicos para trabalhar numa reles pesquisa de dados.

— Você poderia ter me chamado.

— Seria mais errado ainda. Além disso, você estava trabalhando.

— Estava mesmo, e jantando, o que você provavelmente não fez. Não está com fome?

— Agora que você falou... O que comeu?

— Humm. Sopa de ameixa apimentada, salada de caranguejo e um excelente filé de linguado grelhado.

— Ahn. — Eve se levantou, pensando. — Acho que vou de hambúrguer, mesmo.

— Eu já imaginava.

Mais tarde, Eve continuou acordada, olhando para o teto enquanto reconstruía os dados, as evidências, as teorias. Nada daquilo encaixava, mas a verdade é que ela não tinha certeza de o quanto fora influenciada pela preocupação com um tira jovem e promissor.

O rapaz tinha uma cabeça boa e um idealismo puro e brilhante como prata recém-polida. Pureza, tornou a pensar. Se tivesse de escolher uma palavra para definir o conceito de pureza, essa palavra seria Trueheart.

Ele perdera um pouco dessa pureza hoje. Parte dela nunca mais voltaria, Eve tinha certeza. E ele sofreria por isso, mais do que devia.

Ela não iria bancar a mãe superprotetora, decidiu, virando a cabeça de lado e exibindo uma careta no escuro para Roarke, que ainda não tinha pegado no sono.

— Ora, ora. — Ele aconchegou-se junto dela, acariciando-lhe os seios com suavidade. — Já que você está com essa energia toda...

— Não sei do que você está falando. Estou dormindo.

— Está nada! Sua cabeça está a mil por hora e o barulho do seu motor mental está tão alto que dá para acordar os mortos. Por que não aceita uma mãozinha para dissipar toda essa energia?

Ao se sentir agarrada de encontro ao corpo dele, ela riu e avisou:

— Pode ser, mas tenho novidades para você, meu chapa. Essa não é a sua mão.

A trinta e seis quarteirões dali, Troy Trueheart continuava deitado no escuro, olhando para o teto. Ninguém dividia a cama com ele, nem lhe oferecia conforto ou distração. Tudo o que conseguia enxergar, impresso no breu do quarto, era o rosto do homem que matara.

Ele sabia que deveria ter tomado um calmante aprovado pelo departamento, mas tinha medo de dormir, pois veria tudo de novo em sonhos.

Assim como revia tudo deitado ali, acordado.

Via os respingos de sangue, fragmentos de ossos e coisas piores espalhados pelas paredes do corredor úmido. Até mesmo no seu apartamento minúsculo dava para sentir o cheiro deles e o calor que se espalhava em meio ao fedor de sangue fresco. Dava para ouvir os berros lancinantes e os uivos de terror em estado bruto que a mulher emitiu, em meio a dores insuportáveis. E também os gritos do homem. Louis K. Cogburn. Gritos de um animal selvagem enlouquecido ao se sentir acuado. Além dos gritos abafados, dos outros moradores, atrás de portas trancadas. Clamores vindos da calçada, entrando pelas janelas que davam para a rua.

E o barulho do seu próprio coração martelando-lhe no peito.

Por que ele não solicitara reforços? No instante em que ouviu a mulher chamar por socorro ele devia ter pedido ajuda.

Em vez disso, entrou no prédio correndo, preocupado apenas em proteger e servir.

Ele deu o alarme ou, pelo menos, pediu para alguém ligar para a polícia, enquanto subia as escadas. Só que ninguém ligou, conforme ele percebia agora. Se tivessem ligado, os colegas certamente teriam chegado ao local muito antes da tenente Dallas.

Como é que pode as pessoas permanecerem atrás de portas trancadas sem fazer nada, enquanto um vizinho grita por socorro? Ele nunca conseguiria compreender isso.

Reparara no homem caído no corredor, sem qualquer chance de salvação. Observara a cena, sentira o estômago se contorcer e o sangue bombear-lhe a cabeça com um zumbido forte. O som do medo. Sim, ele teve medo, muito medo. Mas era obrigação dele passar por aquela porta. Entrar com determinação, pensou, para enfrentar os gritos, o sangue e a loucura.

E depois? E depois?

Polícia! Largue a arma! Largue a arma agora!

A pistola de atordoar já estava em sua mão. Ele a sacou enquanto subia as escadas, tinha certeza disso. O homem. Louis K. Cogburn. Ele tinha se virado, o taco ensanguentado preso com firmeza em ambas as mãos, como um rebatedor em posição. Olhos miúdos, Trueheart lembrou, no escuro. Olhos miúdos que quase desapareciam em seu rosto estreito vermelho de raiva e sangue de outra pessoa.

Seu próprio sangue, mais fresco e mais escuro, escorria-lhe do nariz, ele acabava de recordar. Isso era importante?

Ele atacara. Um louco usando apenas cueca e que se movia com a velocidade de um relâmpago. O taco o atingira no ombro, rápido e com muita força. Cambaleando para trás, ele quase perdera a pistola de atordoar. E reviveu o terror, brilhante como o sangue.

O homem. Louis K. Cogburn. Ele tinha girado o corpo na direção da mulher. Ela estava caída, atordoada agora, chorando, indefesa. O taco se ergueu muito alto. O golpe de misericórdia.

Então o agressor estremeceu. Seus olhos — por Deus, seus olhos — assumiram um tom vermelho, diabólico, se arregalaram, parecendo saltar-lhe das órbitas. Seu corpo estremeceu, se sacudiu como o de uma marionete presa por cordéis invisíveis, enquanto corria de volta para o corredor.

Dançava, dançava muito. Então caiu, dobrando o corpo para trás e tombando de costas, com olhos atônitos e muito vermelhos que fitavam o teto.

Morto. Morto. E eu em pé, acima dele.

Matei um homem hoje.

Trueheart enterrou o rosto no travesseiro, tentando apagar as imagens que insistiam em se reproduzir dentro de sua cabeça. E chorou pelo morto.

Logo de manhã cedo, Eve ligou para Morris, o chefe dos legistas, tentando não parecer muito mal-humorada quando se viu forçada a deixar um recado na caixa postal. Se fosse preciso, ela arranjaria um tempinho para ir até o necrotério, a fim de falar com ele pessoalmente.

Pensando bem, resolveu fazer isso logo, para dar mais uma olhada no corpo de Cogburn.

Mesmo irritada, fez uma ligação também para Don Webster, da Corregedoria. Dessa vez, não se preocupou em esconder a raiva ao se ver transferida para a caixa postal.

"Estou vendo que o Esquadrão dos Ratos trabalha num horário muito confortável. Nós, tiras de verdade, já estamos no batente. Me dê uma ligada, Webster, assim que você aparecer por aí para passar mais um dia pilotando escrivaninha e farejando os podres dos seus colegas policiais."

Talvez fosse melhor não irritá-lo daquela maneira, pensou, ao desligar. Por outro lado, se ela tratasse Webster com jeitinho amável, ele sacaria que ela estava a fim de algum favor.

— Tenente. — Com o quepe na mão, Trueheart estava parado na porta. — A senhora mandou me chamar?

— Mandei sim, Trueheart. Pode entrar. Feche a porta.

Eve não estava fazendo nada irregular ao chamá-lo em sua sala antes da sessão de testes. Afinal, era a investigadora principal do caso.

Pelo menos essa era a sua desculpa, e Eve se agarraria a ela.

— Sente-se, Trueheart.

Ele pareceu muito pálido, abatido e com os olhos fundos, como ela imaginava. De algum modo o rapaz conseguiu parecer alerta, mesmo sentado na cadeira e em estado de desolação. Eve programou dois cafés fortes em seu AutoChef, sem perguntar se ele aceitava.

— Noite difícil?

— Sim, senhora.

— O dia vai ser pior. A bateria de testes que você vai encarar não é brinquedo, não.

— Não, senhora. Já me avisaram.

— É melhor estar preparado. E olhe para mim quando eu estiver falando com você, policial — ela ralhou, vendo a cabeça dele se erguer e seus olhos cansados entrarem em foco. — Você está de uniforme, com o distintivo, tem a arma no coldre e deve incorporar tudo o que essas coisas representam. A exterminação de Louis K. Cogburn foi justificável?

— Tenente, eu não...

— Sim ou não? Não há meio-termo aqui, nada de justificativas. Responda com a alma, Trueheart. Usar sua pistola foi necessário?

— Sim, senhora.

— Se você enfrentasse uma situação semelhante hoje, usaria novamente a sua arma?

Ele estremeceu, mas assentiu com a cabeça.

— Sim, senhora.

— Isso é o importante. — Ela lhe passou o café. — Mantenha essa determinação e você vai conseguir encarar os testes. Não tente enrolá-los. Você ainda não adquiriu malícia para isso. Responda certo, fale a verdade. Por mais que eles tentem distorcer a questão da justificativa, lembre-se de que voce sacou a arma pelo motivo certo, para preservar a vida de um civil e também a sua.

— Sim, senhora.

— Meu santo Cristo, Trueheart, você concorda com tudo, parece vaquinha de presépio! A que distância estava do agressor ao descarregar sua arma?

— Acho que...

— Não ache, responda. A que distância?

— Dois metros, talvez um pouco mais.

— Quantas rajadas você disparou?

— Duas.

— Sua arma, em algum momento da altercação, entrou em contato direto como a pele do sujeito?

— Contato? — Ele pareceu confuso por um instante. — Não, senhora. Eu estava caído, e ele se afastava quando eu o atingi. Foi aí que ele se virou e se moveu na minha direção, e eu disparei a segunda rajada.

— O que fez com a arma extra?

— A arma... — Um ar de puro choque tomou conta do seu rosto. Eve o viu enrubescer de um modo que só poderia significar indignação. — Senhora, eu não carregava nenhuma arma extra comigo. Aliás, nem possuo uma. Carregava apenas a pistola padrão, de atordoar, que usamos nas ruas. Tenho autorização para usá-la, e foi a mesma pistola que a senhora confiscou como prova na cena do incidente. Senhora, tenente, eu estou ofendido com a insinuação de que...

— Isso mesmo, preserve essa indignação com carinho. — Ela se recostou na cadeira. — Se eles não lhe fizerem essa pergunta durante a bateria de testes, vou ficar surpresa, e pode ter certeza de que o pessoal da Corregedoria vai repeti-la várias vezes. Eles vão forçar a barra. Guarde a raiva e mostre-a para eles. Você não bebe café, Trueheart?

— Bebo sim, senhora. — Ele olhou para a caneca, levou-a aos lábios e provou o líquido. Inspirou o aroma com força. — Isto não é café.

— Claro que é. Café *de verdade*. Dá uma ligação muito maior do que aquela merda feita de vegetais moídos, não acha? Você precisa desse estímulo extra, hoje. Agora, me escute com atenção, Troy: você é um bom tira; com o tempo, poderá se tornar um tira ainda melhor. Exterminar alguém não é fácil de encarar, nem deveria ser. Um policial não deve tratar com desdém o fato de ter tirado uma vida, senão ele se tornará igual ao bandido que eliminou.

— Eu gostaria... Eu queria que tivesse havido outro jeito.

— Mas não houve, e não se esqueça disso. Tudo bem você se sentir arrasado, até mesmo um pouco culpado. Mas não vai ser bom você deixar de sentir a confiança absoluta de que fez o que devia ter feito, diante das circunstâncias. Se demonstrar incerteza e fraqueza, eles vão arrancar sua pele, como os leopardos fazem com um antílope.

— Eu tive de atirar. — Ele segurou a caneca com mais força, usando as duas mãos, como se temesse que ela fosse pular sozinha por entre seus dedos. — Tenente, já repassei a cena mais de cem vezes durante a noite passada. Não poderia ter feito nada diferente, ou ele teria matado aquela mulher. Provavelmente teria matado a mim também, e qualquer outra pessoa que aparecesse na sua frente. Mas cometi erros. Devia ter pedido reforços antes de entrar no prédio. Devia ter ligado para a Emergência antes de contatar a senhora.

— Sim, esses foram erros — concordou Eve, satisfeita ao ver que ele observara tudo e analisara suas falhas. — Nenhum desses erros, se evitados, teria levado a um desfecho diferente. Mesmo assim, eles podem macular um pouco sua imagem. Por que você não pediu reforço?

— Eu reagi por impulso. A mulher parecia estar em perigo imediato. Ordenei em voz alta que alguém ligasse para a polícia assim que entrei no prédio, mas devia ter feito isso pessoalmente. Se eu não tivesse conseguido impedir o sujeito de cometer o delito, não contaria com reforço. E mais vidas poderiam ter sido perdidas.

— Muito bem. Lição aprendida. Por que ligou para mim, em vez de chamar a Emergência?

— Eu estava... Tenente, eu não raciocinei direito. Percebi que os dois homens estavam mortos, vi que tinha eliminado o agressor e fiquei...

— Ficou desorientado pelos golpes que recebeu — completou Eve, depressa. — Estava preocupado de perder a consciência, devido à brutalidade dos golpes. Sua preocupação imediata foi dar alarme do homicídio e da eliminação do suspeito, e fez isso ligando para a tenente da Divisão de Homicídios com quem já trabalhara antes. Está entendendo tudo, Trueheart?

— Sim, senhora.

— Você estava sob imenso estresse físico e mental. A tenente a quem você relatou a situação ordenou que você mantivesse intacta a cena do incidente e esperasse a chegada dela. Foi o que você fez.

— Não segui o procedimento correto.

— É verdade, mas a história tem base para se manter. Cuide para que isso aconteça. Não tirei você do grupo de patrulha das ruas para assistir ao seu fracasso.

— Vou pegar trinta dias de suspensão.

— Possivelmente. Provavelmente.

— Consigo encarar isso. Só não quero perder meu distintivo.

— Você não vai perder seu distintivo. Apresente-se à Divisão de Testes Psicológicos, policial Trueheart. — Eve se levantou. — Mostre a eles sua fibra.

Eve tornou a ligar para pressionar Morris, o legista-chefe. Deixou recado e resolveu passar pela Divisão de Detecção Eletrônica antes de chamar Peabody para ir ao necrotério.

A DDE sempre a deixava atônita. Como é que alguém conseguia fazer alguma coisa de útil quando todos ficavam saracoteando de um lado para outro usando fones de ouvido, ou enfiados em estações de trabalho apertadas discutindo com máquinas? Aquilo escapava à sua compreensão.

E eles raramente usavam farda. McNab, por exemplo, o magricela que se vestia sempre na última moda e se dedicava a atividades paralelas com Peabody, dentro e fora do trabalho — atividades que Eve não gostava nem de lembrar —, talvez fosse o mais excêntrico de todos, mas ganhava a disputa por pouco.

Eve se dirigiu o mais depressa que conseguiu para a sala espartana de Feeney.

A porta estava aberta. Ele raramente a fechava, mesmo quando estava, como agora, passando um tremendo sabão em um subordinado que devia ter pisado na bola.

— Você acha que esses computadores foram instalados para a sua diversão e entretenimento, Halloway? Acha que pode passar o dia jogando Space Crusader à custa do dinheiro dos contribuintes?

— Não, senhor, capitão, eu não estava...

— Este departamento não é uma loja pessoal para jogos eletrônicos!

— Capitão, eu estava no meu horário de almoço e...

— Ah, você está com tempo de sobra para tirar hora de almoço? — O rosto de Feeney, que mais parecia o focinho de um cão bassê, exibiu uma expressão de choque, assombro e alegria secreta. — Ora, ora... Isso é fascinante, Halloway. Pois eu lhe prometo que, a partir de agora, seus horários de almoço se transformarão numa lembrança querida e longínqua. Talvez você não tenha reparado, enquanto tentava salvar o universo virtual com um sanduíche na mão, que todos estão atolados de trabalho até o pescoço por aqui. A taxa de criminalidade subiu tanto quanto a temperatura lá fora. Nós, que juramos humildemente servir à lei, temos que correr atrás e salvar a cidade, antes de nos lançarmos ao espaço para combater a porra dos alienígenas virtuais. Quero um relatório completo sobre Dubreck, o hacker, em cima da minha mesa, em trinta minutos.

Halloway pareceu se encolher dentro de seu macacão verde-limão.

— Sim, senhor, capitão.

— Quando terminar essa tarefa, cole em Silby para analisar as gravações no *tele-link* do arrombamento dos Stewart. Quando acabar essa segunda missão, eu lhe darei outra coisa para fazer. Agora, caia fora.

Halloway saiu desabalado, não sem antes lançar um olhar envergonhado para Eve ao seguir correndo rumo ao seu cubículo de trabalho.

— Ah, faz um bem danado ao coração — Feeney suspirou — arrancar a pele de um bunda mole logo de manhã cedo. E qual é o lance com você, Dallas?

— Quantos pontos Halloway fez no Space Crusader?

— Chegou a cinquenta e seis mil no nível Commando. — Feeney fungou com força. — Quase quebrou meu recorde, alcançado há três anos, quatro meses e vinte e dois dias. É metidinho a esperto.

Eve entrou exibindo um jeito descontraído, sentou-se na quina da mesa e se serviu de um punhado de amêndoas açucaradas que Feeney mantinha numa tigela.

— Você soube de Trueheart, Feeney?

— Não. Ando atolado. — Seu rosto papudo se enrugou de preocupação. — O que aconteceu?

Eve relatou tudo com detalhes, sem esquecer nada, enquanto mastigavam amêndoas. Feeney passou uma das mãos pelos cabelos cor de gengibre, completamente despenteados.

— Que dureza para ele, hein?

— Isso ajuda a fortalecer o caráter — murmurou Eve. — Ele foi sincero comigo, Feeney. É mais fácil aquele garoto engolir um rato vivo do que mentir para mim. Mas tem coisas que não encaixam nessa história. Eu trouxe o computador de Cogburn aqui para a sua divisão. Será que você daria um jeitinho de analisá-lo com prioridade? Olha, sei que vocês estão atolados — acrescentou, antes de ele ter chance de falar —, mas eu preciso de toda munição que conseguir para ajudá-lo. Aqui tem algo estranho, tenho certeza. Esse lance de "pureza" não está me cheirando bem.

— Não posso ceder McNab, pois ele já está cheio de serviço. Halloway! — propôs ele, e seu rosto se iluminou. — Ele anda com pouco trabalho, vou colocá-lo nesse caso. Trabalhar alguns dias até depois da hora vai lhe fazer bem.

— Além de proteger seu recorde.

— Nem me lembre! — Mas o bom humor desapareceu depressa do seu rosto. — A Corregedoria vai chamar o garoto na chincha, e sem pena.

— Pois é... Vou ver se consigo salvar o rabo dele. — Eve se afastou da mesa. — Vou pentelhar Morris, agora. Se eu conseguir confirmar alguns palpites, Trueheart vai escapar das punições mais pesadas.

Capítulo Três

Quando Eve passou pela Divisão de Homicídios para rebocar Peabody, vários detetives lhe lançaram olhares expressivos.

— Tem rato na área — avisou Baxter ao passar por Eve, apontando com a cabeça para a sala dela.

— Obrigada. — Eve enfiou os polegares nos bolsos da frente da calça e seguiu para a sua sala.

O tenente Don Webster estava sentado na cadeira em frente à mesa de Eve, com os sapatos brilhantes apoiados sobre a mesa entulhada. Já tinha se servido de café.

— Oi, Dallas! Há um tempão que a gente não se via.

— Bem que podia ser mais tempo. — Ela chutou os pés dele para fora da mesa. — Isso que está na sua caneca é o meu café?

Ele tomou um gole demorado e expressou um sorriso feliz.

— Deve ser legal ter bala na agulha para comprar o produto verdadeiro sempre que dá vontade. Por falar nisso, como vai Roarke?

— Essa é uma visita social, Webster? Porque não estou com tempo para papo-furado. Tô trabalhando.

— Não exatamente social, mas você poderia, pelo menos, ser amigável. — Ele deu de ombros quando a expressão dela continuou dura e séria. — Ou não. Mas tenho de reconhecer: você está linda.

Ela estendeu o braço e fechou a porta.

— Webster, você já deve ter recebido o relatório sobre o incidente que aconteceu ontem, entre sete e sete e meia da noite, envolvendo um policial daqui da Central que, apesar de não estar de serviço, respondeu a um pedido de...

— Dallas. — Webster ergueu a mão. — Já vi o relatório. Sei do incidente. Conheço o policial Trueheart, que tem um nome engraçado, por sinal. Sei que ele está passando por uma bateria de testes, agora. A Corregedoria vai entrevistar o policial e investigar os motivos de ele ter eliminado o suspeito. Faremos isso assim que os resultados dos testes forem liberados.

— Ele tem vinte e dois anos. Novato, mas excelente profissional. Queria lhe pedir para pegar leve com ele.

Um ar de irritação se espalhou pelo rosto dele.

— Dallas, você acha que eu acordo de manhã pensando em quantas carreiras vou destruir em um determinado dia?

— Não sei o que você nem os do seu bando acordam pensando. — Ela começou a programar um café para si mesma, mas girou o corpo e desabafou: — Pensei que você estava voltando para trabalhar na Central, Webster. Achei que tinha resolvido voltar a ser tira.

— Eu sou um tira, porra.

— Depois de toda aquela lama que transbordou da Corregedoria...

— Foi por isso mesmo que eu permaneci lá — ele disse baixinho, interrompendo-a. — Pensei muito a respeito — continuou ele, passando a mão pelos cabelos castanhos e ondulados. — Acredito na Divisão de Assuntos Internos, Dallas.

— Por quê?

— Lucros e perdas. Temos o lado bom e o lado ruim. Onde existe poder, sempre há corrupção. Eles caminham de mãos dadas.

Um tira podre não tem direito de portar um distintivo, mas tem de haver outros tiras que cuidem para que o distintivo lhe seja tomado.

— Para mim, tiras sujos não servem para nada. — Incomodada com o mundo em geral, ela pegou a caneca que estava na mão dele e tomou um gole de café. — Droga, Webster, você era muito bom no tempo em que trabalhava nas ruas.

Ele sentiu uma fisgada de alegria ao ouvi-la dizer isso, pois sabia que Eve era sincera.

— Sou muito bom na Corregedoria, também. Estou fazendo coisas boas por lá.

— O que, por exemplo? Torturar Trueheart por ele ter feito a coisa certa? Por salvar a vida de um civil e proteger a dele mesmo?

— Escute aqui: a primeira coisa que eu fiz ao voltar para a Corregedoria, depois daquele lance, foi acabar com os parafusos de crânio, os esmagadores de dedos e outros instrumentos de tortura. Li o relatório, Dallas. É claro que havia perigo imediato, mas existem furos na história e perguntas sem resposta. Você sabe disso.

— Estou investigando. Deixe-me limpar a área.

— Você sabe que eu adoraria lhe fazer um favor, só para você ficar me devendo alguma coisa. O problema é que Trueheart vai ter de ser interrogado, e vai ter de assinar uma declaração formal. Pode ter um advogado ao lado. Você pode ir à audiência, se quiser. Puxa, Dallas, nós não queremos ferrar a vida do garoto, mas sempre que um tira mata alguém em ação o caso precisa ser averiguado.

— Ele está limpo, Webster. Ele é mais limpo que água de nascente.

— Então não tem com o que se preocupar. Prometo cuidar pessoalmente do caso, se isso é tão importante para você.

— É importante, sim.

— Você avisou Roarke que iria me procurar para acompanhar essa história? Ou ele vai ficar tão puto que vou ter que dar outra escovada nele?

— Ah, foi uma escovada, naquele dia em que você teve de ser arrastado inconsciente para fora da minha sala?

— Eu estava só fazendo uma pausa para recuperar o fôlego.

Webster massageou o queixo com a mão. Ainda lembrava como tinha sido levar um soco do poderoso punho de Roarke. Foi como receber uma tijolada na cara.

— Pense como quiser. Mas lembre-se que eu não devo satisfações a Roarke.

— Você é que pensa! — Ele pegou o café de volta e tomou o resto na caneca de uma vez só. — Está tão casada que dá para ver passarinhos apaixonados circulando em torno da sua cabeça.

Isso deixou Eve completamente envergonhada, e ela reagiu.

— Roarke não é o único que consegue colocar você a nocaute, sabia?

— Eu realmente gosto muito de olhar para você. — Ele sorriu quando viu os olhos dela se estreitando. — Estou só olhando — lembrou —, não estou tocando. Aprendi minha lição. Pode confiar, porque vou manter a coisa limpa, em nível pessoal e profissional. Assim está bom?

— Se não estivesse, eu não teria chamado você.

— Entendido. Deixe que eu entro em contato. — Ele abriu a porta e olhou para trás. Realmente gostava de olhar para ela, esbelta, durona e sexy. — Obrigado pelo café.

Ao se ver sozinha, Eve balançou a cabeça para os lados. Percebeu o silêncio que caiu na sala de ocorrências quando Webster passou por ali, na saída. Ele havia escolhido um caminho muito duro na carreira, avaliou. Um tira cuja função era investigar outros tiras era sempre visto com desconfiança, desdém e medo.

Um caminho estreito e escorregadio. Por fim, chegou à conclusão de que gostava dele e torcia para que ele conseguisse manter sempre o equilíbrio.

Olhou para o relógio de pulso, calculando quanto faltava ainda para Trueheart acabar sua bateria de testes. Havia tempo de sobra, decidiu, para ir forçar a barra com Morris e pegar os resultados da autópsia de Louis K. Cogburn.

No necrotério, havia corpos espalhadas por toda parte. Poucas vezes, em seus onze anos trabalhando na força policial, Eve vira tantos cadáveres no mesmo lugar e ao mesmo tempo.

Três figuras sem vida, ensacadas e etiquetadas, haviam sido colocadas sobre macas estreitas e encostadas na parede em uma das salas de autópsia.

Peguem uma senha, pensou Eve. É tarde demais para vocês serem protegidos, mas ainda serão ajudados.

Enquanto Eve caminhava a passos largos pelo corredor dos mortos, muito branco e brilhante, Peabody corria com passos miúdos atrás dela.

— Nossa, este lugar geralmente é tenebroso, mas hoje passou da conta. Sabe quando a gente meio que espera a hora em que alguém em um desses sacos pretos vai se sentar na maca e agarrar seu braço?

— Não sei, não... Espere aqui fora, para garantir. Se um destes ensacados tentar escapar, quero ser informada de imediato.

— Não achei graça nenhuma. — Vigiando os sacos, muito desconfiada, Peabody se colocou de guarda junto à porta.

Lá dentro, Morris estava ocupadíssimo, com um bisturi a laser começando a fazer uma incisão profunda em forma de Y num dos seis corpos estendidos sobre as mesas de autópsia.

Usava micro-óculos sobre os olhos simpáticos e uma touca de plástico sobre os cabelos pretos, que formavam uma trança comprida; vestia também um avental protetor transparente sobre um paletó azul-marinho, muito elegante.

— De que adianta existir uma caixa postal para recados de voz se você nao responde a nenhum? — quis saber Eve.

— Recebi um monte de visitas inesperadas hoje de manhã, graças a uma colisão envolvendo um bonde aéreo. Você não viu o noticiário? Os corpos despencaram do céu como macacos voadores.

— Se fossem voadores não estariam aqui agora, Morris. Quantas vítimas ao todo?

— Doze mortos, seis feridos. Um babaca de minicóptero bateu de frente no bonde. O piloto do bonde conseguiu manter o controle da aeronave quase até o chão, mas as pessoas entraram em pânico. Acrescente a isso a briga de faca em uma boate, que acabou com a vida dos dois brigões e de um curioso, além da fulana desconhecida achada em um reciclador de lixo. Temos ainda os espancados, os atacados a porretadas, as brutalidades de sempre, e o resultado é esse: casa cheia.

— Estou com um caso de morte provocada por um policial, e tenho algumas perguntas. Um novato atingiu um cara doido com uma arma de atordoar e o maluco caiu duro, mortinho da silva. Não há sinal de contato da arma com a vítima. A pistola de atordoar já foi devidamente confiscada, mas estava ajustada para choque leve.

— Então não foi ela que matou o maluco.

— Pois ele está tão morto quanto o resto dos nossos convidados.

Morris completou o corte em Y que iniciara e informou:

— O único jeito de uma rajada de atordoar, sem contato direto com a pele, apagar um homem, maluco ou não, é o sujeito ser portador de uma condição respiratória ou neurológica tão grave que o choque eletrônico exacerbou o quadro e o levou a óbito.

Isso era exatamente o que Eve esperava ouvir.

— Se esse for o caso, não se trata de uma execução com força máxima.

— Tecnicamente, não. Entretanto...

— Tecnicamente já serve para mim. Agora seja camarada, Morris, e dê uma olhada no morto. O policial envolvido no incidente é Trueheart.

Morris ergueu a cabeça e levantou os micro-óculos até o alto da cabeça.

— Trueheart é o carinha com projeto de barba e um sorriso de anúncio de creme dental?

— Ele mesmo. Está passando por uma bateria de testes. Depois vai para a Corregedoria. Tem coisas quanto à forma pela qual o cara morreu que não batem. Trueheart merece uma atenção.

— Deixe-me dar uma olhada no falecido.

— Está bem ali. É o quarto da fila. — Eve apontou para trás com o polegar.

— Deixe eu ver o relatório.

— Eu posso explicar...

— Deixe eu ler primeiro — cortou Morris, afastando-a do caminho com a mão e seguindo para o centro de dados. — Qual é o nome do maluco morto?

— Louis K. Cogburn.

Morris acessou o relatório feito no local. Enquanto lia, cantarolava baixinho. Era uma melodia fácil de lembrar, e Eve a conhecia de algum lugar. A canção ficou ecoando em sua mente. Eve percebeu que a musiquinha não sairia tão cedo da sua cabeça.

— Traficante de substâncias ilegais — leu Morris. — Pode ser que ele tenha experimentado alguma droga nova; é possível que já existisse algum dano cardíaco ou neurológico. Sangue saindo pelos ouvidos e pelo nariz, pequenos vasos estourados nos olhos. Hummm.

Foi até a mesa onde Louie K., muito magro e nu, havia sido colocado. Recolocou os micro-óculos e posicionou o rosto tão próximo do de Louie que pareceu que ia beijar o defunto.

— Ligar gravador — ordenou, e começou a ditar os dados preliminares e as descobertas visuais.

— Muito bem. Vamos abri-lo para ver o que encontramos. Você vai esperar?

— Vou, se for rápido.

— Os gênios não devem trabalhar sob pressão, Dallas. — Pegou uma serra de crânio e a ligou.

Eve muitas vezes se perguntava o motivo de algumas pessoas escolherem aquela profissão em particular, e por que pareciam tão felizes ao mergulhar de cabeça no trabalho. Pelo menos o sistema de refrigeração da sala estava ligado, pensou, e foi até a pequena unidade de refrigeração para ver o que havia ali para beber. Escolheu um refrigerante, antes de voltar até onde Morris estava.

— O que está fazendo?

— Shh!

Eve fez uma careta, mas ficou quieta. Morris normalmente gostava de bater papo enquanto trabalhava. No entanto, continuou em silêncio total, observando a parte de dentro do crânio de Cogburn e comparando-a com a imagem computadorizada no monitor ao lado da mesa.

Eve também analisou a tela, mas só viu formas e cores.

— Você pesquisou o histórico médico desse cara, Dallas?

— Pesquisei. Ele não marcou nenhuma consulta médica, nem check-ups nos últimos anos. Procurei, mas não tive nenhum estalo.

— Ah, mas houve um estalo, sim. No cérebro da vítima. Nenhuma arma de atordoar poderia ter feito esse estrago. Não há nenhum tumor. Nem coágulos. Se houvesse embolia, deveria haver vestígios. O que temos aqui é uma severa hipertensão intracraniana. O cérebro dele está gravemente aumentado.

— Condição preexistente?

— Não dá para saber, pelo menos por enquanto. Isso vai levar algum tempo. É fascinante. Um estouro. Foi isso que esse cérebro fez: estourou. Como um balão inflado em demasia. O que posso lhe dizer é que, em minha opinião, isso não foi provocado por uma arma. É interno.

— Um problema médico, então?

— Não posso confirmar agora. Preciso rodar alguns testes. — Ele a enxotou dali e prometeu: — Entro em contato com você assim que tiver alguma pista sólida.

— Pelo menos me dê alguma coisa.

— Posso afirmar que o cérebro deste sujeito estava em condições precárias, com um problema que já estava em curso antes de qualquer ato do policial que o atordoou na noite passada. O que houve aqui não foi causado por uma rajada para atordoar. Mesmo que o policial tivesse encostado a pistola a laser na orelha do cara e atirado, o resultado não seria esse. Não sei dizer, com certeza, se a rajada provocou algum tipo de reação em cadeia que levou à morte. Pelas condições deste cérebro, porém, garanto que seu dono morreria no máximo em uma hora. Pode deixar que eu a aviso quando descobrir como e por quê. Agora, caia fora e me deixe trabalhar.

Eve abriu o lacre de segurança do apartamento de Cogburn. O cheiro fétido e insuportável, acentuado pelo calor do ambiente, pareceu atingi-la como um punho sujo no instante em que a porta se abriu.

— Santo Cristo, que futum!

— E como! — Peabody virou a cabeça de lado e respirou fundo, sabendo que seria sua última lufada de ar puro por algum tempo. Só então seguiu Eve.

— Vá na frente e abra a janela enquanto estamos aqui. Vai ser melhor do que trabalhar em um caixote fechado.

— O que estamos procurando?

— O relatório preliminar de Morris sugere uma condição preexistente. Talvez encontremos algo aqui que confirme isso, ou indique automedicação. Pelo aspecto do lugar, ele não estava bem, talvez andasse doente. Foi isso que me intrigou logo de cara. Ele era um sujeito desagradável, mas extremamente organizado. Mantinha seu ninho muito arrumado. Só que, nos últimos dias, deixou a desejar no *front* doméstico. Mesmo assim, manteve seus arquivos profissionais em ordem. Estava doente, com muito calor, irritadíssimo. O vizinho veio encher o saco dele e provocou a piração. Assim faz mais sentido.

— Sim, na verdade não interessa muito o porquê de Cogburn ter praticado beisebol usando a cabeça do vizinho como bola.

— O porquê sempre importa — respondeu Eve. — Ralph Wooster está morto, e Cogburn pagou por isso. Mas o motivo é importante.

Ela abriu gavetas que já abrira e revistara na véspera.

— Pode ser que ele tivesse alguma bronca de Wooster há muito tempo. Pode ser que estivesse a fim da mulher de Ralph ou lhe devesse grana. Cá está ele, se sentindo um merda, e o velho Ralph vem socar sua porta e berrar com ele.

Eve se agachou, acendeu uma minilanterna, focando a luz nos recessos do armário de louça.

— O fato é que alguma coisa o fez perder o controle e ficar zureta de vez. Talvez sentisse o cérebro fritando por dentro. Morris disse que ele já era um homem morto desde esse instante.

— E mesmo assim Trueheart está na bateria de testes. — Peabody olhou para o relógio de pulso. — Ou deve estar saindo de lá. E ainda vai ter de encarar a Corregedoria, mesmo que Cogburn tivesse alguma doença anterior ao incidente.

— Eu sei, mas vai ser muito melhor ele sair bem na foto, tendo, oficialmente, lançado sobre o cara uma rajada de atordoar aceitável, e com a prova de que uma doença anterior foi a causa da morte. Se conseguirmos tudo isso para Trueheart, ele não terá que cumprir férias obrigatórias de trinta dias.

Eve continuou agachada, franzindo a testa, sem olhar para nada em especial.

— De qualquer modo, não estou gostando nem um pouco disso.

— Que canção é essa que você está cantarolando?

Eve parou e se xingou, se ergueu e esticou as costas.

— Não sei. Maldito Morris. Vamos bater na porta dos vizinhos.

* * *

Era surpreendente como as pessoas perdiam o sentido da audição e também a habilidade de se comunicar de forma coerente quando um distintivo entrava em cena.

Mais da metade das portas em que Eve bateu permaneceram firmemente fechadas, e os sons que saíam lá de dentro silenciavam como por encanto. As portas que se abriram mostraram pessoas nem um pouco prestativas, com respostas que variavam do *não sei* ao *não ouvi nada nem ninguém*.

A primeira porta em que a perseverança de Eve foi recompensada foi a do apartamento 11-F.

A loura era muito jovem e surgiu quase dormindo. Usava uma calcinha minúscula e uma camiseta regata quase transparente. Soltou um bocejo gigantesco na cara de Eve e piscou depressa quando viu o distintivo balançar diante do seu rosto.

— Minha licença de trabalho está em dia. Tenho mais seis meses antes da renovação, acabei de fazer o check-up regular obrigatório e fui aprovada.

— Que bom para você — saudou Eve. Em se tratando de uma acompanhante licenciada, aquela ali era nova na profissão, e parecia ingênua. Sua licença ainda devia estar no primeiro ano. — Não estou aqui para falar disso. Quero saber detalhes sobre o que aconteceu no quarto andar ontem à noite.

— Oh! Uau! Aquilo foi um tremendo barraco. Fiquei escondida dentro do closet até a gritaria cessar. Fiquei apavorada de verdade. Houve uma briga terrível, com gente morta e coisa e tal.

— Você conhecia algum dos homens que morreram?

— Meio que sim.

— Podemos entrar, senhorita...?

— Oh, oh, meu nome é Reenie. Reenie Pike. Na verdade, é Pikowski, mas eu mudei para Pike porque fica mais sexy. Pelo menos eu acho. Minha instrutora avisou que devemos sempre cooperar com a polícia, para não acabarmos sendo detidas e coisa e tal.

Reenie Pike, refletiu Eve, era a Miss Trueheart das acompanhantes licenciadas. Era jovem e inocente, apesar da profissão que exercia.

— Essa é uma boa política, Reenie. Por que será que o resto das pessoas não é assim? Podemos entrar?

— Tudo bem, mas isso aqui está uma bagunça. Durmo de dia, geralmente, ainda mais agora, com esse calor insuportável. O zelador do prédio ainda não mandou consertar o ar-condicionado central. Isso não está certo.

— Talvez eu possa trocar algumas palavrinhas com ele, em nome dos moradores — ofereceu Eve, entrando no apartamento.

— Sério? Isso seria o máximo. Fica difícil trazer clientes aqui, porque está quente demais para fazer sexo e coisa e tal. Minha licença é para trabalhar nas ruas, mas a maioria dos clientes de rua não quer bancar um quarto de hotel e coisa e tal. Sabe como é?

A mobília era esparsa, e a planta do imóvel era idêntica à do apartamento de Cogburn. A desordem estava patente nas roupas espalhadas, muito brilhantes e em cores berrantes, sem falar nas três perucas jogadas juntas, como escalpos entrelaçados, além do arsenal de cosméticos amontoados sobre a cômoda que ficava sob a janela.

O ar estava tão quente que daria para assar biscoitos sem precisar de forno.

— O que pode me contar a respeito de Louis Cogburn? — começou Eve.

— Ele gostava de papai-mamãe, e era sempre rapidinho. Nada de preliminares.

— Puxa, isso é realmente interessante, Reenie. Não estou particularmente interessada nas preferências sexuais dele, mas, já que você mencionou isso, ele era um cliente regular?

— Meio que sim. — Ela circulou pelo aposento recolhendo roupas e atirando-as dentro de um closet. — Aparecia cada duas semanas, mais ou menos, desde que eu me mudei para cá. Era muito educado, e comentava o quanto era bom ter uma acompanhante licenciada morando aqui no prédio. Ele me propôs uma troca de favores profissionais, mas eu lhe disse que preferia receber em dinheiro vivo, porque estou economizando grana para mudar de área de atuação e adquirir status de call girl. Além disso, eu não curto substâncias ilegais e coisa e tal. Oh! — Ela tapou a boca com os dedos. — Puxa, eu não queria falar da venda de drogas, mas acho que está tudo bem, já que ele morreu...

— ... E coisa e tal — completou Eve. — Sim, nós já sabíamos sobre os negócios dele. Alguma vez Louis Cogburn brigou com outro vizinho, antes do incidente de ontem à noite?

— Oh, não, nuh-uh. Ele era sossegado e, como eu disse, muito educado e coisa e tal. Ficava na dele o tempo todo.

— Alguma vez ele mencionou Ralph Wooster ou Suzanne Cohen para você? Sabe se ele tinha alguma mágoa ou bronca com relação a eles?

— Nuh-hu. — Ela balançou a cabeça para os lados. — Eu meio que conheço Suze. Tipo meio-que-conheço, apenas, entende? Costumava dar "oi" para ela, "como vai" e coisa e tal. Alguns dias atrás ela se sentou nos degraus da escada aqui embaixo, enquanto tomava um drinque, porque estava um forno dentro de casa. Ela é uma pessoa legal. Comentou que ela e Ralph estavam pensando em se casar e coisa e tal. Ela trabalha numa loja de conveniência do tipo 24 horas, ali na esquina, e também trabalha em uma boate, esqueci o nome. Talvez eu vá visitá-la no hospital.

— Aposto que ela iria gostar. Você notou alguma coisa de diferente no comportamento do sr. Cogburn nos últimos dias?

— Meio que sim. Ei, vocês querem beber alguma coisa? Tenho *Fizzy* de limão.

— Não, obrigada. Pode se servir, se quiser.

— Eu aceito um copo d'água — atalhou Peabody. — Se você não se incomodar.

— Claro que não. É muito duro ser tira e coisa e tal?

— Às vezes, sim — respondeu Eve, observando a bunda pequena de Reenie se empinar com orgulho quando ela se abaixou para pegar o refrigerante de limão na unidade de refrigeração. — O bom é que dá para ver todos os... ângulos da condição humana.

— Nossa! A gente também vê muito disso quando trabalha como acompanhante licenciada.

— O que você percebeu de diferente no sr. Cogburn, ultimamente?

— Bem... — Reenie voltou trazendo um copo com água para Peabody e então bebeu, com delicadeza, um gole da bebida. — Veja, por exemplo, o dia em que Suze e eu estávamos batendo papo nos degraus da escada e Louie K. entrou. Ele estava com cara de mau, muito pálido, suado, desarrumado e coisa e tal. Então eu comentei: "Tá um forno hoje, né?" Ele me olhou de um jeito agressivo e disse que eu devia manter a boca fechada, já que só conseguia falar idiotices.

Seus lábios sem batom formaram um biquinho de decepção.

— Fiquei triste, mas a verdade é que Louie K. não queria me magoar, e realmente não estava com uma cara boa. Então comentei: "Puxa, Louie K., você parece muito cansado. Quer um golinho do meu drinque?" Na hora, achei que ele ia continuar agressivo, e Suze ficou petrificada de medo. Só que ele passou a mão no rosto e disse que sentia muito por ter dito aquilo, que o calor estava deixando-o zonzo, com muita dor de cabeça e coisa e tal. Eu ofereci uns comprimidos para passar a dor, o que foi uma coisa completamente idiota, pois ele vendia drogas, não é verdade? Mas ele não me respondeu mal, disse apenas que ia se deitar um pouco e tentar dormir para ver se a dor de cabeça passava.

Ela fez uma pausa e refletiu um pouco, antes de continuar.

— Foi só isso — concluiu.

— Você tornou a vê-lo depois desse dia, antes da noite de ontem?

— Ver, não vi, mas o ouvi ontem de manhã. Eu já estava dormindo, mas acordei com ele batendo na porta do zelador, berrando para que ele consertasse o ar-condicionado. Estava soltando um palavrão atrás do outro, coisa que não costumava fazer. Só que o zelador não abriu a porta. Louie K. voltou para casa e não saiu para a rua, ao contrário dos outros dias.

— Ele voltou para o apartamento depois de reclamar com o zelador?

— Voltou. Isso foi meio estranho, porque Louie K. era muito disciplinado em relação ao trabalho. Acho que ele ficou sem sair de casa vários dias, já que mencionou. Só sei que eu estava me vestindo para sair ontem à noite quando ouvi a gritaria e a quebradeira num dos andares de cima. Dei uma olhadinha pela fresta da porta e vi um policial gatinho que chegou correndo. Então eu me escondi no closet. O tira bonito pediu para alguém ligar para a polícia. Acho que eu devia ter ligado, mas estava apavorada e coisa e tal.

— Você ouviu o policial que chegou e pediu que ligassem para a polícia?

— Ouvi, sim. — Reenie confirmou com a cabeça. — Sinto muito não ter ligado eu mesma, mas achei que alguém fosse ligar, e estava muito assustada. Se bem que não ia fazer muita diferença, porque tudo aconteceu em questão de segundos. O tira que chegou da rua, esse policial gatinho, foi um verdadeiro herói por ter subido lá sem medo, do jeito que fez, enquanto todo mundo se trancava dentro de casa, que era mais seguro. Se vocês o encontrarem, digam a ele que eu o considero um herói, e sinto muito por não ter ajudado.

— Claro — replicou Eve. — Pode deixar que eu conto a ele.

Em vez de redigir um relatório atualizado, Eve optou por ir direto ao comandante Whitney, a fim de lhe apresentar o caso pessoalmente. Antes, porém, teve de convencer sua assistente a encaixá-la na agenda dele, para um papo rápido. Estava disposta a aproveitar qualquer horinha que conseguisse para uma conversa frente a frente, pois isso tinha mais impacto.

— Obrigada por arrumar um tempinho para me receber, comandante.

— Se eu pudesse fabricar tempo, meu dia seria muito menos corrido. Seja rápida, tenente.

Ele continuou a analisar os dados que rolavam no monitor. Seu perfil era duro. Seu corpo alto combinava com a mesa imensa e atravancada de objetos, forte como o seu estilo de comandar. O peso e a altura do comandante, Eve já sabia, denotavam músculos poderosos como aço e muita firmeza.

— Minha visita tem relação com o incidente envolvendo o policial Trueheart, senhor. Recolhi dados adicionais, que indicam que o agressor que foi eliminado talvez sofresse de um problema de saúde preexistente, e foi isso que provocou sua morte. O dr. Morris, chefe dos legistas, ainda está realizando alguns testes, mas já declarou que, sob as condições em que estava, o agressor teria morrido em menos de uma hora.

— Morris me enviou um relatório preliminar indicando isso. Você tem amigos leais, Dallas.

— Sim, senhor. Trueheart já completou sua bateria de testes. Os resultados deverão sair pela manhã. Gostaria de adiar qualquer envolvimento da Corregedoria, pelo menos até que as investigações sobre o incidente de ontem demonstrem, com clareza, que tal envolvimento é desejado ou necessário.

Whitney se virou para ela, exibindo um rosto de pele escura e muito sério.

— Tenente, você tem algum motivo para acreditar que uma investigação padrão efetuada pela Divisão de Assuntos Internos, seguida de interrogatório, poderá resultar em algum questionamento sobre as ações tomadas pelo policial Trueheart?

— Não, comandante.

— Então, deixe a coisa rolar. Deixe rolar — repetiu, antes de Eve ter chance de argumentar. — Permita que o garoto se defenda. Deixe-o limpar seu nome. Ele será um tira melhor depois desse episódio. Você ficar no canto do ringue, torcendo por ele, é aceitável. Tentar se fazer de escudo é uma coisa muito diferente, Dallas.

— Não estou tentando... — Eve parou de falar ao perceber que estava fazendo exatamente isso. — Peço permissão para falar com franqueza, comandante.

— Desde que seja breve.

— Sinto certa responsabilidade, já que fui eu quem trouxe o policial Trueheart para a Divisão de Homicídios. Há alguns meses, ele ficou seriamente ferido em uma operação organizada por mim. Ele segue as ordens ao pé da letra e tem muita coragem. Apesar disso, seus instintos ainda estão se desenvolvendo, e ele ainda está meio verde. Com relação a esse assunto, não quero vê-lo receber mais golpes do que merece.

— Se ele não consegue enfrentar isso, é melhor começar a aprender agora. Você sabe disso, Dallas.

— Caso fique provado que o homem que morreu já sofria de uma doença, os trinta dias obrigatórios de afastamento devem ser suspensos. O senhor sabe disso, comandante, como sabe também o estresse mental e emocional que uma suspensão traz para um tira, mesmo que ela seja emitida só para seguir o procedimento. Ele respondeu a um pedido de socorro. Colocou-se na linha de fogo, sem hesitar.

— Mas não solicitou reforço.

— Sim, senhor, não solicitou. O senhor nunca passou por uma situação dessas?

As sobrancelhas de Whitney se ergueram.

— Se passei, tenente, mereci a punição que recebi.

— Pode deixar que eu pretendo puni-lo.

— Vou considerar seu pedido para cancelar a suspensão dele, tenente, mas só quando todos os dados e relatórios me forem entregues e avaliados.

— Obrigada, senhor.

Curvado em uma minúscula estação de trabalho, Halloway realizava uma série de testes no computador de Louis K. Cogburn, que fora confiscado em seu apartamento. E reclamava baixinho, enquanto trabalhava:

— É só jogar um pouco de Crusader na hora do lanche e pronto! Todo o trabalho chato é jogado em cima de você. Quem é que gosta de dissecar os dados de um computador de um cara morto que vendia drogas para garotos de escola? O que Feeney vai fazer com esses dados? Reclamar com as mães dos garotos?

Já estou aqui há quatro horas, pensou ele, e tomou um analgésico para a dor de cabeça insuportável que parecia trombetear dentro do seu crânio. Quatro horas inteirinhas lidando com dados inúteis em um computador inútil e de segunda mão, tudo isso porque a fodona tenente Dallas veio implorar por ajuda para o fodão capitão Feeney.

Ele se recostou na cadeira e esfregou os olhos embaçados.

Não conseguia ultrapassar as barreiras da informação a respeito de Pureza, o que quer que isso significasse. Não foi Cogburn que havia gerado a mensagem, isso ele já verificara. Tinha vindo de fora, sim, mas e daí?

Pureza Absoluta. Provavelmente era algum tipo de loção para bebês.

Sua cabeça estava acabando com ele. Para piorar, ali dentro estava um forno, que diabos! A bosta do termostato devia estar enguiçada novamente. Ninguém mais trabalhava direito. A não ser ele.

Halloway empurrou a cadeira para trás da mesa e saiu do cubículo em que trabalhava, desesperado por um pouco de água e de ar.

Empurrou outros tiras ao passar pelo corredor, o que lhe valeu sugestões criativas sobre como se autogratificar.

Ao chegar ao bebedouro, tomou vários copos de água, um atrás do outro, enquanto monitorava os movimentos dos colegas.

Olhe só para eles, andando de um lado para outro. Parecem formigas em um formigueiro. Alguém podia fazer um favor ao mundo e esmagar algumas daquelas formigas.

— Oi, Halloway! — McNab acabava de chegar de uma investigação externa. — Como vão as coisas? Soube que você pegou uma merda de tarefa.

— Vá se foder, seu babaca!

Um ar de raiva se insinuou no rosto de McNab, mas ele notou a palidez de Halloway e os pontos de suor em sua testa.

— Você está com cara de quem levou uma surra. Talvez fosse melhor tirar uma folga.

Halloway engoliu mais um copo d'água e reagiu:

— Outra pessoa é que vai levar uma surra. Larga do meu pé, senão vou mostrar a todos esses imbecis o quanto o protegido de Feeney não passa de um viadinho.

— Qual é, está com algum problema comigo, Halloway? — Aquilo era novidade para McNab. Até então, ele e Halloway sempre tinham se dado muito bem. — Se quiser, podemos sair no braço lá no ginásio. Vamos ver quem é o viadinho da DDE.

Feeney chegou e parou ao lado do bebedouro assim que pressentiu a tensão crescente entre os dois.

— McNab, já devia ter recebido meu relatório dez minutos atrás. Halloway, se você está com tempo livre para ficar de bobeira no bebedouro, posso lhe conseguir mais tarefas. Vá trabalhar.

— Mais tarde — resmungou Halloway, entre dentes. E voltou para seu cubículo a passos largos, com a cabeça quase explodindo.

Capítulo Quatro

Com Peabody a tiracolo, Eve parou no hospital para uma entrevista de acompanhamento com Suzanne Cohen. A mulher estava chorosa e deprimida, pois descobrira que o afeto que sentia por Ralph era muito mais profundo agora que ele estava morto.

Mas não tinha nada de novo para acrescentar às investigações. Sua versão do que aconteceu na escada do prédio batia com a história de Reenie, e também sua avaliação sobre Louie K.

Ele era um sujeito sossegado, a não ser pela música, mas geralmente ficava na dele.

— Não é sempre assim? — comentou Eve. — Toda vez que um sujeito pira, extrapola, ataca todo mundo e a coisa acaba em sangue, as pessoas dizem que o cara era muito calmo e ficava sempre na dele. Pelo menos uma vezinha eu queria ouvir que o agressor era um maníaco de carteirinha, que comia cobras vivas.

— Teve aquele zureta no ano passado que arrancou a cabeça de alguns pombos com os dentes, antes de pular do terraço do prédio onde morava, lembra?

— Foi, sim, mas a merda só respingou nele, e não fomos nós que o agarramos. Não adianta tentar me animar falando de comedores de pombos. — Um pouco desanimada consigo mesma, Eve atendeu o comunicador: — Dallas falando.

— Imagino que esteja esperando por uma atualização das pesquisas — disse Morris. — Ainda estou fazendo testes e ainda não cheguei a conclusões definitivas sobre nada.

— Puxa, agora você me deixou animada.

— Paciência, Dallas, paciência. — O rosto dele emitia um fulgor semelhante ao de algumas pessoas que afirmam ter encontrado Jesus, pensou Eve.

— O que temos aqui merece uma pesquisa para publicação em informes médicos por todo o mundo. O cérebro desse cara é fascinante. É como se ele estivesse sofrendo de um ataque de dentro para fora. Só que não há nenhum tumor, nem cistos, nenhuma enfermidade desse tipo.

— Mas existem danos? Danos cerebrais?

— Nem queira saber. É como se ele tivesse recebido descargas microscópicas que o arrasaram. Biff, bam, bum. Lembra quando eu o comparei a um balão que foi inflado demais?

— Lembro.

— Imagine esse balão dentro de uma caixa fechada. Aqui, no caso, a caixa craniana. O balão incha, fica cada vez maior, mas o espaço interno permanece o mesmo. Ele continua se expandindo, empurrando as paredes externas, crescendo, mas não tem para onde se dilatar. A pressão aumenta, aumenta, aumenta. Os capilares começam a explodir. Ping, ping, ping. O nariz sangra, as orelhas sangram, até que... Pop!

— Puxa, que imagem bonita.

— O pobre-diabo devia estar sofrendo dores de cabeça indescritíveis. O monte Vesúvio das enxaquecas. Já enviei tecidos ao laboratório, para análises mais detalhadas, e vou ligar para um neurologista.

— Esse dano poderia ter provocado o comportamento violento?

— Por enquanto não sei dizer com base científica. Mas a dor certamente o levou a se comportar de forma radical. A dor é o sistema de alarme da natureza. "Ai, tem algo errado comigo." Mas a dor em excesso pode levar um cara à loucura. Além disso, um corpo invasivo como um tumor no cérebro, por exemplo, pode resultar em comportamento anormal. Esse cérebro foi, sem sombra de dúvida, invadido.

— Pelo quê?

— O melhor que eu posso dizer, por ora, é que parece ter sido uma espécie de vírus neurológico. Descobrir a causa específica disso não vai ser rápido.

— Tudo bem, me repasse o que tiver na hora que puder. — Eve desligou. — Pelo visto, o problema está saindo da área policial para entrar na área médica. Vamos fazer um resumo da situação, Peabody. Suspeito sofrendo de um distúrbio neurológico ainda não diagnosticado ataca e mata o vizinho, e depois outra pessoa. A ação policial resulta em morte do agressor. Trueheart só precisa aguentar firme as baboseiras da Corregedoria.

— Você vai contar a ele que o carinha que morreu já estava praticamente morto antes mesmo de ser atingido pela rajada de atordoar?

— Vou, mas ele tem de lidar com a Corregedoria, antes. Whitney tem razão. Se eu continuar me colocando como escudo, vou fazê-lo parecer fraco.

— Ele não é nada fraco. — Peabody sorriu de leve. — Ele é um garoto... puro.

— Pois sua pureza está meio manchada, agora, mas isso provavelmente vai fortalecê-lo. Vamos passar na DDE para ver o que pintou a respeito da outra Pureza. Quero juntar as pontas e fechar logo esse caso.

* * *

Em seu cubículo de trabalho, Halloway rangia os dentes e suava, enquanto trabalhava. Não sabia que estava morrendo, mas sabia muito bem o quanto estava sendo explorado.

Não conseguia lembrar exatamente como é que aquele computador velho e muito usado tinha ido parar em cima de sua mesa para análise. Mas lembrava muito bem, ah, como lembrava, do jeito que Feeney o insultara e humilhara.

E McNab, aquele babaca, circulando com aquele sorrisinho de desprezo. Rindo dele pelas costas. Debochando abertamente, na cara dele. Por que era sempre ele quem recebia os trabalhos mais importantes? Essas missões especiais deveriam ir para Kevin, o competente filho da sra. Colleen Halloway. E certamente iriam se McNab, o traidor, não puxasse o saco de Feeney em todas as chances que tinha.

Eles o estavam sabotando, mantendo-o sempre por baixo. Todos dois, pensou Halloway, passando o braço pelo rosto encharcado de suor. Eles estavam tentando acabar com ele.

Mas não iam escapar assim numa boa, não.

Por Deus. Por Deus! Ele estava louco para ir para casa, doido para cair na cama. Queria ficar sozinho no seu canto, longe do calor, longe da barulhada, longe da dor.

Sua vista estava embaçada enquanto ele olhava para as tripas do computador que Feeney mandou que ele desmontasse.

E viu as tripas de McNab se espalharem, brilhando, em suas mãos.

Sair no braço lá no ginásio? Deu uma risadinha que terminou num soluço. Ao diabo com tudo aquilo! Para o inferno com eles. Ele se levantou, colocou a mão sobre a arma que estava no coldre e a sacou.

Eles iam resolver aquela parada ali e agora. Como homens.

* * *

Eve entrou na passarela aérea.

— Você não precisa fazer isso, Peabody.

— Senhora, sou sua fiel auxiliar. Minha obrigação é ficar ao seu lado em todos os momentos.

— Se acha que vai comigo até a DDE só para cavar uma chance de ficar de agarra-agarra com McNab, está muito enganada, fiel auxiliar.

— Essa ideia nem passou pela minha cabeça.

— Não mesmo? Por que você está sempre com fogo na calcinha, Peabody?

— Nada disso, e não estou mentindo. — Peabody sorriu. — A verdade é que eu planejava dar uns tapinhas na bunda dele, e não ficar de agarra-agarra. Aliás, a bunda dele é tão magra que não tem nem o que agarrar.

Peabody subiu na passarela logo atrás de Eve, e como pensou ver a tenente disfarçar um sorriso, em vez de ficar dura e tensa, como de costume, ao falar daquele assunto, completou:

— Posso aproveitar a viagem para pegar as informações sobre o computador de Cogburn e redigir essa parte do relatório para a senhora, tenente, na qualidade de assistente fiel e batalhadora.

— Bom suborno, Peabody. Estou orgulhosa.

— Aprendi com a mestra.

Elas acabaram a curta viagem ao longo da passarela aberta que levava à DDE e seguiram rumo ao setor dos detetives. De repente, foi um "deus-nos-acuda".

Gritos, o som claro de uma arma sendo descarregada e o ruído de pessoas fugindo. A arma de Eve já estava em sua mão e ela já corria desabalada antes mesmo de ouvir o primeiro estrondo.

Um tira fugia desesperado pela porta enquanto outros corriam pelos corredores, como num estouro de manada.

— Ele atirou! Meu Deus, ele atirou nele! Chamem um médico!

— Quem foi atingido? Detetive, descreva a situação.

— Eu... minha nossa! McNab foi atingido!

Eve agarrou o braço de Peabody, que já queria pular dentro da sala, sem raciocinar.

— Espere! — ordenou Eve, com os músculos tremendo sob a sua mão. — Policial ferido, policial ferido! — anunciou, com rispidez, pelo comunicador. — DDE, andar dos detetives. Me informe a situação.

— Não sei! Foi Halloway, ele simplesmente se levantou, foi até a estação de trabalho de McNab e atirou nele. Todo mundo correu e Halloway começou a gritar, disparando rajadas para todo lado. Depois, pegou o capitão como refém. Eu o vi pegar o capitão.

— Fiquem aqui fora! — Eve foi até a porta a passos largos e ordenou aos tiras que se precipitavam das salas para os corredores que se afastassem dali. — Temos uma situação com refém e, pelo menos, um ferido. Quero essas salas isoladas. Preciso de um negociador. Peabody, informe o comandante sobre esta situação.

— Sim, senhora. — Lágrimas começaram a brilhar nos cantos dos seus olhos. — McNab...

— Vamos entrar lá. Saque a sua arma. — Eve chegou junto da auxiliar e baixou a voz para que apenas ela a ouvisse: — Se não consegue lidar com isso, me avise agora. Você não vai me ajudar em nada se não mantiver a calma.

— Eu consigo. Eu vou. — O medo já se assentara dentro dela, mas voltara a sair. — Temos de entrar lá.

— Cessar-fogo! — ordenou Eve. — Cessar-fogo!

Ela entrou com cautela, varrendo a sala com a arma em punho. Tiras estavam espalhados; alguns cubículos haviam sido destruídos e outros ainda fumegavam. Eve reparou que alguns policiais estavam encolhidos no chão em torno de algo. Aquela era a estação de trabalho de McNab, reconheceu Eve, sentindo um frio na barriga. Outros policiais estavam amontoados do lado de fora da sala de Feeney, berrando lá para dentro.

— Sou a tenente Dallas! — Teve de gritar para ser ouvida. — Estou no comando até o comandante Whitney assumir a situação. Saiam de perto da porta.

— Ele pegou o capitão. Ele pegou o capitão dentro da sala dele.

— Saiam da porta, agora! Qual o estado do detetive McNab?

Eve agora conseguia vê-lo por aquele ângulo. Estava no chão, junto de sua mesa, inconsciente, o rosto branco como vela. Não disse nada quando sua auxiliar se lançou sobre ele para verificar-lhe o pulso.

— Ele está vivo — respondeu Peabody, com a voz trêmula. — A pulsação está firme.

— Ele não recebeu a rajada em cheio. Sou a detetive Gates — informou uma mulher com cabelos zebrados, cheio de listras pretas e brancas, que deu um passo à frente. — Vi o momento em que Halloway se aproximou do cubículo de McNab. Notei algo estranho e então vi a arma. Berrei alguma coisa, como sinal de alerta. McNab se virou, viu que ia ser atingido e empurrou a cadeira para trás, mas Halloway o derrubou. Foi péssimo. Foi realmente terrível, mas a rajada não o atingiu em cheio.

— O médico está a caminho. Preciso de imagens do que está rolando na sala de Feeney. Providenciem isso. Por enquanto, me liguem com o *tele-link* da mesa do capitão, para eu conversar com ele. Peabody, faça um levantamento de quantas pessoas estão feridas e verifique sua situação.

Eve pegou um *tele-link*, ordenou em voz alta que ele ligasse para a sala de Feeney. O aparelho tocou, tocou, tocou. E seu coração martelou no mesmo compasso.

— Aqui quem fala é a porra do capitão. O capitão Halloway.

O rosto de Halloway, quase tão branco quanto o de McNab, encheu a tela. A parte branca dos seus olhos estava marcada por vasos muito vermelhos e um filete de sangue lhe escorria pelo nariz.

— Sou eu quem está no comando aqui!

Ele disse isso aos berros e deu um passo atrás, para que Eve pudesse ver que ele tinha a arma apontada para o maxilar de Feeney.

Uma rajada daquela distância seria morte certa, avaliou Eve, sentindo as pernas amolecerem de medo.

— Aqui fala a tenente Dallas.

— Eu sei quem você é. A metida do pedaço. Só que minha patente agora é maior que a sua. Que porra você quer?

— A questão é o que *você* quer, Halloway.

— *Capitão* Halloway.

— Capitão — concordou Eve. Seus olhos se encontraram com os de Feeney pela tela. Mil mensagens foram trocadas entre os dois em um décimo de segundo. — Se o senhor me informar o que deseja, senhor capitão, e também o que o desagrada, podemos resolver tudo sem mais violência. O senhor não deseja ferir o capitão Feeney. Não conseguirei ajudá-lo se o senhor ferir o capitão Feeney.

— Você precisa conversar conosco, filho. — A voz de Feeney era calma como um lago. — Conte-nos qual é o seu problema.

— Você é o problema, e não sou seu filho, portanto cale a boca! Cale a boca! — Ele forçou a cabeça de Feeney para trás com a arma e desligou.

Todas as células de Eve pareciam gritar ao mesmo tempo, incitando-a a invadir a sala. Mas os instintos e as horas de treinamento ordenavam que ela se segurasse.

— Imagens! Quero imagens lá de dentro, agora! Quero todos os dados disponíveis sobre Halloway. Se ele for casado, tragam sua mulher até aqui, nem que seja via *tele-link*. Chamem sua mãe, seu irmão, seu padre, qualquer pessoa a quem ele tenha mais possibilidade de ouvir. Quero que todas as pessoas que não forem essenciais a esta operação caiam fora daqui. Quem, dentre os colegas, conhece Halloway melhor?

Rostos chocados, sérios e zangados olharam de volta para Eve. Foi Gates que, por fim, falou.

— Acho que todos nós pensávamos conhecê-lo. Isso não faz sentido, tenente.

— Fale com ele — ordenou Eve, apontando para o *tele-link*. — Mostre tranquilidade e seja amigável. Pergunte o que quer e o que podemos fazer por ele. Não o critique, de nenhum modo. Não diga nada que o irrite. Simplesmente mantenha-o falando.

Ela se virou, saiu do centro da sala e pegou o comunicador.

— Comandante.

— Já estou indo para aí. — O rosto dele parecia entalhado em granito. — Situação?

Eve contou tudo de forma rápida e direta.

— Um negociador já está a caminho. Do que mais você precisa?

— Atiradores de elite. Vou obter imagens da sala, mas no momento não dá para ter visão direta do alvo. Feeney geralmente deixa suas telas de privacidade abertas, mas pode ser que estejam fechadas. Invadir a sala ou cercá-la é arriscado demais. Ele derrubaria Feeney antes de conseguirmos agarrá-lo.

— Estarei aí em dois minutos. Mantenha-o falando e descubra o que ele quer.

— Sim, senhor. — Eve voltou ao *tele-link*. Gates teclou uma mensagem no netbook e o mostrou para Eve.

Ele não está me ouvindo. Está incoerente e disperso. Não responde. Parece doente.

Eve assentiu com a cabeça e assumiu o *tele-link*.

— Está tudo bem aí dentro, capitão Halloway? O senhor quer alguma coisa?

— Quero um pouco mais de respeito! Não vou mais ser ignorado.

— Não estou ignorando ninguém, capitão. O senhor tem toda a minha atenção. Estou com problemas para me concentrar. O senhor poderia afastar um pouco a arma do pescoço de Feeney para podermos resolver isso?

— Para vocês terem a chance de invadir a sala? — Sua risada parecia um grasnido ofegante. — De jeito nenhum.

— Ninguém vai entrar aí. Não há nada que nos impeça de resolver isso sem mais feridos. Feeney, você dá a sua palavra a Halloway de que vai permanecer sentado, cooperando com ele?

Feeney entendeu a mensagem. Fique onde está o maior tempo possível.

— Claro — concordou. — Vou ficar sentadinho aqui enquanto resolvemos tudo.

— Está quente. Esta sala está um forno! — Enquanto falava, Halloway usava a mão livre para limpar o sangue que lhe escorria do nariz.

Ao ver isso, Eve congelou.

— Vou mandar ajustar o ar-condicionado. — Gesticulou para Gates, fora do alcance da câmera. — Vamos mandar baixar a temperatura, senhor. Tirando o calor, está se sentindo bem, capitão Halloway?

— Não! Não, não estou me sentindo nada bem. Este filho da mãe me fez trabalhar até meus olhos sangrarem. E minha cabeça! — Ele agarrou um punhado de cabelos e os puxou com força. — Minha cabeça está me matando. Estou doente. Foi ele quem me fez ficar doente.

— Podemos conseguir um médico. O senhor permite que eu lhe envie um médico? O senhor realmente não me parece bem, capitão Halloway. Deixe que eu providencie assistência médica.

— Deixe-me em paz! — Quando uma única lágrima lhe escorreu pelo rosto, estava tingida de sangue. — Deixem-me em paz. Preciso pensar!

Ele desligou.

— Qual é o status, tenente? — perguntou Whitney, com rispidez, atrás dela.

— Ele está doente. Demonstra os mesmos sintomas de Cogburn. Não sei explicar isso, comandante, mas o fato é que Halloway está morrendo lá dentro e pode levar Feeney com ele. Precisamos tirá-lo de lá e levá-lo para o ambulatório.

— Tenente. Olá, comandante. — Outro detetive entrou correndo. — Já consegui imagens da sala. — Exibiu um sorriso fraco. — Temos som também.

Ao lado de Whitney, Eve se debruçou sobre um monitor. Dava para ver toda a sala de Whitney. As telas de privacidade estavam fechadas. Os atiradores de elite não teriam visão externa. Feeney estava em sua cadeira, junto da mesa, preso aos braços por algemas.

Halloway andava de um lado para outro, irrequieto, ao lado dele. Seu rosto jovem e simpático parecia devastado, e rastros do próprio sangue estavam espalhados nele como pintura de guerra. Passou uma das mãos pelo cabelo e balançou a arma violentamente com a outra.

— Sei muito bem o que estou fazendo. — Ele se enfureceu e chutou a cadeira de Feeney com violência. — Sou eu quem está no comando. Você é velho, idiota, e estou de saco cheio de cumprir suas ordens.

A reação de Feeney foi suave e comedida:

— Eu não sabia que você se sentia assim. O que posso fazer para ajeitarmos as coisas?

— Você quer ajeitar as coisas? Quer que tudo fique numa boa? — Ele forçou a arma sob o queixo de Feeney mais uma vez, e Eve ficou pronta para se lançar porta adentro. — Vai ter que redigir um memorando para nós, Ry.

— Ok., o.k. — Assentiu Eve, respirando aliviada. — Mantenha-o ocupado.

— Senhora. O negociador chegou.

— Coloque-o a par da situação, Dallas — ordenou Whitney. — Depois, avaliaremos as alternativas.

Eve relatou tudo ao negociador e colocou um *tele-link* à sua disposição. Ao se virar, viu Roarke entrando pela porta.

— Que diabos você está fazendo aqui? — quis saber ela.

— Soube pelo noticiário. — Ele não contou dos momentos de terror que vivera desde que recebeu a notícia de que armas haviam sido disparadas e uma pessoa fora feita refém na Central de Polícia. Passeando seu olhar arguto pela sala, percebeu os pontos vitais da situação.

Sua esposa estava a salvo. E Feeney não estava ali.

— Onde está Feeney?

— Foi feito refém. Não tenho tempo para você, agora.

Ele pousou a mão no ombro de Eve antes que ela tivesse a chance de se afastar.

— O que posso fazer para ajudar?

Ela não perdeu tempo perguntando como ele havia conseguido entrar em uma área isolada. Roarke era um homem que ia aonde bem queria. Também não perguntou como ele esperava ajudar quando o setor estava cheio de tiras cujo trabalho era lidar com crises.

Ninguém era melhor que ele em situações de crise.

— McNab foi ferido.

— Por Deus! — Ele se virou e viu Peabody, no chão, junto à primeira equipe médica que chegara.

— Não sei como ele está. Eu ficaria melhor se tivesse alguma notícia, de um jeito ou de outro.

— Entendo. — Havia raiva em sua voz, agora. Uma espécie de fúria, frígida, que era mais letal que o calor. — Tenente, se for dinheiro o que ele deseja, o departamento terá fundos ilimitados à sua disposição.

— Obrigada, mas não se trata de dinheiro. Vá até lá oferecer um ombro amigo a Peabody. Preciso me focar em tirar Feeney vivo lá de dentro. Roarke. Espere um instantinho. — Ela passou a mão pelos cabelos dele. — Pergunte por aí onde fica a estação de trabalho de Halloway. Ele está com um computador desmontado lá. Desligue essa máquina. Não toque em nada, nem chegue perto dela mais que o necessário. Simplesmente desligue-a.

Do lado de dentro da sala de Feeney, Halloway berrava para o *telelink*. Sentia facas enferrujadas fatiando sua cabeça. Dava para sentir seu cérebro sangrando por dentro.

— Vocês querem conversar comigo? Então diminuam a temperatura desta fornalha. Se continuarem a tentar fritar meus miolos, eu vou acabar com a raça deste bundão, chefe de detetives velho e inútil. Não quero conversar com você, seu babaca. Coloque Dallas na linha novamente. Chame aquela vadia de volta. Você tem dez segundos!

Ao ouvir isso, Eve pulou de volta e assumiu o *tele-link*.

— Estou aqui, Halloway.

— Já não mandei diminuir a temperatura aqui dentro? Não lhe dei uma ordem direta?

— Sim, senhor. Já cumpri essa ordem.

— Não minta para mim. Quer que eu comece pelas mãos dele? — Halloway pressionou a arma sobre as costas da mão de Feeney. — Se eu der uma boa descarga aqui, ele nunca mais vai balançar a mão na vida.

— Vou mandar diminuir a temperatura ainda mais. Halloway, me escute. Olhe para Feeney. Ele não está suando. Pode verificar a temperatura. A sala está com menos de dezoito graus.

— Mentira! Estou queimando por dentro!

— Porque você está doente. Pegou uma espécie de virose, como uma infecção. Está com uma tremenda dor de cabeça, não está, Halloway? E seu nariz está sangrando. É a infecção que está fazendo você se sentir desse jeito, é a virose que está incomodando. Você precisa de um médico. Deixe-me buscar ajuda e poderemos resolver tudo numa boa.

— Por que não entra aqui, sua vaca? — Sua boca se retorceu. — Entre aqui na sala e você vai ver como a gente resolve tudo depressinha.

— Posso entrar, se você quiser. Posso levar um remédio.

— Vá se foder!

— Eu entro numa boa, Halloway, sem criar problemas. Você vai ter dois reféns. Você é quem está no controle da situação. Você é o chefe. Você sabe que Feeney é um grande amigo meu. Eu não faria nada para arriscar a vida dele. Posso levar um remédio para a sua enxaqueca, e qualquer outra coisa que você queira.

— Vá se foder! — repetiu ele, e desligou.

— Presenteá-lo com outro refém não é o melhor modo de lidar com essa situação. — O negociador se colocou entre Eve e a tela. — Não precisamos de sacrifícios, não precisamos de heróis.

— Normalmente eu concordaria com você, colega, mas o cara que está lá dentro mandando no jogo não vai ser convencido pelos métodos usuais. Em primeiro lugar, porque é um tira e conhece a rotina. Em segundo lugar, ele está sofrendo de algum tipo de distúrbio neurológico que afeta seu comportamento, seu julgamento e suas ações.

— Estou no comando dessa negociação.

— Não se trata de uma competição, droga! Não quero seu emprego. Só quero que os dois tiras envolvidos saiam lá de dentro inteiros. Comandante, sinto muito, não tenho tempo de explicar tudo agora. As condições físicas e mentais de Halloway estão se deteriorando. Não sei quanto tempo temos até ele perder o controle de si mesmo. Quando isso acontecer, vai carregar Feeney com ele.

— Os atiradores de elite já estão em posição. Podem derrubá-lo usando uma imagem on-line como referência de posição.

— Se ele for atordoado, vai morrer. Foi o que aconteceu com Cogburn. Halloway é um dos nossos, comandante. O que fez ou o que está fazendo agora está fora do seu controle Quero uma chance de pegá-lo vivo.

— Entre na sala — disse o negociador — e três tiras morrem.

— Ou vivem. Posso acalmá-lo. Ele está sofrendo, com muita dor. Se os médicos chegarem, ele vai aceitar ajuda. Comandante, Feeney me treinou, foi meu instrutor. Preciso entrar lá.

Whitney a encarou fixamente.

— Convença-o, e depressa.

Eve perdeu preciosos minutos nessa barganha, mas logo assumiu o ritmo e voltou a se humilhar. Isso, conforme ela sabia, era do que ele precisava. Não só ser reconhecido como o cara que estava no comando, mas receber absoluta subserviência.

— Você sabe muito bem que ele pode atirar em você no instante em que colocar o pé lá dentro — Roarke disse, baixinho, enquanto ela esperava que os paramédicos preparassem os medicamentos e as seringas de pressão.

— Sim, eu sei.

— E vai entrar sem um colete de proteção, sem uma arma?

— Foi esse o trato. Sei o que estou fazendo.

— Você sabe o que deve fazer. Há uma diferença sutil e perigosa, aqui. — Ele colocou a mão no braço dela e lutou com todas as forças contra a vontade de carregá-la para longe daquela sala, o mais depressa possível. — Sei o quanto Feeney representa para você. Lembre-se do quanto você representa para mim.

— Não é possível esquecer isso.

— O estado de McNab é muito grave. Ele levou uma rajada forte a curta distância. Os paramédicos estavam cautelosos, mas ele deu sinais de voltar a si quando o levantaram para transportá-lo, e isso é um bom sinal.

— Ótimo. — Ela não podia pensar em McNab. Não podia se preocupar com ele agora.

— Três homens, além de McNab, ficaram feridos antes de Halloway pegar Feeney e usá-lo como escudo dentro de sua sala. Gostaria de saber, só por curiosidade, como é que um sujeito derruba quatro tiras sem ser alvejado.

— Puxa, Roarke, estamos na DDE. Metade dos tiras daqui é composta por burocratas ou nerds da informática. É mais fácil vê-los sacar um iPod do que uma arma.

— Tenente! — Um dos médicos se aproximou com um saco transparente cheio de medicamentos. — Preparei tudo como a senhora ordenou. A seringa com o pontinho vermelho no êmbolo é o sedativo. Derruba um homem em cinco segundos. A segunda seringa está preparada só com um analgésico leve. Os comprimidos são analgésicos comuns, a não ser pelo que tem uma listrinha amarela. Esse é o sedativo. — Se a senhora o convencer a usar qualquer dos dois, ele vai apagar rápido, em menos de cinco segundos.

— Legal, entendi. Volto em alguns minutos — avisou a Roarke.

— Não se atrase. — Como ele estava pouco ligando, naquele momento, para a tão prezada reputação de durona que ela construíra, puxou Eve com força e a beijou com vontade.

— Puxa, segura essa onda! — Mas aquilo serviu para aquecê-la e acalmá-la quando ela foi até o *tele-link* e informou: — Trouxe os medicamentos, senhor. — Ela segurou o saco diante da tela. — Analgésicos injetáveis e orais. O médico me informou que o injetável vai dissolver a infecção e acabar com a dor de cabeça instantaneamente.

Ela ergueu as mãos e girou o corpo devagar.

— Estou desarmada. Sei que o senhor tem o controle de tudo, capitão. Só quero entregar o que é preciso para resolver a situação conforme o senhor achar satisfatório.

— Sua baba-ovo. — Ele esfregou a mão sobre o sangue que começava a lhe escorrer novamente pelo nariz. Balançava o corpo devagar, para frente e para trás, apoiado nos calcanhares, como se tentasse diminuir a dor com o movimento. Seus cabelos louros apareciam espetados em tufos, nos pontos onde ele os puxara. Suor e sangue empapavam a parte de cima do seu macacão em tom berrante de verde-limão.

— Venha, Dallas. — Sua boca se transformou num terrível esgar, enquanto encostava a arma novamente sob o maxilar de Feeney. — Vou lhe mostrar o que é preciso para resolver esta situação conforme eu achar "satisfatório". Mantenha esse *tele-link* aberto.

Ele parou. Expirou com força e apertou o próprio olho com a base da mão livre.

— Mantenha a câmera ligada para eu poder acompanhar você até a porta. Se alguém tentar lhe passar uma arma, esse velho já era Mantenha as mãos para cima, bem altas, onde eu possa vê-las.

Ele apertou o olho com a base da mão outra vez, enquanto o outro girava loucamente ao tentar focar a tela.

— Ai, minha cabeça! — uivou.

— Tenho aqui comigo o remédio para aliviar sua dor. — Eve falava com toda a calma do mundo, e bem devagar, no instante em que chegou à porta da sala de Feeney. Dos dois lados do recinto, fora de vista, havia dois tiras especializados em situações de crise, completamente equipados e armados com pistolas a laser. — Preciso que o senhor destranque a porta.

— Se alguém tentar arrombar, ele morre.

— Estou sozinha. Não estou armada. Não estou levando nada, a não ser o remédio. O senhor está no controle aqui. Todos sabem que o senhor tem o controle de tudo.

— Pois já era *tempo* de saberem! — Ele liberou a fechadura e empurrou a cabeça de Feeney novamente para trás, apertando-a com a ponta da arma.

Agora, se Eve fizesse alguma coisa errada, todo mundo morreria. Ela abriu a porta devagarzinho, levantou as duas mãos para o alto e empurrou-a com a ponta da bota.

— Estou sozinha, capitão Halloway — informou, entrando e fechando a porta às suas costas.

Arriscou um rápido olhar para Feeney. Viu raiva e frustração em seu rosto. Viu também as marcas roxas começando a se formar nos pontos onde Halloway apertara a arma várias vezes.

— Coloque o saco em cima da mesa. — Halloway passou a língua sobre os lábios secos e rachados, e ela obedeceu.

— Dê um passo para trás, com as mãos na cabeça.

— Sim, senhor.

— Por que você trouxe duas seringas?

— Porque o médico achou que talvez fossem necessárias duas doses para alívio imediato, senhor.

— Venha até a mesa.

Ela o ouviu gemendo baixinho, muito ofegante. Parecia um animal gravemente ferido.

Não tinha mais de trinta anos de idade, Eve pensou. Devia ter vinte e poucos anos e, algumas horas atrás, Feeney ralhara com ele por atacar alienígenas virtuais no horário de trabalho.

Um filete de sangue lhe escorria lentamente do nariz. A manga esquerda do macacão estava manchada de vermelho, de tanto ser usada para limpar o sangue. Dava para sentir o cheiro de suor e de sangue. Dava para sentir sua fúria aumentando.

— Quantas vezes você teve de trepar com esse velho canalha para ele promovê-la a tenente?

— Senhor, o capitão Feeney e eu nunca tivemos intimidades.

— Sua vadia mentirosa. — Ele girou o braço e a esbofeteou com as costas da mão, num movimento mais rápido e violento do que ela previra. Perdendo o equilíbrio, Eve caiu sobre uma cadeira. — Quantas vezes?!

— Tantas vezes quantas foram necessárias. Perdi a conta.

— Assim é que a coisa funciona por aqui. — Ele balançou a cabeça com força várias vezes. — Tem sempre alguém fodendo alguém, que depois vai foder outra pessoa.

— Mas todos nós sabemos que o senhor alcançou sua patente e sua posição por mérito próprio, capitão.

— Você sabe. Ainda bem que percebeu isso. — Ele pegou um comprimido azul no saco plástico. — Como é que eu vou saber que isso aqui não é veneno? Aqui! — Ele enfiou o comprimido na boca de Feeney. — Engula! Engula isso ou eu mato ela! — Ele apontou a arma para Eve.

Eles estavam perto, mas não perto o bastante para ela ver se o comprimido tinha uma listrinha amarela. Esperou com o coração na mão, contando os segundos depois de Feeney ter engolido, para ver se ela perdera o blefe.

Mas os olhos de Feeney permaneceram claros e calmos. Bem como sua voz.

— Halloway — disse ele, olhando para o agressor —, todo mundo aqui quer resolver isso de uma vez. Você precisa nos dizer o que quer, para irmos todos embora numa boa.

— Cale a boca! — Bateu com a ponta da arma no rosto de Feeney com uma violência casual. Depois, pegou outro comprimido do saco e o jogou na boca, mastigando-o como se fosse bala.

— Talvez essas seringas é que tenham veneno. Pegue uma delas, pegue logo! — Ele tomou mais um comprimido. — Vamos fazer um pequeno teste.

— Sim, senhor. — Eve fingiu tremer um pouco ao remexer no fundo do saco, como se estivesse agitada. — Desculpe, é que eu estou um pouco nervosa. — Ela pegou a seringa com analgésico. — Quer que eu aplique isto, senhor, ou prefere fazê-lo pessoalmente?

— Vá em frente e me aplique a medicação. Não! — Resolveu ele, quando ela se levantou da cadeira. — Fique aí mesmo. Aplique a substância em si mesma. Se escapar, talvez consiga sobreviver mais um pouco.

Eve manteve os olhos grudados nos dele enquanto virava a seringa de pressão na direção do próprio braço e aplicava o medicamento.

— Segui suas ordens. Sinto muito por estar com tamanha dor, senhor. É difícil pensar com clareza quando a gente sente dor. Espero que assim que esta medicação aliviar o seu sofrimento físico consigamos resolver a situação conforme for do seu agrado.

— Se você quiser ser promovida a capitão, terá de começar a dar para mim. Estou no comando, agora. Levante-se, levante-se daí! Me entregue essa porra de seringa, porque os comprimidos foram *inúteis*.

Eve deu um passo à frente. O sangue escorria pelas orelhas dele, agora. Ela manteve os olhos fixos nos dele ao encostar a seringa em seu braço.

— Isso vai funcionar mais depressa — garantiu ela.

E apertou o êmbolo.

— Veneno! — Ele gritou na mesma hora, afastando o braço. — Veneno! Minha cabeça está explodindo! Vou matar você! Vou acabar com vocês todos!

Eve ouviu movimento na porta e percebeu que os atiradores de elite estavam prontos para invadir, certamente ajustando a mira. Halloway era um tira, foi tudo o que ela conseguiu pensar ao pular sobre ele e desviar a arma da direção dela, um décimo de segundo antes de ele soltar a rajada.

Ela baixou a seringa sobre o ombro dele e injetou o resto do tranquilizante em seu corpo.

— Baixem as armas! Baixem as armas! — gritou, enquanto Halloway girava em círculos pela sala, gritando e arrancando os cabelos. — Eu peguei sua pistola. Ele está desarmado.

Nesse instante, a porta se abriu. Eve pulou entre Halloway e os lasers.

— Já mandei baixar as armas! — repetiu.

Ela girou. Isso estava levando mais de cinco segundos. Halloway estava se lançando com toda a força de encontro à parede. Guinchava e chorava. Então seu corpo começou a dançar, como acontece quando uma rajada de atordoar atinge alguém.

O sangue esguichou do seu nariz como se fosse uma fonte e ele tombou para frente.

— Chamem os médicos! — ordenou Eve ao correr e se ajoelhar ao lado de Halloway.

Ela já presenciara a morte chegar demasiadas vezes para se enganar. Mesmo assim, verificou a pulsação dele.

— Droga! Droga! — Ela bateu com o punho sobre o joelho, com força. Ergueu a cabeça e encontrou os olhos de Feeney, que já percebera que tudo havia acabado. — De qualquer jeito, nós o perdemos.

Capítulo Cinco

— Ele pegou você de jeito. — Eve se agachou ao lado da cadeira onde Feeney recebia medicamentos. Apertou os lábios ao examinar o corte longo e profundo que cortava seu rosto de alto a baixo. — Já fazia um bom tempo desde que você levou um golpe desses na cara, hein?

— Não meto minha cara em qualquer buraco desconhecido, como muitas pessoas fazem. Precisamos ter uma conversinha, nós dois, Dallas. Não foi isso que eu lhe ensinei. Oferecer mais um refém para um cara que...

— Estou com cara de refém, por acaso? Não me lembro de ter sido algemada nos braços da minha cadeira de trabalho ultimamente.

— Foi pura cagada ter dado tudo certo. — Feeney suspirou. — Uma tremenda sorte.

— Foi um merecido bônus para um trabalho policial bem executado. Alguém que eu conheço me disse isso, uma vez. — Ela sorriu para Feeney, colocando a mão sobre a dele. Sentindo a pele dela, ele virou a própria mão para cima e seus dedos se entrelaçaram.

— Não fique achando que estou lhe devendo uma, Dallas. Ainda mais num caso de pura sorte. E faça o favor de explicar ao seu marido que aquela história de trepar comigo foi só enrolação.

— Sim, sei que ele está fervilhando de ciúme e planejando arrebentar a sua cara, mas farei o possível para acalmá-lo.

Ele assentiu, exibindo um sorriso leve, que logo desapareceu e o fez desviar o rosto.

— A verdade é que ele nos pegou com as calças arriadas, Dallas. Todos nós estávamos com as calças arriadas até os tornozelos. Não tinha a menor ideia de que isso pudesse acontecer.

— Ninguém teria. Não havia motivo — ela acrescentou, depressa, antes de ele ter chance de argumentar. — Ele estava doente, Feeney. Foi algum vírus, alguma infecção, sei lá que diabo o atacou. Morris está tentando descobrir. Foi a mesma coisa que aconteceu com o sujeito que Trueheart derrubou. Seja lá o que for, está dentro do computador. Só pode estar no computador.

Nossa, como ele estava cansado. Enjoado e esgotado. Tudo que conseguiu fazer foi balançar a cabeça para os lados.

— Isso é baboseira de histórias de ficção científica, Dallas. A única doença que um ser humano pega de um computador é vista cansada.

— Você colocou Halloway para trabalhar na máquina de Cogburn, e no fim do dia ele começou a exibir os mesmos sintomas de Cogburn. É só somar dois e dois, Feeney, ficção científica ou não. Tem alguma coisa dentro daquela máquina, e ela vai ficar em quarentena até conseguirmos algumas respostas.

— Ele era um bom garoto. Pisava na bola de vez em quando, mas era um bom garoto e um bom tira. Passei-lhe um esculacho hoje de manhã, mas ele precisava mesmo de uma escovada. Depois eu o vi implicando com McNab à tarde e... — Feeney esfregou as têmporas, lamentando-se. — Puxa vida!

— Eles estão cuidando de McNab, ele vai ficar bem. É mais forte do que aparenta. Vai ter de ser, não é? — Ela tentou exibir um sorriso ao dizer isso e ignorou a fisgada de tensão na barriga.

— Quatro dos meus rapazes feridos e um deles morto. Tenho de saber por quê.

— Sim, vamos descobrir o motivo de tudo.

Ela olhou para trás, para a estação de trabalho de Halloway, e viu o centro de dados velho desmontado sobre a bancada.

Pureza Absoluta, pensou.

Voltou à sala de Feeney. O corpo de Halloway já fora ensacado. Os respingos de sangue espalhados pelas paredes pareciam uma pintura louca feita sobre telas bege.

Ela chamou o médico que lhe entregara os sedativos.

— O que você acha que aconteceu aqui? — perguntou-lhe Eve.

Ele olhou para o chão, para o corpo ensacado, como ela fizera.

— Algo se rompeu, mas o fato é que não faço ideia. Nunca tinha visto nada desse tipo, pelo menos sem um histórico anterior de trauma severo no crânio. Você vai precisar do relatório do legista, tenente. Pode ter sido um tumor cerebral, quem sabe uma embolia ou um derrame maciço, mas ele era muito jovem. Não devia ter nem trinta anos.

— Tinha vinte e oito. — E uma noiva que fora chamada às pressas de uma viagem de negócios a Washington. Tinha pais e um irmão, que estavam vindo de Baltimore.

Como conhecia Feeney muito bem, Eve sabia que o detetive Kevin Halloway seria enterrado com todas as honras devidas a um policial que tombara em serviço.

Porque foi exatamente o que aconteceu ali, pensou, enquanto os auxiliares carregavam o corpo. Ele estava fazendo o seu trabalho e morrera por causa disso.

Ela não sabia como, nem sabia por quê. Mas o fato é que um jovem detetive eletrônico morrera em serviço, naquele dia.

— Tenente.

Ela olhou para a porta e viu Whitney.

— Senhor.

— Preciso do seu relatório sobre isso o mais rápido possível.

— O senhor o terá.

— Quanto ao que aconteceu aqui... — Ele observou o sangue nas paredes. — Tem respostas para isso?

— Algumas. Mais perguntas do que respostas, por enquanto. Precisamos que Morris examine Halloway imediatamente, senhor. Creio que encontraremos danos neurológicos similares aos achados na autópsia de Cogburn. As respostas estão no computador de Cogburn, mas essa máquina não poderá ser examinada até concebermos medidas razoavelmente seguras para fazê-lo. O que sei é que o detetive Halloway não foi responsável pelo que aconteceu aqui, comandante.

— Preciso relatar tudo ao secretário de Segurança Tibble e ao prefeito, antes de falarmos com a mídia. Vou deixá-la seguir essa linha de investigação, por ora — acrescentou. — Por enquanto, a versão oficial será a de que o detetive Halloway sofria de uma doença ainda não determinada que provocou seu comportamento anormal e resultou em sua morte.

— Até onde eu sei, essa é a verdade pura e simples, senhor.

— Não estou preocupado em usar a verdade no comunicado oficial. Mas quero encontrá-la, por completo. Esse assunto é sua única prioridade. Qualquer outra investigação em andamento na qual esteja trabalhando deverá ser passada para outra pessoa. Encontre-me todas as respostas, tenente.

Ele foi em direção à porta, mas girou o corpo e informou:

— O detetive McNab recobrou a consciência. Saiu do estado crítico para o sério.

— Obrigada por avisar, senhor.

Quando Eve saiu da DDE, avistou Roarke encostado de forma descontraída em uma parede, trabalhando no seu computador de mão.

Não havia ninguém com menos cara de policial e menos cara de vítima do que Roarke. Mesmo assim, comparados aos outros elementos que frequentavam delegacias, ele se movia com facilidade e se enturmava bem em qualquer grupo em que estivesse.

Ele ergueu a cabeça e estendeu a mão para Eve.

— Você não poderia ter feito mais do que fez.

— Não. — Ela sabia disso e aceitava. — Mesmo assim ele morreu. Fui eu quem colocou a arma letal em sua cabeça. Não sabia disso, não teria como saber, mas foi exatamente o que fiz. O pior é que ainda nem sei que arma é essa.

Ela flexionou a musculatura dos ombros, rolando-os devagar.

— Pelo menos McNab acordou e saiu do estado crítico. Acho que devia dar uma passada por lá para dar uma olhada nele, antes de ir para casa.

— Você vai interrogá-lo?

— Vou, mas antes vou lhe entregar um punhado de flores idiotas.

Roarke riu e já ia erguer a mão dela para beijá-la quando ela forçou a mão para baixo e soltou um chiado de alerta.

— Querida. Você não precisa ser tão tímida quanto a demonstrações públicas de afeto.

— Demonstrações públicas são uma coisa. Oferecer shows grátis para tiras é outra.

— E eu não sei disso? — murmurou ele, saindo com ela pela garagem.

— Vou até lá com você. Um de nós precisa fazer com que Peabody coma alguma coisa ou tenha um ombro para se apoiar.

— Vou deixar essa parte para você. — Eve se acomodou atrás do volante. — Você é melhor nesses assuntos do que eu.

Ele tocou as pontas dos cabelos dela. Precisava fazê-lo.

— Ela até que aguentou muito bem — comentou ele.

— Sim, é verdade.

— Não é fácil ver alguém que você ama ficar ferido ou correr o risco de se ferir.

— Quem gosta de tranquilidade devia se envolver com um escriturário, em vez de um tira.

— Sábias palavras. Só que, na verdade, eu estava pensando em como deve ter sido difícil para você encarar Feeney sendo ameaçado de morte durante quase uma hora.

— Ele estava se segurando bem. Sabe como fazê-lo. — O pensamento se espalhou como fogo por dentro das veias, e Eve sentiu garras de medo se fincando em sua garganta. — Tá legal. — Na saída da garagem, ela parou o carro e pousou a cabeça sobre o volante. — Você tem razão, eu me caguei de medo. Santo Cristo! Ele sabia direitinho onde encostar a porra da arma. Conhecia o ponto exato. Uma sacudidela de leve e Feeney já era. Morreria na hora e não havia nada que eu pudesse fazer.

— Eu sei. — Roarke colocou o sistema de direção do veículo no modo automático e se virou de lado para massagear o pescoço de sua mulher, enquanto o carro deslizava com suavidade por entre o tráfego. — Sei como é sentir isso, querida.

— Feeney também sabia. Trocamos um olhar e ambos sentimos a mesma coisa. Tudo podia acabar num estalar de dedos. Não haveria tempo de dizer nada, nem de fazer nada. Droga!

Ela se deixou recostar no banco e fechou os olhos.

— Eu o convenci a levar aquele computador para análise e pedi prioridade. Sei o que aconteceu, sei o que poderia ter acontecido, entendo que não foi culpa minha, mas aconteceu desse jeito. Feeney está com o pescoço todo vermelho, como se fosse um galo. Está cheio de hematomas também, nos lugares onde Halloway golpeou seu queixo duplo. Quantas vezes sua vida deve ter desfilado diante dos seus olhos? Já pensou? Nunca mais ver sua esposa, nem seus filhos, nem seus netos?

— Quando alguém escolhe um trabalho desses, tem de assumir todos os riscos. Conheço uma pessoa que está sempre me lembrando disso.

Eve abriu os olhos e olhou para ele.

— Aposto que você tem vontade de dar umas bolachas nessa pessoa só por ela ser metida a sabichona.

— Ah, certamente. — Ele brincou com os dedos sobre a face dela. — Mas sempre alguém acaba dando umas porradas nela por mim, antes.

— Se eu não levo pelo menos um tapa na cara a cada duas semanas, não me sinto bem. Agora, por exemplo, estou ótima. — Ela sorriu ao dizer isso.

— Sim, você está bem.

Eve se sentia firme novamente ao entrar com passos largos pelo saguão do hospital. Tão firme que enfrentou, com cara de lobo mau, as dezenas de repórteres acampados ali, loucos para garimpar uma história suculenta.

— Não tenho declarações a fazer — avisou ela.

— A senhora foi citada como parte da equipe de negociação para libertar o capitão Ryan Feeney, tenente. Por que uma policial da Divisão de Homicídios participou desse episódio?

— Não tenho declarações a fazer.

— Uma fonte da polícia afirmou que o detetive Kevin Halloway atirou em vários colegas, fez o capitão Feeney de refém dentro da Divisão de Detecção Eletrônica, na Central de Polícia, e foi morto em consequência disso.

Ela forçou passagem em meio ao mar de repórteres e deu uma cotovelada "sem querer" em uma das câmeras.

— Talvez vocês não tenham ouvido a palavra *não* da frase "não tenho declarações a fazer".

— Foi a senhora que executou o detetive Halloway, a fim de obter a liberação do capitão Feeney?

Ela parou e se virou para trás ao ouvir isso.

— O comandante Whitney, ao lado do secretário de Segurança Pública e do prefeito de Nova York farão uma declaração conjunta à imprensa daqui a uma hora. Se quiserem informações, bebam dessa fonte. Só vim aqui para visitar um amigo internado.

— Por que um policial atacou os colegas? — gritou alguém lá de trás, enquanto ela empurrava as pessoas para alcançar o elevador. — Que tipo de tiras vocês têm trabalhando lá?

— O tipo que se dedica a servir e proteger até mesmo abutres como você. Droga — resmungou. Assim que entrou no elevador, deu um soco na parede da cabine. Uma senhora de idade, com o rosto coberto por um lindo arranjo de flores, tentou sumir, encolhendo-se no fundo do carro. — Esse vai ser o grande fuxico do dia para esse bando de chupa-sangues. Eu sei disso, mas não vou me deixar picar.

— Sua pele teria de ser de aço reforçado para você não sentir essas picadas de vez em quando, tenente. Por falar nisso, sua picada de volta foi certeira e dura.

— Dura uma ova! Droga, eu nem sei em que andar ele está.

— Eu sei. Doze. Como vai a senhora? — Roarke exibiu um sorriso encantador para a velhinha que os acompanhava. — Qual é o seu andar?

— Tanto faz. Posso saltar em qualquer lugar. — Ela notou a ponta da arma por dentro da jaqueta de Eve. — Por mim, qualquer andar está bom.

— Não se preocupe. — Elegante e lindo em seu terno impecável, Roarke manteve a voz leve e o tom simpático: — Ela é da polícia, senhora. Que lindo arranjo de flores esse que a senhora leva nos braços — elogiou.

— Obrigada. Minha netinha acaba de ter um bebê. É menino.

— Ora, meus parabéns! A senhora vai para o andar da maternidade então, eu imagino. Ahn, sexto andar. — Depois de declarar os destinos, ele se manteve virado para a velha senhora, tentando bloquear, com o corpo, a visão da arma de Eve. — Espero que a mãe e o bebê estejam passando bem.

— Sim, estão ótimos, obrigada. É o meu primeiro bisneto. Vai se chamar Luke Andrew.

Ela olhou com muita apreensão para Eve quando o elevador abriu as portas no sexto andar. Segurando as flores diante do corpo como se fossem um escudo, deslizou para fora o mais rápido que conseguiu.

— Que foi? Tenho cara de quem chuta velhinhas só por diversão? — perguntou a Roarke.

— Para ser franco, querida... — Roarke virou a cabeça de lado, analisando-a de cima a baixo.

— Mantenha essa língua dentro da boca, espertinho.

— Não foi isso que você me disse ontem à noite.

Como ele a fez rir, Eve conseguiu chegar ao quarto de McNab com menos peso nos ombros. Mas isso mudou assim que ela entrou e viu Peabody sentada ao lado da cama e McNab estendido.

Ele parecia jovem demais, deitado ali com os olhos fechados, o rosto pálido, mais branco que os lençóis. Eles haviam retirado seus piercings e pingentes, reparou Eve. Parecia despido, vulnerável, *esquisito* sem seus complementos típicos.

Ombros estreitos, reparou Eve, com uma onda de preocupação. McNab tinha ombros estreitos, que não combinavam com a cor neutra do camisolão do hospital. Ele precisava de algo brilhante, vibrante e tolo para cobrir seu corpo delgado.

Seus cabelos estavam soltos e o louro deles lhe pareceu brilhante demais, saudável demais comparado ao resto do corpo.

Eve odiava hospitais. Eles reduziam as pessoas a carne e ossos, deixavam-nas fracas e sozinhas sobre uma cama estreita onde máquinas monitoravam cada respiração.

— Não podemos tirá-lo daqui? — ela se ouviu perguntar. — Não podemos...

— Vou providenciar isso — sussurrou Roarke em seu ouvido.

Claro que ele faria isso. Prepararia tudo enquanto ela ficaria ali, colada na porta, sem entrar. Chateada consigo mesma por isso, Eve deu um passo à frente.

— Olá, Peabody.

A cabeça de Peabody se ergueu depressa. Eve notou que ela havia chorado. Sua mão estava sobre o lençol, cobrindo a de McNab.

— Ele está fora de perigo. O médico garantiu que vai ficar bem. Levou uma rajada forte, mas... Obrigada por me deixar sair da cena do incidente para acompanhá-lo até aqui.

— Eu soube que ele tinha recobrado a consciência.

— Pois é, ele... — Peabody parou e respirou fundo, como se tentasse se recompor. — Ele acordou e apagou algumas vezes. Estava meio aéreo sobre o que aconteceu, mas parecia lúcido. Os médicos não descobriram nenhum dano cerebral. Seu coração levou um tranco e os médicos estão preocupados porque os batimentos ainda estão irregulares. O lado direito dele continua paralisado. Eles acham que isso é temporário, mas, no momento, ele não consegue mover a perna nem o braço do lado afetado.

— Vou andar de um jeito esquisito por algum tempo. — A voz era meio arrastada, mas atraiu a atenção de todos para o rosto de McNab. Seus olhos continuavam fechados, mas sua boca se curvou de leve, em uma tentativa de sorrir que provocou uma fisgada de emoção no estômago de Eve.

— Você está aí, McNab?

— Estou. — Ele tentou engolir. — Sim, tenente, estou presente e ligadão. Onde está She-Body?

— Estou aqui.

— Eu queria um pouco d'água, ou qualquer outra coisa. Uma birita cairia bem.

— Vai ter que ser água mesmo. — Peabody pegou um copo tampado e colocou o canudo entre os lábios dele. Depois de dois ou três goles, ele girou a cabeça. — Não sinto o cheiro das flores. Quando um cara vai parar no hospital, as visitas devem trazer flores para alegrá-lo.

— Pois é, mas eu acabei me distraindo quando ia em direção à loja de presentes. — Eve se colocou no lado direito da cama. — Tive que chutar alguns repórteres pelo caminho.

Ele abriu os olhos. Eram verdes e pareciam enevoados. Se aquilo era efeito das drogas ou da dor, Eve não tinha como saber. De um jeito ou de outro, era igualmente terrível.

— Você conseguiu salvar o capitão? Eu não me lembro...

— Ele virá visitá-lo assim que se livrar da papelada. Feeney está ótimo.

— E Halloway?

— Não conseguiu.

— Por Deus, por Deus! — McNab tornou a fechar os olhos. — Que diabo foi aquilo?

— Quero que você me conte.

— Eu... eu não consigo pensar direito.

— Pegue leve por algum tempo e depois a gente conversa.

— Pra você largar do meu pé tão depressa é porque eu devo estar pior do que pensava. Peabody, se eu bater as botas, minha coleção de vídeos fica para você.

— Isso não tem graça.

— Tudo bem, tudo bem, você venceu. Leva todos os meus brincos também, mas minha prima Sheila vai ficar revoltada. Alguém aí pode ajudar a me levantar um pouco?

— O médico disse que você precisa repousar. — Mas Peabody já estava erguendo a cama, colocando-o quase sentado.

— Se eu abotoar o paletó de madeira...

— Quer *parar* de falar essas coisas?

Ele conseguiu sorrir de leve quando Peabody fez cara feia, quase encostando o rosto no dele.

— Que tal me dar um selinho, então?

— Isso eu posso fazer — resmungou, pressionando a boca de leve contra a dele.

Ao olhar para cima, notou que Eve olhava fixamente para o teto.

— Desculpe, tenente, estou só atendendo ao pedido de um moribundo.

— Tudo bem. — Eve se virou quando Roarke chegou mais perto. Ele assentiu com a cabeça e se colocou ao pé da cama.

— Há um batalhão de mulheres lindas trabalhando neste andar, Ian, mas é claro que você não deve ter reparado nisso.

— A rajada não afetou minha visão.

— Já que é assim, talvez você não queira ser transferido para outro local. Summerset, apesar de muito eficiente, certamente nao é tão bonito.

— Como? Que foi que você disse?

— A tenente achou que você se recuperaria melhor em outro local. Temos um bom quarto lá em casa, mas estamos em falta no quesito enfermeiras atraentes.

— Vocês me levariam daqui? — Uma corzinha invadiu suas faces pálidas. — Para a casa de vocês?

— Seu médico quer dar mais uma olhada em você antes, mas acho que dá para transferi-lo em uma ou duas horas. Se estiver bom para você.

— Puxa, nem sei o que dizer. Isso seria o máximo. Tenente...

— Sei, sei... — Eve se ajeitou, mudando o peso de um pé para outro. — Quero ver se você vai continuar se sentindo grato depois que Summerset começar a cutucar você com aqueles dedos magros. Agora eu tenho coisas para resolver.

— Ele parecia doente — disse McNab, e isso fez Eve parar antes de chegar à porta.

— Halloway?

— É. Eu cheguei de uma missão externa e ele estava parado do lado do bebedouro. Parecia super puto. Desagradável e agressivo. Isso não era nem um pouco o feitio dele. Halloway podia ser um pé no saco, de vez em quando, meio metido a gostoso, mas a gente se dava bem. Servíamos juntos na DDE havia quase dois anos.

Ele fechou os olhos.

— Puxa. Eu não entendo! Ele veio para cima de mim como se quisesse beber meu sangue. Não era a zoação de costume. A gente sempre tirava onda um com o outro, só de curtição, você sabe como é.

— Sei. — Eve voltou para a cama. — Mas dessa vez não era zoação.

— Não. Dava para ver pelo jeito dele falar e pela forma como olhou para mim. Fiquei tão injuriado que o convidei para sair na porrada no ginásio, mas o capitão chegou e colocou panos quentes. Halloway não parecia nada bem. Suava muito e seus olhos estavam inchados. Os olhos da gente ficam mal, às vezes, trabalhando diante do monitor o dia todo, mas os dele estavam de assustar. Voltei para o meu cubículo e ele voltou para o dele.

— Tornaram a se falar? Você o viu conversando ou brigando com outra pessoa?

— Não. Eu tinha um relatório para redigir e uma varredura para fazer em alguns *tele-links*. Estava empurrando essa tarefa com a barriga porque a coisa ia ser de um tédio mortal. Peguei café e conversei abobrinhas com Gates. Depois, fiquei um tempão no *tele-link* com uma mulher que achava que seu computador tinha sido invadido por alienígenas. Isso rola o tempo todo, já temos até uma rotina exclusiva para convencer as pessoas de que... Bem, isso não importa. O fato é que acabei de desligar e ouvi alguém gritando. Tava rolando algum barraco. Virei para descobrir o que estava acontecendo.

Ele parou de falar. Eve reparou que os monitores começaram a apitar mais depressa. Seu coração tinha acelerado, ela percebeu. Hora de dar um tempo.

— Tudo bem, McNab, descanse agora. Amanhã você acaba de contar a história.

— Não, não, eu me lembro de como tudo aconteceu. Vi Halloway vindo na minha direção, mas a coisa não batia. Foi estranho... Puxa, como é que Halloway podia estar com a arma apontada para mim? Aquilo não encaixava, e minha ficha não caiu. O rosto dele... Ele parecia louco, disparando a esmo, como um tira de combate que reage a um ataque. Alguém gritou mais forte. Eu pulei de lado... pelo menos pensei em pular. Não estava com minha arma. A gente quase não usa o coldre quando está trabalhando. Pensei em mergulhar para me proteger. Acho que cheguei a me lançar de lado, mas então... Bam! Senti como se um elefante pisasse no meu peito e apaguei. Quantos de nós ele derrubou?

— Três policiais receberam rajadas, mas foram tratados e liberados no local. Só você pegou o golpe em cheio.

— Sou um sortudo, né? Halloway era um cara limpeza antes desse acesso de loucura. Implicávamos um com o outro de vez em quando, mas isso é comum, nunca tivemos uma briga feia. Ele gostava do trabalho, saía com uma garota há algum tempo e andava pensando em se casar com ela. Às vezes ele reclamava de Feeney. Achava o capitão antiquado, coisas desse tipo, mas todo mundo reclama do chefe de vez em quando. Não faz sentido ele ter vindo para cima de mim daquele jeito. Tem algo de podre nessa história.

— Sim, algo de muito podre — concordou Eve.

— Quero participar da investigação.

Sim, Eve pensou, é claro que ele iria querer. No seu lugar ela também pediria isso.

— Vou marcar uma reunião para avaliar o caso amanhã, às nove da manhã, no escritório da minha casa. Enquanto isso, trate de se colocar em forma, porque eu não tenho tempo de ficar carregando você para cima e para baixo.

— Sim, senhora. Obrigado.

— Vamos estocar o AutoChef do seu quarto com mingaus, papinhas e outras deliciosas comidas para inválidos. A gente se vê por lá.

— A história do mingau foi um toque simpático — comentou Roarke, quando eles saíram pelo corredor do hospital.

— Eu também achei.

— Serviu para deixá-lo mais animado.

— Tenente! Dallas!

Ela se virou e viu Peabody atropelando todo mundo pelo corredor e deu um passo desajeitado para trás quando sua auxiliar a agarrou em um abraço apertado.

— Obrigada. Obrigada de verdade.

— Ah, puxa... — Envergonhada, Eve ergueu a mão e deu uma batidinha meio tímida nas costas de Peabody. — Tudo bem.

— Ele sofreu uma parada cardíaca dentro da ambulância. Eles tiveram de ressuscitá-lo. Durou só alguns segundos, mas eu pensei: "O que vou fazer? O que vou fazer? Ele é um idiota." — Peabody disse isso e caiu em lágrimas.

— Cara. Deus. Roarke. — Eve suspirou.

— Uma sequência interessante e elogiosa — reagiu Roarke, diante do pedido de socorro de sua mulher, que saiu meio abafado. — Venha comigo, querida. — Com gentileza, ele resgatou Eve das garras mortais e, colocando o braço sobre os ombros de Peabody, levou-a para uma saleta de espera ali perto, onde a colocou sentada e enxugou-lhe as lágrimas com um lenço.

Eve ficou ao lado, trocando o apoio do corpo de um pé para outro, até que acabou se sentando também, e passou a mão com carinho sobre a perna de Peabody.

— McNab vai ficar com o ego inflado se descobrir que você anda chorando por causa dele. Já é difícil aturar isso normalmente.

— Eu sei. Desculpe. Acho que fiquei assim por ter ouvido a versão completa de como tudo aconteceu. Minha cabeça ficou embaralhada.

— É, isso anda acontecendo muito pela cidade.

Peabody abriu um sorriso molhado e pousou a cabeça sobre o ombro de Roarke. Estava num tal estado de nervos que esse contato físico não lhe provocou o formigamento de excitação que costumava sentir.

— Vocês dois são realmente o máximo dos máximos. Estou falando sério. Imagine, hospedá-lo por alguns dias enquanto o organismo dele se recupera.

— Tudo bem, não precisa agradecer. — Eve suspirou. Amizade, ela pensou, às vezes era uma coisa constrangedora. — Mas ele não vai ter moleza, não. Pode ter certeza de que eu não vou bancar a enfermeira particular. Você é que vai ter de assumir essa tarefa.

Os lábios de Peabody estremeceram e seus olhos tornaram a se encher de lágrimas.

— Não! Corta esse mico de chorar de novo. Isto é uma ordem.

— Sim, senhora. — Peabody lançou um suspiro infindável. — Vou enfiar a cara debaixo de uma torneira de água fria antes de voltar para o quarto. Pode deixar que ele não vai incomodar vocês, Dallas.

— Cuide disso.

Eve ficou sentada ali por alguns instantes depois que Peabody saiu.

— Não faça nenhum comentário sobre eu ser sentimental — avisou ela —, senão você vai ficar feliz por estarmos em um hospital, depois que recobrar a consciência.

— Eu nem pensaria nisso — Roarke esfregou a palma da mão contra a dela —, dona tenente Coração Mole.

Ela o olhou meio de lado, mas se levantou sem apelar para a violência e propôs:

— Vamos dar o fora daqui.

Ela deixou que ele levasse o carro porque queria pensar. Eletrônica não era o seu ponto forte. Na verdade, ela e a tecnologia travavam guerra constante, e Eve perdia a maioria das batalhas.

Feeney era capitão da DDE não apenas por ser um bom policial, mas também por compreender como ninguém o estranho mundo da eletrônica e ter um antigo caso de amor com a tecnologia. Ela também poderia contar com McNab, se ele estivesse fisicamente capaz. Ele trazia um olhar jovem e inovador à equipe.

Além disso, depois do que aconteceu, Eve poderia contar com a cooperação de todos os tiras, escriturários ou androides lotados na DDE.

Mas havia mais uma arma, sentada bem ao lado dela, que domava sua viatura temperamental, naquele momento, e a transformava em um gatinho veloz que voava em meio ao engarrafamento da tarde.

poupar Summerset da amolação de ter de guardar o carro mais tarde. — Como eu disse, tenho algumas ideias.

Eve saltou no que costumava chamar de depósito de brinquedos de Roarke. Nunca entenderia por que um homem precisava ter vinte carros, três bicicletas a jato, um minicóptero e duas picapes 4 X 4. Isso tudo sem contar os veículos que ele guardava em outros locais.

— Vou solicitar ao comandante uma autorização para você trabalhar na equipe. Como consultor temporário.

— Pois eu acho que deviam me oferecer um distintivo, dessa vez. — Ele a pegou pela mão. — Vamos fazer uma pequena caminhada.

— Uma o quê?

— Caminhada — repetiu, puxando-a para o lado de fora da garagem. — A tarde está linda e essa vai ser a última chance de ficarmos a sós por algum tempo. De repente me deu uma vontade irresistível de respirar um pouco desse ar da tarde com você, tenente. — Ele baixou a cabeça e a beijou de leve. — Ou talvez seja uma vontade irresistível de simplesmente estar com você.

Eve era a esposa de Roarke, e as rodadas de negociações eram o seu passatempo favorito. Tudo bem, seu segundo passatempo favorito, ela corrigiu, com malícia. Mas a eletrônica era uma espécie de amante para todas as horas.

— Precisamos investigar o computador de Cogburn — declarou ela. — Temos de abri-lo para desmontar todos os seus chips, circuitos e placas, a fim de analisar tudo com um microscópio. Precisamos agir rápido e devemos evitar que quem esteja trabalhando nele se transforme num maníaco homicida. Alguma ideia?

— Algumas. Eu poderia reservar algum tempo para refiná-las, se fosse convocado para participar oficialmente da investigação como consultor externo.

Sim, ela lembrou. Para ele, tudo eram negociações.

— Vou pensar no assunto, mas só depois de ouvir suas ideias.

— Só vou apresentá-las depois de você pensar no assunto.

Eve fez cara feia e ligou para Morris pelo *tele-link*.

O exame preliminar que ele fez em Halloway havia mostrado a mesma pressão intracraniana exacerbada. E inexplicável.

Os primeiros testes no tecido cerebral de Cogburn indicavam uma espécie de infecção viral desconhecida.

Eve franziu a testa no instante em que eles entraram pelos portões da mansão.

— Só computadores podem pegar vírus — comentou.

— E não são vírus biológicos — apontou Roarke. — Um computador doente pode infectar outros computadores, mas não a pessoa que trabalha nele.

— Pois foi o que este fez. — Eve tinha absoluta certeza disso. — Pode ser programação subliminar programada para controlar a mente? Já enfrentamos esse tipo de coisa, antes.*

— Sim, já. — Roarke estava pensando exatamente nisso. Ele passou direto pela entrada da casa e estacionou na garagem, para

---

* Ver *Êxtase Mortal*. (N. T.)

Capítulo Seis

Eve não se incomodava de caminhar. Embora preferisse andar de um lado para outro dentro de um lugar fechado, quando se tratava de exercitar a mente.

Na verdade, o ritmo ali, ao serpentear pelos jardins, era de passeio, e Eve foi obrigada a diminuir a velocidade duas vezes para acompanhar o passo de Roarke.

Era engraçado, percebeu, o jeito como ele era capaz, de repente, de assumir um ar tão despreocupado. Conseguia ir da ação estressada à calma total sem esforço aparente. Aquela era uma habilidade que ela nunca conseguira alcançar.

O ar estava pesado com o calor da tarde, quase palpável; era como se eles estivessem caminhando em meio a um caldo morno. Mas a luz branca e forte do entardecer se transformava, aos poucos, numa melíflua matiz dourada, tão suave que parecia uma carícia.

Até o calor era diferente ali, Eve percebeu. Ele se dissolvia entre a grama, as árvores e as flores, em vez de quicar na calçada e bater na cara sob a forma de mormaço.

Mas havia algo mais por baixo do jeito calmo e plácido de Roarke. Eve percebia as arestas, como uma faca envolta em veludo

— O que está acontecendo?

— O verão não vai durar muito agora. — Ele se desviou do caminho e a levou por uma trilha que ela nunca vira. — É gostoso curtir a natureza enquanto o calor ainda está aqui, especialmente a essa hora do dia. Os jardins estão no momento mais belo do ano.

Eve imaginou que sim, embora eles sempre lhe parecessem espetaculares. Mesmo no inverno, havia algo arrebatador nas formas, nas texturas e nos tons. Naquele momento, porém, o mundo se resumia em cores e aromas. Em certos locais tudo era dramático, com troncos altos e galhos pontudos de onde brotavam flores brilhantes e exóticas. Em outros pontos havia o charme de fileiras compridas, com ramos floridos e entrelaçados. Tudo era exuberante e, de algum modo, perfeito, sem dar a perceber que outras mãos que não as da Mãe Natureza haviam trabalhado ali.

— Quem cuida de tudo isso, afinal de contas?

— Duendes, é claro. — Ele riu e entrou com ela em um túnel arborizado onde centenas de rosas subiam ou despencavam para se espalharem, em seguida, sobre a grama sombreada.

— Elfos importados da Irlanda?

— Naturalmente.

— Está frio aqui. — Eve olhou para cima. Raios fugazes de sol e pedaços de céu tentavam penetrar por entre o teto florido. — Controle climático da natureza. — Ela inspirou com força. — Isso tem cheiro de... — Bem, de rosas, obviamente, mas não era tão simples assim. — Tem cheiro de romance.

Ela se virou e olhou para ele, mas ele não sorria de volta.

— Que foi? — Por instinto, ela olhou para trás por sobre o ombro, esperando dar de cara com algo ameaçador. Uma serpente no jardim, talvez. — Que foi? — repetiu.

Como ele conseguiria explicar como era vê-la ali em pé, embebida nas sombras das roseiras, parecendo atônita e um pouco confusa com a beleza do lugar? Alta, esbelta, com os cabelos em desalinho, as pontas alouradas pelo sol. Usando o coldre e a arma como qualquer outra mulher usaria um colar de pérolas raras. Com orgulho e descuidada confiança.

— Eve. — Ele balançou a cabeça e se aproximou. Encostou a testa na dela e acariciou-lhe os braços, para cima e para baixo.

Como ele poderia explicar como tinha sido ficar de lado e vê-la entrar numa sala, desarmada e desprotegida, para enfrentar um louco cara a cara? Saber que poderia perdê-la num estalar de dedos.

Ele sabia que ela já havia encarado a morte inúmeras vezes. Algumas delas em companhia dele. Ambos já tinham estado com o sangue do outro nas mãos.

Ele a amparara durante os sonhos mais violentos e cruéis que um ser humano poderia enfrentar. E caminhara ao lado dela, fisicamente, por entre os pesadelos do seu passado.

Mas dessa vez tinha sido diferente. Ela usara unicamente a coragem e a astúcia como escudos. Para ele, ficar para trás, sem escolha, a não ser observar e esperar; sem opção, a não ser aceitar o que ela tinha de fazer lhe proporcionara momentos de um medo indescritível que trespassou seu coração como um espinho.

Roarke sabia que o melhor para ambos seria não falar disso.

Mas ela compreendeu. Havia bolsões e sombras dentro dele que Eve ainda não compreendia por completo. Mas passara a compreender o amor. Foi ela quem ergueu o rosto dele na direção do dela quando ele tentou se afastar. Foi ela quem levou sua boca até a dele.

Ele quis ser terno. Parecia a atitude mais adequada ao romance de rosas no qual estavam imersos, à gratidão por ela estar ali, inteira e em segurança. Mas uma onda de emoções parecia inundá-lo. Embebido nisso, ele agarrou o tecido das costas da blusa dela com a mão fechada, como se fosse uma corda atirada a um náufrago no mar em fúria. E essa tormenta o fez estremecer por dentro e explodiu no beijo.

Eve esperou o instante em que o calor do momento os derrubaria no chão e a mão dele transformaria sua blusa em farrapos, com voracidade.

Mas sua mão se espalmou e se esfregou de forma rude e possessiva, descendo até a base das costas, antes de se elevar novamente até lhe emoldurar o rosto.

Ela conseguia ver a tormenta que castigava o mar dos seus olhos, formando redemoinhos no azul profundo com uma espécie de violência primitiva que fez sua respiração parar antes de chegar à garganta, e sua pulsação latejou no mesmo ritmo.

— Preciso de você. — Os dedos dele se enterraram nos cabelos dela, levando-os para trás, fazendo-os tombar do rosto e puxando-os novamente com os punhos. — Você nem imagina a sede insaciável que eu sinto por você. Há vezes que eu não quero isso, entende? Não gosto desse turbilhão animal aqui dentro, mas ele não passa.

Suas bocas se esmagaram com sofreguidão e ela percebeu aquela necessidade extrema que vinha dele, com intensidade feroz e focada. Sentiu-lhe a avidez e o desespero.

E se entregou a tudo isso sem hesitar. Porque ele estava errado, e isso raramente acontecia. Estava errado porque ela compreendia essa sede insaciável e primitiva, sim, e conhecia também a frustração de saber que ela não podia ser controlada.

A mesma guerra acontecia dentro dela.

Ele soltou o coldre preso ao ombro dela e o atirou longe. Ela se enroscou mais em torno dele e gemeu baixinho, em um prazer entorpecido, quando a boca de Roarke desceu e seus dentes se enterraram na curva da garganta dela.

Em algum ponto distante um pássaro cantou a plenos pulmões e o aroma das rosas aumentou, tornando-se quase hipnótico. O ar que há pouco parecera frio sob a sombra do verde se tornou mais denso e quente.

Ele tirou a blusa dela por sobre a cabeça e suas mãos de dedos longos e ágeis percorreram-lhe a pele, até que ela se sentiu derreter. Mas quando ela tentou puxar as pontas da camisa dele para fora da calça ele afastou as mãos dela dali e as jogou para trás, prendendo-as com sua mão grande e poderosa.

Ele precisava ter controle, mesmo que fosse efêmero e tênue.

— Vou possuir você — a voz dele pareceu tão densa quanto o ar —, mas do meu jeito.

— Eu quero...

— Você terá o que quer logo. — Ele desabotoou a calça dela. — Mas eu vou ter o que quero antes.

Ele a queria completamente nua.

Inclinando-se para frente, ele mordiscou-lhe o lábio inferior.

— Tire as botas! — ordenou.

— Então solte minhas mãos.

Em vez disso, ele simplesmente levou os dedos livres por entre a abertura das calças dela e desceu, mantendo-lhe as mãos presas atrás das costas ainda com mais firmeza, até o corpo dela se lançar para cima em um espasmo de prazer.

— As botas.

Ele pousou os lábios sobre os dela e fez a mão deslizar ao longo do seu torso exposto. Sua língua penetrou por entre os lábios semicerrados dela e seus dedos desceram ainda mais, excitando-a em uma dança de sedução paciente que contrastava com o punho de aço que lhe prendia os pulsos atrás das costas.

Mesmo protestando de leve, os braços dela ficaram frouxos. Atordoada, ela começou a descalçar uma das botas com a ponta da outra, e o movimento do seu corpo ao fazer isso a deixou à beira do prazer total.

Sentiu-se quente por dentro, molhada e trêmula.

Ele queria tocar, provar, explorar e invadir cada centímetro dela. Liberando-lhe as mãos, ele desceu com a boca, passeando pelo corpo dela. E quando atingiu o alvo, Eve entrou em erupção.

As mãos dela se agarraram aos cabelos dele com força enquanto ela engasgava, ofegante. Mas ele continuava a agarrá-la pelos quadris, devastando-a lentamente.

Ela era dele, agora. Naquele jardim, naquele mundo. Era toda dele.

O mundo dela pareceu rodar, as cores e aromas giravam loucamente. A boca dele flamejava em lambidas quentes dentro dela, com uma força tão intensa que era como se sentir morrer.

Ela sentiu o calor aumentar em todo o seu corpo novamente, preenchendo-a toda, bombeando-lhe o sangue até ela explodir como uma estrela supernova, deixando-a exausta e estilhaçada.

Mesmo assim, ele não parou.

— Não consigo... Não consigo.

— Eu consigo.

Quando uma nova onda de calor a deixou com os joelhos sem força, Roarke a colocou deitada.

Dessa vez, ele ergueu-lhe os braços sobre a cabeça e, mais uma vez, prendeu-lhe os pulsos.

— Você se lembra da primeira vez em que eu possuí você? Você também disse que não conseguia, mas acabou conseguindo.

— Droga! — O corpo dela se arqueou para cima com força. — Quero você dentro de mim.

— Eu vou entrar. — Fechou a mão livre sobre um dos seios dela. — Mas posso fazer você gozar desse jeito, agora. Você está preparada. Tudo dentro de você está pronto para me receber.

A mão dele passeava sobre ela com magia e mestria. Debaixo daquela mão, o seu seio lhe pareceu imensamente túrgido, insuportavelmente sensível. E seu coração martelava com força.

— Eu sinto prazer em ver você chegar ao orgasmo.

E era isso que ele via naquele instante, à medida que um gozo infinito tomava conta do seu rosto e sua respiração ficava mais ofegante através dos lábios entreabertos. Ela ergueu novamente o corpo, num arco trêmulo. Então pareceu explodir. E se dissolveu.

Ele se afastou dela e começou a tirar a própria roupa.

Ela ficou largada, úmida, nua, vencida sobre a grama suave. Usava apenas um longo cordão, de onde pendia um diamante imenso em forma de gota e uma medalha de São Judas Tadeu. Foi ele quem tinha dado aqueles presentes para ela. Um símbolo e um escudo. O fato de ela usá-los sempre, um ao lado do outro, deixava-o profundamente comovido.

Os braços dela continuavam largados sobre a cabeça, do jeito que ele os deixara. Ela estava completamente rendida, apesar de não se render para mais ninguém.

Ele estava duro como uma pedra, desesperado para acasalar.

Deitou-se devagar sobre ela, com as pernas abertas, passou as mãos sobre o rosto dela, sobre sua garganta e seus seios.

— Eve — murmurou simplesmente.

Ela viu seu rosto intenso, forte e lindo em meio ao pontilhado sombreado ao fundo. Alguns raios finos atravessavam as folhas e faziam as pontas dos cabelos dele brilharem.

— Quero que você me possua — sussurrou ela. — É isso que você precisa ouvir? Quero ser possuída, desde que seja por você.

Então ele se lançou dentro dela. Empurrou-lhe os joelhos para trás e penetrou-a com mais força. Ela gritou, e o choque da sensação pareceu cortá-la em fatias, enquanto ele a penetrava cada vez mais.

— Mais fundo! — Ela exigiu, e o puxou até que a boca dele se esmagou de encontro à dela, de novo. — Mais fundo!

O corpo dele estremeceu e seu controle estalou como um vidro prestes a quebrar. Preso em seu próprio momento de loucura, ele violou-lhe a boca e o corpo. Continuou golpeando-a por dentro enquanto a ouvia gritar, e continuou a bombeá-la com força enquanto a sentia se recuperar de novo.

— Agora. — Ele agarrou as mãos espalmadas dela e seus dedos se entrelaçaram. — Goze comigo!

Ele se entregou por completo, como ela fizera há pouco, para que pudessem finalmente possuir um ao outro.

O sangue continuava a troar no ouvido dele no instante em que conseguiu sair de cima dela, rolando de lado, puxando-a junto, de modo que ela se viu aconchegada em seu corpo forte, em vez de esmagada sob ele.

O turbilhão dentro dele estava se apagando. Sua mão era suave quando ele lhe acariciou as costas.

— Que passeio gostoso, hein? — disse ela.

— Foi mesmo. — Ele sorriu. — Um pouco de ar fresco sempre faz bem ao corpo.

— É. Vai ver que o responsável foi o ar fresco. — Ela soltou um riso abafado. — Agora é que entendi por que as pessoas vão para o campo a fim de conseguir descansar e relaxar.

— Estou descansado e relaxado neste exato momento.

— É mesmo? — Ela ergueu a cabeça e analisou o rosto dele.

Ele sabia o que ela estava querendo dizer. Sabia que ela compreendera tudo.

— Estou. Acho melhor nos ajeitarmos e irmos para dentro de casa. Eles devem estar chegando com McNab a qualquer momento, e eu ainda não falei com Summerset.

— Vou deixar essa incumbência feliz para você.

— Covarde.

— Pode apostar sua bunda linda que sim. — Ela rolou o corpo, saindo de cima dele, e olhou em volta à procura das roupas. — Onde a minha blusa foi parar? Você a comeu?

— Que eu me lembre, não. — Roarke olhou para cima e apontou. — Olha ela lá, presa entre as rosas.

— São as mil e uma utilidades de um jardim — comentou ela, dando pulinhos para soltar a blusa dos galhos. — Estímulos olfativos e visuais, local para travessuras sexuais e cabide de roupa.

Ele se levantou da grama rindo, e o som forte e descontraído de sua risada mostrou que eles haviam voltado a pisar em terreno estável.

Assim que entraram, Eve subiu as escadas e foi direto para o escritório. Tinha muito trabalho pela frente, disse a si mesma. Não é que estivesse tentando escapar da conversa que Roarke levava com Summerset naquele momento.

Pelo menos, não era apenas isso.

A primeira coisa a fazer foi ligar para o comandante. A relutância que demonstrara em ter Roarke na equipe foi apenas para despistar. Na verdade, ela planejara desde o início convocá-lo oficialmente.

Mas não havia motivo para deixá-lo arrogante por isso.

— A permissão já foi dada — Whitney lhe disse. — Feeney pediu para que Roarke trabalhasse como consultor neste caso. Eu soube que o detetive McNab já recebeu alta e vai ficar sob seus cuidados.

— Não sob meus cuidados, exatamente.

— Já falei com os pais de McNab. Você vai receber uma ligação deles.

— Ah... — Sua mente começou a imaginar um jeito de passar essa tarefa para Summerset também. — Ele é jovem e está em forma. Acredito que poderá voltar a caminhar em um ou dois dias. Pretendo trabalhar basicamente a partir do meu escritório doméstico, comandante. A não ser que Feeney pense diferente, quero que o computador de Cogburn seja transferido para cá.

— Você é quem manda no caso. Temos uma reunião agendada para amanhã com o secretário Tibble, o prefeito Peachtree e Chang, o assessor de imprensa. Foi marcada para as quatorze horas de amanhã na torre da Secretaria de Segurança. Sua presença é obrigatória.

— Sim, senhor.

— Consiga-me algumas respostas, tenente.

Quando ele desligou, Eve se sentou à mesa. Talvez ainda não tivesse as respostas, mas certamente poderia organizar todas as perguntas.

Fez anotações, confirmou dados anteriores, misturou tudo e gerou dados novos.

Louis K. Cogburn — fornecedor de drogas ilegais em escolas e parques. Seria possível rastrear a compra do seu computador? Pesquisar entradas de dados, a fim de determinar com que frequência ele usava a máquina, calcular o número de horas por semana e também por dia.

Violência súbita exibida de maneira primitiva, sob a forma de ataque com taco de beisebol. Nenhuma indicação de violência prévia, segundo declarações das testemunhas.

Sintomas físicos já eram evidentes vários dias antes do incidente, também segundo declarações das testemunhas.

Relatório da autópsia descreveu pressão intracraniana, edema cerebral maciço e tecidos danificados. Estado terminal. Sintomas físicos: enxaqueca, sangramento pelo nariz e pelas orelhas, suor em excesso.

Detetive Kevin Halloway — detetive da Divisão de Detecção Eletrônica incumbido de efetuar pesquisas e varreduras no computador de Louis Cogburn. Verificar por quantas horas ele permaneceu logado, trabalhando na máquina suspeita.

Violência súbita exibida sob a forma de uso indevido de pistola a laser da polícia. Os alvos foram especificamente McNab e Feeney, respectivamente colega de equipe e superior direto.

Métodos de violência podem estar ligados ao tipo pessoal de personalidade? Consultar a doutora Mira e verificar perfis individuais.

Nenhum relato de violência prévia.

Relatório da autópsia cita os mesmos resultados do exame preliminar de Cogburn. Os sintomas apresentados em ambos foram similares.

Morte ocorreu sem trauma externo nem uso de força.

Arma do assassinato: computador.

Foram assassinatos, analisou Eve. A tecnologia serviu apenas de instrumento. Mas qual foi o motivo?

— Dallas!

— Que foi? — Ela olhou para cima, ajeitou os cabelos para trás e olhou para Feeney, sem expressão, até a mente clarear. — Achei que você já estivesse em casa descansando, a essa hora.

— Vim com o garoto do hospital, dentro da ambulância.

Seu rosto tinha algumas novas rugas e papadas, reparou Eve, e ele parecia exausto.

— Vá para casa, Feeney. Pegue leve consigo mesmo.

— Olha quem fala! — Ele apontou para as anotações. Só quis esperar um pouco, até McNab se instalar. Foi uma coisa bonita o que fez, Dallas, trazendo-o para cá. Ele parece mais animado. — O capitão se largou sobre uma cadeira. — Merda, Dallas, merda! Ele está com um lado do corpo todo paralisado.

— Isso é temporário. Você sabe que isso acontece quando alguém leva uma rajada de atordoar de mau jeito.

— Sei, sei, mas se o golpe for forte demais, a paralisia pode ser permanente. Ele tem só vinte e seis anos. Você sabia disso?

A informação lhe provocou um frio na barriga.

— Não, acho que não sabia.

— Os pais dele estão na Escócia. Passam quase todos os verões lá. Mostraram-se dispostos a voltar hoje mesmo, mas eu os convenci a não fazerem isso. Acho que uma parte dele receia que os pais o vejam nesse estado, e outra parte tem medo de que a recuperação não seja completa.

— Se deixarmos que ele pense de forma negativa, ou se *nós* pensarmos assim, não o ajudaremos em nada.

— Eu sei. Fico vendo Halloway na minha frente, e repassando a cena de como ele estava quando desabou de vez. — Feeney expirou com força. — Tive de falar com a família dele, também. Não sabia o que poderia dizer a eles. Nem aos malditos repórteres, nem ao meu esquadrão... nem aos meus filhos.

— Feeney. Você passou por um mau pedaço. É diferente de quando o sufoco acontece na rua. Você devia conversar com o terapeuta do departamento. — Ela se encolheu de leve diante do olhar que ele lhe lançou. — Sei o quanto essas palavras parecem estranhas saindo da minha boca, mas... Droga, foi você quem ficou de refém, foi você quem enfrentou um dos seus homens apontando uma arma para sua garganta. Você o viu morrer. Se isso não esculhambou com a sua cabeça, o que mais poderá fazê-lo? Acho que você devia procurar um psiquiatra ou... Mira. Se tivesse acontecido comigo, eu iria direto a Mira. Ela vai manter tudo em nível extraoficial, se você pedir.

— Não quero abrir meu coração, não quero colocar tudo para fora. — Sua voz ficou apertada, envolta em camadas de insulto e raiva. — O que eu preciso é trabalhar.

— Ok. — Reconhecendo os mesmos sinais que Eve percebia, com tanta frequência, refletidos no espelho, ela recuou. — Nao se preocupe, porque trabalho é o que não vai faltar. Eu vou trabalhar aqui de casa, por algum tempo, se estiver bom para você. A primeira coisa a fazer, porém, é montar algum tipo de escudo ou filtro, para podermos mexer naquele computador. Ninguém toca nele até a máquina estar completamente isolada.

— Isolada do quê? Como é que conseguiremos bolar um escudo adequado se nem sabemos o que teremos de bloquear?

— Isso é realmente um problemão. Espero que a equipe e o consultor civil especializado que você requisitou para trabalhar conosco descubram algum jeito.

— Bem que eu achei que isso ia deixar você meio incomodada. — Ele quase sorriu. — Mas você sabe muito bem que ele é o melhor.

— Então, coloque-o para trabalhar e me consiga um escudo. — Ela se levantou. Era estranho, mas também lhe pareceu a coisa correta a fazer, e Eve foi até a cadeira em que Feeney estava e se agachou até seus olhos ficarem no mesmo nível. — Vá para casa, Feeney. Tome uma cerveja, fique um pouco com a sua esposa. Ela é mulher de tira, mas não vai se sentir à vontade até ver você ileso. E você também não vai se sentir estável até estar diante dela. Preciso muito de você neste caso. Preciso que esteja bem equilibrado e centrado.

Muitas outras coisas foram ditas entre eles, mas não foram necessárias palavras.

— Essas crianças de hoje em dia — reclamou ele, depois de um longo tempo — acham que sabem tudo.

A mão dele se fechou sobre a dela, apertando-a uma única vez. Então ele se levantou, saiu do escritório. E foi para casa.

Ela ficou sentada exatamente onde estava, por um momento, e colocou as mãos justamente sobre o ponto onde as dele haviam estado. Então se levantou, foi até a mesa e voltou ao trabalho.

Puxou os dados de Cogburn e depois analisou o arquivo pessoal de Halloway. Estava em busca de um ponto comum que ligasse os dois históricos quando o *tele-link* tocou.

— Dallas falando.

— Tenho uma coisa que você vai gostar de ver. — O rosto de Baxter ocupava a tela quase toda, mas dava para ver os movimentos e ouvir os sons típicos de uma cena de crime, atrás dele.

— Estou com um caso prioritário, Baxter, não posso pegar outro. Passe para outra investigadora.

— Eu sei, mas você vai gostar disso aqui. A vítima é um homem de cinquenta e três anos de idade. À primeira vista, parece que ele foi atacado, mas quando a gente olha melhor, percebe que foi ele mesmo quem fez o estrago. Inclusive rasgando a própria garganta.

— Não tenho tempo para...

— Temos muita hemorragia pré-morte. Orelhas e nariz. E dê uma olhada nisso.

Ele tirou o corpo da frente. Ela teve vislumbres de uma sala espaçosa totalmente destruída. E viu o computador no chão. Na tela ainda acesa, se lia:

PUREZA ABSOLUTA ALCANÇADA

— Não deixe ninguém tocar nesse computador! Estou indo para aí.

Ela já estava na porta quando parou, xingou e voltou à mesa para pegar a agenda eletrônica.

— Escute — foi dizendo, enquanto seguia até o escritório de Roarke —, acabei de ser contatada. É uma morte relacionada com o caso. Volto assim que... assim que tiver chance. Sinto muito.

Colocou a agenda eletrônica com o recado sobre a mesa dele e saiu correndo.

Chadwick Fitzhugh morava, com muito conforto, em um apartamento duplex no Upper East Side. Sua profissão era, basicamente, cumprir as atividades de um homem sozinho pertencente à quarta geração da família Fitzhugh, e isso significava que ele ficava muito bem dentro de um smoking, jogava polo como ninguém e conseguia, quando pressionado, conversar com desenvoltura sobre o mercado de ações.

O negócio de sua família era dinheiro, em todas as suas muitas formas. Todos os Fitzhugh eram podres de ricos.

Os hobbies de Chadwick Fitzhugh eram viagens, moda, jogo e sedução de meninos.

Baxter informou a Eve os dados básicos sobre o caso, enquanto ela estudava a massa ensanguentada em que o morto havia se transformado.

— O nome dele apareceu no banco de dados. Pedófilo conhecido. Vagava pelos clubes, frequentava salas de bate-papo e redes sociais na internet — afirmou Baxter.

— Gostava de garotos entre quatorze e dezesseis anos. O padrão era lhes pagar um drinque, zoner ou qualquer coisa que funcionasse. Ele os atraía até aqui com a promessa de mais. Então mostrava seus brinquedinhos prediletos. Curtia deixá-los em cativeiro. Ele os violentava, mesmo contra a vontade. Parece que gravava tudo, pela quantidade de vídeos que encontramos aqui. No fim, oferecia grana para os meninos e os ameaçava. Se abrissem o bico a respeito do que rolava aqui, eles se meteriam em problemas muito mais sérios que os dele.

Baxter olhou para o corpo caído.

— A maioria das vítimas acreditava nele.

— Se sabemos de tudo isso e temos registros, pelo menos um dos garotos botou a boca no trombone.

— Sim, ele foi intimado a dar depoimentos quatro vezes nos últimos dois anos. — Baxter pegou um pacote de chicletes no bolso do paletó surrado e ofereceu um a Eve. — Isso é registro só de Nova York — completou, mascando goma de menta junto de Eve, que o acompanhou no chiclete e no ar contemplativo. — Foi acusado formalmente. O dinheiro de família e um monte de advogados de um milhão de dólares entraram em cena e fizeram tudo se dissolver no ar. Nenhuma denúncia contra esse crápula conseguia ir adiante. O mundo é um lugar bem melhor sem ele.

Eve resmungou alguma coisa, colocou os micro-óculos e examinou a ferida na garganta. Viu uma boca escancarada ao extremo, como se soltasse um grito fundo e largo.

— Não há marcas de hesitação na hora do golpe — observou Eve.

— Quando a vontade bate, não tem jeito.

Com um dedo coberto de spray selante, ela virou a cabeça de Fitzhugh. Seu canal auricular tinha muito sangue coagulado.

— Ele navegava por salas de bate-papo e redes sociais?

— Aqui no arquivo eu tenho o depoimento de um dos queixosos. Está descrito que ele amarrou o garoto. Buscava meninos que passavam por crise de identidade sexual, ou simplesmente estivessem dando mole na área. Tem uma sala preparada lá em cima, toda forrada em couro preto. Você vai encontrar algemas, chicotes, mordaças, consolos e vários aparelhos mecânicos. Além de um equipamento de vídeo de primeira linha.

Ele guardou o tablet no bolso.

— Nossa primeira ideia foi a de que havia algum garoto aqui que se revoltou contra ele. O lugar está completamente arrasado, e ele tinha um monte de drogas ilegais espalhadas pela área. Só que os discos de segurança não mostram ninguém entrando ou saindo daqui nos últimos três dias. Nem mesmo o cara que morreu.

— Quem deu o alarme?

— Uma irmã dele, que mora em St. Thomas. Aposto que você já conhece bem as ilhas do Caribe — acrescentou. — Águas azuis, areia branca, um monte de mulheres nuas. Não me incomodaria de trocar alguns dias desse calor infernal por um pouco disso.

Soltou um suspiro melancólico e se agachou ao lado de Eve, com cuidado para manter as algemas que trazia penduradas longe do sangue.

— Então foi isso... O irmãozinho aqui deveria ter ido para o Caribe hoje. Festa de família ou algo do tipo. Como ele não apareceu por lá, ela ficou preocupada e ligou para cá. Ele atendeu, gritou muito com a irmã e a xingou. Seu nariz sangrava como uma torneira aberta. Ela sacou que ele estava ferido, ou sendo atacado, e ligou para a polícia.

— Preciso conversar com ela para pegar uma declaração formal. — Com as mãos apoiadas nas coxas, Eve olhou para Baxter. — Vou ter que roubar esse caso de você.

— Eu sei. — Ele soprou com força, soltando o ar, e se levantou. — Eu já tinha imaginado. Todo mundo soube do que aconteceu hoje na DDE. — Observou tudo em volta e franziu o cenho ao olhar para a tela do computador. — Que diabos está acontecendo, Dallas?

— Estou montando uma equipe para tentar descobrir. — Ela se levantou também. — Você está a fim de entrar nesse barco?

— Estou! — afirmou ele, olhando de volta para ela.

— Então, pode se considerar dentro. Preciso de cópias de todos os discos da segurança, a ficha de Fitzhugh, o nome da irmã e o endereço dela. Vamos conversar com vizinhos, familiares e colegas. Precisamos determinar quando é que Fitzhugh foi... infectado. — Ela coçou a cabeça. — E precisamos assistir à sua coleção de vídeos.

— Puxa, não é exatamente a minha ideia de diversão assistir a um porco tarado em companhia de uns pobres garotos.

— Pode ser que algum desses pobres garotos andasse brincando com programas de computador. Essa máquina deve ser levada direto para o escritório da minha casa.

— Você vai investigar isso trabalhando de sua casa? — Ele se animou na mesma hora. — Maravilha!

— Não quero que ninguém toque nessa máquina. Nada de navegar ou fuçar aqui. Ela vai ser lacrada e permanecerá assim até que eu dê ordem em contrário. O mesmo vale para qualquer centro de dados deste apartamento. — Ela olhou em torno. — Vamos examinar cada centímetro do lugar. Precisamos saber se ele deixou algum arquivo impresso. Ensaque-o e mande-o para Morris, com tarja de prioridade máxima.

— Saquei. Ei, onde está a sua sombra?

— Minha sombra?

— A inestimável Peabody. Ela anda lindona, ultimamente.

— Um buraco no tronco de um carvalho parece lindo aos seus olhos, Baxter.

— Só depois de um dia longo e trabalhoso. Por que você não a trouxe para esta festa?

— Ela está... Peabody está... Com McNab.

O risinho desapareceu de seu rosto.

— Como ele está?

— Está indo. Acordado, lúcido, com astral positivo. Mas... — Ela enfiou as mãos dentro dos bolsos. — Está com problemas para movimentar o lado direito do corpo.

— Como assim, problemas? — Mas ele sabia. Todo tira sabia. — Puxa, que merda, Dallas. Que troço terrível. A paralisia é temporária, não é? É só temporária, certo?

— Sim, é o que todos dizem.

Eles ficaram parados por um momento, em silêncio.

— Vamos, temos muito trabalho aqui — ordenou ela.

Capítulo Sete

Ela encontrou Roarke em seu escritório, ao voltar para casa. Já que havia uma caneca de café ao lado do seu cotovelo, ela a pegou e tomou vários goles, como se fosse água.

— Pedófilo morto — anunciou. — Rasgou a própria garganta. Antes disso, pirou e quebrou tudo em seu apartamento sofisticado. Morris certamente vai encontrar vestígios de elevada pressão intracraniana. A mensagem sobre "Pureza" estava em seu computador.

— Só em uma das máquinas?

— Ainda não sei. Mandei trazer todas para cá. Preciso descobrir como esses computadores foram comprometidos. Como foram preparados para fazer com que um cérebro humano simplesmente exploda.

— Você não disse nada sobre procurar o porquê disso.

— Pureza — disse ela, e se sentou. — Limpe a sujeira e faça tudo ficar absolutamente puro. O mundo ficaria melhor sem eles — disse, em voz alta, lembrando-se do comentário de Baxter.

— Um grupo de justiceiros com conhecimento de tecnologia de ponta. — Ele assentiu com a cabeça. — Halloway foi uma simples vítima dessa guerra. As outras duas vítimas eram predadores de crianças.

— Sim, escória do tipo mais nojento que existe.

— Mas passaram a ser a sua escória, agora.

— Exatamente. Preciso descobrir as vítimas das minhas vítimas. Crianças que possam ter habilidades especiais na área de informática. Ou, o que é mais provável, familiares que sejam especialistas no assunto. Talvez encontremos alguém cujo filho foi prejudicado por Cogburn e Fitzhugh.

— Chadwick Fitzhugh? — Roarke pegou sua caneca de café, fez cara de desagrado e foi até o AutoChef. — Um poço de estrume em forma de gente.

— Ei, só porque eu acabei com o café da sua caneca não precisa me xingar.

— Fitzhugh. Um canalha presunçoso que atacava meninos. Alguém já devia ter passado a faca na garganta dele há muito tempo.

— Estou vendo que você o conhecia.

— O bastante para considerá-lo um ser humano desprezível em todos os níveis.

Eve sentiu um tom e um olhar diferentes dos de quando Baxter descrevera Fitzhugh. Ali havia algo muito mais perigoso do que o controle gélido e o sotaque musical davam a perceber.

— Sua família é tradicional e tem muita grana — continuou Roarke. — São muito aristocráticos, orgulhosos de sua estirpe. Superiores demais para aceitarem fazer negócios com gente da minha laia. Mesmo assim, acabaram fazendo — acrescentou, ao se virar para trás. Seu rosto estava frio agora, como o de um guerreiro. — Até que as taras nojentas do nobre herdeiro vieram à tona. A partir daí, fui eu quem se recusou a fazer negócios com eles. Até mesmo um rato dos becos de Dublin tem seus padrões morais.

— Não fazer negócios com ele é louvável. Três vivas para você por isso. Matá-lo é uma coisa diferente.

— Cortou a garganta, não foi? — Tomou um gole do café. — Eu ficaria mais satisfeito se ele tivesse cortado o próprio saco, antes. Pena que a vida nem sempre esteja disposta a ser poética.

Eve se sentiu fria nesse instante. Tão fria quanto a bola de gelo que se formou na boca do seu estômago.

— Ninguém tem o direito de se fazer passar por juiz, colocar um capuz de carrasco e executar alguém sem um devido julgamento.

— Há momentos na vida em que eu não sinto tanto orgulho das engrenagens da lei quanto você, tenente. Por falar nisso, esqueça o café. Estou com vontade de brindar ao falecimento de um verme escroto como Fitzhugh.

Ela se levantou quando o viu se dirigir para o gabinete que funcionava como bar, abrir a porta do armário e procurar lá dentro uma garrafa especial de vinho.

— Se essa é a sua posição, Roarke, você não poderá me ajudar neste caso.

— Pois saiba que esta é a minha posição. — Ele escolheu um bom cabernet; uma safra excelente, por sinal. — Isso não significa que eu não serei capaz de ajudá-la. Apenas não me peça para lamentar a morte dele, e eu não lhe pedirei para ficar feliz com ela.

Eles já haviam estado em lados opostos antes, lembrou Eve. Só que dessa vez eram lados opostos de um terreno demasiadamente instável.

— Não importa o que ele fez, nem o que era, alguém o assassinou — argumentou Eve. — Isso não é muito diferente de linchar um homem ou colocá-lo diante de um paredão e transformá-lo em picadinho. A lei é que deve determinar a culpa e o castigo.

— Não vamos levantar bandeiras agora por causa disso, Eve. Além do mais, considere o seguinte: apesar de todas as palavras lindas que acabou de dizer, você não está fazendo exatamente o que aparentemente condena? Você não está diante de mim me julgando?

— Sei lá! — Seu estômago começou a arder. — Só sei que não quero que isso se transforme numa briga pessoal entre nós.

— Nisso nós concordamos. — Ele falava depressa, como se estivessem apenas debatendo pontos de vista diferentes sobre a cor mais adequada para a nova pintura da sala de estar. — Vou fazer tudo o que estiver ao meu alcance para descobrir quem ou o que está fazendo isso. E vamos cuidar para que isso seja o bastante.

Observando-o beber o vinho com satisfação, Eve se preocupou sobre aquilo talvez não ser o bastante.

— Você acha que assassiná-lo foi uma coisa certa?

— Acho que ele estar morto é uma coisa certa. Essa diferença basta para você, tenente?

Ela não sabia e sentiu o chão tremer sob seus pés.

— Tenho de redigir relatórios e preparar a apresentação para a reunião de amanhã de manhã.

Então, ele percebeu, a coisa iria ficar por isso mesmo. Por enquanto.

— Você devia pedir a Peabody para ajudá-la. Ela bem que precisa se distrair.

— Como McNab está?

— Devidamente instalado. Talvez um pouco mal-humorado, porque Summerset lhe ofereceu comidas leves, em vez do bife suculento dos seus sonhos. Ele me pareceu animado, mas está escondendo sua preocupação. A sensibilidade do lado direito ainda não voltou.

— Pode levar mais de vinte e quatro horas. Normalmente ela volta entre um e três dias, mas esse tempo às vezes pode... Merda!

— Vamos procurar um especialista, caso seja necessário. Existe uma clínica na Suíça que vem tendo muito sucesso nessa área.

Ela concordou com a cabeça. Ali estava, pensou Eve, um homem que acreditava que um assassinato era, sob determinadas circunstâncias, uma opção viável. Ou, pelo menos, algo cujo resultado merecia um brinde. Esse mesmo homem, ao mesmo tempo, seria capaz de usar seu tempo e seu dinheiro, sem hesitação, para ajudar um amigo.

— Vou ver se Peabody quer me ajudar a trabalhar nisso por algumas horas.

Eram quase duas da manhã quando Eve mandou Peabody para a cama, e pensou em ir para a cama também, logo depois. A porta que dividia o seu escritório do de Roarke estava fechada, agora, mas a luz que escorria por baixo dela mostrava que ele ainda estava lá dentro.

Trabalhando, ela pensou. Muito provavelmente adiantando sua agenda para o dia seguinte, a fim de encaixar tempo para ajudá-la no caso.

Ela andou de um lado para outro diante da porta. Gostaria de poder contar com outra pessoa. Gostaria de ter disponível outra fonte com metade da habilidade de Roarke e metade dos seus recursos. Desse modo, ela poderia recorrer a essa pessoa para evitar o conflito de posições entre eles, num caso em que trabalhariam com crenças e visões opostas.

Conflito de posições uma ova. A verdade é que nenhum dos dois tinha paciência para caminhar pisando em ovos, não importava a situação. Certas coisas precisavam simplesmente ser esmagadas sob os pés.

Ela não podia se dar ao luxo de se preocupar com esses detalhes. Deu duas batidinhas na porta e a abriu.

— Desculpe, vim aqui só para avisar que já vou deitar. A reunião da equipe será às nove.

— Hum-humm — concordou ele, continuando a estudar os dados no monitor. — Contraoferta de 4,6 milhões de dólares americanos. Oferta final. Os termos são: dez por cento como caução no acordo verbal, quarenta por cento na assinatura da proposta e o resto na assinatura do contrato. A resposta deve chegar até... — olhou para o relógio de pulso — ... meio-dia de amanhã, pelo horário da Costa Leste, senão as negociações estarão encerradas. Transmitir.

Ele girou sobre a cadeira e sorriu para ela.

— Estou indo logo em seguida.

— O que você está comprando?

— Ah, uma pequena *villa* na Toscana com um vinhedo excelente que vem sendo mal administrado.

— Parece muita grana para uma pequena *villa* e um vinhedo velho.

— Não se preocupe, querida. Ainda vai sobrar algum dinheiro para trocarmos as cortinas da cozinha.

— Quer saber? Eu não preciso fingir interesse nas coisas que você faz só para ser zoada logo em seguida.

— Você tem razão. — O sorriso dele se ampliou. — Fui muito rude. Você gostaria de conhecer o custo dos projetos para a reforma completa do local? Temos também o relatório do vinicultor e as projeções financeiras para o...

— Ah, vá enxugar gelo!

— Posso cuidar do gelo outra hora? Preciso acabar isso agora. Se tudo correr bem, acho que vai dar para economizarmos um dinheirinho extra para um novo sofá para a sala de estar.

— Vou para a cama antes de rachar uma costela de tanto rir das suas piadinhas. São muito boas, garotão. Engraçadíssimas.

Ela se virou e xingou com ferocidade quando o *tele-link* da sua mesa tocou.

— O que foi, agora?

Ela atravessou o aposento correndo e rosnou para o *tele-link*.

— Dallas falando!

— É sempre um prazer inenarrável ver seu rosto alegre, Dallas. — Nadine Furst, repórter e apresentadora do Canal 75, balançou as pestanas várias vezes.

— Não tenho declarações a fazer, Nadine. Não tenho comentários nem novidades. Cai fora.

— Guenta aí, guenta aí! Não desligue na minha cara! Em primeiro lugar, deixe-me dizer que fiquei absolutamente arrasada por você não ter percebido a minha ausência nos acontecimentos emocionantes de hoje. Acabei de voltar à cidade faz vinte minutos.

— E me ligou às duas da manhã só para me contar que chegou em casa sã e salva?

— Em segundo lugar — continuou Nadine, calmamente —, ao olhar a minha correspondência, mensagens e entregas que se acumularam durante a minha ausência, encontrei isto. — Ela exibiu um disco. — O conteúdo disso aqui é quente, quentíssimo, e creio que é do seu interesse profissional.

— Se algum tarado lhe mandou um vídeo pornográfico, ligue para a Divisão de Vícios, por favor.

— Não. Veio de um grupo que se autodenomina Os Buscadores da Pureza.

— Não use o seu computador — gritou Eve. — Desligue-o agora mesmo. Nem toque nele, nem rode esse disco novamente. Estou indo para aí.

— Escute...

Mas Eve desligou e correu para a porta.

— Deixe que eu dirijo. — Roarke desceu a escadaria principal ao lado dela. — Não reclame. Pode ser que eu consiga achar alguma coisa no computador dela ou no disco.

— Eu não ia reclamar. Ia apenas pedir para você pegar um dos brinquedinhos mais velozes que tiver.

Eles conseguiram chegar ao apartamento de Nadine em menos de oito minutos.

— Entregue o disco a Roarke — exigiu Eve, no instante em que Nadine abriu a porta. — Quanto a você, vou rebocá-la para o ambulatório mais próximo.

— Espere um instante. Quer fazer o favor de esperar pelo menos um segundinho? — Ela se desvencilhou quando Eve a agarrou pelo braço. — O disco não está infectado, eles deixaram isso muito claro. Pare de me segurar! Eles querem apenas divulgação pela mídia. Querem que o público conheça suas intenções.

Eve recuou e apagou da cabeça a imagem de uma amiga morrendo entre gritos de dor e pavor.

— Eles querem que você coloque no ar o conteúdo do disco?

— É apenas um arquivo de texto. Querem que eu dê a notícia. Afinal, essa é a minha função. — Nadine expirou com força e esfregou o braço no lugar onde Eve a agarrara. — Eu devia agradecer por toda a sua preocupação com a minha integridade física, mas isso vai me deixar uma marca roxa.

— Você vai sobreviver. — E isso é que era importante. — Preciso que me entregue esse disco!

Nadine ergueu em arco uma das sobrancelhas perfeitamente delineadas. Seu rosto sexy e atraente mostrava, ponto por ponto, tanta determinação quanto o de Eve. Ela era um pouco mais baixa que sua amiga tenente, exibia mais curvas e tinha, sem dúvida, um jeito mais suave. Mas quando o assunto era uma história ou um furo de reportagem, também sabia lutar como uma leoa.

— Você não vai colocar a mão nele.

— Esta é uma investigação de homicídio.

— E também um furo de reportagem. Liberdade de imprensa, Dallas, já ouviu falar? O disco foi enviado a mim.

— Vou solicitar um mandado para confiscá-lo, e depois vou enfiar sua bundinha linda no fundo de uma cela, se você se negar a entregar provas ou tentar obstruir a justiça.

Nadine precisou ficar na ponta dos pés para compensar a diferença de altura, mas conseguiu se colocar cara a cara com Eve.

— Não estou obstruindo porcaria nenhuma, e você sabe disso. Eu nem precisava entrar em contato com você, para início de conversa. Poderia ter ido direto ao ar com isto aqui, então pode segurar sua onda, irmãzinha.

— Minhas caras damas, por favor! — Assumindo corajosamente o risco que todos os homens temem, Roarke se colocou no meio de duas mulheres que rosnavam uma para a outra. — Vamos respirar fundo, por favor. Vocês duas têm argumentos válidos. Se dermos uma olhada no disco, talvez isso ajude a acalmar um pouco as coisas por aqui.

— Não há garantia de que o material não está infectado. Preciso colocá-lo em quarentena.

— Você sabe que isso é papo-furado. — Nadine lançou para trás sua juba de cabelos louros com reflexo. — Eles não têm bronca nenhuma de mim, querem apenas o que eu posso lhes dar; querem que eu os coloque em evidência junto ao público. Se você ler o texto, saberá exatamente sobre o que estou falando. Dallas, eles estão só esquentando os motores.

— Tudo bem, vamos dar uma olhada, então. E se nós três começarmos a sangrar pelo ouvido, vamos ter que rir da piada.

Nadine os levou pela sala de estar e seguiu direto até um espaçoso escritório decorado com cores pastéis e estilo clean. Parou diante de um centro de dados e ordenou:

— Rodar disco.

— Eu mandei você desligar o computador — reclamou Eve.

— Quer ler a porcaria do texto?

Cara srta. Furst,

Somos os Buscadores da Pureza e estamos entrando em contato com a senhorita por acreditarmos no seu respeito ao público e ao bem-estar da sociedade. Queremos que saiba o quanto admiramos sua dedicação ao trabalho, e não lhe queremos fazer nenhum mal. Este disco está limpo. A senhorita tem a nossa palavra de que nenhum mal a atingirá vindo de nós.

Buscamos unicamente a pureza da justiça. Uma justiça que não é justa, pois nem sempre pode ser servida dentro dos limites da lei, uma vez que esta última muitas vezes se vê forçada a ignorar a vítima e servir ao criminoso. Nossa força policial, nossos tribunais e até mesmo o nosso governo se veem de mãos atadas devido aos descaminhos de leis projetadas, muitas vezes, para proteger os predadores, e não os inocentes.

Nosso grupo foi formado e seus componentes juraram solenemente servir aos inocentes.

Algumas pessoas certamente julgarão nossos meios perturbadores. Alguns os considerarão assustadores. Nenhuma guerra pode ou deve ser lutada sem perturbação ou medo.

A maioria das pessoas achará nossos meios justos e considerará nossos fins uma vitória para todos os que perderam algo importante num sistema que já não serve ao bem comum.

Quando esta mensagem chegar às suas mãos, a primeira execução terá acontecido. Louis K. Cogburn era um tumor na sociedade, um homem que corrompia nossas crianças e as tornava viciadas. Ele as caçava nos playgrounds, nas escolas e nos parques da nossa cidade, seduzindo seus corpos e mentes inocentes com substâncias ilegais.

Ele foi acusado, julgado e condenado.

Ele foi executado.

Pureza Absoluta foi alcançada, no caso de Louis K. Cogburn.

Ele foi infectado através de uma tecnologia que nós mesmos inventamos e desenvolvemos. Assim como a sua alma era podre, também fizemos com que seu cérebro apodrecesse até a morte.

Não existe perigo algum de infecção para a senhorita, nem para as pessoas inocentes ou o público em geral. Não somos terroristas, mas apenas guardiães que juraram servir aos nossos vizinhos, a qualquer custo.

Outros já foram julgados, condenados e sentenciados. Não deixaremos de caçar todos os que lucram e obtêm prazer para si próprios por meio da dor e dos danos causados ao próximo, até que o estado de Pureza Absoluta seja alcançado em toda a cidade de Nova York.

Solicitamos à senhorita que repasse ao público esta nossa mensagem e que leve ao conhecimento do povo todos os nossos objetivos. Pedimos também que mostre às pessoas que nosso trabalho visa proteger e preservar as vítimas que não podem ser servidas pela lei.

Esperamos fazer da senhorita o nosso contato junto à mídia para esse assunto.

Os Buscadores da Pureza

— Que coisa linda, não é? — comentou Eve. — Tão bonito! Eles não se deram ao trabalho de mencionar Ralph Wooster, que teve seu cérebro destroçado por um taco de beisebol, nem Suzanne Cohen, que foi surrada até perder a consciência. Nem uma palavra sobre um tira morto ou outro que pode ficar paralítico. Só falaram do quanto seus objetivos são puros e na vontade de servir ao povo. O que você vai fazer com isso?

— O meu trabalho — disse Nadine.

— Você não vai colocar esse lixo no ar.

— Sim, vou colocar esta informação no ar, sim. Isso é notícia, e o meu trabalho é transmitir notícias.

— E levar os índices de audiência às alturas.

— Vou deixar passar isso — disse Nadine, depois de um instante —, mas só porque você está com um tira morto e outro, que eu considero um amigo, ferido. E vou deixar passar porque você tem razão, Dallas: isso vai turbinar os índices de audiência. Você está aqui na minha casa lendo isso antes de eu colocar no ar porque a respeito, considero-a uma amiga e também porque acredito que a justiça não deve tomar atalhos. Se você não respeitar a mim nem aos meus propósitos, então eu me enganei.

Eve se virou, caminhou para longe e chutou um pequeno sofá com tanta força que fez Nadine estremecer.

— Você é a única repórter com quem eu consigo lidar, em nível profissional, por mais de dez minutos, Nadine.

— Puxa, essa declaração me deixou comovida.

— Amizade é um assunto completamente diferente. Vamos manter a questão no ponto principal. Você é boa em seu trabalho, e sempre joga limpo.

— Obrigada. Posso dizer o mesmo de você.

— Isso não significa que eu vá ficar pulando de alegria enquanto você divulga esse lixo para toda a população. Guardiães uma ova! Não se pode colocar um halo de santidade sobre a palavra assassinato.

— Bom argumento. Posso repetir uma coisa que você me disse uma vez?

— O quê? "Isso é assunto extraoficial?" — reagiu Eve, com fúria nos olhos.

— Isso tudo é extraoficial — concordou Nadine, com toda a calma do mundo. — Mas você vai querer que se torne oficial rapidinho. Preciso de uma entrevista exclusiva com você, e também com o comandante Whitney, com o secretário Tibble, com Feeney e com McNab. Preciso conversar com pessoas ligadas a Halloway: familiares, amigos, colegas. E quero uma declaração do prefeito.

— Não quer também que eu enrole uma fita e dê um lacinho nesse pacote de presente, Nadine?

Nadine colocou as mãos nos quadris.

— Essa é a minha área de atuação, e sei muito bem como jogar, Dallas. Se você quer que essa história fique equilibrada, se espera que a maré vire a seu favor, preciso de tempo no ar com todos os principais jogadores.

— Eve. — Roarke colocou a mão no ombro rígido de sua mulher. — Nadine tem razão. Ela não poderia estar mais certa. A maioria dos espectadores vai ficar fascinada com esse grupo. Eles vão olhar para Cogburn e Fitzhugh...

— Que Fitzhugh? — quis saber Nadine. — Vocês estão falando de Chadwick Fitzhugh? Ele está morto?

— Cale a boca! — reagiu Eve. — Deixe-me pensar.

— Espere até eu acabar de falar — corrigiu Roarke. — As pessoas vão olhar para os sujeitos que esse grupo executou e vão pensar: Muito bem, eles receberam exatamente o que mereciam. Não passavam de parasitas que se aproveitavam das nossas crianças.

— As pessoas como você é que vão pensar assim — ela disse, antes de conseguir evitar.

Com o rosto sem expressão, ele inclinou a cabeça meio de lado.

— Se você espera que eu repense a minha posição e me sinta indignado pela morte de um porco como Chadwick Fitzhugh, prepare-se para ficar desapontada, querida. A diferença é que eu vi o que aconteceu a um jovem policial hoje. Vi o que aconteceu a Ian. Vi o que poderia ter acontecido com Feeney. Ou com você. Isso, no meu caso, fez mudar completamente a análise da declaração pomposa, egocêntrica e autoindulgente que acabamos de ler. Mesmo assim, muita gente vai considerar esses Buscadores da Pureza verdadeiros heróis.

— Ninguém vira herói por controle remoto — declarou Eve.

— Se você continuar desperdiçando frases de efeito como essa sem eu estar gravando — reclamou Nadine —, eu vou sentar e chorar.

— Mostre-os como covardes — aconselhou Roarke. — Deixe o público ver o luto da família de Halloway diante do seu filho, uma verdadeira vítima inocente. Um tira que morreu no cumprimento do dever por causa de algo criado por esse grupo. Deixe o povo ver McNab, jovem, entusiasmado com o trabalho, perigosamente ferido. Você precisa usar a mídia de forma tão completa e habilidosa quanto eles o fizerem.

— O que eu preciso é encontrá-los. Tenho de impedi-los de continuar. Não preciso disputar com eles quem aparece mais na mídia.

— Tenente. — Roarke apertou-lhe o ombro. — Você precisa fazer as duas coisas.

— Preciso daquele disco.

— Este é o original. — Nadine tirou o disco do computador e o entregou a Eve. — Já fiz uma cópia para mim. — Sorriu quando Eve o arrancou da mão dela com força. — Vai ser muito divertido trabalhar com você.

— Não vou lhe repassar nenhuma informação até Whitney autorizar.

— Vá em frente, então, ligue para ele. Na minha opinião, precisamos de um pouco de café.

— Vou lhe dar uma mãozinha. — Roarke saiu da sala com Nadine.

Eve esperou um momento até se acalmar. Odiava saber que Nadine tinha razão. Ela teria de lutar parte dessa batalha através da mídia.

Pegou o *tele-link* de Nadine e acordou o comandante.

— Ela já está conversando com ele há um tempão — comentou Nadine ao servir a Roarke uma segunda xícara de café.

— De qualquer modo, você não jogaria essa história no ar a essa hora da madrugada. — Como Nadine estava fumando um dos seus cigarros à base de ervas, Roarke resolveu se premiar com um dos seus. Ele preferia tabaco de verdade. — Aposto que vai esperar dar seis horas da manhã para potencializar ao máximo seus índices de audiência, além de pegar os concorrentes desprevenidos e arrasar com o noticiário matinal dos outros canais.

— Você é bom nessas coisas, hein?

— Tenho alguma experiência com manipulação.

— Vou dar a ela mais dez minutos, depois tenho de ir para a emissora, pois preciso reservar um horário para mim. Vou preparar o texto, contatar um especialista em informática e eletrônica. Será que você aceitaria...

— Melhor não. Isso seria ultrapassar o limite que Eve já traçou em sua cabeça, com relação a esse assunto. Mas posso lhe recomendar alguns nomes, se você não estiver com ninguém em vista.

— Pensei em Mya Dubber.

— Ela é excelente. Conhece a área como ninguém e consegue traduzir jargão técnico em termos simples e acessíveis aos telespectadores.

— Ela trabalha para você, não é?

— Sim, como freelancer.

— Dallas vai me deixar com o tempo apertado. — Sem conseguir permanecer sentada, Nadine se levantou e começou a andar de um lado para outro, na cozinha. — Tenho pesquisas a fazer, a matéria para redigir, entrevistas para marcar e preparar. Essa reportagem vai estourar como uma bomba. Quem será o próximo? Essa vai ser uma das questões mais importantes. Uma pergunta que vai permanecer suspensa no ar até haver uma resposta.

— E a minha tira preferida vai trabalhar até a exaustão para tentar impedir que exista outra vítima, a fim de que não haja resposta para essa pergunta.

— É por isso que temos que respeitar a profissional que ela é. É por isso, também, que ela sempre me fornece material para reportagens tão boas. Vocês dois estão batendo de frente com relação a esse assunto?

— Não exatamente. — Roarke soprou uma longa e preguiçosa nuvem de fumaça. — Temos filosofias conflitantes. É mais difícil para ela aceitar a minha do que eu aceitar a dela. Mas vamos acabar acertando os ponteiros.

— Obrigada por me apoiar, agora há pouco.

— De nada, mas não o fiz por você — explicou ele, com toda a calma. — Fiz por ela mesma.

— Eu sei, mas agradeço assim mesmo. — Nadine girou sobre os calcanhares assim que Eve chegou. — E então?

— Você vai conseguir suas entrevistas exclusivas comigo e com Whitney logo de cara. O prefeito vai redigir uma declaração que deverá ser lida pela vice-prefeita. Essa parte ainda não está decidida. O porta-voz poderá responder a algumas perguntas, desde que aprovadas antes. Não vamos entrar em contato com a família de Halloway a essa hora da madrugada por questão de respeito. Assim que amanhecer, se eles estiverem dispostos a conversar com você, marcaremos tudo. O mesmo vale para Feeney. Ele teve um dia de cão — completou Eve, antes de Nadine reclamar. — Não vou acordá-lo para dar declarações. Quanto a McNab, você poderá entrevistá-lo na minha casa, dependendo de autorização médica. Eu aviso você assim que puder. Tibble, o secretário de Segurança, também vai fazer uma declaração e talvez aceite ser entrevistado, mas só depois de conhecer todos os dados. Aceite o pacote, Nadine, porque é o melhor que vai conseguir por agora.

— Tome um café, Dallas. Preciso fazer uma ligação e trocar de roupa. Gravaremos as entrevistas com você e com Whitney no estúdio. Daqui a uma hora.

Eve passou a entrevista seguindo a linha do "estamos investigando todas as pistas". Apesar de Nadine não se mostrar empolgada com o conteúdo da matéria, sabia que não eram as palavras que iriam atrair o público, e sim a própria tenente Eve Dallas, parecendo pálida, exausta, mas absolutamente calma.

Para surpresa de Eve, o prefeito Steven Peachtree chegou ao estúdio no instante em que ela acabava de gravar sua entrevista. Com quarenta e três anos, ele projetava uma imagem de jovialidade e firmeza. Tinha um rosto honesto e muito atraente. Vestia um terno cinza e uma camisa azul-clara que combinava com uma gravata mais escura, presa por um nó impecável. Era uma roupa apropriada para as câmeras.

Ele chegou ao estúdio parecendo alerta e sério, seguido por um séquito de auxiliares vestidos de forma espetacular, que ele ignorava como alguém ignora a própria sombra.

— Comandante. — Ele acenou com a cabeça para Whitney, e passou tão perto de Eve que ela percebeu suas leves olheiras de uma noite maldormida. — Creio que um caso como este exige uma declaração ágil de minha parte. Soube que você também trocou ideias com Chang a respeito de declarações conjuntas.

— Isso mesmo. Precisamos mostrar unidade agora. Devemos formar uma muralha.

— Concordo plenamente. Nossa ligação com a mídia terá declarações atualizadas de todos os envolvidos às oito da manhã em ponto. Olá, tenente.

— Bom dia, prefeito.

— Precisamos agir de forma rápida e decisiva nesta questão. Meu gabinete deverá ser notificado sobre todos os passos tomados. — Olhou para o estúdio de gravação. — Vamos manter essa terrível confusão sob rédeas curtas. Repassaremos à srta. Furst e aos outros jornalistas apenas o que determinarmos que é adequado para o consumo do público.

— Nós não somos os únicos que estamos repassando dados à srta. Furst — informou Eve.

— Sim, já soube disso. — Sua voz assumiu um tom forte e, ao mesmo tempo, frio. — Qualquer bola que eles lançarem no nosso campo, nós rebateremos. Podemos contar com Chang para isso. Você vai trabalhar diretamente com ele e com Jenna Franco, a vice-prefeita, tenente, na área de relações com a mídia.

Ele olhou para o relógio de pulso e franziu a testa, muito sério.

— Mantenham-me informado — ordenou, e seguiu com determinação para a sala de preparação.

— Ele é muito bom em momentos de crise — Whitney comentou com Eve. — É forte, controlado e dedicado. Precisamos projetar uma imagem forte para evitar que a tampa dessa panela exploda e tudo transborde sobre a cidade de Nova York.

— Em minha opinião, o melhor jeito de manter essa panela tampada é identificar e deter os Buscadores da Pureza.

— Essa é a sua prioridade, tenente, mas o problema tem várias facetas. O funeral do detetive Halloway está marcado para amanhã, às dez horas. Ele será enterrado com honras de Estado. Quero que você esteja lá.

— Sim, senhor. Estarei.

— A reunião de hoje de manhã foi remarcada para uma da tarde, e você passou a noite em claro. Tente dormir um pouco por agora e descanse bem — aconselhou, antes de se preparar para entrar no ar logo em seguida. — Esse caso vai ser longo e penoso.

* * *

Ao chegar em casa, Eve se jogou na cama e dormiu por três horas e meia.

O alarme do seu relógio de pulso a acordou com um bipe incessante. Ela rastejou pela cama, no escuro total, foi cambaleando até o chuveiro e ficou ali, debaixo de uma cascata de água pelando e jatos massageadores igualmente quentes durante vinte minutos.

Ao voltar para o quarto, Roarke estava se levantando.

— Eu acordei você? — perguntou ela. — Durma mais meia hora.

— Estou ótimo. — Ele a analisou de cima a baixo e assentiu com a cabeça. — Sua cara parece bem melhor do que estava às quatro da manhã. Por que não pede um café da manhã reforçado enquanto eu tomo uma ducha?

— Pensei em comer uma rosquinha na minha mesa. Quero mergulhar no trabalho.

— Tenho certeza de que acabou de mudar de ideia, querida — disse ele, dirigindo-se ao banheiro —, pois se lembrou de que precisa estar bem alimentada para manter a energia e a saúde, e também porque não vai gostar se eu lhe enfiar uma boa quantidade de proteína goela abaixo, pois isso seria começar o dia com o pé esquerdo. Ovos mexidos seria ótimo, que tal?

Ela rangeu os dentes, mas ele já estava debaixo do chuveiro.

Acabou comendo, tentou convencer a si mesma, só porque estava com fome.

Quando Roarke ligou para Summerset pelo *tele-link* interno e perguntou sobre McNab, Eve se sentiu mais otimista, pois a notícia foi que o paciente descansara muito bem a noite toda.

Mas Eve sentiu uma fisgada de desespero ao vê-lo entrar em seu escritório, logo em seguida, sobre uma cadeira de rodas eletrônica.

— Oi, galera! — Ele parecia bem. Alegre demais, até. Sua voz também estava animada em demasia. — Vou comprar uma dessas cadeiras automáticas assim que voltar a andar. Elas são divertidas.

— Nada de apostar corridas pelos corredores da casa — avisou Eve.

— Tarde demais, tenente. — Ele sorriu para ela.

— Vamos esperar por Feeney para começarmos a reunião.

— Assistimos ao noticiário do Canal 75 agora de manhã, tenente. — Peabody, atrás de McNab, estava com imensas olheiras e exibiu um ar de desespero ao fitar Eve. — Creio que já temos uma ideia básica do que aconteceu durante a noite.

— Preciso de café. — Eve fez sinal para Roarke distrair McNab e chamou Peabody discretamente, com o polegar, quando foi para a cozinha anexa. — Você deve melhorar sua cara e segurar sua onda — aconselhou, assim que se colocaram longe dos ouvidos de McNab. — Ele não é burro.

— Eu sei. Estou numa boa. Só que quando eu o vi naquela cadeira de rodas, agora há pouco, fiquei meio abalada. Não houve progressos. Os médicos disseram que ele iria começar a sentir um formigamento, como quando a perna fica dormente e a pessoa começa a usá-la. Isso mostra que a circulação e os nervos estão voltando a funcionar. Só que ele continua sem sentir nada.

— O período para recuperação varia muito. Já fui atingida no peito por uma rajada de atordoar e só senti dormência na região por alguns minutos. No entanto, teve outra vez em que levei um golpe de raspão no braço e ele perdeu a sensibilidade durante horas.

— McNab está apavorado. Finge que não, mas eu sei que está.

— Se ele pode fingir que está numa boa, você também pode. E se pretende fazer algo contra as pessoas que o colocaram — temporariamente — naquela cadeira, você precisa se controlar e manter o foco no trabalho.

— Eu sei. — Peabody respirou fundo e empinou o corpo. — Vou segurar essa barra.

— Ótimo, então pode começar cuidando do café.

Eve voltou para o escritório e se deteve ao ver Feeney parado na porta. Seu rosto exibia uma mistura de dor, pena e fúria, e ele olhava fixamente para a cadeira de McNab.

Eve pensou em fazer algum som, bater palmas de forma descontraída, qualquer coisa para o tirar do transe, mas, antes de fazer isso, ele mesmo se ligou e seu rosto se animou.

— Que papo é esse? — Ele falava diretamente com McNab. — Isso está me cheirando a desculpa para não trabalhar. Você deve estar se divertindo com esse brinquedinho, mas aqui não é um parque de diversões.

— Mas essa cadeira é irada, né não? — reagiu McNab.

— Se você passar por cima do meu pé com essa roda, vou te derrubar no chão, escutou bem? Baxter está vindo aí. Tem algum café na área?

— Tem — assentiu Eve. — Temos café na área.

Às nove e meia, ela já explicara os pontos básicos do caso à equipe. Às quinze para as dez, tirara todas as dúvidas e às dez em ponto apresentou uma teoria:

— Pelo menos um dos principais nomes desse grupo já foi afetado pelo crime em nível pessoal, provavelmente um crime contra uma criança. Talvez mais de um dos componentes do grupo já tenha vivenciado o problema. Geralmente são pessoas com mente semelhante que dão início a um movimento desse tipo. Elas possuem habilidades excepcionais, ainda desconhecidas para nós, na área de eletrônica. Também devem ter algum tipo de assessoria médica. É muito provável que mantenham algum contato com a polícia ou com o sistema judicial. Provavelmente ambos.

— São organizados, bem-articulados e sabem lidar com a mídia — disse Feeney.

— Quando um grupo desse tipo se junta para lutar contra uma causa comum — comentou Baxter —, todos têm mentes parecidas. Mas quase sempre um deles, ou mais de um, entra no barco pela excitação, pelo sangue ou por ser completamente maluco.

— Concordo, e vocês já podem começar a procurar malucos que se encaixem nas características do grupo. Eles vão entrar em contato com Nadine novamente — continuou Eve. — Querem atenção e precisam da aprovação do público em geral.

— E vão consegui-las. — Feeney fez ruídos ao sugar um gole do café quente. — Esse é o tipo de coisa que deixa o povão empolgado, comentando nas ruas, fabricando camisetas, assumindo posições contra ou a favor.

— Pois é, não temos como impedir esse rolo compressor gerado pela mídia, mas devemos fazer de tudo para manter o jogo em nosso campo. Nadine quer entrevistas com Feeney e com McNab. Podem protestar, mas não dá para fugir disso — avisou, antes de Feeney ter a chance de se manifestar. — Não digam nada que eu já não tenha dito ou insinuado. O Departamento de Polícia acha que essa entrevista será útil.

— Você acha que eu topo encher a bola desse grupo de loucos? — Feeney pousou a caneca de café sobre a mesa com força. — Acha que eu vou aparecer na mídia aumentando a fama deles e vomitando blá-blá-blás sobre o que rolou ontem com aquele garoto?

— Tudo que você disser vai ajudar os telespectadores a compreender o que aconteceu com Halloway — explicou Roarke, falando baixo. — Vai fazer com que todos o vejam como ele era: um tira bom que estava apenas cumprindo seu trabalho. Um homem que foi morto na linha de fogo por um grupo de lunáticos que querem ser vistos como guardiães da justiça, mas no fundo são vilões. Vai fazer com que as pessoas enxerguem Halloway como um ser humano.

— Eu quero falar sobre o assunto — anunciou McNab. Ele estava completamente amarrado à cadeira. Aquilo era algo que ele não conseguia ignorar, por mais que tentasse. Ele não estava apenas sentado na cadeira; estava amarrado a ela, para que não despencasse para frente como uma boneca de pano ou um bebê recém-nascido.

Sua barriga corroía por dentro, com o medo de passar o resto da vida preso ali.

— Se as pessoas me ouvirem, vão perceber que não foi Halloway quem me pôs nesta cadeira de rodas. Vão saber que os responsáveis são as pessoas que infectaram o computador no qual ele estava trabalhando. Halloway não me colocou aqui, ninguém deve achar que ele fez isso. Quero dar essa entrevista, sim. Quero dizer o que precisa ser dito.

— Se é isso que você quer. — Feeney pegou novamente a caneca de café e bebeu tudo de uma vez só, como se tentasse desfazer o nó que sentia na garganta. — Então é exatamente o que vamos fazer.

— Aqui estão as declarações oficiais divulgadas pelo departamento. Vocês dois precisam lê-las. — Eve foi até sua mesa e esperou um instante até se recompor. — Ninguém vai editar nem censurar nada do que queiram desabafar, mas precisamos que vocês abordem alguns pontos-chave e utilizem um jargão específico. É muito importante mostrar que o Departamento de Polícia da Cidade de Nova York está unido neste momento. Nadine vai gravar as entrevistas aqui mesmo.

Ela se voltou para todos e continuou:

— Agora, já podemos sair em campo e colocar a mão na massa. Precisamos determinar a natureza do vírus que infectou os computadores, e isso só poderá ser feito depois de desenvolvermos algum tipo de escudo contra ele.

— Fiz algumas pesquisas com relação a isso — anunciou Roarke —, e tomei a liberdade de convocar um consultor técnico especializado no assunto. — Ele se virou para o *tele-link*. — Summerset, mande-o subir.

— Você deveria ter me pedido autorização para isso, antes de convocá-lo — reclamou Eve.

— Você necessita de alguém com habilidades específicas nessa área. Feeney e McNab precisam de alguém mais, além de mim. E eu preciso de mais de um assistente. Conheço uma pessoa que vem realizando um trabalho muito inovador junto aos departamentos de pesquisa e desenvolvimento em minhas empresas. Além do mais, acho que você não terá com o que se preocupar em relação à sua lealdade ou desembaraço.

Eve olhou para a porta, e seu queixo caiu.

— Ora, mas pelo amor de Deus, Roarke. Não posso usar uma criança para isso.

Capítulo Oito

—Gênios não têm idade — disse Jamie Lingstrom, ao entrar na sala com o corpo empinado de orgulho e os pés calçados por um par de botas surradas com amortecimento a ar.

O cabelo louro do garoto, muito curto e espetado no alto da cabeça, se juntava em uma mecha pesada que lhe caía sobre a testa. Um piercing solitário anelado — o único aparente — fora colocado na ponta da sobrancelha esquerda. Seu rosto parecia um pouco mais magro desde a última vez em que Eve o vira, e sua boca formou um sorriso afetado ao olhar para a tenente.

Ele sempre fora convencido.

Seu avô era policial, mas tinha morrido enquanto investigava, extraoficialmente, um culto. Participantes desse mesmo culto haviam assassinado a irmã mais velha de Jamie, e por muito pouco tinham conseguido oferecer a vida de Eve em sacrifício.*

Ele espichara muito em um ano, pelo menos seis centímetros. Quando é que as crianças paravam de crescer?, especulou Eve consi-

---

* Ver *Cerimônia Mortal*. (N. T.)

go mesma. Ele tinha dezesseis anos. Não, talvez já estivesse com dezessete, agora. E devia estar fazendo o que os adolescentes da sua idade costumam fazer, em vez de estar ali na sua sala com aquele ar de sabe-tudo.

— Por que você não está na escola?

— Estou no programa de ensino a distância; aprendo em casa e estou fazendo estágio. Dá para colocar a mão na massa, desde que seja através de uma companhia que contrate os alunos do programa, entende?

— Uma das suas? — perguntou Eve, virando-se para Roarke.

— Na verdade, tenho várias empresas que contratam alunos desse programa. A juventude de hoje, afinal, é a esperança do amanhã.

— E aí — Jamie olhou em torno do escritório e enfiou os polegares nos bolsos da frente dos jeans largos com buracos nos dois joelhos. — Quando é que eu começo a ralar?

— Você. — Eve apontou o dedo para Roarke. — Venha comigo. — Apontando para o escritório dele, ela saiu na frente, pisando firme, e bateu a porta com força assim que os dois entraram.

— Que diabos você pensa que está fazendo?

— Convocando um especialista para me servir de assistente.

— Ele é um garoto.

— Um garoto brilhante. Lembra como ele conseguiu desativar o sistema de segurança aqui de casa com um misturador de sinais caseiro?

— Um golpe de sorte.

— Sorte não teve nada a ver com isso. — O aparelho, que Roarke confiscara, tinha sido refinado, ajustado e aprimorado. — Ele tem mais do que simples conhecimentos de eletrônica — embora seja fera na área, e isso eu posso garantir. O fato é que ele também tem um instinto que é muito raro.

— Mas eu preferia deixar o cérebro dele dentro daquela cabecinha, pelo menos até ele completar vinte e um anos.

— Não pretendo permitir que ele se envolva em nada que traga riscos.

— Nenhum de nós dois queria isso, no ano passado. No fim, ele, por pouco, não perdeu a vida. Além do mais, ele é quase um parente de Feeney.

— Exato. Isso vai animar Feeney a trabalhar com ele. A verdade, Eve, é que precisamos de alguém com o perfil desse garoto. Alguém com mente aberta e cérebro ágil. Ele não vai achar que algo não pode ser feito só por nunca ter sido conseguido antes. — Roarke espalmou as mãos. — Ele vai enxergar possibilidades. E quer ser policial — completou, antes de Eve ter a chance de interromper.

— Sim, eu me lembro disso, mas...

— Ele está focado em ser tira, a não ser que eu consiga seduzi-lo, com montanhas de dinheiro, para que ele venha trabalhar comigo em pesquisa e desenvolvimento — seus lábios se abriram de leve —, algo que eu certamente tentarei. No momento, seus planos são dispensar a faculdade e entrar direto na Academia de Polícia no dia em que completar dezoito anos, daqui a alguns meses.

— Ah, é? E você tem esperança de usar esse caso para fazê-lo desistir da ideia, convencê-lo a ir para a faculdade e, na primeira oportunidade, contratar seu cérebro de gênio, levando-o a trabalhar para você?

— Essa é uma ideia maravilhosa. — Ele sorriu de leve, com muito charme. — Mas, na verdade, eu achei que essa seria uma boa experiência para o garoto. E precisamos das suas habilidades. Não estou exagerando ao afirmar isso. Você vai precisar de um especialista em eletrônica fazendo muitas pesquisas, trabalhos e testes, tudo isso em um espaço de tempo curto. Estou certo?

— Sim, mas...

— Escute... Sou seu consultor especializado por um salário ridiculamente baixo. Pelo nosso acordo, porém, tenho a opção de escolher um assistente técnico. Ele é meu.

Eve expirou com força, caminhou até a janela e voltou.

— Não só seu. Ele também será minha responsabilidade, e eu não sei como lidar com um adolescente.

— Ora, eu diria que basta tratá-lo como você trata todo mundo. Distribua ordens a torto e a direito e, se ele reclamar ou não dançar conforme a música, basta congelar o sangue dele com um daqueles olhares terríveis que são sua especialidade para, em seguida, esculhambá-lo sem dó nem piedade. Isso sempre funciona, querida.

— Você acha?

— Viu só? — Ele pegou o queixo dela. — É esse olhar mesmo. Já posso sentir meu sangue congelando.

— Tudo bem, pode ficar com ele. Mas em caráter provisório. A propósito, você abriu mão do seu salário ridiculamente baixo.

— Ah, foi? — Ele uniu as sobrancelhas, em sinal de estranheza. — Não me lembro de ter feito isso.

— E o pagamento dele sairá do seu bolso.

Roarke já havia planejado pagar a Jamie por fora, mas sabia como lidar com Eve.

— Isso é absurdamente injusto — reclamou. — Vou consultar meu advogado trabalhista a respeito desse tratamento autoritário.

— Você não tem um advogado trabalhista. — Ela seguiu até a porta. — Tem apenas a mim.

— Na alegria e na tristeza — resmungou ele pelas costas de Eve, quando ela voltou para o seu escritório.

Jamie estava agachado entre Feeney e McNab, exibindo um aparelho na palma da mão.

— Ele consegue decifrar os códigos de todos os sistemas que estão no mercado e outros que ainda nem foram lançados — gabou-se ele. — Depois, é só clonar... — Ele ergueu a cabeça assustado, ao ver Roarke, e se levantou em seguida. O aparelho foi guardado no seu bolso de trás. — Oi! E então, estou dentro ou não?

Roarke fez uma cara feia e estendeu a mão.

Encolhendo os ombros, Jamie pegou o aparelhinho do bolso.

— Só peguei isso emprestado para ver se conseguia aprimorar algumas das funções dele.

— Não tente me enrolar, Jamie. Se continuar a pegar meus equipamentos emprestados sem autorização, vai perder seus privilégios no programa de educação doméstica depressinha. — O aparelho desapareceu em um dos bolsos de Roarke.

— Esse é o meu protótipo!

Os royalties de um aparelho como aquele, Roarke refletiu, transformariam aquele menino em um rapaz muito rico. Mas não disse nada, simplesmente ergueu uma sobrancelha e viu Jamie se encolher.

— Tudo bem, tudo bem — aceitou o rapazinho, derrotado —, também ninguém precisa estourar os circuitos do cérebro por causa disso. — Emburrado, olhou para Roarke e depois para Eve. Nunca tinha certeza sobre qual dos dois mandava.

De qualquer modo, conhecia os dois muito bem, e sabia que ambos poderiam derrubá-lo no chão antes de ele tentar erguer um pé.

Antes do divórcio dos seus pais, as coisas eram simples na sua família. Era seu pai quem cantava de galo. Mais tarde, especialmente depois que Alice morreu, era o próprio Jamie quem cuidava das coisas em casa.

Ali, porém, ele nunca conseguia descobrir quem era o chefe.

— Qual é o veredicto? — ele quis saber.

— Você vai ficar subordinado a Roarke, trabalhando como técnico em caráter provisório — explicou Eve. — Se pisar fora da linha, passar por cima dela ou tentar se espremer por baixo, eu esmago você como um inseto. Agora, vamos lá... Está vendo todas as pessoas que estão nesta sala?

— Sim, não há nada de errado com meus olhos. Qual é o lance?

— Eles todos serão seus chefes. Isso significa que se algum deles lhe der qualquer ordem, inclusive a de mandar você plantar bananeira e assobiar baixinho, isso deverá ser feito. Fui clara? Mais uma coisa... — ela continuou, antes de ele ter tempo de reclamar — todos os dados, informações, conversas, ações ou planos de ação feitos ou discutidos nesta sala e ligados a este caso são confidenciais.

Você não deverá abrir o bico para ninguém, nem para o seu melhor amigo, sua mãe ou qualquer garota que você esteja planejando ver pelada. Nem mesmo para o seu poodle.

— Não vou dar com a língua nos dentes! — exclamou ele, com raiva. — Sei como a coisa rola por aqui. E não tenho nenhum poodle idiota. Além do mais, já vi várias garotas nuas. — Ele riu. — Inclusive você.

— Cuidado, rapazinho — disse Roarke, baixinho. — Olhe onde pisa.

— Você tem uma língua afiada, eu lembro muito bem. — Lentamente, Eve fez uma volta completa em torno dele. — Gosto de gente com língua afiada, sob determinadas circunstâncias. É por isso que, em vez de esticar suas orelhas por cima da cabeça e dar um nó nelas, vou deixar passar esse comentário. Mas só dessa vez! Baxter, leve este preguiçoso para a área de trabalho. Explique-lhe a configuração básica de tudo. Se ele tocar em alguma coisa, quebre os dedos dele.

— Certo, tenente. Vamos, garoto. — Quando eles chegaram à porta, Baxter se inclinou na direção dele e cochichou: — Como foi que você conseguiu ver Dallas pelada?

— Ele vai nos causar problemas — murmurou Eve.

— Mas vai valer a pena. — Roarke acariciou o aparelho que guardara no bolso. — Pode acreditar.

— Ele é um bom garoto, Dallas — garantiu Feeney, se levantando. — Esperto e firme, tanto quanto um adolescente pode ser. Vamos mantê-lo na linha.

— Espero que sim. Vou deixá-lo por conta de vocês, rapazes da eletrônica. Nadine e sua câmera devem chegar em vinte minutos. Ela nunca se atrasa. É melhor vocês dois irem logo gravar essa entrevista em algum lugar, no andar de baixo.

— Para mim está ótimo. — McNab olhou para Feeney. — Quero resolver logo isso e mergulhar de cabeça no trabalho.

— Ela não deve vir até aqui em cima — alertou Eve. — Não deve nem chegar perto do garoto. Qualquer progresso, qualquer detalhe, me avisem. Tenho uma reunião no centro da cidade à uma da tarde. Vou trabalhar daqui mesmo a manhã toda.

— Vamos agitar! — Feeney colocou a mão sobre o ombro bom de McNab. — Vamos mostrar ao garoto o que os caras da DDE são capazes de fazer.

— Mandem Baxter de volta. Preciso instalá-lo em outro lugar.

— Pode deixar que eu cuido disso. Imagino que você prefira que ele trabalhe neste andar mesmo — sugeriu Roarke.

— Seria ótimo. E seja lá o que for que você tem guardado aí dentro, garotão, é melhor deixá-lo quieto.

Ele lançou um sorriso tão ardente e sugestivo para Eve que Peabody engoliu em seco.

— Tire essas imagens de sacanagem da cabeça, Peabody — ordenou Eve. — Temos muito trabalho pela frente.

Ela mostrou a Peabody como rodar programas de probabilidade. Ao lidar com gente graúda e burocratas, quanto mais dados e papéis ao alcance da mão, melhor o resultado.

Eve começou a procurar pedófilos e homens acusados de cometer abuso infantil que tivessem entrado e saído do sistema.

Como é que tantos deles escapavam sem cumprir pena?, perguntou a si mesma.

Ela voltou atrás no tempo, buscando alguma ligação entre um ou mais dentre os suspeitos, ou entre um deles e Cogburn ou Fitzhugh.

Eram todos farinha do mesmo saco, refletiu. Alguns deles poderiam ter se cruzado em algum momento de suas vidas. Era irritante pesquisar baseada em números, em vez de nomes, mas o problema é que muitos dos casos não estavam acessíveis. Vítimas menores de idade muitas vezes recebiam lacres em seus arquivos.

Utilizando números, relatórios de incidentes isolados e descrições, ela foi encurtando a lista e pesquisando probabilidades.

Como sua curta lista exibia mais de vinte e cinco nomes, começou a pesquisar ligações secundárias.

Vinte das vítimas menores de idade haviam lidado com a mesma assistente social.

CLARISSA PRICE, NASCIDA EM 16 DE MAIO DE 2021, NO QUEENS, NOVA YORK. IDENTIDADE NÚMERO 8876-LHM-22. MÃE: MURIEL PRICE; PAI: DESCONHECIDO. ESTADO CIVIL: SOLTEIRA. EMPREGO: SERVIÇO DE PROTEÇÃO À INFÂNCIA, DIVISÃO DE MANHATTAN. TOMOU POSSE NO CARGO EM 1º DE FEVEREIRO DE 2043. ATUALMENTE TRABALHA NO NÍVEL B.

FORMAÇÃO: BACHAREL EM EDUCAÇÃO, SOCIOLOGIA E PSICOLOGIA PELA UNIVERSIDADE DE NOVA YORK.

NENHUM REGISTRO CRIMINAL.

— Foto! — ordenou Eve ao sistema, e analisou uma imagem de Clarissa Price. Uma mulata atraente, ela demonstrava um olhar forte e direto. Poucas pessoas no Serviço de Proteção à Infância duravam tanto tempo na função sem demonstrar rugas ou marcas de expressão. A pele de Clarissa, porém, era lisa e bem cuidada. Seus cabelos castanho-avermelhados, muito cacheados, haviam sido cortados bem curtos, junto da nuca.

Eve solicitou o endereço de casa e o do trabalho, copiou os dados e salvou o arquivo. Em seguida, saiu novamente à caça.

Dessa vez encontrou um tira.

O sargento-detetive Thomas Dwier prendera Louis Cogburn quatro anos antes, por posse de drogas com intenção de distribuição. Mas ele se precipitara e havia prendido Cogburn sem ter certeza de que o suspeito estava com as drogas no momento da detenção. A prisão não deu em nada.

Mais tarde, teve mais sorte com um traficante que fornecia drogas para os adolescentes da parte norte da cidade. Porém, quando o caso entrou na burocracia do Judiciário, houve uma negociação para diminuir a acusação. O traficante acabou pagando apenas multa por posse de substância ilegal e escapou da cadeia.

O sargento também cruzara com Fitzhugh, assumindo a investigação de uma queixa de rapto seguido de estupro que tinha sido negligenciada pelo promotor.

Dezoito meses antes, Dwier havia trabalhado em uma equipe que investigava um caso de pornografia envolvendo crianças. A acusada tinha uma creche licenciada. O caso chegou aos tribunais, mas resultou em absolvição.

Mary Ellen George, a mulher absolvida, era, segundo os arquivos, sócia de Chadwick Fitzhugh.

— Sele os cavalos, Peabody. — Eve jogou os discos na bolsa. — Vamos fazer uma ou duas paradas antes de irmos para a reunião na torre.

— Mary Ellen George. Um julgamento famoso e polêmico. — No banco do carona, Peabody analisava os dados que Eve havia levantado — Você engoliu essa história dela?

— Que história?

— Esse lance de ela bancar a diretora exigente e inocente. — Peabody fitou Eve com os olhos apertados. — Você não viu nada do julgamento, que foi transmitido ao vivo?

— Não assisto a esse lixo.

— Bem, pelo menos deve ter visto as chamadas dos noticiários, lido os comentários ou algo assim.

— Faço questão de não assistir aos relatos da mídia, comentários, editoriais ou coisas desse tipo.

— Mas, senhora, é importante assistir ao noticiário todos os dias e ler o que se publica on-line.

— Por quê?

— Ora... para ficar a par dos acontecimentos atuais.

— Por quê?

— Porque sim, ora bolas, porque sim. — Confusa, Peabody empurrou o quepe um pouco para trás e coçou a cabeça. — Porque nós vivemos neste mundo.

— Sim, vivemos, e não há nada que possa ser feito com relação a isso. Agora me explique como é que assistir às chamadas dos noticiários e ao canal que passa julgamentos ao vivo vai me transformar numa pessoa melhor.

— Vai deixá-la mais informada — argumentou Peabody.

— Para mim, tudo só é notícia por alguns minutos. Depois vira material antigo, e eles precisam divulgar alguma coisa diferente e transformá-la em notícia. Isso é um círculo vicioso, se quer saber. Eu não entro nessa, porque, por definição, as notícias do dia não serão mais atuais amanhã. Então, você perde um tempo enorme se ligando em algo que já terá perdido o interesse quando você acordar no dia seguinte.

— Agora embolou o meio de campo. Deve haver algum furo nesse seu argumento, mas minha cabeça dói só de pensar no assunto.

— Então não pense. Vamos verificar Mary Ellen George mais tarde. Primeiro, vamos fazer uma visitinha a Clarissa Price.

Estacionar perto do Serviço de Proteção à Infância de Manhattan era uma piada de mau gosto. As vagas de dois andares que a prefeitura instalara ao longo da rua estavam lotadas de veículos que não haviam sequer ousado circular pela cidade nos últimos cinco anos. Eve viu pelo menos três carros com os pneus arriados e outro com o para-brisa tão coberto de poeira e lama que seria preciso usar uma enxada para limpá-lo.

Ela estacionou em mão dupla, ligou o sinal de EM SERVIÇO e imaginou qual o tamanho do engarrafamento que iria provocar antes da sua volta.

O prédio era uma construção quadrada e maciça com doze andares que certamente não tinha recebido muito investimento em manutenção por parte do estado desde que fora construído, depois das Guerras Urbanas.

O saguão pequeno estava lotado, e o quadro onde vinham especificados os setores em funcionamento no prédio era muito antigo, do tempo dos quadros manuais.

— Sexto andar. — Eve atravessou o tumultuado saguão em linha reta, passou direto pela recepcionista e entrou no elevador. Os sistemas de segurança, refletiu, não eram o forte do prédio.

Eve tinha experiência pessoal com o Serviço de Proteção à Infância, e sabia que as crianças que eram recolhidas pelo sistema podiam ser tão perigosas quanto os adultos que as haviam colocado lá.

Saltou no sexto andar e reparou que alguém tentara proporcionar uma ilusão de alegria ao lugar. Em um ponto debaixo de uma janela fora colocada uma mesinha em tamanho infantil pintada em cores fortes, com vários brinquedos de plástico espalhados sobre o tampo. Do outro lado da sala, dois consoles de videogame estavam sendo literalmente atacados por dois adolescentes com caras ameaçadoras e jeito rebelde, vestidos de preto.

Reparou que um deles ergueu a cabeça e percebeu que Eve era tira. Em seguida, analisou a farda de Peabody, mas tornou a ignorá-las.

Eve foi até ele, esperou que seu olhar se encontrasse novamente com o dela e se inclinou para frente.

— Tire a faca que está enfiada na sua bota, bem devagar. Entregue-a a mim, e eu prometo não implicar com você pelo fato de essa arma estar escondida.

Como realmente a faca estava escondida, e muito bem, na opinião do garoto, ele soltou um riso de deboche.

— Vá se foder.

A mão de Eve alcançou o cabo da faca oculta pela perna da calça do adolescente antes mesmo de ele se dar conta.

— Se quiser encrenca comigo — avisou ela —, posso fornecê-la. Se não for esse o caso, eu simplesmente confisco sua arma e deixo você acabar de cumprir o horário obrigatório enganando a assistente social.

Ela arrancou a faca da bota do jovem e a enfiou na sua.

— Boa lâmina, excelente cabo.

— Isso me custou setenta e cinco paus.

— Alguém te enrolou, meu chapa. Ela não vale tudo isso.

Eve virou as costas para o garoto e seguiu na direção da recepcionista jovem e sorridente. Sempre havia uma recepcionista jovem e sorridente, mas elas quase nunca ficavam no emprego mais de um ano, e fugiam dali com o idealismo destroçado.

— Preciso falar com Clarissa Price. — Eve colocou o distintivo sobre o balcão.

— A srta. Price está participando de uma reunião de família. Deve terminar em dez minutos.

— Vamos esperar. — Eve caminhou de volta para junto dos garotos e deliberadamente se sentou ao lado do Garoto da Faca.

Ele fingiu indiferença, mas não levou mais de vinte segundos antes de ceder:

— Como foi que você sacou que eu estava com uma faca?

— Não vou entregar o ouro.

— Ah, qual é?!

Eve já reparara nas marcas roxas em seus pulsos, marcas recentes, e quando virou a cabeça, meio de lado, notou as velhas cicatrizes de queimaduras em seu ombro, escondidas apenas em parte pela camiseta regata em estilo "sou durão".

Aquilo era uma coisa que seu pai nunca fizera com ela, refletiu Eve. Nada de queimaduras nem cicatrizes. Afinal, ele não queria desvalorizar a mercadoria.

— Quando você me viu, jogou a perna direita para trás e girou o tornozelo para verificar se a faca estava bem presa e escondida. Se você for preso por andar armado, eles vão levar você para uma instalação para recuperação de menores. Já esteve num lugar desses? — Pelo jeito com que ele encolheu os ombros, Eve percebeu que não. Ainda. — Pois eu estive. Qualquer acordo que você consiga aqui fora é melhor do que uma temporada lá dentro. Em dois anos eles jogam você de volta na rua e você vai ter de se virar sozinho. Mas, se for preso com a sua idade, eles vão manter você monitorado até completar vinte e um anos.

Já que aqueles eram todos os conselhos ou sermões que Eve pretendia oferecer ao garoto, tornou a se levantar e foi procurar uma máquina de vender lanches.

Assim que pegou um copinho de café, de má qualidade, a recepcionista lhe informou que a srta. Price tinha cinco minutos livres antes da sessão seguinte.

A sala era apertada, mas ali também alguém tentara alegrar o ambiente. Pinturas emolduradas, obviamente feitas por crianças, cobriam duas paredes. Muitas pastas de arquivos estavam empilhadas cuidadosamente sobre a mesa, ao lado de um vasinho com margaridas frescas. Atrás da mesa, Clarissa parecia tão arrumada e competente quanto na foto da identidade.

— Sinto muito tê-la feito esperar — começou. — Desculpe, mas Lauren não anotou o seu nome.

— Dallas, tenente Dallas.

— Já nos vimos antes, profissionalmente?

— Não, eu trabalho na Divisão de Homicídios.

— Homicídios? Entendo. Sobre o que deseja conversar? Alguma das minhas crianças?

— Não, pelo menos não diretamente. Você trabalhou com menores ligados a um traficante que distribuía drogas em playgrounds e escolas, Louis K. Cogburn; alguns deles também conheciam um homem acusado de pedofilia, Chadwick Fitzhugh.

— Sim, trabalhei com menores que haviam sido explorados por esses dois indivíduos.

— Vários casos seus também têm ligação, segundo o cruzamento de dados, com outros predadores de crianças conhecidos ou acusados. No momento, porém, estamos interessados apenas em Cogburn e Fitzhugh.

— Que estão mortos — disse Clarissa, sem expressão. — Assisti ao noticiário da manhã no Canal 75. Uma milícia ou organização policial paralela assumiu a responsabilidade pela morte deles.

— Uma organização terrorista — corrigiu Eve —, que também é culpada pela morte de um civil não ligado ao caso e de um oficial da polícia. Você assiste a muitos noticiários na tevê, Clarissa? Desculpe. — Ela sorriu de leve. — É que estava havendo um debate entre mim e minha auxiliar, agora há pouco, sobre os méritos da mídia na divulgação de fatos do momento.

— Assisto ao Canal 75 quase todas as manhãs, e normalmente torno a ver o noticiário da noite. — Ela sorriu. — De que lado do seu debate eu fiquei?

— Do lado dela. — Eve torceu o polegar na direção de Peabody. — Deixe isso pra lá. Estou aqui como investigadora principal dessas mortes, e quero saber sobre possíveis ligações entre membros do grupo conhecido como Buscadores da Pureza e menores que possam ter sido explorados por Cogburn e/ou Fitzhugh, bem como outros predadores infantis que esse grupo terrorista considere alvos. Como os nomes dos menores envolvidos estão lacrados nos arquivos e muitos dos que alcançaram a maioridade solicitaram que seus dados permaneçam inacessíveis, preciso da sua ajuda.

— Não posso trair a confiança dessas crianças e de seus familiares, tenente, mesmo para ajudar na sua investigação. — Ela ergueu as mãos bem cuidadas e sem anéis, em um gesto de impotência. — Existe uma razão para esses arquivos estarem lacrados. Todas essas crianças sofreram danos terríveis e, do mesmo modo que a senhora tem o seu trabalho, eu tenho o meu, que é proteger essas crianças e fazer tudo o que estiver ao meu alcance para ajudar na sua cura.

— Lacres podem ser quebrados, srta. Price. Vai levar algum tempo, mas posso conseguir um mandado e liberar os arquivos para investigá-los.

— Sei disso, tenente. — Clarissa ergueu as duas mãos novamente. — Assim que a senhora conseguir seu mandado, certamente eu a ajudarei em tudo que a lei determinar. Trabalho com essas vítimas todos os dias, e já é dificílimo conquistar a confiança das crianças que foram feridas por um adulto; algumas vezes é difícil ganhar a confiança de suas famílias também, e há momentos em que o difícil é achar algum parente que se importe. Por tudo isso, não posso ajudá-la até que a Justiça me ordene a fazer isso.

— Alguma vez você teve contato pessoal com Louis Cogburn ou Chadwick Fitzhugh?

— Contato profissional. Prestei depoimentos ao promotor público, em ambos os casos. Expliquei os danos psicológicos provocados aos menores que haviam se envolvido com eles. Nunca conversei com nenhum dos dois, e não posso fingir que lamento o fato de não estarem mais vivos para caçar outras crianças.

— E quanto a Mary Ellen George?

— Foi absolvida. — O rosto de Clarissa se fechou.

— Mereceu o veredicto?

— Um júri de pessoas escolhidas pela Justiça decidiu que sim.

— Alguma vez você teve contato com ela?

— Sim. Fui visitar e examinar as condições da creche que ela dirigia na época. Cooperei e trabalhei com a polícia até ela ser presa. Mas ela era muito convincente, muito... maternal.

— Mas não convenceu você.

— Meu emprego exige um certo instinto, assim como o seu, tenente. Eu sabia o que ela era. — Um ar de nojo, frio, beirando a raiva, fez o rosto de Price endurecer. — A gente ganha algumas batalhas e perde outras. Perder é pior, mas se não seguirmos em frente, rumo à próxima vítima, perdemos a emoção. Aliás, tenho que tratar de um novo caso agora, tenente. Uma sessão foi marcada e já estou atrasada.

— Obrigada pelo seu tempo. — Eve foi até a porta. — Vou conseguir aquele mandado, srta. Price.

— Quando isso acontecer, estarei à sua disposição.

Do lado de fora, Eve ignorou o caos no trânsito que ela mesma provocara em torno do seu veículo. Nem se deu ao trabalho de responder às buzinas, aos xingamentos e aos gestos obscenos que lhe foram dirigidos. Simplesmente entrou na viatura.

— Ela é muito caxias — comentou Peabody, enquanto Eve se lançava em meio ao tráfego —, mas parece que vai colaborar quando você conseguir os mandados.

— Está escondendo mais do que as informações que estão lacradas. Ela me reconheceu, mas fingiu não saber quem eu era.

— Como é que você sabe?

— Ela assiste ao Canal 75. Quem costuma fazer isso sempre me vê dando entrevistas. Ela certamente me viu hoje de manhã, durante a reportagem que ela mesma assumiu ter assistido. Ela me pareceu preocupada demais em não mencionar isso.

Eve virou bruscamente para oeste e quase bateu num táxi da Cooperativa Rápido.

— Clarissa Price vai para o topo da minha curta lista de suspeitos.

Capítulo Nove

Jamie fazia o máximo para não sair dos trilhos. Tudo o que desejava na vida tinha caído de forma tão inesperada em seu colo que ele morria de medo de estragar as coisas novamente. No que dizia respeito a Jamie, era a eletrônica que fazia o mundo girar. Só existia uma coisa que ele queria mais do que trabalhar naquela equipe. Era trabalhar com eles para sempre como policial.

Graças a Roarke, ele estava conseguindo essa oportunidade. De certo modo. E ia começar por cima, em uma investigação de homicídio onde só havia tiras do tipo premium.

As coisas não podiam estar melhores.

Bem, é claro que a coisa seria melhor se ele tivesse um distintivo e uma patente de verdade. Mas trabalhar como assistente técnico do consultor civil era arrebentar a porta da frente com suas botas amortecidas a ar.

Ele ia fazer com que aquilo valesse a pena.

Mergulharia de cabeça no trabalho com Feeney, com certeza. Tio Feen era o tira eletrônico supermassa, e tinha um monte de histórias sobre as cagadas monumentais que aconteciam *antes* de ele entrar na DDE.

McNab era um cara supertotal. Falava um monte de merda, mas sabia ser irônico. Jamie o considerava uma espécie de herói, agora que fora ferido em combate, por assim dizer. Ali estava ele, semiparalisado, mas ralando com a maior disposição.

Era assim que os tiras de verdade trabalhavam.

Era assim que Dallas trabalhava. Nada a impedia de ir em frente. Não importavam os obstáculos, ela seguia em frente. Como fizera pelo seu avô e por Alice.

Ainda machucava lembrar sua irmã. Jamie sabia que sua mãe jamais superaria o que aconteceu, pelo menos nunca superaria de todo. Talvez as coisas tivessem de ser desse jeito, mesmo.

Às vezes, quando ele se lembrava das coisas que tinham acontecido no outono do ano anterior, tudo parecia um sonho. Especialmente o fim da história. Toda a fumaça, o fogo e aquela sala terrível para onde o canalha do Alban levara Dallas, depois de drogá-la.

Fumaça, muito fogo, sangue e uma vadia chamada Selina morta no chão. Roarke e Alban lutavam como dois cães selvagens, enquanto Dallas gritava para ele, Jamie, pegar a faca que havia caído no chão para cortar as cordas que a prendiam na espécie de altar onde Alban a tinha amarrado, peladinha.

Ele havia cortado as cordas, mas sentira muito frio. Estava gelado na sala, apesar do fogo. Nua, ainda zonza por causa das drogas, Dallas tinha pulado do altar direto nas costas de Alban.

Tudo aquilo parecia um sonho estranho, meio enevoado. Ele ficara fascinado quando o punho de Roarke subiu com força e nocauteou Alban. Ouvira as sirenes chegando e também Roarke e Dallas falando — não ouviu palavras, apenas sons indistintos. O fogo crepitando, a fumaça ardendo em seus pulmões.

E a faca em sua mão.

Dallas tinha gritado quando percebeu o que ele ia fazer, mas foi tarde demais. Ela não conseguiria impedi-lo, mesmo. Ele mesmo não conseguiu se segurar.

O canalha que matara sua família estava morto, e seu sangue manchava as mãos de Jamie.

Ele não se lembrava exatamente de ter feito aquilo. Pelo menos, não recordava o momento exato em que enfiara a lâmina no coração de Alban. Isso era como um ponto cego na linha do tempo, e ele não conseguia se lembrar daquele instante.

Mas acontecera. Não fora um sonho. Dallas contara a Feeney, a Peabody e aos outros tiras que tinham invadido a sala secreta que Alban tinha sido morto durante a luta final. Ela havia agarrado a adaga ritualística da mão dele, colocara suas próprias impressões digitais no cabo e mentira.

Ficara ao lado dele, também.

— Jamie. Fique ligado!

Ele piscou, corou e encolheu os ombros diante da ordem ríspida de Roarke.

— Sim, certo. Tá legal.

Roarke preparava a simulação de um ataque por vírus, a terceira desde que haviam começado o trabalho.

— Essas simulações não vão gerar dados confiáveis se nós não fizermos, antes, diagnósticos completos nos computadores infectados — avisou Jamie.

— Eu sei. Você já disse isso, direta ou indiretamente, umas seis ou oito vezes.

Jamie saiu de sua estação de trabalho. Atrás dele, Roarke trabalhava na construção de um filtro. Fazia a maior parte da programação no braço, teclando e digitando os comandos manualmente. Na avaliação de Jamie, qualquer especialista em informática digno desse nome tinha de ser capaz de trabalhar manualmente tão bem quanto com comandos de voz, e devia saber qual método seria melhor para cada situação.

Roarke era o ultramegamassa dos técnicos em eletrônica.

— Eu conseguiria rodar um diagnóstico no máximo em cinco minutos — argumentou Jamie.

— Não.

— Me dê dez minutos e eu consigo localizar e isolar o vírus.

— Não.

— Sem uma identificação precisa do...

Jamie parou de falar ao ver Roarke erguer a mão, mandando-o calar a boca.

O garoto terminou de preparar a simulação, alimentou o sistema com os dados calculados e começou a rodar o programa seguinte. Deixou o sistema no automático e se levantou para pegar uma Pepsi na fantástica unidade de refrigeração que havia na sala.

— Vou querer uma também — informou Roarke, sem olhar para trás.

Jamie pegou duas latas. Do outro lado da sala, Feeney e McNab trabalhavam em análises de filtros. Jamie nunca estivera em uma casa com um laboratório eletrônico pessoal totalmente equipado.

Se bem que ele nunca estivera em uma sala como aquela antes. O que não havia ali é porque ainda não fora inventado.

O piso era de lajotões cinza com cor de aço. As paredes tinham um tom muito pálido de verde e eram tomadas por telões. A iluminação vinha de claraboias, pelo menos meia dúzia delas, todas com vidro revestido por uma película especial para impedir o calor e a luz em excesso, pois isso poderia provocar um estrago nos equipamentos.

Aqueles eram equipamentos de última geração. Uma geração tão avançada, por sinal, que ainda nem tinha nascido. Naquela sala havia pelo menos uma dúzia de centros de dados e comunicações, incluindo um da série RX5000K, que ele só tinha visto em testes nos laboratórios de pesquisa e desenvolvimento, em uma das empresas de Roarke. O aparelho só iria ser lançado oficialmente dali a três meses, talvez seis. Havia também estações de realidade virtual, um tubo de simulação, uma unidade holográfica com capacitação alimentada por um centro de dados exclusivo, além de um navegador de busca e varredura global e interestelar que Jamie estava louco para explorar.

Ele olhou para a própria tela, verificou o status do programa de simulação que estava rodando e se sentou ao lado de Roarke. Observou com atenção, na tela, os códigos que haviam sido informados ao sistema, de uma ponta a outra, e fez alguns cálculos de cabeça.

— Se você filtrar o som e barrar todas as frequências, não vai conseguir identificar a fonte geradora do problema.

— Você comeu mosca. Observe com mais atenção — disse Roarke, continuando a trabalhar enquanto Jamie tornava a montar os códigos de cabeça.

— Certo, certo — concordou o garoto. — Mas você pulou essa equação aqui, tá vendo? E esse comando também. Se você pegar...

— Espere. — Os olhos de Roarke se estreitaram enquanto relia o programa que havia criado e considerava as sugestões de Jamie.

Aquele garoto era bom.

— Pronto, agora está melhor. Sim, muito melhor. — Ele fez os ajustes sugeridos e, tendo-os em mente, começou a digitar uma nova série de comandos.

— Roarke — chamou Jamie.

— Não adianta tornar a pedir. A resposta continua sendo não.

— Pelo menos me escute, pode ser? Você sempre diz que um cara tem o direito de argumentar.

— Nada mais irritante do que alguém jogar suas próprias palavras na sua cara, garoto. — Mas ele parou de trabalhar, se recostou e pegou a lata de Pepsi. — Vamos lá... Pode fazer sua apresentação.

— Muito bem. Sem um diagnóstico preciso e sem dados diretos de uma das máquinas infectadas, estamos caminhando às cegas. Você pode criar filtros e montar escudos, mas, por melhor que eles sejam, não dá para ter cem por cento de certeza de que eles vão filtrar o vírus. Se é que se trata *realmente* de um vírus, algo que nunca saberemos sem rodar um diagnóstico.

— Pelo menos teremos muito mais segurança para o usuário que vai mexer na máquina se o protegermos com o máximo de escudos que conseguirmos criar. Se estivermos lidando com um sistema de mensagens subliminares que usem vídeo ou áudio para se propagarem, o que é muito provável, eu já lidei com esse problema antes, e sei como construir um conjunto de escudos para filtrar tudo* — explicou Roarke.

— Sei, mas um sistema similar não garante cem por cento de certeza. Você vai continuar correndo riscos.

— Filho, correr riscos é uma espécie de religião para mim.

Jamie sorriu e, como sentiu que não estava sendo dispensado, foi em frente:

— Tudo bem, correr riscos vale a pena, se considerarmos o total de minutos em que o detetive Halloway vinha usando o computador quando exibiu os primeiros sintomas. Podemos calcular o tempo que os vilões passaram on-line em duas horas mais ou menos, talvez um pouco mais, antes de eles atingirem um grau de exposição alto a ponto de provocar riscos. Logicamente, o cérebro de Halloway entrou em erupção mais depressa porque ele ficou exposto mais tempo em uma única sessão. Estava trabalhando direto no computador, em vez de entrar e sair dos programas ou fazer outras coisas, jogar, surfar na internet etc. De certo modo ele estava *dentro* da unidade, e não apenas trabalhando nela.

— E você acha que eu já não pensei nisso tudo?

— Se pensou, sabe que eu estou certo.

— Você provavelmente está certo, mas provavelmente, não serve quando se corre risco de morrer.

— Você aumentaria a probabilidade de sucesso se rodasse o primeiro conjunto de filtros antes de entrar na máquina. — Jamie teve de lutar contra a vontade de se sentar diante do console, pois sentiu que estava fazendo progresso. — Comece com um tempo de uso do computador na faixa dos dez minutos. Faça uma monitoração médica completa enquanto o usuário estiver logado na máquina,

---

* Ver *Êxtase Mortal*. (N. T.)

para captar qualquer alteração neurológica. Você tem equipamentos aqui que podem ser programados para isso.

Roarke pensara em fazer exatamente isso, assim que o garoto e os tiras da equipe não estivessem por perto para impedi-lo.

Mas talvez houvesse um método mais direto para alcançar aquele objetivo.

— Você consegue ver aonde estou tentando chegar com esse filtro aqui? — perguntou Roarke.

— Sim, já saquei.

— Então termine de programá-lo — ordenou Roarke, e se levantou para fazer uma apresentação das suas ideias para Feeney.

McNab estava a fim de correr o risco. Talvez fosse mais fácil, para os mais jovens, brincar com a morte, refletiu Roarke.

— Podemos montar simulações, fazer análises, calcular probabilidades durante semanas sem chegar a lugar nenhum — insistiu McNab. — As respostas estão nas máquinas infectadas, e a única maneira de consegui-las é entrando nos computadores.

— Ainda não trabalhamos nisso nem um dia inteiro — argumentou Feeney, sabendo que deveria encarnar a voz da razão, embora ele mesmo estivesse louco de vontade de desmontar uma das máquinas infectadas. — Quanto mais testes e simulações rodarmos, melhores serão nossas chances.

— Um filtro completo, o melhor que podemos esperar, diante das circunstâncias, estará pronto para ser colocado em ação daqui a uma hora. — Roarke olhou para trás, na direção de Jamie. — Podemos rodar simulações com ele, antes de qualquer coisa. Vamos bombardear uma das unidades com vírus e mensagens subliminares para ver o quanto o sistema aguenta. A partir daí, eu diria que será o momento de assumirmos um risco calculado.

— A investigadora principal do caso não vai concordar com isso — replicou Feeney, pegando o saquinho de amêndoas açucaradas.

— A investigadora principal — disse Roarke, desdenhando friamente do amor da sua vida — não é técnica em eletrônica.

— Não, isso com certeza ela não é. Nunca consegui fazer com que ela desenvolvesse um mínimo respeito pela tecnologia. Vamos acabar de preparar o filtro e partir para as simulações. Se o sistema aguentar, podemos ir em frente.

— Eu vou operar o computador — disse McNab, depressa.

— Não, nada disso.

— Capitão...

— Você está sob cuidados médicos. Os resultados serão prejudicados pelos remédios. — Aquilo era conversa fiada, pensou Feeney, mas ele não aceitaria de jeito nenhum colocar McNab no fogo. Não iria perder dois homens em dois dias.

— Eu poderia fazer isso. — Jamie se meteu na conversa. — Afinal, a ideia foi minha.

— Já que nós dois teremos de dar satisfação à sua mãe — disse Roarke, sem sequer olhar para o rapaz —, não quero nem ouvir falar dessa ideia absolutamente idiota.

— Não vejo por quê...

— Você já terminou de preparar o programa, Jamie? — quis saber Roarke.

— Não, mas...

— Então termine. — Ele se virou para Feeney. — Eu diria que agora a coisa ficou entre mim e você.

— Ficou só comigo. De nós dois, sou eu que tenho distintivo.

— Um técnico é sempre técnico, com distintivo ou não. Poderíamos discutir o problema, porque você tem o distintivo, mas é o meu equipamento que está sendo usado na operação. Por que não resolvemos a parada como dois verdadeiros irlandeses?

Um ar de diversão e desafio iluminou o rosto de Feeney.

— Você quer sair na porrada ou quer beber?

Roarke riu.

— Estava pensando em uma terceira opção: resolver no palitinho. — Roarke pegou uma moeda no bolso. — Cara ou coroa? Pode escolher.

Na opinião de Eve, o secretário de Segurança Tibble era um bom tira, para alguém que usava terno e gravata.

Era duro, honesto e tinha um detector muito sensível quando se tratava de papo-furado. Fazia o jogo político inerente ao cargo melhor que a maioria dos seus antecessores, e conseguia manter o prefeito e outras autoridades da cidade afastadas das pastas e assuntos policiais.

Mas quando o assassinato se tornava um item que interessava a todos, especialmente os eleitores; quando a mídia estava animada e um tira fazia outro de refém em plena Central de Polícia, certamente os políticos iriam querer participar dessa luta de boxe.

A vice-prefeita Jenna Franco era famosa pelos golpes duros que aplicava.

Eve nunca tinha se encontrado com ela pessoalmente, mas já a vira no prédio da prefeitura e em entrevistas na mídia. Jenna Franco tinha o ar severo, mas belo, de uma mulher que sabia o quanto era essencial ter ótima aparência para ocupar um cargo para o qual os votos, muitas vezes, eram decididos com base no visual dos candidatos.

Era uma mulher miúda que compensava a baixa estatura com vistosos saltos altos. Era sinuosa e aproveitava as curvas que a natureza ou o escultor de corpo lhe dera para envergar terninhos estilosos em cores fortes. Naquele dia, o tom escolhido era um vermelho poderoso, que combinava com o pesado colar de ouro trabalhado e brincos que pareciam pesar mais de dois quilos cada.

Eve sentiu os lóbulos da orelha latejando só de olhar para o tamanho dos brincos.

A vice-prefeita mais parecia uma perua bem cuidada a caminho de um almoço beneficente do que uma política linha-dura. E os adversários que a viam desse jeito ficaram sempre para trás, comendo poeira.

Isso era algo que Eve sabia respeitar.

O fato de o prefeito Peachtree tê-la mandado em seu lugar mostrava que ele também a respeitava.

Junto dela estava Lee Chang, o porta-voz da prefeitura. Era um homem baixo, magro e muito arrumado em um terno risca de giz cinza-escuro e os cabelos muito pretos engomados para trás.

Tinha ascendência oriental, se formara em Oxford e possuía a invejável habilidade para fazer malabarismo com os fatos até que eles parecessem verdadeiros.

Eve não gostava dele, e esse sentimento era mútuo.

— Tenente — começou Tibble —, temos um problema.

— Sim, senhor.

— Em primeiro lugar, soube que o detetive McNab está se recuperando dos ferimentos em sua casa.

— Exato, senhor. Está recebendo supervisão médica. — Eve não saberia como explicar Summerset, caso lhe perguntassem. — Imaginamos que ele ficaria mais confortável num ambiente que lhe é familiar, em vez de um hospital.

— E como ele está nesse momento?

— Até agora, não houve mudanças.

— Entendo. — Tibble permaneceu sentado à sua mesa. — Mantenha meu gabinete informado sobre o seu estado.

— Sim, senhor.

— E como anda sua investigação?

— Estou procurando possíveis ligações entre as vítimas que possam levar à identificação do grupo que se autodenomina os Buscadores da Pureza. O capitão Feeney e sua equipe de detetives eletrônicos estão criando um escudo para que os computadores infectados possam ser examinados e analisados num nível razoavelmente seguro. Os testes médicos e laboratoriais continuam a ser feitos nas vítimas, visando determinar a natureza e a causa dos danos cerebrais que as levaram à morte.

— "Razoavelmente seguro." — Jenna Franco ergueu a mão, não como alguém que pede permissão para falar, mas como uma pessoa acostumada a ser ouvida. — O que significa isso, exatamente?

— Não sou especialista em informática, sra. Franco. Essa parte da investigação está a cargo do capitão Feeney. Continuamos concentrando todos os esforços para criar um escudo que ofereça segurança máxima ao operador.

— Tenente — replicou ela —, não posso me dar ao luxo de ter outro policial da cidade de Nova York com o cérebro implodido; não posso aceitar que ele mate ou provoque ferimentos em outros colegas ou civis; não posso voltar ao prefeito nem ir à mídia com o termo "razoavelmente seguro".

— Sra. Franco, todos os policiais da cidade vão para as ruas diariamente e desempenham uma função não mais que "razoavelmente segura".

— Mas eles não costumam atirar nos colegas de farda nem tomam seu oficial como refém.

— Não, senhora, e o oficial superior do detetive Halloway está à frente da equipe que trabalha, com a maior velocidade possível, tentando evitar que isso torne a ocorrer.

— Com licença! — As mãos de Chang continuaram cruzadas sobre a mesa e seu rosto exibia a mesma expressão calorosa e agradável. — Podemos divulgar, inicialmente, que a polícia está focando todos os seus recursos nessa investigação, com o intuito de identificar a fonte da suposta infecção eletrônica. A mídia, obviamente, vai consultar especialistas em eletrônica para ajudá-los a formular novas perguntas, bem como promover debates e discussões ao vivo. Do nosso lado, naturalmente, faremos o mesmo.

— E quando discutirmos e debatermos essas questões ao vivo — replicou Eve, com frieza —, estaremos oferecendo a esse grupo terrorista exatamente o que ele busca. Atenção, tempo de exposição na mídia. E legitimidade.

— A discussão, os questionamentos e a polêmica vão ocorrer de qualquer jeito — argumentou Chang. — O essencial, aqui, é controlarmos o tom dos debates.

— O essencial — rebateu Eve — é que a ação dos Buscadores da Pureza seja interrompida.

— Isso, tenente, eu concordo alegremente que é função sua, e não minha.

— Tenente. — Whitney não elevou a voz, mas o tom autoritário e frio foi suficiente para impedir qualquer resposta de Eve. — O rolo compressor da mídia já está em funcionamento. É melhor subirmos a bordo, ou seremos atropelados por ele.

— Entendido, comandante. Minha equipe e eu seguiremos todas as diretivas para o contato com a mídia. Vamos concordar com a declaração oficial do porta-voz.

— Isso não será suficiente — interpôs a vice-prefeita. — A senhora é uma policial de alto nível, tenente, e está cuidando de um caso de impacto. O chefe da DDE e outras pessoas da sua equipe também estiveram diretamente envolvidos na bomba que explodiu na Central ontem.

— Vice-prefeita Franco, minha tenente colocou a vida em risco para desarmar essa bomba.

— É exatamente a isso que estou me referindo, comandante. Devido à sua participação decisiva nesse episódio, bem como o interesse público em sua vida pessoal e profissional, precisamos que a tenente apareça no noticiário tanto quanto conseguirmos.

— Não! — reagiu Eve.

— Tenente!

Eve se forçou a manter a calma quando se virou na direção da voz de Tibble.

— Não, senhor! Não pretendo usar o tempo nem a energia necessários a essa investigação para brincar de porta-voz da polícia e da prefeitura. Não vou fornecer às pessoas responsáveis pela morte de um colega policial e pela possível paralisia de outro a atenção que elas buscam. Eu devia estar em campo neste exato momento, em vez de ficar aqui discutindo a abrangência da expressão "razoavelmente seguro".

— Você já usou a mídia quando isso serviu aos seus interesses, tenente.

— Sim, senhor, mas fiz isso usando minhas próprias palavras, nunca servindo de papagaio para o script de outra pessoa. Quanto à minha vida pessoal, ela é privada e não tem nada a ver com esta investigação.

— O consultor civil especializado que trabalha na sua equipe tem tudo a ver com sua vida pessoal, tenente — continuou Tibble.

— Sou solidário com a sua posição, e compreendo seu desejo de manter a privacidade, mas, se não nos sairmos bem neste jogo, os Buscadores da Pureza não vão apenas conseguir toda a atenção da mídia como também ganharão apoio. O sr. Chang trouxe o resultado das pesquisas de opinião.

— Pesquisas? — Eve não conseguiu disfarçar o desgosto e a fúria de sua voz. — Agora nós trabalhamos com base em pesquisas de opinião?

— Dois institutos divulgaram resultados às onze da manhã de hoje. — Chang pegou um computador de mão no bolso. — O gabinete do prefeito também efetuou uma pesquisa, para orientação interna. Quando perguntados se o grupo conhecido como Buscadores da Pureza poderia ser considerado uma organização terrorista, cinquenta e oito por cento dos entrevistados responderam que *não*. Ao serem perguntados se estavam preocupados com sua segurança pessoal, quarenta e três por cento responderam que *sim*. Obviamente nós gostaríamos que esses índices caíssem.

— Vocês me deixam atônita — murmurou Eve.

— Os fatos são esses — replicou Tibble. — A maioria do povo considera esse grupo exatamente como ele quer ser considerado.

Pesquisas adicionais mostraram pouca ou nenhuma simpatia por Cogburn e Fitzhugh, muito menos pesar pela forma como eles morreram. Não é possível, nem politicamente prudente, tentar angariar simpatia para esses indivíduos. O sistema é que deve ser defendido.

— E o sistema deve ter um rosto — completou Chang. — Ele deve ser personalizado.

— Estamos numa corda bamba, tenente — continuou Tibble. — Se esse grupo for rotulado e repudiado publicamente, poderá haver pânico. As empresas vão fechar porque seus funcionários terão medo de trabalhar nos computadores, e não aceitarão nem mesmo abrir suas estações de trabalho. As pessoas acorrerão em massa aos ambulatórios e setores de emergência dos hospitais só por causa de uma dor de cabeça ou um sangramento nasal qualquer.

— Precisamos de gente e muita dedicação, para mantermos a calma e a segurança da população — acrescentou a vice-prefeita Franco. — É essencial mostrar que temos a situação sob controle.

— Os Buscadores da Pureza não atingiram ninguém fora de um perfil específico, até agora — argumentou Eve.

— Precisamente — concordou a vice-prefeita. — Essa, tenente Dallas, é a mensagem que o prefeito e todos nós, da administração pública, desejamos enviar. As famílias podem permanecer em seus lares, sem alarme; os cibercafés podem continuar a funcionar normalmente. O objetivo dos Buscadores da Pureza não é atingi-los.

— Até agora.

— Há razão para pensarmos de outra forma, tenente? — As sobrancelhas da vice-prefeita se ergueram.

— Acredito que justiceiros desse tipo acabam por gostar do seu trabalho. O poder sem controle corrompe seus objetivos iniciais. Esse tipo de violência, quando fica impune e recebe aprovação popular, tende a gerar mais violência.

— Esse discurso está ótimo — aprovou Chang, pegando novamente o tablet. — Se fizermos alguns ajustes...

— Não se meta a besta comigo, Chang, senão eu faço você engolir esse computadorzinho.

— Dallas. — Whitney se ergueu. — Estamos todos do mesmo lado. As ferramentas e métodos podem variar, mas o objetivo final é o mesmo para cada um de nós. Deixe as pesquisas e a política de lado por um momento. Você conhece o bastante da natureza humana para saber que basta um empurrãozinho para o povo começar a considerar esse grupo um bando de heróis. As pessoas vão enxergar criminosos, predadores que escaparam por entre os dedos da justiça, mas finalmente tiveram o fim que mereciam. "Hoje nossos filhos estão seguros porque alguém tomou uma atitude para protegê-los", é o que vão pensar.

— A justiça não deve se esconder atrás do anonimato, nem operar sem regras de conduta.

— Isso, em suma, é o ponto principal aqui. Entrevista coletiva às dezesseis e trinta, na sala de imprensa da Central. Esteja lá às dezesseis em ponto para combinarmos a declaração conjunta e nos prepararmos.

— Sim, senhor.

— Todos aqui têm sua função, tenente. — Jenna Franco baixou a mão e pegou uma sofisticada pasta de couro. — Partes do nosso trabalho são desagradáveis ou irritantes, mas, no fundo, no fundo, a segurança desta cidade é nosso interesse comum.

— Concordo, senhora vice-prefeita. Felizmente as minhas preocupações não são pautadas pelas pesquisas de opinião nem pela busca por votos.

Jenna Franco sorriu de leve.

— Já tinham me dito que você é um osso duro de roer, tenente. Isso é ótimo, porque eu também sou. Secretário Tibble, comandante Whitney — despediu-se ela, erguendo-se. Fez um sinal para Chang e saiu da sala fazendo clique-clique com seus sapatos espetaculares.

— Tenente. — Tibble continuava em sua posição de comando, atrás da mesa. — Você vai trabalhar com a vice-prefeita Franco nesse caso. Espero que coopere com ela e com o gabinete do prefeito, e quero que lhes ofereça todo o respeito que seus cargos merecem. Compreendeu?

— Sim, senhor.

— O potencial para uma crise está armado, e tem ramificações políticas na área de segurança pública, confiança no governo e sistema financeiro. Todas essas frentes deverão ser consideradas. Danos podem ocorrer nas receitas fiscais da cidade, nos negócios e na renda dos cidadãos. Tais danos também poderão ser graves se o movimento de turistas diminuir por medo de as pessoas visitarem nossa cidade e usarem a rede pública de computadores, ou se os empregados não forem trabalhar e deixarem de entrar em seus computadores pessoais. Imagine se os pais se recusarem a enviar seus filhos à escola ou pararem de utilizar o sistema de ensino on-line por medo de que os computadores estejam infectados. A mídia pode fazer essa onda aumentar de uma hora para outra, e se você julga que essa área não faz parte das suas preocupações, tenente, sugiro que peça a opinião do seu marido.

— A opinião do meu marido não afeta a forma como eu cumpro minhas obrigações profissionais, secretário Tibble, nem afetará o rumo das investigações.

— Qualquer sujeito casado que more dentro ou fora deste planeta sabe que essa declaração é conversa-fiada, tenente. Nessa altura do campeonato, você não pode mais se dar ao luxo de ignorar a política ou a mídia. Seja bem-vinda ao meu mundo — completou ele, recostando-se para avaliar o rosto sem expressão que Eve exibiu. — Às vezes você me cansa, Dallas.

Essa declaração a fez desmontar sua aura de firmeza e Eve piscou os olhos uma única vez, lentamente.

— Sinto muito por isso, senhor.

— Não sente, não. — Ele estendeu o braço na direção dela, mas acabou recolhendo a mão para passá-la pelo rosto. — Agora me informe os detalhes da investigação que você não quis divulgar diante da vice-prefeita Franco e do porta-voz Chang.

Eve relatou tudo em detalhes, e o secretário a interrompeu uma única vez:

— Uma assistente social e um tira? — reagiu ele. — De quantas maneiras mais você pretende complicar a minha vida?

— Ainda preciso conversar com o detetive Dwier, senhor, e até agora não tenho nada que o ligue diretamente à organização. No entanto, como suspeito que os pais das crianças que sofreram abusos também podem estar envolvidos, creio que a coisa ainda vai se complicar muito mais, secretário.

— Essa história vai vazar. Uma das suas entrevistas vai acabar vazando para a mídia. Precisamos montar um esquema de contenção de danos.

— Secretário Tibble... — Quando seu comunicador tocou, Eve só teve controle suficiente para reconhecer que havia sido salva pelo gongo. — Peço permissão para atender a ligação, senhor.

— Pode atender.

— Dallas falando!

— Setor de Emergência para a tenente Eve Dallas. Alarme de homicídio possivelmente prioritário para a sua investigação. O crime ocorreu na Riverside Drive, número 5151. A vítima já foi identificada como Mary Ellen George. Favor entrar em contato com o policial que está no local.

— Mensagem recebida. — O rosto de Eve estava novamente sem expressão quando ela tornou a olhar para o secretário Tibble. — As coisas acabam de ficar ainda mais complicadas, ou ainda mais simples, dependendo do ponto de vista, senhor.

— Vá! — ele a liberou com um suspiro.

Tibble se levantou da mesa no instante em que Eve deixava a sala.

— Aposto cinquentinha como ela vai usar isso para escapar da entrevista coletiva — disse o secretário.

— Tenho cara de otário, por acaso? — reagiu o comandante. — Vou fazer com que ela esteja lá, de qualquer maneira.

Capítulo Dez

Havia muito tempo que Roarke não aplicava o golpe básico de roubar em uma disputa de cara ou coroa. Mesmo assim, precisou apenas dos seus dedos ágeis e um pouco de esperteza para distrair o oponente.

Essa habilidade dos tempos de criança lhe voltou com toda a naturalidade no instante em que Feeney escolheu "cara".

Um décimo de segundo, um leve esfregar do polegar sobre a moeda para sentir o relevo da imagem e determinar qual lado resultaria em vitória, antes mesmo de atirá-la para o alto, e eis que o lado "coroa" venceu.

A manobra foi rápida e, na avaliação de Roarke, muito eficiente. Feeney talvez tenha suspeitado e se irritado com o resultado, mas trato era trato.

Mesmo quando o resultado era suspeito.

— Podíamos tentar algo diferente — propôs Feeney. Todos estavam em pé no laboratório de informática improvisado que Roarke montara, olhando para o disco que ele segurava. — Quem sabe se nós...

— Feeney, deixe de bancar a mãezona — disse Roarke, com suavidade.

— Minha vida não vai valer um níquel se algo lhe acontecer, estando eu bem aqui do lado.

— Ânimo, meu velho! Se a moeda tivesse dado "cara", eu poderia dizer o mesmo. Ela me devoraria vivo no café da manhã.

— Quanto a essa virada de moeda... — Feeney não tinha reparado em nada suspeito, mas, com Roarke, não dava para se ter certeza. — Proponho que tiremos cara ou coroa novamente, só que dessa vez com Baxter jogando a moeda.

— Está insinuando que eu roubei? Você examinou a moeda e escolheu "cara" sem eu influenciar em nada — reagiu Roarke. — Como somos amigos há um bom tempo, prefiro considerar sua proposta como um sinal de preocupação. Já era, Feeney, e você sabe que nenhum irlandês foge da raia.

— Me deixem fora dessa — pediu Baxter, com as mãos nos bolsos. — Não importa o resultado, Dallas vai ficar putíssima, então vamos em frente, antes que ela arranque o saco de todos nós.

— Se nós conseguirmos rodar o programa de diagnóstico, vamos manter o saco intacto — anunciou Jamie, sentindo-se no paraíso. Não só eles se preparavam para realizar um feito absolutamente irado como ele estava ali, participando de tudo e conversando de homem para homem com um monte de tiras. — O computador infectado é uma lesma e o programa de filtragem é complexo. Vamos levar só noventa e três segundos para baixar o escudo — informou a Roarke. — Se você rodar o diagnóstico enquanto o computador inicializa, vai conseguir...

— Jamie, por acaso você está com a impressão de que sou novato nessa área?

— Não, tô só lembrando que se você rodar o diagnóstico poderá pegar logo os resultados e transferi-los para...

— Cai fora!

— Mas...

— Jamie, meu garoto. — Feeney colocou a mão no ombro do rapaz. — Vamos monitorar tudo do lado de fora. Você pode pentelhar o coitado da outra sala. Terá dez minutos — anunciou Feeney para Roarke. — Nem um segundo a mais.

— Vou dar uma série de comandos sequenciais, e isso vai levar algum tempo.

— Não, dez minutos e nem um segundo a mais. — A expressão de Feeney era firme como uma rocha. — Quero a sua palavra.

— Tudo bem, eu dou minha palavra.

Tão satisfeito quanto conseguiria naquela situação, Feeney fez que sim com a cabeça.

— Se eu perceber algo irregular nos dados do seu monitoramento médico, vou desligar tudo.

— Está achando que vou deixar meu cérebro derreter e escorrer pelas orelhas? — Ele lançou um sorriso para todos e completou: — Por outro lado, se isso acontecer, sei que Eve vai mandar vocês ao meu encontro do outro lado, e rapidinho.

— Comigo ela vai pegar leve. — McNab conseguiu exibir um sorriso. — Afinal, sou um deficiente.

— Não conte com isso — avisou Roarke. — Agora afastem-se, senhores. Devemos agitar tudo logo, de preferência antes de ficarmos velhos e grisalhos.

— Vamos esperar o sinal verde para voltarmos, mas vou verificar seus dados médicos antes. — Feeney parou na porta, olhou para trás e desejou boa sorte em idioma celta: — *Slainte*.

— Vamos brindar com essa mesma palavra daqui a pouco, tomando uns copos de cerveja Guinness — prometeu Roarke.

Quando todos se retiraram da sala, Roarke trancou a porta por dentro. Não queria que seus colegas de operação se apavorassem e invadissem o local durante o trabalho. Assim que se viu só, desabotoou a camisa e prendeu os sensores que iriam monitorá-lo.

Você pirou de vez, não foi?, pensou consigo mesmo. *Está não só trabalhando para os tiras como arriscando a vida por eles.*

A vida é um negócio muito esquisito.

Mas ele não iria perder os miolos nem a vida, como um rato de laboratório, se a coisa chegasse a esse ponto.

Sentou-se de frente para a máquina de Cogburn, passou a mão de leve sob o tampo da mesa e deixou os dedos deslizarem suavemente sobre a arma que escondera ali.

Escolheu a Beretta semiautomática de nove milímetros, pega na sua coleção de armas. Aquela tinha sido sua primeira arma, aos dezenove anos. Fora tirada da mão de um homem que a apontava para a sua cabeça. Era uma arma banida por lei, já naquela época, mas contrabandistas não eram tão meticulosos com essas coisas.

Se as coisas dessem errado, aquela seria uma ironia adequada. Ele morreria por ação deliberada, usando a mesma arma que dera inicio à sua coleção e o ajudara a trilhar o caminho da riqueza.

Mas ele não esperava que algo saísse errado. Eles haviam tomado todas as precauções possíveis, e a ação fora planejada pelos melhores homens da área de informática, com ajuda de um rapazinho igualmente competente. Mesmo assim havia riscos, ainda que pequenos.

Se a coisa desse errado, ele decidiria o próprio destino.

Ao afastar a mão do aço frio da arma, Roarke se forçou a pensar em outra coisa.

— Vou ligar os sensores dos seus sinais vitais.

Roarke ergueu os olhos para o telão, viu Feeney e concordou com a cabeça.

— Certo. Desligue o sinal de áudio aqui para dentro quando terminar de testar os sensores. Não quero ninguém buzinando no meu ouvido enquanto eu estiver trabalhando.

Colocando a mão no bolso, esfregou os dedos num pequeno botão revestido de tecido cinza, que ele usava como talismã. Fez isso para atrair boa sorte. Fez isso por amor. Aquele botão havia caído de um paletó horroroso que Eve usava no dia em que ambos tinham se conhecido.

— Está tudo liberado — avisou Feeney.
— Vou inicializar a máquina. Pode zerar o cronômetro.

Mary Ellen George levava uma vida muito confortável, em um apartamento do West Side, graças aos direitos autorais de um livro que ela escrevera contando sua prisão e julgamento, e também às palestras que oferecia.

Ela também havia morrido ali, mas isso não tinha sido nada confortável.

Diferentemente de Cogburn e Fitzhugh, os sinais de seu distúrbio não tinham sido violentos nem destrutivos. Pelo visto, ela ficou acamada, ingeriu analgésicos de venda liberada e, mais tarde, passou a usar substâncias mais fortes e proibidas, na tentativa de acabar com as dores. Nesse período, ela deixara bloqueadas todas as ligações do *tele-link* e se recusara a atender a porta.

Levou um notebook para a cama e basicamente se destruiu, analisou Eve, enquanto tentava se curar.

Um dos seus últimos atos foi fazer uma ligação histérica e desesperada para um ex-amante, implorando por ajuda e chorando muito devido às dores de cabeça insuportáveis.

Por último, fez um nó corrediço com os lençóis de seda e se enforcou.

Vestia apenas uma camisola indecente e imunda. Seus cabelos estavam desgrenhados e suas unhas tinham sido roídas até o sabugo. Havia lenços de papel e trapos manchados de sangue espalhados sobre a mesinha de cabeceira.

Uma tentativa de estancar os sangramentos, observou Eve, pegando um frasco de medicamentos depois de proteger as mãos com spray selante. Tentava impedir o cérebro de explodir com analgésicos de dez dólares a caixa.

O notebook continuava aberto sobre a cama e sua mensagem final enchia a tela:

PUREZA ABSOLUTA ALCANÇADA

— Grave a imagem dessa tela, Peabody. Nome da vítima: Mary Ellen George, sexo feminino, branca, quarenta e dois anos. O corpo foi descoberto no apartamento da vítima às quatorze horas e dezesseis minutos pelo zelador do prédio, acompanhado pela policial Debrah Banker e pelo civil Jay Hippel, que deu o alarme.

— A gravação da cena e do corpo foi completada, tenente.

— Muito bem, Peabody, vamos descer o corpo.

Aquilo foi uma tarefa desagradável. Nenhuma das duas falou nada enquanto lutaram para desfazer o nó improvisado ao mesmo tempo que seguravam o corpo da morta sobre os ombros para, em seguida, baixá-lo até a cama.

— Há sangue coagulado que escorreu pelas orelhas da vítima e pelas narinas. Há também vestígios de vasos estourados nos olhos. Nenhum trauma evidente na cabeça nem no rosto. Nenhuma ferida aparente, com exceção das marcas roxas em torno do pescoço, dados consistentes com estrangulamento.

Eve abriu seu kit de serviço e pegou um medidor.

— A morte ocorreu exatamente às quatorze e dez.

Esticando o braço, Eve fechou o notebook.

— Ensaque isto, Peabody, e providencie para que ele seja levado para o escritório da minha casa.

Recuando um passo, Eve analisou com calma o quarto todo.

— Ela não exibiu o mesmo nível de violência das outras vítimas. Dá para perceber que passou o tempo todo aqui, tomando tranquilizantes e analgésicos para acabar com a dor. Tornou-se desleixada nos cuidados com o apartamento e também com a própria aparência, mas não saiu por aí quebrando a mobília.

— As pessoas lidam com a dor de forma diferente — comentou Peabody, guardando o notebook em uma sacola de provas. — Você, por exemplo, Dallas. Sempre tenta ignorar a dor por completo até ela ir embora. Eu, por outro lado, corro para tomar algum remédio natural ou holístico. Aprendi isso desde criança. Só quando o remédio natureba não funciona é que eu tento produtos químicos. Os homens gemem e choramingam; é o caso do meu pai e meus irmãos. Quando um homem fica doente ele volta a ser bebê, e isso inclui chiliques e acessos de raiva.

— Teoria interessante, Peabody.

— Pois é. É a testosterona.

— Sim, eu sei. Nesses casos, os dois homens... três, contando com Halloway, tentaram acabar com a dor e com quem aparecesse no caminho. A quarta vítima, uma mulher, apelou para métodos tradicionais. Todos falharam, todos morreram. E tem mais uma coisa que todo mundo fez: se entocou.

— Entocou? Como assim, senhora?

— Se escondeu. Voltou para casa, para o ninho, ou o mais próximo disso que tinham. Cogburn se trancou no apartamento. Se o vizinho não tivesse aparecido nem socado a porta, gritando e reclamando, talvez a vítima tivesse ficado trancada até morrer ou se matar.

Ela analisou a bagunça, a corda improvisada com lençóis, e continuou:

— Esconda-se em algum lugar e se mate para acabar com a dor. Aposto que essas instruções estão na programação do vírus. Fitzhugh se enfiou em casa e se matou. Halloway, o único que não era um alvo específico e também o único que foi contaminado fora de casa, se escondeu na sala de Feeney. Se nós não o tivéssemos mantido ocupado, provavelmente teria eliminado Feeney e atirado em si mesmo logo em seguida.

— Cogburn e Halloway — concordou Peabody, ligando os pontinhos para acompanhar o raciocínio de Eve. — Eles foram os únicos que tiveram contato com outras pessoas durante a fase final do contágio. Se eles não tivessem...

— Será que teriam se suicidado, como Mary Ellen George? Será que teriam se trancado em algum lugar, bloqueado as ligações e contatos com alguém de fora, ignorado qualquer pessoa que batesse na porta e se matado?

— Será que é algum instinto animal, se entocar para morrer? — perguntou Peabody.

— Seguir a natureza humana. Seria o mais lógico e faria sentido para os Buscadores da Pureza. Eles não querem eliminar os inocentes, apenas os que foram julgados e considerados culpados. Seu objetivo é provocar o mínimo de baixas desnecessárias. Querem apoio da população à sua causa. Mesmo com as vítimas acidentais, já estão começando a obtê-lo.

— Mas não conseguirão manter esse apoio. Não conseguirão, Dallas. Não posso acreditar que a maioria das pessoas deseje isso. — ela apontou para o corpo.

— Tivemos execuções legais por... deixe ver... mais de duzentos anos no grande e velho Estados Unidos da América — lembrou Eve. — Assassinatos rolam na história humana desde que Caim bateu em Abel até matá-lo. Sob o verniz de civilização, Peabody, continuamos a ser uma espécie primitiva. E violenta.

Ela pensou em Roarke e suspirou.

— Transfira-a para o IML e libere a cena para os peritos. Vou conversar com Jay Hippel.

Eve ligou o próprio gravador enquanto se encaminhava para o pequeno e alegre escritório junto à sala de estar. A policial Banker estava de guarda em seu posto, enquanto um rapaz negro muito musculoso permanecia sentado ao lado com a cabeça baixa, os braços sobre as coxas e as mãos pendendo entre os joelhos.

Eve apontou com o polegar para a porta e a policial se retirou.

— Sr. Hippel?

Ele ergueu a cabeça. Sua pele tinha um tom forte de chocolate e uma leve palidez esverdeada de enjoo.

— Eu nunca tinha visto... Nunca... Essa é a primeira vez que...

— Aceita um pouco d'água, sr. Hippel?

— Não, eu... A policial já me trouxe um copo. Estou com enjoo e tenho medo de beber alguma coisa.

— Preciso lhe fazer algumas perguntas. Sou a tenente Dallas.

— Sim. Já vi a senhora dando uma entrevista para Nadine Furst. — Ele tentou formar um sorriso, mas seus lábios simplesmente tremeram. — Ela é muito gata. Tento sempre assistir às suas reportagens.

— Ela vai adorar saber disso. — Eve se sentou em uma cadeira estreita com encosto acolchoado. — A sra. George entrou em contato com você?

— Entrou. Não sabia dela há mais de duas semanas. Rompemos o relacionamento. Foi uma decisão mútua — explicou ele, depressa. — Não brigamos, nada disso. Era hora de tocarmos a vida em frente, um para cada lado, só isso. É certo que ela era um pouco estourada. Talvez eu quisesse sair fora mais do que ela, mas não brigamos. Tudo bem, talvez tenhamos tido uma discussão.

Ele se engasgou, cheio de culpa, e soltou informações, enquanto Eve ouvia tudo em silêncio e o deixava contar sua versão.

— De vez em quando gritávamos um com o outro. Meu Deus, ela não se matou só porque eu a dispensei, não foi?

— Quando esse rompimento aconteceu, Jay?

— Faz umas duas semanas. Estava na cara que a separação iria acontecer. Tudo bem que ela era uma mulher bonita, vistosa, sexy e tudo o mais. Cheia da grana, também. Mas eu tenho vinte e quatro anos, e ela era bem mais velha. Um cara precisa sair com umas mulheres da sua idade, de vez em quando, entende? É natural. Mary Ellen estava se tornando possessiva demais e cortava minhas asas, entende?

— Sei. Na última vez em que você a viu, notou algo diferente nela?

— Diferente? Nada. Era a Mary Ellen de sempre.

— Não reclamou de dores de cabeça ou desconfortos?

— Estava ótima. Fomos a uma boate, rimos muito, alugamos uma cabine privativa e transamos. Na saída, tomamos mais alguns drinques, mas ela me pegou olhando umas gatas e ficou puta. Tivemos uma espécie de discussão e rompemos.

— E hoje, quando ela ligou para você?

— Parecia péssima. Nossa! Seu nariz sangrava e os olhos estavam esbugalhados e vermelhos. Chorava e gritava muito, mas eu não saquei o que estava rolando.

— O que foi que ela disse?

— Disse que tinha de ajudá-la. "Alguém precisa me ajudar", foi só o que pediu. Disse que não aguentava mais. "Estão gritando dentro da minha cabeça" foi o que disse logo em seguida. Tentei acalmá-la, mas acho que ela nem chegou a me ouvir. Acho que ela me disse: "Eles estão me matando", ou algo assim. Chorava tão alto que nem tenho certeza se foi isso mesmo que ela disse. Pensei que alguém pudesse estar machucando-a, por causa daquele sangue todo em seu rosto. Liguei para a polícia e vim correndo para cá. Trabalho logo depois da esquina, no Riverside Café. Foi lá que eu a conheci. Cheguei aqui antes da policial e fiquei pedindo ao zelador para me deixar subir. Foi aí que a policial chegou, subimos juntos e entramos no apartamento. E ali estava ela.

Ele baixou a cabeça novamente, mas dessa vez colocou-a entre os joelhos.

Quando Eve terminou o trabalho no local, foi direto para o necrotério. Morris já removera o cérebro de Mary Ellen George.

Mesmo para uma tira de homicídios veterana, a imagem de uma massa polpuda de células cinzentas colocada sobre a bandeja de uma balança era perturbadora.

— Ela definitivamente expandiu a mente — comentou Morris.

— Só que não parece ter feito isso através da leitura de grandes obras da literatura, nem explorando outras culturas.

— Rá-rá-rá. Agora, me conte que você conseguiu isolar a causa.

— Isso eu não posso garantir. As primeiras sondagens mostram uma mulher saudável de quarenta e dois anos. Sofreu uma fratura na tíbia, há muito tempo, que consolidou de forma perfeita. Tinha passado por sessões de escultura corporal e facial, um serviço excelente, por sinal. Preciso aguardar o relatório toxicológico para informar com certeza se ela considerava seu corpo um templo ou acreditava em aprimoramentos por meios químicos.

— O corpo dela não é de grande interesse para mim, no momento. Fale-me do seu cérebro.

— Edema maciço que teria resultado em morte no prazo de poucas horas. Situação irreversível, na minha opinião, especialmente depois de a infecção inicial ter se espalhado, o que também se confirmou nos outros cérebros estudados pelo neurologista que eu convoquei. Por falar nisso, o cérebro não possui elementos estranhos, nada de tumor, nem estimulantes químicos ou orgânicos. Essa chamada "infecção", por falta de uma palavra melhor, continua não identificada.

— Você não está me deixando nem um pouco feliz, Morris.

Ele a chamou com a ponta do dedo indicador, enxaguou as mãos e colocou uma imagem no monitor.

— Aqui nós temos a imagem computadorizada do corte transversal do cérebro de um homem normal de cinquenta e cinco anos. E aqui — ele digitou algo no teclado — temos o cérebro de Cogburn.

— Puxa vida!

— Espantoso, mesmo. Dá para ver a massa aumentada, as marcas roxas onde o cérebro ficou esmagado dentro da caixa craniana, com a pressão aumentando. As áreas em vermelho indicam a infecção.

— Ela se espalhou por, deixe-me tentar calcular, mais de cinquenta por cento da massa cefálica?

— Cinquenta e oito. Repare também que alguns dos pontos vermelhos são mais escuros que outros. Representam infecções mais antigas. Aqui parece ter sido a região onde tudo começou. Isso nos leva a crer que o ataque inicial ocorreu pelo sistema ocular, e aqui vemos que também foi... por áudio.

— Então, foi provocado por algo que ele viu ou ouviu.

— Pode ser que ele não tenha visto ou ouvido, pelo menos não diretamente com os olhos e os ouvidos.

— Mensagens subliminares, então?

— Possivelmente. O que posso lhe dizer é que tudo o que encontramos até agora indica que a infecção consegue se espalhar com muita rapidez, fazendo com que as regiões inchem, setor por setor. Ainda não determinamos se o processo é autogerado ou necessita de um estímulo adicional específico. O que posso garantir é que a dor e o sofrimento provocados por esse processo são indescritíveis e insuportáveis.

— As últimas pesquisas indicam que o povo não acha isso tão ruim.

— Quase todas as pessoas, academicamente falando, não passam de bárbaros. — Morris sorriu quando Eve olhou para ele. — É sempre fácil dizer: "Cortem-lhe a cabeça", quando você não precisa encarar o sangue de frente nem ver a cabeça vir rolando até seus pés. Quando pulam alguns respingos, aí eles começam a ligar para a polícia.

— Não sei, não, Morris. Às vezes o sangue respinga em muita gente, eles sentem um gostinho macabro e viram uma turba enfurecida. — Eve atendeu ao comunicador, quando ele tocou: — Dallas falando!

— Tenente, você deve se dirigir à sala de imprensa em trinta minutos.

— Comandante, estou no necrotério com o chefe dos legistas, aguardando mais testes que serão efetuados no cérebro de Mary Ellen George. Preciso terminar essa consulta e atualizar minha equipe em seguida. Solicito que a minha participação...

— Solicitação negada, Dallas, quero ver você em trinta minutos. Peça à sua auxiliar que transmita o relatório sobre o novo incidente, bem como os dados adicionais para o meu gabinete, o mais depressa possível. Quero que tudo seja revisto e divulgado para a mídia.

Quando Whitney desligou, Morris deu um tapinha, solidário, no ombro de Eve e disse:

— Eu sei, eu sei. A coisa é ruim de aturar.

— Eles jogaram a vice-prefeita e Chang em cima de mim.

— Talvez Franco e Chang é que tenham achado que você é quem foi jogada em cima deles. Dance conforme a música e assegure ao público que a cidade está segura em suas mãos, Dallas.

— Se eu não precisasse de você, iria sucumbir à tentação de te dar uns tabefes por essa observação, Morris.

Eve aguentou firme a reunião, antes da entrevista coletiva, leu as declarações recém-preparadas, foi informada dos pontos que poderiam ser discutidos e os que não deveriam nem mesmo ser mencionados. Só arreganhou os dentes de raiva na hora em que a vice-prefeita sugeriu que ela se arrumasse antes de encarar as câmeras e passasse um pouco de tintura labial.

— O fato de eu ter peitos não implica automaticamente que eu deva me encher de maquiagem.

Jenna Franco suspirou e acenou para os ajudantes, mandando-os sair da sala.

— Tenente, não pretendi insultá-la. Somos mulheres e, apesar de desempenharmos funções públicas de poder e autoridade, continuamos a pertencer ao sexo feminino. Algumas de nós se sentem mais à vontade com isso do que outras.

— Pois saiba que eu me sinto perfeitamente à vontade sendo mulher e farei o que me for ordenado, senhora vice-prefeita. Só que não preciso gostar disso. Aliás, não preciso nem mesmo concordar com isso, devo simplesmente obedecer. Só lhe asseguro, com muita certeza, que não preciso me embonecar toda só porque a senhora prefere a imagem diferente de uma tira na tela, em vez da que eu tenho para oferecer.

— Certo, certo, concordo. — Franco ergueu as mãos, derrotada. — Peço desculpas pela sugestão absolutamente descabida para você usar um pouco de cor nos lábios. Não sou dessas que considera tintura labial uma ferramenta de Satanás.

— Nem eu. O fato, porém, é que não gosto de me ver pintada, nem do sabor da tintura labial.

Franco tornou a suspirar e se sentou.

— Escute, tenente, nós duas tivemos dois dias de amargar. É provável que a coisa piore mais. O prefeito quer que eu trabalhe com você, o secretário de Segurança quer que você trabalhe comigo. Vamos ter de nos aturar mutuamente. Não quero sair no tapa a cada passo, discutindo picuinhas.

— Então largue do meu pé.

— Cristo, deixe-me lhe dizer uma coisa. Você e eu somos mulheres com um forte sentido público de dever. Somos comprometidas com nossos trabalhos, embora muitas vezes utilizemos métodos completamente diferentes e demonstremos atitudes variadas em relação às coisas. Eu amo Nova York, tenente. Amo esta cidade sinceramente, e sinto orgulho em servi-la.

— Não duvido disso, senhora vice-prefeita.

— Jenna. Vamos trabalhar juntas, me chame de Jenna e eu a chamarei de Eve.

— Não. Mas pode me chamar de Dallas.

— Viu? Eis aqui exatamente uma das variações às quais eu me referi ainda agora. Você mantém seu território, mesmo como mulher, empregando métodos e atitudes tradicionalmente masculinas. Eu faço o mesmo de um jeito feminino. Curto muito explorar minha aparência e usar a feminilidade para meus próprios interesses. Para mim, isso funciona bem. Apresentar um visual atraente e interessante, além do cérebro, da ambição e do trabalho duro, me ajudou a chegar onde eu estou. Desconfio de mulheres do seu tipo, e você desconfia de mulheres como eu.

— Eu desconfio de políticos de modo geral.

Jenna Franco olhou para Eve com a cabeça meio de lado e avisou:

— Se pretende me insultar na esperança de eu dispensá-la da entrevista coletiva, deixe-me alertá-la de que, em matéria de insultos, os tiras são amadores quando comparados a políticos. — Dizendo isso, ela olhou para seu refinado e elegante relógio de ouro. — Já está na hora. Pelo menos penteie o cabelo.

Mantendo o rosto duro, Eve passou os dedos pelos cabelos duas vezes e informou:

— Estou pronta.

Franco parou com a mão na maçaneta, analisou Eve de cima a baixo e perguntou:

— Me conte, pelo amor de Deus, como foi que você conseguiu fisgar um homem como Roarke.

Lentamente, Eve se levantou e avisou:

— Se está pensando em me insultar a tal ponto que me leve a meter a mão na sua cara, para que você consiga me remover dessa investigação e jogar na mídia alguma investigadora principal mais glamourosa e atraente, saiba que, apesar de isso ser muito tentador, vou investigar tudo até o fim e encerrar o caso. Depois que a coisa acabar, tudo pode acontecer.

— Vejo que chegamos a um bom entendimento. Independentemente dos nossos sentimentos pessoais, cuidaremos do caso até a conclusão.

Franco saiu da sala e foi imediatamente engolida por um bando de assistentes.

— Tenente! Tenente! — Chang veio trotando atrás de Eve, lutando para alcançar seus passos largos e furiosos. — Aqui está sua agenda de entrevistas para amanhã.

— O quê?! De que diabos você está falando?

— Sua agenda de compromissos. Ele entregou um disco a Eve.

— Começaremos com o telejornal no *Planet*, às sete da manhã, onde a senhora dará uma entrevista de dois minutos para K.C. Stewart. O programa é ao vivo, transmitido para todo o globo e as estações espaciais, com ibope altíssimo. Às dez, vamos fazer uma tomada ao vivo da sua sala na Central, para a equipe do *City Beat*. Este é mais um programa líder de audiência. Depois...

— Chang, será que vou ter de lhe informar onde esse disco vai parar se você continuar a me dirigir a palavra?

A boca do porta-voz se afinou e, por fim, formou um biquinho.

— Esse é o meu trabalho, tenente. Ralei muito para conseguir participações suas nesses programas. Pretendo manter a agenda do Departamento de Polícia da Cidade de Nova York, bem como os compromissos da prefeitura, na linha de frente das discussões em toda a mídia. Por falar nisso, as últimas pesquisas...

— As últimas pesquisas vão acabar no mesmo lugar que esse disco se você não sumir da minha frente. — Levada por um acesso de cólera, Eve pegou o disco e o quebrou ao meio, girou o corpo com raiva e invadiu a sala do comandante.

— O senhor quer uma tira ou uma celebridade dos noticiários e talk shows? Não consigo ser as duas coisas, comandante. Se, na sua avaliação, o jogo da mídia é mais importante que a minha investigação, com todo o respeito, senhor, há algo fedendo dentro da sua cabeça.

Ele a segurou pelo braço antes de ela ter chance de sair ventando da sala.

— Um momento, tenente!

— Pode me repreender e pode me rebaixar de posto, senhor, mas não vou desperdiçar as horas em que deveria estar em campo fazendo meu trabalho para bancar o bonequinho de ventríloquo, a fim de que o gabinete do prefeito saia bem na foto.

— Enquanto estiver sob o meu comando, tenente, não será você quem vai determinar o que deve ou não fazer.

Atrás dela, Chang exibiu um sorriso de deboche. Em seguida exibiu uma expressão mais séria, pegou outra cópia do disco que fora quebrado e informou:

— Comandante Whitney, como a tenente Dallas destruiu o disco que eu lhe entreguei, prefiro entregar o seu em mãos. Aqui está a lista das entrevistas da tenente programadas para amanhã.

— Que lista de entrevistas?

— Conseguimos vários espaços em noticiários importantes, incluindo participações no *Planet*, no *City Beat*, e também entrevistas para o Del Vincente, além de um bloco no *The Evening Report*. Estamos à espera de confirmação para o *Crime e Castigo*, e também o *Speak Back*.

— Você marcou nada menos que quatro apresentações para a minha tenente na mídia?

Chang confirmou com a cabeça.

— Ficamos satisfeitos com a façanha, mas podemos melhorá-la ainda mais. Estamos tentando uma entrevista ao vivo diretamente da Colônia Delta. Os índices de audiência são elevadíssimos nos programas sobre crimes transmitidos de lá.

— Você sabia, sr. Chang, que a tenente Dallas é a investigadora principal de uma investigação de homicídio absolutamente prioritária?

— Sim, e foi por isso que eu...

— Você sabia que nossas regras internas exigem que o seu departamento submeta qualquer entrevista à aprovação do meu gabinete, antes de tais entrevistas serem confirmadas com as emissoras?

— Creio que a aprovação ficou clara na reunião desta manhã, senhor. O prefeito...

— O que ficou claro na reunião desta manhã foi que a tenente Dallas iria participar da entrevista coletiva que está para ter início e que, sob autorização pessoal minha, ela poderia aparecer, eventualmente, para algum comentário adicional. Essa sua programação não foi nem será aprovada por mim. Não vou fazer minha tenente perder tempo cortejando a mídia.

— Mas o gabinete do prefeito...

— Deve entrar em contato comigo — interrompeu Whitney.

— Nunca mais se meta a dar ordens a um dos meus policiais, Chang. Você passou dos limites. Agora, caia fora! Preciso conversar com a tenente.

— Mas a entrevista coletiva...

— Já mandei cair fora! — O fulgor de raiva nos olhos de Whitney daria para derreter uma pedra. Eve ouviu Chang se retirar da sala, mas não olhou para trás.

— Comandante...

— Você chegou muito perto de ser repreendida oficialmente por insubordinação, tenente — disse Whitney, erguendo a mão. — Esperava mais controle de sua parte, pois poucas vezes precisei lembrá-la da importância disso.

— Sim, senhor.

— Além do mais, sinto-me insultado em nível pessoal e profissional por você supor que eu aprovaria uma agenda tão absurda que só poderia ter sido preparada por um asno.

— Sinto muito, comandante. A única desculpa que posso lhe oferecer é a de que todo contato com Lee Chang sempre resulta em insanidade temporária de minha parte.

— Compreendo isso. — Whitney girou o disco na mão. — Fiquei surpreso, Dallas, por você não lhe enfiar esse disco pela goela adentro.

— Na verdade, senhor, eu tinha outro orifício em mente.

Ele sorriu de forma quase imperceptível e, em seguida, quebrou o disco em dois, exatamente como ela fizera.

— Obrigada, comandante.

— Agora, vamos enfrentar esse circo, para depois podermos voltar ao trabalho em paz.

Capítulo Onze

Eve enfrentou tudo com profissionalismo e recitou as declarações determinadas pela prefeitura. Por ter sido obrigada a reprimir sua opinião e ignorar seus instintos a respeito do caso, ela se sentiu fumegando de raiva depois da entrevista, a caminho de casa.

— Dallas. — Elas estavam quase nos portões da mansão quando Peabody ousou falar alguma coisa. Agindo assim, se a tenente a expulsasse do carro ela não andaria a pé por muito tempo. — Não tente me decapitar pelo que eu vou dizer, o.k.? Você fez o que tinha de ser feito.

— O que eu deveria é estar investigando este caso até encerrá-lo.

— Eu sei, mas às vezes servir ao público é complicado. Muitas pessoas vão dormir mais sossegadas esta noite por ter ouvido que seu computador não vai fazer seus cérebros derreterem quando elas forem conferir o orçamento de casa nem ler os e-mails, e que seus filhos vão poder fazer os deveres de casa on-line sem perigo. Isso é importante, Dallas.

— Vou lhe dizer o que eu acho. — Eve subiu pela calçada rumo aos portões de ferro da mansão sem diminuir a velocidade, e

Peabody sentiu o coração bater na garganta. — Acho que as pessoas não deviam acreditar em tudo o que ouvem.

— Não tenho certeza se entendo o que quer dizer, senhora.

— Talvez quem esteja manejando os controles dessa coisa não aprecie o jeito como o sr. Fulano de Tal, sua linda esposa, sua encantadora filhinha e o cãozinho da família vivam a sua vida. Talvez ele decida que o sr. Fulano não devia estar navegando por sites pornôs, nem devia dar a sua passadinha habitual numa boate de striptease depois de um duro dia de trabalho vendendo móveis, nem devia consumir zoner com sua linda esposa no fim do dia, para dar uma relaxada. Nada disso. O sr. Fulano não está seguindo as regras como deveria. Está na hora de fazer do sr. Fulano um exemplo para a sociedade, para que todos entendam melhor esse programa de purificação.

— Mas eles estão caçando apenas predadores comprovados, obviamente culpados. Não estou dizendo que isso seja correto, Dallas, porque é claro que não é. Mas existe uma diferença muito grande entre punir traficantes que atacam em escolas, ou pedófilos, e atacar um cara de família que curte uma droga recreativa numa noite de sábado.

— Existe essa diferença? — Eve estacionou o carro na base dos degraus da entrada da casa. — A lei ignora o sr. Fulano. Ela não o pune, do mesmo jeito que não pune os outros. Os Buscadores da Pureza resolvem puni-los e muita gente começa a pensar: "Ei, até que a ideia não é má. Já que os tiras não fazem seu trabalho, que bom que alguém faz." Ninguém pensa: "Humm... essa Mary Ellen George não foi condenada. Talvez realmente fosse inocente."

— Mas ela não era, mesmo...

— Sim, ela não era, mas a próxima vítima pode ser. Ou a seguinte. Não é fácil ver alguém escapar impune, mas é muito pior ver uma pessoa inocente pagar por algo que não fez. Essas pessoas estão decidindo quem é culpado ou não. Sob quais critérios, sob as regras de que sistema, sob que autoridade? Os critérios, regras e autoridades deles mesmos. Eles estão passando dos limites, Peabody, e a opinião pública está sendo enrolada por eles. Vamos ver se o povo vai ficar feliz quando a punição ilegal começar a atingir suas casas e suas famílias.

— Você acha que isso poderá mesmo acontecer?

— Vai acontecer, com certeza, a menos que os impeçamos. Vai acontecer porque esses caras entraram numa de cumprir uma missão. Não há nada mais perigoso do que alguém que cumpre uma missão.

Ela devia saber disso, pensou, ao bater a porta do carro. Estava em uma missão desde o dia em que conquistara seu distintivo.

Ao entrar em casa, Eve percebeu que aquela foi uma das poucas vezes em que não se irritou ao ver Summerset surgir de repente no saguão.

— Tenente, gostaria de ter uma ideia aproximada de quantos dos seus convidados passarão a noite aqui.

— Eles não são convidados. São quatro tiras e uma criança. Vá na frente, Peabody, tenho um assunto a resolver aqui.

— Sim, senhora. — Imaginando que esse assunto era a usual troca de desaforos entre Dallas e Summerset, Peabody apressou o passo para conferir como estava o McNab.

— Descreva o estado de McNab, mas use a nossa língua — exigiu Eve de Summerset.

— Não houve mudanças.

— Esse relatório não serve. Você não deveria estar tentando algo mais?

— Os nervos e músculos do detetive não estão respondendo a nenhum estímulo.

— Talvez fosse melhor tê-lo deixado no hospital. — Eve andou de um lado para outro no saguão. — Talvez tenha sido um erro trazê-lo para cá.

— O fato, tenente, é que não há nada que eles pudessem fazer lá que não possamos fazer aqui, pelo menos nas primeiras vinte e quatro horas.

— Mas já passamos dessas vinte e quatro horas! — replicou Eve, com raiva. — Já passamos muito, e ele já devia estar com alguma sensibilidade de volta. — Ela parou, tentou se recompor e analisou o rosto cadavérico de Summerset. — Quais são as chances dele? Não tente dourar a pílula. Quais as chances reais de ele recobrar as sensações e a mobilidade dos membros?

— Elas diminuem a cada hora que passa. E rapidamente.

Ele viu Eve fechar os olhos e desviar o rosto. Antes disso, porém, percebeu o ar pesaroso que baixou sobre ela.

— Tenente. McNab é jovem e está em boa forma. Esses fatores pesam muito a seu favor. O fato de ele continuar trabalhando e se sentindo útil também ajuda a manter sua mente ativa e longe dos problemas. Devemos levar tudo isso em conta.

— Vão afastá-lo por incapacidade física ou jogá-lo em um cubículo, fazendo trabalho burocrático. Ele nunca mais vai se sentir um tira de verdade se isso acontecer. Normalmente ele é tão ativo que parece trotar quando anda — comentou ela, baixinho. — Agora está preso àquela cadeira. Droga!

— Entramos em contato com a clínica especializada, na Suíça, conforme Roarke já deve ter lhe informado. — Ele esperou Eve virar de frente, antes de continuar: — McNab será levado para lá na semana que vem, o mais tardar. Essa clínica consegue resultados magníficos na área de regeneração de nervos. Enquanto isso, ele vai continuar o tratamento aqui, até...

— Qual a porcentagem de sucesso deles?

— Setenta e dois por cento dos pacientes com danos extensos como os de McNab se recuperam por completo.

— Setenta e dois?

— Pode ser também que ele recupere essas funções de forma natural. Em uma hora. Ou em um dia.

— Mas as chances de isso acontecer são mínimas.

— Sim, são mínimas. Sinto muito.

— É, eu também sinto. — Ela começou a subir a escadaria principal.

— Tenente! Ele está assustado. Finge não estar, mas, no fundo, não passa de um jovem apavorado.

— Antigamente as pessoas atiravam balas nas pessoas — murmurou Eve. — Pequenos mísseis de aço que penetravam na carne e nos ossos. Eu me pergunto se a coisa não era mais limpa e simples naquela época.

Ela subiu e entrou no escritório, que mais parecia uma sala de recreação. Sua equipe estava descontraída, descansando, pensou Eve com amargura. Todos curtiam sua bebida predileta.

Jamie alimentava Galahad com pedacinhos do que parecia ser um sanduíche gigantesco. Sentada no braço da cadeira de rodas de McNab, Peabody relatava detalhes interessantes da entrevista coletiva.

— Ora, mas que ambiente aconchegante e alegre — comentou Eve. — Aposto que os terroristas estão tremendo de medo de vocês, da cabeça aos pés.

— É importante dar um descanso para a mente e para os olhos de vez em quando — disse Feeney.

Eve foi até onde Roarke estava, muito descontraído, com as pernas esticadas. Foi sorte dele Eve não dar um bom chute nelas ao seguir na direção de sua mesa, onde se sentou.

— Alguém poderia aproveitar essa folga generalizada para me atualizar sobre a investigação? — pediu ela.

— Você não almoçou. Acertei? — perguntou Roarke, com a voz suave.

— Acertou, mas a culpa foi de uma mulher que resolveu se enforcar com os lençóis. Depois, fui cuidar dos detalhes bobos de uma série de homicídios; na sequência, participei de uma reunião chata com autoridades, algumas delas mais interessadas em preservar a própria imagem, em vez de cuidar do inconveniente de pessoas morrendo, sem falar no tempo que perdi cumprindo as ordens para alimentar os abutres da imprensa.

Ela exibiu um sorriso forçado que fez Jamie se encolher na poltrona.

— E o dia de vocês, como foi? — quis saber ela.

Roarke se levantou, pegou metade do sanduíche que Jamie e o gato degustavam e o colocou diante da mulher.

— Coma!

— Primeiro, o relatório. — Ela colocou o sanduíche de lado.

— Ei, pessoal, vamos evitar derramamentos de sangue. — Feeney balançou a cabeça para os lados. Aqueles dois pareciam touros com os chifres abaixados, prontos para se enfrentarem. — Conseguimos alguns progressos, Dallas, foi por isso que tiramos uns minutinhos de folga. Criamos um escudo que filtrou o vírus, pelo menos em parte. Estamos quase isolando a infecção do computador de Louis Cogburn. Já conseguimos extirpar uma parte dela e estamos rodando um programa de análise completa na máquina. Uma vez feito isso, vai dar para simular o resto do programa sem precisar voltar à unidade infectada.

— Quanto tempo mais?

— Não dá para prever. Estamos lidando com um programa diferente de tudo o que eu já vi. Codificado e blindado. Temos de analisar os pedacinhos que conseguimos salvar antes de a máquina se autodestruir.

— Vocês perderam o computador?

— A máquina já era — informou Jamie. — Não só o programa se desligou sozinho como implodiu o sistema todo. Puf! Mas conseguimos alguns dados a tempo. Teríamos o suficiente para rodar uma simulação completa se Roarke tivesse ficado mais um minuto na máquina ou, pelo menos, uns quarenta e cinco segundinhos mais, só que...

O garoto parou de falar porque viu Eve se levantando da cadeira. O movimento foi lento, mas ela parecia uma naja se ajeitando e erguendo o corpo, pronta e já se lançando em frente com as presas preparadas para o bote.

— Você entrou na máquina de Cogburn?

— Entrei, sim — respondeu Roarke.

— Você operou uma unidade infectada, usando um filtro experimental que acabou falhando? Você tomou essa atitude sem autorização direta da investigadora principal?

— Dallas. — Feeney se ergueu da cadeira. Foi uma prova de coragem em batalha o fato de ele não recuar nem mesmo diante do olhar assassino que Eve lhe lançou. — A parte eletrônica da investigação é minha responsabilidade. Todo o trabalho de informática está sob minhas ordens.

— Mas sua atuação está sob minha autoridade. Eu deveria ter sido notificada dessa manobra. Você sabe disso.

— A decisão foi minha — informou Roarke.

— Ah, foi? — Ela desviou o olhar para Roarke. — Fora daqui!

Ninguém imaginou que essa ordem tinha sido dada para Roarke. O êxodo desorganizado mais pareceu a fuga de um prédio em chamas. Ao chegar à porta, Feeney deu um tapa, com força, na cabeça de Jamie.

— Qual é?! — Emburrado, Jamie massageou a cabeça. — O que foi?

— Eu lhe digo o que foi — murmurou Feeney, fechando a porta ao sair.

Eve manteve a mesa entre eles. Não tinha certeza do que poderia fazer sem a barreira simbólica que os separava. — Pode ser que você governe metade do universo, mas aqui na minha investigação, nas minhas operações e na minha equipe quem manda sou eu.

— Não tenho desejo de comandar o seu espaço, tenente. — A voz dele era tão dura e fria quanto a dela.

— Que diabos você acha que está fazendo, se expondo a uma infecção não identificada? Quer provar que tem o pau maior que os outros?

Os olhos dele soltaram fagulhas, mas logo esfriaram.

— Você teve um dia difícil, então vou levar isso em consideração. O filtro precisava ser testado; o programa tinha de ser isolado e analisado.

— Com simulações, com testes a distância, com...

— Você não é técnica em informática — ele a interrompeu. — Pode ser responsável pela investigação, mas o que rola no laboratório de eletrônica fica fora do seu alcance.

— Você não pode determinar o que fica fora do meu alcance.

— Posso, sim. Poderia mesmo passar uma hora aqui lhe explicando os detalhes e problemas técnicos, e você não iria entender nem metade. Essa não é sua área de atuação, mas é uma das minhas.

— Você é um...

— Não vem com esse seu papo-furado de eu ser "civil" para cima de mim que isso não cola. Você quis minha ajuda, e foi por isso que eu entrei para a equipe.

— E posso tirá-lo dela.

— Sim, claro que pode. — Ele concordou com a cabeça, mas logo estendeu o braço, agarrou-a pela gola da blusa e a puxou por cima da mesa. — Só que não vai fazer isso, porque os mortos significam mais para você do que o seu orgulho.

— Eles não significam mais do que você.

— Droga! — Ele a soltou e enfiou as mãos nos bolsos. — Isso foi golpe baixo.

— Você não tinha o direito de se arriscar. Puxa, não teve peito nem para me avisar. Contornou a minha autoridade e isso me deixa revoltada. Além do mais, correu um perigo inaceitável, arriscando a própria vida.

— Era necessário. E não foi um pulo no escuro, pelo amor de Deus. Não sou tolo.

Ele se lembrou da arma que escondera sob a mesa, por precaução. E pensou no pequeno botão forrado de tecido cinza que afagara, como um talismã, antes de se lançar ao trabalho.

Não, ele certamente não era um tolo, mas, na hora, se sentira assim.

— Havia quatro técnicos em eletrônica no laboratório de informática que montamos e todos concordamos que aquele passo tinha de ser dado — explicou. — Fui monitorado o tempo todo e a exposição foi limitada a dez minutos.

— Mas o filtro explodiu.

— Explodiu, sim. O sistema foi pro espaço pouco depois de oito minutos. Jamie tem algumas teorias a respeito disso, e acho que elas são plausíveis.

— Por quanto tempo você esteve exposto sem a proteção de um escudo?

— Menos de quatro minutos. Pouco mais de três, na verdade. Não houve nenhum efeito preocupante — acrescentou —, exceto uma dor de cabeça irritante.

Ele sorriu ao dizer isso, e Eve teve vontade de estrangulá-lo.

— Não tem graça nenhuma — reclamou ela.

— Acho que não. Desculpe. Meus exames médicos estão ótimos, e conseguimos uma visão parcial da infecção. Era preciso uma pessoa, Eve, alguém que soubesse lidar com computadores e que conhecesse os truques, bloqueios e macetes que um bom programador emprega. Se eu não tivesse feito isso, Feeney teria assumido o risco.

— Está tentando fazer com que eu me sinta melhor? Por que ele não entrou? — ela quis saber. — Feeney não passaria essa batata quente para você assim, numa boa.

— Decidimos com base na lógica. Tiramos cara ou coroa.

— Vocês... — Ela parou de falar e passou as mãos pelo rosto. — Uma pessoa insinuou hoje à tarde que eu costumo agir e pensar como homem. Cara, ela estava completamente por fora ao dizer isso.

Ela deixou as mãos caírem.

— Não interessa se o laboratório de informática está fora da minha área de conhecimento; o fato é que está sob a minha autoridade. Espero e insisto em ser informada e consultada antes de qualquer passo que acarrete riscos a alguém da minha equipe.

— Certo. Você tem razão — concordou ele, depois de um momento. — Deveria ter sido informada. Às vezes as coisas são difíceis de avaliar na hora. Sinto muito por ter deixado você fora da decisão.

— Desculpas aceitas. E embora eu já tenha pedido desculpas demais para um único dia, peço mais uma por colocar o seu pinto nessa história.

— Tudo bem.

— Mas preciso lhe fazer uma pergunta.

— Faça.

Seu estômago tinha dado um nó, mas ela precisava falar. Faria a pergunta:

— Se você acha que essas pessoas têm uma justificativa para o que estão fazendo, se você acha que as vítimas mereciam o fim que tiveram, por que se arriscou? Por que arriscou a própria vida para tentar me ajudar a acabar com elas?

— Ah, qual é, Eve? Você tá parecendo um tabuleiro de xadrez. Tudo tem de ser preto ou branco? — A raiva estava ali, fervilhando de um jeito que ela sabia que podia explodir a qualquer momento.

— A pergunta não me pareceu tão descabida.

— Suponho que não. Por que acha que eu julgo justificável o que eles fizeram? Só por não sentir um pingo de pena por alguém como Fitzhugh, de repente estou do lado dos terroristas?

— Não quis dizer isso... embora talvez tenha parecido.

— Você me julga capaz de achar alguma justificativa no que aconteceu a Halloway, aquele pobre rapaz?

— Não. — Ela se sentiu vagamente enjoada. — Mas outras pessoas talvez pensem diferente.

— Pode ser que eu acredite na filosofia puramente teórica disso: que o mal verdadeiro pode e deve ser destruído por todos os meios e a qualquer custo. Mas não sou burro nem egocêntrico a ponto de acreditar que existe pureza de intenção no derramamento de sangue. Ou que isso possa ser realizado, eventualmente, sem leis, sem tribunais e sem compaixão.

— Eventualmente.

— Você tinha de destacar essa palavra, né? — Ele quase riu. — Não podemos pensar exatamente do mesmo jeito nessa questão.

— Eu sei. Acho que isso nem devia me incomodar. Mas me incomoda. Droga, Roarke, me incomoda muito.

— Eu sei. Não posso ser totalmente puro para você, Eve.

— Não quero isso de você. Essa história está me afetando demais, talvez por eu também não conseguir sentir pena de Fitzhugh ou Mary Ellen George. Não consigo lamentar por eles e me sinto indignada por isso. É um absurdo que alguém, *qualquer pessoa*, ache que tinha o direito de se recostar em uma poltrona e apertar o botão que os levou à morte. E ainda se autointitular guardião.

— Não estou dizendo que você está errada, sei que não está. O caso é que meus padrões morais são, digamos, mais flexíveis que os seus. Mesmo assim, quero deixar bem claro, já que você julga tão importante, que eu não concordo com os meios deles, nem com seu comportamento ou sua proposta. Quando a gente enfrenta o mal, deve fazê-lo cara a cara e partir para o mano a mano.

Como ela fazia, pensou Roarke. E como ele mesmo já fizera.

— E não dá para passar sua mensagem ao público como se você estivesse vendendo um novo modelo de carro esporte — completou Roarke. — Você não quer comer um pouco desse sanduíche, querida?

— Talvez estejamos mais próximos da propaganda clássica do que eu imaginava. — Sentindo-se mais calma, ela pegou o sanduíche e deu uma mordida. — Hum, o que tem aqui dentro?

— Um pouco de tudo. O garoto ataca os alimentos como se toda a comida estivesse prestes a ser banida do planeta e ele tivesse de engolir o máximo possível enquanto tem chance.

— Está uma delícia — aprovou Eve, comendo mais um pedacinho. — Acho que tem carne em conserva aqui. E chocolate.

— Não seria de espantar. Pelo menos voltamos às boas, eu e você, certo?

— Voltamos, como sempre acontece.

— Antes de encerrarmos o assunto, deixe que eu lhe conte mais um dos motivos que me levaram a fazer o que fiz agora à tarde.

— Você gosta de se exibir. É isso?

— Obviamente, mas não era isso que eu ia dizer. Fiz porque, independentemente do que eu sinta ou ache, tenho fé absoluta na sua capacidade. Agora, que tal tomarmos um pouco de café para rebater o sanduíche? Depois, eu lhe mostro o que descobrimos.

Eve não era especialista em informática, mas compreendia os conceitos básicos da área. Se fizesse um esforço, entenderia até um pouco mais. Só que analisar os dados que Roarke havia conseguido acessar no computador de Louis Cogburn antes que ele se autodestruísse era como tentar decifrar hieróglifos.

— É coisa de gênio — explicou Jamie, enquanto Eve monitorava o sistema de decodificação que o garoto criara. — Gênio total. Quem bolou esse programa é super-hiperfera. Nenhum piloto de teclado conseguiria a façanha de criar um programa iradíssimo como esse. O cara é topo do topo.

— Concordo, mas duvido muito que seja trabalho de um único programador. A única coisa que dá para sacar, com certeza, é que aqui existe conhecimento avançado de programação misturado com medicina. E neurologia.

— Eles precisaram de uma equipe, sem dúvida — concordou Feeney. — Usaram um laboratório do mais alto nível, além de equipamento de ponta e muita grana. E uma câmara lacrada.

— Quanto vocês descobriram, até agora, sobre a forma como o programa atua?

— Olhos e ouvidos — afirmou Jamie, passando de um teclado para outro, trabalhando freneticamente. — Luz e som.

— Luz e som?

— Sim. Espectro e frequência. É assim: você pega um jogo irado, do tipo World Domination para se distrair, e então, enquanto é bombardeada com luz e som durante a ação do jogo, fica exposta a mensagens que os olhos e ouvidos normalmente não recebem. Sabe aqueles apitos para cães que os humanos não conseguem ouvir o som?

— Sei, acho que entendi como funciona.

— Pois então... Até onde eu saquei, essa é a ação do vírus. Ainda não descobrimos a faixa exata nem o padrão das frequências usadas, mas vamos chegar lá. A beleza do lance é que o vírus trabalha o tempo todo usando o sistema, mas não torna o computador lerdo, não interfere com nenhum dos programas instalados, nem com os que o operador possa instalar. Funciona numa boa, sem ser detectado.

— E mata o usuário — concluiu Eve.

— Mata, e muito bem matado — concordou Jamie. — Estamos tentando descobrir em quanto tempo isso acontece. Sabemos que a transferência completa da "infecção" da máquina para as células cinzentas do operador leva pelo menos uma hora, talvez duas.

— Ainda não confirmamos isso — lembrou Feeney.

— O primeiro escudo falhou — acrescentou McNab —, mas aguentou tempo suficiente para conseguirmos dados que nos ajudarão a refinar o próximo escudo.

— Quanto tempo isso vai levar? — quis saber Eve.

— Dá para preparar outra rodada de testes em duas horas — afirmou McNab, encolhendo o ombro bom —, mas vamos precisar de mais tempo se tivermos de esperar a decodificação total.

— Cara, isso é muito denso — empolgou-se Jamie, fazendo barulho ao sorver o conteúdo de uma lata de Pepsi. — A gente penetra em uma camada e surgem outras seis. Vou rodar um atalho em uma máquina isolada para ver se consigo penetrar mais fundo.

— Isso, garoto! Mais uma coisa, Jamie... — Roarke colocou a mão sobre o ombro do rapaz. — Vamos precisar que você acampe aqui até chegarmos ao fundo disso.

— Be-le-za! — Ele deslizou sobre a cadeira até o computador ao lado e se inclinou para frente, teclando com empolgação.

— Vamos lá, quero comunicar a vocês em que pé estamos nas investigações, antes de todos voltarem ao trabalho. — Eve esperou até que todos os olhos se voltassem para ela. — Você! — Apontou para Jamie. — Não passa de um acessório aqui. Comporte-se como um.

Ele resmungou alguma coisa, armou uma tromba e continuou batucando no teclado, diante do monitor.

— Os relatórios dos legistas confirmam a teoria de que o ataque foi feito por elementos sonoros e visuais. Também descobriram que, quando o vírus começa a se espalhar, os danos são irreversíveis. A mais recente vítima, Mary Ellen George, estava assintomática até oito dias atrás, segundo testemunhas. Depois dessa data, não encontramos ninguém que tenha estado em contato com ela.

"As análises da cena da sua morte dão conta de que a vítima não se sentiu bem e foi para a cama, tentando aliviar as dores de cabeça com analgésicos comuns. Ela bloqueou o *tele-link*, acionou as telas de privacidade do apartamento, se entocou e não fez mais contato com o mundo exterior. Levou o notebook para a cama, o que provavelmente ajudou a infecção a se instalar devido à exposição contínua."

— Fitzhugh também se isolou — lembrou Feeney.

— Louis Cogburn também, até que o vizinho o incitou a abrir a porta. No caso de Halloway, ele foi infectado no trabalho, mas escolheu se entrincheirar em sua sala, Feeney. Podemos supor que buscar um abrigo ou local de isolamento faz parte dos sintomas dessa "infecção".

— Trata-se de algo programado com o fim de diminuir a influência externa, para evitar que alguém de fora seja prejudicado — concluiu Roarke.

— Concordo — assentiu Eve. — Os Buscadores da Pureza não querem histeria nem acusações dos sobreviventes e vítimas inocentes. Buscam alvos específicos. Querem a atenção da mídia. Estão bancando Deus, mas usam armas políticas.

— Uma combinação volátil e perigosa.

— É claro — disse Eve, olhando para Roarke — que as forças do Departamento de Polícia de Nova York vão dançar a mesma música. Os gabinetes do prefeito e do secretário de Segurança Pública já começaram a dançar seu tango diante da mídia. A vice-prefeita Jenna Franco está orquestrando o baile.

— Uma bela escolha de símbolos — comentou Roarke. — Ela é atraente, inteligente e forte, sem parecer truculenta.

— Se você acha... — reagiu Eve, com deboche.

— Estou falando em termos simbólicos. Usar a vice-prefeita como porta-voz da prefeitura, em vez do prefeito, vai gerar a impressão de que isso não é uma crise, mas apenas um problema. Colocando você na dança, eles têm mais dois elementos importantes: competência e tenacidade. A cidade está em boas mãos, está em mãos cuidadosas. Mãos femininas que, tradicionalmente, servem para nutrir e proteger.

— Quanta babaquice! — reagiu Eve.

— Acho que não, Dallas — Baxter se manifestou. — Para você, isso pode ser um pé no saco, concordo, mas é um bom ângulo de abordagem. Vocês duas parecem ótimas, nos noticiários. Formam uma boa dobradinha, tipo assim... sei lá... a guerreira e a deusa. Para completar, temos a figura forte do comandante Whitney, o rosto sóbrio e austero do secretário Tibble, alguns comentários do prefeito, cheio de dignidade, declarando confiança absoluta na polícia de Nova York e no sistema Judiciário. Isso tranquiliza as pessoas e evita que elas saiam quebrando tudo pelas ruas e interrompendo o tráfego.

— Acho que você escolheu a profissão errada, Baxter. Devia trabalhar como relações-públicas.

— E perder esse emprego agradável e o salário fantástico?

— Babaquice ou não — continuou Eve, rindo —, esse é o nosso plano atual. O pior é que se nós não descobrirmos alguma coisa sólida bem depressa, vou acabar nos noticiários matinais fazendo propaganda da justiça, como se fosse uma pop star. Se isso acontecer, podem ter certeza de que vou transformar a vida de vocês em um inferno.

Ela se virou para a porta.

— Peabody, você vem comigo.

Eve esperou até chegarem ao seu escritório pessoal antes de reclamar:

— Você não deve paparicar McNab desse jeito.

— Como assim, senhora?

— Se você não parar com isso, ele vai achar que você está preocupada.

— Mas eu *estou* preocupada. As primeiras vinte e quatro horas...

— Preocupe-se o quanto quiser e pode despejar seus medos em mim, se sentir necessidade. Ele está começando a se sentir deprimido, mas não quer dar bandeira. Você também não deve mostrar preocupação. Se quiser desabafar, vá lá para o terraço ao lado da cozinha, do outro lado da casa, e berre o mais alto que conseguir.

— É isso que você faz?

— Às vezes, sim. Outras vezes, chuto objetos. De vez em quando, pulo em cima de Roarke e fazemos sexo selvagem. Se bem que essa última opção não serve para você, no momento — completou ela, depois de pensar por um segundo.

— Pois eu acho que isso iria me fazer muito bem, além de aumentar minha produtividade na equipe.

— Muito bem, manter o bom humor é importante. Agora, vá pegar um café para mim.

— Sim, senhora. Obrigada. Vou levar uns minutinhos a mais para lhe trazer o café. Acho que vou tentar o lance do terraço.

Eve se sentou à sua mesa e começou a vasculhar a vida de Mary Ellen George.

Os arquivos lacrados continuavam inacessíveis. Eve conseguira uma liminar para liberá-los, mas o Serviço de Proteção à Infância o anulou com uma suspensão de liminar temporária. Essa suspensão a manteria longe dos arquivos até os advogados resolverem tudo nos tribunais.

Muitos dias seriam perdidos nessa luta. Dias preciosos. A não ser que ela tomasse outro caminho.

Antes disso, porém, ela tentaria algo legítimo. Pela terceira vez, desde o início da manhã, ela ligou para o sargento-detetive Thomas Dwier.

Dessa vez conseguiu falar diretamente com ele, em vez de ser encaminhada à caixa postal.

— Sargento, sou a tenente Eve Dallas. Venho tentando localizá-lo desde cedo.

— Estou no tribunal. — Seu rosto pareceu duro e determinado. — O juiz nos deu um intervalo de quinze minutos. Em que posso ajudá-la, tenente?

— Sou a investigadora principal nos homicídios cometidos pelos Buscadores da Pureza. Você já deve ter ouvido falar deles.

— Quem não ouviu? Esse contato tem a ver com o babaca do Fitzhugh?

— Estou correndo atrás de todas as pistas. Gostaria de saber sua impressão sobre o caso. Aliás, você também fez parte da equipe que investigou Mary Ellen George.

— Exato. Conseguimos cercá-la por todos os lados, mas ela acabou escapando pelas brechas da justiça. Qual a ligação entre os casos?

— Mary Ellen George está morta.

— Que bom! Tudo o que vai, volta. Não há mais nada que eu possa lhe contar que não esteja nos autos.

— Que tal eu lhe pagar uma cerveja, depois que você sair daí do tribunal? Estou empacada, Dwier, e preciso muito de qualquer ajuda que você possa me oferecer.

— Tudo bem, por mim está ótimo. Você conhece o bar O'Malley, na esquina da Oitava Avenida com a rua 23?

— Não, mas conseguirei encontrar o local.

— Devo acabar aqui em uma hora, no máximo.

— Então nos encontramos no O'Malley às... — ela olhou para o relógio — ... cinco da tarde.

— Combinado. Estão me chamado de volta. A gente se vê mais tarde.

Ela se afastou do *tele-link* no instante em que sua auxiliar colocava uma caneca de café sobre a mesa.

— Está melhor, Peabody?

— Acho que sim. A garganta é que ficou meio dolorida. Mais uma coisinha: as latas e garrafas de Pepsi acabaram, tanto na unidade de refrigeração da cozinha quanto no AutoChef.

— Jamie bebe Pepsi aos litros e sem parar. Avise Summerset e depois venha...

Ela parou de falar no instante em que um pequeno furacão adentrou em sua sala.

Mavis Freestone se movia depressa. As plataformas de cinco centímetros de altura equilibradas sobre uma base de gel roxo não pareciam afetar em nada a sua velocidade nem o seu equilíbrio. Ela chegou zunindo na sala como se fosse um borrão em tons de roxo, cor-de-rosa e castanho-escuro, tudo misturado em uma microssaia e um top que mal cobria o essencial. Sobre a cabeça, meio milhão de tranças ecoavam as cores da escassa roupa.

Ela girou o corpo, deu uma volta em torno da mesa e o gel das suas sandálias emitiram ruídos aquáticos. Em seguida, agarrou Eve em um abraço tão apertado que quase lhe cortou o fluxo de oxigênio para o cérebro.

Eve se engasgou e deu tapinhas amistosos nos braços que lhe esmagavam a traqueia.

— Hoje é o dia *mais feliz* da minha vida! — anunciou a recém-chegada. — O ultrassuper dia mais que demais, o melhor dia que alguém já inventou. Eu te amo, Dallas.

— Então, por que está tentando me matar?

— Desculpe, desculpinha! — Mas ela tornou a abraçar Eve com tanta força que seus ouvidos começaram a zunir. — Preciso conversar com você.

— Isso é impossível. — Libertada, Eve tossiu e massageou a garganta. — Mesmo que eu fosse fisicamente capaz de conversar, estou submersa em trabalho, Mavis. Ligo para você assim que conseguir voltar à superfície.

— Mas eu preciso! É importante! É tipo assim... *um caso de vida ou morte*. Por favor, por favor, por favorzinho! — Ela pulava ao mesmo tempo que implorava, e a agitada mistura de cores deixou Eve tonta.

— Dois minutos, então — cedeu. — E seja rápida.

— É um assunto particular. Desculpe, Peabody, mas... Dá para você sair um instantinho, por favor?

— Peabody, vá procurar Summerset e peça para ele encomendar um avião carregado de Pepsi.

— Feche a porta, sim? Obrigada. — Sem parar de pular, Mavis uniu as duas mãos e as colocou sobre os seios pequenos e quase descobertos. Seus dedos reluziam em mil cores, com uma infinidade de anéis. Ao longo do braço esquerdo uma espécie de cobra lhe subia, enroscada, do pulso ao cotovelo. Eve se perguntou se a marca daquilo não teria ficado impressa para sempre em sua garganta.

— Fale depressa, Mavis. — Eve ajeitou os cabelos atrás da orelha e engoliu um pouco de café. — Estou realmente atolada. Por falar nisso, você não devia estar fazendo shows em algum lugar?

— FreeStar One. E também no Olympus Resort. Também me apresentei por uma semana no cassino Apollo. Sacudi os alicerces por lá. Voltei para casa hoje de manhã.

— Que bom! Muito legal. — Eve desviou o olhar para o monitor e começou a processar alguns dados de cabeça. — Podemos nos encontrar para bater papo quando eu estiver mais tranquila. Aí você me conta sobre suas apresentações.

— Estou embuchada.

— Tudo bem, a gente conversa sobre isso depois. Podemos marcar... — Seu cérebro entrou em descanso de tela por alguns segundos, como se alguém tivesse girado a chave que desligava todos os circuitos. Ao voltar, logo depois, Eve sentiu como se o seu cérebro estivesse sendo reinicializado aos poucos, com luzes que piscavam em sucessão tentando restaurar as funções básicas. — O que foi que você disse?

— Estou embuchada. — Mavis soltou uma gargalhada ruidosa e tapou a boca com as mãos. Seus olhos, com lentes cor de violeta para combinar com as sandálias, pareceram saltar como duas bailarinas.

— Você está... Você... — Tão atônita que começou a gaguejar, Eve olhou para a barriga de Mavis, totalmente à mostra, e reparou nos três piercings que cintilavam em torno do umbigo. — Tem algo crescendo aí dentro?

Com as mãos ainda tapando a boca, Mavis fez que sim com a cabeça várias vezes.

— Um bebê. — O riso escapou por entre seus dedos. — Tem um bebê aqui dentro. Isso não é ultra? Não é mais que demais à enésima potência? Sinta só! — Ela pegou a mão de Eve e a apertou de encontro à barriga.

— Jesus! Acho que eu não devia tocar nisso.

— Tá tudo bem, ele está protegido. O que achou da novidade?

— Não sei. — Cautelosa, Eve retirou a mão e a escondeu atrás das costas. Obviamente ela sabia que gravidez não era contagiosa, mas cautela nunca era demais. — O que você achou? Isto é, você pensou em... vocês já tinham... Droga, não estou processando a informação direito. Como é que rolou isso? Foi um acidente?

— Não, a gente planejou. — Ela encostou o traseiro miúdo na quina da mesa e cruzou as lindas pernas, fazendo o gel das sandálias roçar na madeira e emitir novos ruídos. — Já estávamos tentando encomendar um bebê há algum tempo. Eu e Leonardo temos um desempenho excelente na arte de fabricar crianças, mas acho que estávamos com pouca sorte no início. Mesmo assim a gente continuava tentando; tentávamos sem parar. Nossa, praticávamos muito! — confessou ela, reprimindo outro ataque de risos histéricos.

— Tem certeza de que você não está apenas bêbada, Mavis?

— Estou gravidíssima! — Ela deu alguns tapinhas na barriga. — O embrião já está no forno.

— Ah, não! Não use essa palavra! — Por algum motivo, a palavra "embrião", acompanhada pelos ruídos aquosos do gel, deixou Eve com náuseas.

— Deixe de ser boba. Todos nós já fomos um embrião, um dia.

— Pode ser, mas não gosto de pensar no assunto.

— Pois eu estou totalmente focada no lance. Nossa, estou contando tudo fora de ordem. Lá estava eu, no Olympus Resort, e tive uma sensação estranha, como se estivesse assando numa fornalha, depois ficava meio que flutuando no ar logo ao acordar de manhã, e então...

— Pule essa parte da história, por favor. — Definitivamente nauseada, Eve planejou esterilizar a mão que alisara a barriga de Mavis, mais tarde.

— Então tá... Fiz um teste de gravidez e deu positivo. Então, sabe o que houve? Fiquei muito encucada de não ter feito o teste direito por causa da pressa e da vontade. Fiz mais três testes seguidos, bam-bam-bam!

Ela se afastou da mesa e girou o corpo várias vezes.

— Resolvi me consultar na clínica do resort, só para confirmar. Não queria contar nada para o meu orvalhinho até ter certeza absoluta. Já estou na sexta semana.

— Seis semanas?

— A gente transava muito, e eu comecei a me sentir meio esquisita, mas fiquei com medo de conferir porque o astral baixa geral quando o resultado dá negativo. Mas como os *enjoos* continuaram, eu... opa, desculpe. Então eu saquei *com certeza* que estava rolando alguma coisa, na semana passada. Foi nesse dia que eu resolvi ir à clínica. Só para dar mais uma confirmada, entende, antes de voltar para a Terra e fazer um novo exame. Deu positivo de novo! Fui para casa e contei para Leonardo. Ele chorou.

Eve se viu massageando o peito.

— Ele chorou como? No bom sentido?

— Ah, sim! Ele parou tudo que estava fazendo e começou a desenhar novos modelos. Quer dizer, não na mesma hora, porque antes resolvemos celebrar o acontecimento recriando em detalhes a cena da concepção. Mas logo depois ele começou a desenhar roupas de grávida para quando eu ficar gorda. *Mal* posso esperar. Dá para imaginar?

— Não. Isso é algo que está além da minha imaginação. Você realmente está feliz?

— Dallas, todas as manhãs, depois de acordar e dar minha vomitada básica, eu me sinto tão feliz que parece que vou... — Ela parou de falar e explodiu num ataque de choro compulsivo.

— Opa, opa! Ai, cacete! — Eve se levantou e foi correndo até Mavis, mas sem saber exatamente como proceder. Tentou abraçar a amiga com os braços meio esticados, para manter distância, por precaução, mas Mavis a agarrou e puxou com força.

— Essa é a coisa mais maravilhosa que já aconteceu em toda a minha vida. Contei a Leonardo e depois vim correndo lhe contar, porque você é minha melhor amiga, Dallas. Agora já podemos espalhar pra *todo mundo*. Quero alardear para o povo, mas precisava vir contar pra você antes.

— Quer dizer que você está chorando, mas é de felicidade?

— E como! Nossa, é totalmente o máximo! Agora vou poder ter variações de humor o tempo todo sem precisar ingerir coisas esquisitas. Sabe como é, nada de bebidas, porque isso dá uma ligação boa, mas pode fazer mal para a pequena Eve ou o pequeno Roarke...

— Não fale assim, pode parar! Não quero agredir uma mulher grávida.

Mavis simplesmente sorriu.

— Fizemos um neném. Eu e Leonardo fabricamos um bebezinho! Vou ser a melhor mãe do mundo, Dallas. Vou botar pra quebrar na área da maternidade, agora.

— É... — concordou Eve, passando as duas mãos por entre as tranças coloridas da sua grande amiga. — Sei que vai.

Capítulo Doze

Eve se sentia muito mais segura entrando em um bar que cheirava a tiras do que abraçando uma mulher grávida.

Afinal, dava para saber o que esperar em um bar frequentado por policiais: comida gostosa, mas muito engordurada, álcool sem firulas e gente que sacava quem você era no instante em que a porta de entrada se abria.

O ambiente estava escuro. As conversas não pararam no instante em que ela entrou, mas Eve percebeu o movimento sutil dos corpos e cabeças. Então, todos voltaram a cuidar da sua vida quando a reconheceram como um deles.

Ela avistou Dwier no fundo do bar, já na metade do seu primeiro copo de cerveja e com uma tigelinha preta rasa com pretzels na sua frente.

Seguiu ao longo do balcão e deixou-se sentar em um banco alto ao lado dele. Pelo visto, o sargento deixara aquele lugar reservado para ela, pois quase todos os outros bancos da espelunca estavam ocupados.

— Sargento-detetive Dwier? — Ela estendeu a mão. — Sou a tenente Dallas.

— Já te vi por aí. — Foi a reação dele, e comeu mais alguns pretzels, engolindo tudo com o auxílio de um longo gole de cerveja.

— Eles te liberaram mais cedo do tribunal?

— Liberaram. Eu ia depor hoje, mas acabou não rolando. Agora, vou ter de voltar lá amanhã. Advogados babacas!

— O caso é sobre o quê?

— Agressão por arma mortífera com tentativa de assassinato.

— Assalto?

— Foi. Um cara assaltou um executivo que saía de uma reunião que acabou tarde. O bandido faturou um relógio de pulso de grife, uma pasta e uma aliança de casamento. O pior foi que deu coronhadas na cabeça da vítima com a arma porque o pobre homem pediu que ele não levasse sua aliança. Pegamos o cara no flagra com o relógio roubado, mas o mané veio com um papo de que tinha achado o relógio na rua. A vítima o apontou na delegacia, escolhendo-o entre vários suspeitos, mas o bandidinho insistiu que era um caso de reconhecimento equivocado, e ainda conseguiu um tira bonzinho que deixou furos no boletim de ocorrência, e isso ajudou a sustentar o papo-furado. O advogado do mané alegou que a vítima estava desorientada pelo golpe e não poderia reconhecer o agressor direito. Disse que o relógio não pode ser ligado diretamente ao crime, pois é uma marca e um modelo muito comuns.

— E como a coisa vai acabar?

— Não vai dar em merda nenhuma. — Ele pegou mais pretzels e os lançou na boca. — Uma perda de tempo para mim e para os contribuintes. O pior é que o agressor já foi fichado três vezes. Acho que reconheceria a culpa para ganhar uma pena leve se o tira que preencheu o boletim não fosse novato e burro. E você, vai beber alguma coisa?

— Vou numa cerveja. — Eve fez sinal para o barman, erguendo dois dedos. — Obrigada por arrumar um tempinho para mim, Dwier.

— Tendo uma cerveja na mão, não me importo de perder uns minutos. Você já leu os arquivos, Dallas? Os dados estão todos lá.

— Às vezes ficam faltando as impressões pessoais do tira envolvido.

— Quer minhas impressões sobre Fitzhugh e Mary Ellen George? Acho que eles teriam que evoluir muito para alcançar o nível de escória. Fitzhugh... — Dwier entornou o resto da cerveja de uma vez só. — Canalha arrogante. Nunca demonstrou medo, nem quando o encarceramos. Ficou simplesmente sentado ali, rindo com cara de deboche, oculto pelos seus advogados cheios da grana Foi esperto o bastante para manter a boca fechada, mas dava para ver tudo nos seus olhos. Ficou ali pensando: "Vocês, tiras, não conseguirão nem encostar em mim." No fim, estava certo.

— Você conversou com as vítimas e seus pais?

— Claro. — Ele soltou o ar pelas bochechas, com força. — Foi barra-pesada. Crimes sexuais são sempre imprevisíveis, e quando há menores envolvidos é pior. Você sabe como é.

— E como! — Eve também fora menor de idade, um dia. E quando estava na cama daquele hospital, violada e com o braço quebrado, tinha percebido no tira que tentara conversar com ela a mesma expressão que via nos olhos de Dwier agora. Um ar de pena e cansaço.

— Algum parente de um dos menores atacados lhe pareceu o tipo de pessoa que iria atrás de Fitzhugh? Alguém jurou vingança, ameaçou pegá-lo lá fora ou algo assim?

— Você o culparia por isso?

— Isso não tem nada a ver com meus sentimentos pessoais, nem com os seus. O foco é a investigação, Dwier. Fitzhugh foi executado, e Mary Ellen George também, bem como outros. Meu trabalho é descobrir quem apertou o botão.

— Pois eu não gostaria de desempenhar o seu trabalho. — Ele pegou a segunda cerveja. — Ninguém que tenha trabalhado no caso

Fitzhugh ou no de Mary George vai derramar uma única lágrima por eles.

— Não quero lágrimas, quero informações. Estou pedindo a um colega de corporação que me ajude.

Ele olhou para a cerveja com cara amarrada e sorveu um pouco do colarinho branco junto à borda do copo

— Não sei dizer se algum dos membros das famílias agiu de forma estranha ou inesperada. Quase todos estavam arrasados. As crianças que ele estuprou se sentiam constrangidas, apavoradas e culpadas. As famílias que vinham dar queixa pareciam sempre destroçadas, e as crianças exibiam um pavor visceral, mas todos queriam fazer a coisa certa. Todos queriam colocar o agressor atrás das grades, para ele não ter a chance de tocar em mais nenhuma criança.

— Você pode me fornecer algum nome?

O olhar dele se fixou no dela. Não havia pena, agora.

— Os nomes estão protegidos, você sabe disso.

— O Serviço de Proteção à Infância barrou meu pedido para acessar os casos lacrados. Estou lidando com uma organização terrorista que desenvolveu uma tecnologia tão avançada que nenhum dos especialistas que trabalham comigo já viu. Existem ligações entre as vítimas, e acho que uma dessas ligações seja alguém prejudicado pelos que morreram.

— Não vou lhe entregar nenhum nome de bandeja. E vou ser franco: tomara que eles continuem a barrar seu mandado. Não quero ver essas pessoas chapinhando na lama do passado novamente. É claro que você tem seu trabalho, e dizem que é boa no que faz, mas não posso lhe ajudar mais do que a lei permite. Obrigado pela cerveja.

— Tudo bem. — Eve se levantou e colocou algumas fichas de créditos sobre o balcão. — Você conhece Clarissa Price, assistente do Serviço de Proteção à Infância?

— Claro. — Dwier pegou mais alguns pretzels. — Ela ajudou algumas das vítimas desses casos que você está investigando. Se planeja arrancar os nomes das vítimas dela, está perdendo tempo. Ela não vai abrir o bico.

— É uma funcionária dedicada?

— Totalmente.

— Dedicada o bastante para contornar a lei quando não gosta dos resultados da justiça?

Os olhos dele permaneceram sem expressão.

— Tenente, se eu tivesse de falar alguma coisa a respeito disso, seria o seguinte: ela segue as regras. Nem todo mundo gosta delas, mas regras são regras, pelo menos até alguém inventar outras melhores. Posso lhe perguntar uma coisa?

— Claro.

— Tiras que investigam homicídios são diferentes, todo mundo na polícia sabe disso. Você não se incomoda, no fundo, por estar trabalhando para a escória da sociedade, como esses caras eliminados?

— Não escolho as vítimas cuja morte investigo, Dwier. São elas que me escolhem. Boa sorte no tribunal, amanhã.

Ela saiu do bar e permaneceu sentada por algum tempo dentro da viatura. Havia muita coisa incomodando-a nesse caso, pensou. Uma delas era seu instinto, que lhe dizia que algum tira bom ultrapassara os limites da lei em algum ponto do caminho.

Se Dwier não era membro dos Buscadores da Pureza, tinha o perfil certo para se juntar ao grupo.

Quando Eve chegou em casa, viu Mira descendo pela escadaria que dava no saguão.

— Eve. Já estava indo embora.

— Tínhamos marcado alguma consulta?

— Não, não. Dei uma passadinha aqui para lhe trazer o perfil que me pediu. — Mira parou na base dos degraus, com uma das mãos bem cuidadas pousada sobre o corrimão de madeira muito polida. Seus cabelos castanhos estavam levemente ondulados e emolduravam lindamente seu rosto suave e feminino. Sua boca exibia um tom pálido de rosa e os olhos eram num tom azul de verão.

Seu terninho com cor de girassol tinha um caimento leve. Era muito estiloso, de um jeito clássico, e combinava com as pérolas que Mira adorava usar.

Era perfeita, muito feminina, dona de um ar extremamente reconfortante. Mira montava os perfis psicológicos dos maiores criminosos do país, e seu trabalho era respeitadíssimo. Ela também era a psiquiatra que trabalhava diretamente com o Departamento de Polícia da Cidade de Nova York.

— Obrigada, doutora, mas a senhora não precisava se desviar do seu caminho para me trazer isso.

— Precisava passar por aqui. Queria ver McNab.

— Oh. — Na mesma hora, as mãos de Eve se esconderam nos bolsos. — Tudo bem.

— Será que dá para conversarmos por alguns minutinhos? Sei que vocês têm um terraço imenso e ajardinado do lado da sala de estar. Adoraria sentar um pouco ali.

— Ah. — Eve pensou no seu escritório e no monte de trabalho que tinha à sua espera. — Tudo bem. Vamos até lá.

— A senhora deseja beber algo para se refrescar, doutora? — Summerset se materializou como uma sombra no canto do saguão. — Um pouco de chá? Quem sabe um vinho?

— Obrigada, aceito sim. Adoraria um cálice de vinho.

Antes de Eve ter chance de falar alguma coisa, Mira enlaçou o braço ao dela e a levou até a sala de estar.

— Sei que você tem pilhas de trabalho pela frente, mas prometo não roubar muito do seu tempo. Você teve um dia difícil. Aquela entrevista coletiva não deve ter sido agradável.

— A senhora é mestra em atenuar os fatos. Na verdade, foi horrível. — Eve abriu as portas que davam para o terraço e as duas saíram.

Como tudo que tinha a ver com Roarke, o local fora lindamente planejado e executado.

O terraço propriamente dito fora pavimentado com muitas pedras de tamanhos, tons e formatos diversos, e o piso seguia em curvas suaves que se misturavam às trilhas de um pequeno jardim. Havia cadeiras e mesas de ferro trabalhado, com tampos de vidro. Os móveis estavam colocados entre vasos imensos de onde flores transbordavam, cercadas de pequenas árvores de bonsai floridas. Além da curva, os jardins explodiam com as cores do verão.

O sol do fim de tarde escorria em tons dourados, refletindo-se nas pedras e se filtrando pelas treliças cobertas de parreiras e flores em um tom vívido de azul.

— Que lugar charmoso! — Mira se sentou junto a uma das mesas. — Se eu morasse aqui, receio que iria acabar vindo para cá a cada oportunidade que tivesse, para observar a natureza e me perder em devaneios. — Ela sorriu. — Você costuma devanear, Eve?

— Acho que sim. — Ela se sentou e se perguntou se devia analisar a pasta pessoal de Dwier novamente. — Não muito, para falar a verdade, doutora.

— Pois devia. Seria bom para você. Quando eu era menina, costumava me encolher no peitoril da janela da biblioteca do meu pai. Era capaz de ficar viajando em pensamentos uma tarde inteira, se me deixassem. Meu pai é professor, alguma vez eu lhe contei isso? Conheceu minha mãe em um dia em que feriu os dedos ao cortar tomates, quando preparava um sanduíche. Sempre foi meio desajeitado. Ela fazia residência, atendia na emergência, e ele foi encaminhado para ela.

A doutora Mira riu um pouco e ergueu o rosto na direção do sol fraco. O calor suave aqueceu-lhe a pele e alcançou as maçãs do rosto.

— É estranho eu me lembrar disso agora, mas é uma doce recordação. Os dois estão semiaposentados. Moram em Connecticut com Spike, seu velho cão, e têm uma pequena horta onde plantam, veja só, tomates.

— Que lindo — comentou Eve, e realmente era. Além de desconcertante.

— Você deve estar se perguntando o porquê de eu estar lhe contando tudo isso. Obrigada, Summerset — agradeceu ela, quando o mordomo trouxe duas taças de vinho e uma pequena bandeja com canapés. — Isso está apetitoso!

— Espero que aprecie, doutora. Pode me chamar se precisar de mais alguma coisa.

— Não estou contando isso por nenhuma razão em especial, Eve — confessou a médica quando Summerset voltou para dentro de casa. — Acho que a tranquilidade deste cantinho me fez lembrar os meus pais e curtir esse momento. Nem todo mundo tem uma infância equilibrada e tranquila.

— Não tenho tempo para uma sessão de análise agora, doutora — começou Eve, mas Mira cobriu sua mão com a dela.

— Não falo especificamente de você. As crianças que foram prejudicadas por essas pessoas vão ter muita coisa para superar, e você compreende bem isso.

— Compreenderia também a vontade de assassinar quem nos fere?

— Isso é um assunto diferente, e eu me pergunto se você conseguiria separar uma coisa da outra. O que você fez foi provocado por dor, medo e falta de opção. Foi para se proteger, para salvar a própria vida. O que temos agora é algo frio, calculado, meticuloso. É organizado e pomposo, na falta de uma palavra melhor. Não se trata de autodefesa. É arrogância.

A tensão no ombro de Eve aliviou um pouco.

— Doutora, eu estava começando a me perguntar se era só eu que via as coisas desse jeito. Estava me achando muito severa porque, se não encarasse a coisa desse modo, o que aconteceu comigo se tornaria um caso semelhante.

— Você matou para viver. Esse grupo vive para matar.

— Gostaria de ver essa frase numa porcaria de comunicado à mídia. — Eve pegou sua taça de vinho e tomou um gole.

— Quem quer que tenha montado esse grupo e ocupa o cargo mais alto na hierarquia certamente é inteligente, organizado e persuasivo. As outras pessoas devem ter sido atraídas e recrutadas para exercer funções técnicas altamente especializadas. Todos eles compreendem o poder da mídia e precisam do apoio da opinião pública.

— Estão se saindo muito bem, nesse ponto.

— Sim, até agora. Não creio que o fato de essa infecção estar sendo usada para eliminar pessoas seja uma coincidência. Trata-se de mais um símbolo. Nossos filhos foram infectados por esses monstros. Agora nós os infectamos porque a lei não pôde ou não quis fazê-lo. O uso da palavra *guardião* representa outro símbolo. Vamos proteger vocês. Todos estarão seguros, agora que estamos aqui.

— Quanto tempo mais vai levar, antes de eles resolverem expandir seus horizontes?

— Se permanecerem impunes? — Mira provou um pequeno canapé circular de pão com queijo cremoso. — Grupos como esse tendem a evoluir. Quando são bem-sucedidos, costumam buscar outros modos de utilizar suas habilidades e sua influência. Hoje é o predador de crianças, amanhã será o assassino que escapou da condenação. Depois virão os ladrões de rua, os viciados. Se a cidade de Nova York vai ser purificada por completo, todas essas infecções sociais deverão ser eliminadas.

— Acho que pelo menos um tira está envolvido. E uma assistente social. Algumas famílias das vítimas também ficaram muito indignadas.

Mira concordou, como se já tivesse pensado nisso.

— Procure por pessoas que tenham ligação com as vítimas e que também desempenhem funções que exijam habilidades específicas e elevadas. Neurologia, ciência da computação, física, sociologia, psiquiatria. E procure alguém que tenha muito dinheiro. As pesquisas e os equipamentos necessários aqui exigem financiamentos elevados. Você deve esperar outra morte e outra declaração muito em breve, porque eles precisam manter essa história em primeiro plano.

Os Buscadores da Pureza se lançaram em uma missão, Eve, e usam nossas crianças como combustível para seus atos.

— Vão precisar divulgar uma declaração explicando direitinho ao público o que aconteceu com Halloway, com Feeney e com McNab.

— Sim. — Mira observou um beija-flor iridescente como uma joia que se aproximou de uma flor em meio a um borrão de asas. — E tenho certeza de que essa declaração será muito bem escrita.

Eve girou o copo sobre a mesa de vidro, formando pequenos círculos.

— Roarke e eu já batemos de frente por causa disso. Estamos próximos da mesma linha divisória, eu suponho, mas não exatamente do mesmo lado.

— Pois eu diria que isso é muito bom.

— Por quê? — quis saber Eve, surpresa.

— Vocês não são a mesma pessoa, Eve, e nenhum dos dois gostaria de ter uma única cabeça. Enxergar isso por ângulos diferentes servirá, eu acredito, para ajudar ambos a se manterem honestos e interessados um no outro.

— Pode ser, mas até agora só conseguimos nos irritar mutuamente.

— Faz parte do casamento.

— No nosso, essa é uma parte imensa. — Mas os ombros dela relaxaram um pouco mais. — Vai nos manter honestos, um em relação ao outro — murmurou. — Talvez. E quanto à senhora? Já conversou com Feeney?

— Ele ainda não está pronto, mas está lidando bem com tudo o que aconteceu. O trabalho ajuda a curá-lo, como acontece com você.

— E quanto a McNab?

— Não posso lhe contar os detalhes do que conversamos. É confidencial.

— Tudo bem. — Eve observou os pequenos caules das parreiras entrelaçadas e as flores muito azuis. — A senhora poderia me aconselhar se eu deveria ou não afastar McNab da investigação, por causa do problema que ele está enfrentando? Na semana que vem, Roarke vai levá-lo a uma clínica na Suíça, especializada nesse tipo de lesão, mas nesse meio-tempo será que é aconselhável ele continuar trabalhando? Não deveria estar ao lado da família, ou algo assim?

— Ele está em família. Mantendo-o na equipe e valorizando sua habilidade e seus recursos, você o está ajudando a enfrentar o problema de frente. O que você está fazendo por ele no momento é muito mais do que qualquer coisa que eu pudesse fazer. Quer dizer então que Roarke já entrou em contato com a clínica Jonas-Ludworg? Isso é típico dele.

— É um lugar bom?

— Não existe nada melhor no mundo.

— Certo. — Ela pressionou a testa com a base das mãos, mostrando preocupação. — Isso é ótimo.

— Você teve um dia terrível, não foi?

— Nossa, foi péssimo.

— Espero que surja alguma boa notícia logo.

— Soube de uma boa novidade hoje. — Eve baixou as mãos. — Mavis está embuchada, segundo palavras dela.

— Como assim? Ela foi atacada?

— Nada disso. Foi Leonardo.

Mira apertou a mão contra o peito e um ar de choque se irradiou do seu rosto.

— Leonardo? Leonardo *agrediu* Mavis?

— Agrediu? Não, ele a embuchou. A senhora sabe como é. Ele a engravidou! — Confusa, Eve balançou a cabeça e começou a rir. O sol se punha. — Lembra como funciona, doutora? O espermatozoide penetra no óvulo. — Ela riu, no que acabou se transformando na primeira gargalhada genuína do dia. — Ela está grávida.

— Grávida? Mavis está grávida? Embuchada. Minha nossa, tinha até esquecido *essa* expressão. Isso é uma grande novidade. Eles estão felizes?

— No sétimo céu. Ele já está desenhando modelos para quando a barriga dela crescer.

— Que lindo. Isso vai ser uma gracinha de ver. É para quando?

— O quê? Ah, sim! Mavis disse que ele deve nascer em março. Ela já está escrevendo uma nova música onde fala do bebê. "Embuchada por Amor" é o nome da canção.

— Pelo visto, vai ser mais um sucesso. Eles serão pais maravilhosos e especiais. Como você se sente a respeito disso, tia Eve?

Uma fisgada atingiu em cheio a boca do estômago de Eve ao ouvir isso.

— Como me sinto? Com vontade de agredir quem me chamar de tia, mesmo que seja a senhora, doutora.

Rindo muito, Mira se recostou.

— Isso vai ser fascinante de acompanhar — reagiu a médica. — Se você tornar a se encontrar com Mavis antes de mim, por favor, mande-lhe meu carinho e meus parabéns.

— Claro, pode deixar. — Eve deu mais uma olhada discreta no relógio de pulso.

— Vejo que você está ansiosa para voltar ao trabalho. Importa-se de eu ficar aqui mais um pouquinho, sozinha, enquanto termino meu vinho?

— Claro que não, fique à vontade. É que eu realmente preciso voltar ao trabalho.

— Boa sorte. — Quando Eve entrou, Mira tomou mais um gole do vinho, lentamente, olhou para as flores e para o beija-flor com cores cintilantes. E deixou-se perder em devaneios por algum tempo.

* * *

Eve deu uma passada no laboratório antes, mas saiu em seguida. Estavam rolando discussões, debates e trocas de ideias naquele jargão técnico que sempre lhe provocava dores de cabeça.

Decidindo que eles a avisariam se pintasse algo novo nos testes, entrou na sala que Baxter usava como escritório.

— Quais são as novidades?

— Consegui muitos nomes ligados a uma ou mais das vítimas. São tiras, advogados, assistentes sociais de crianças, médicos e um monte de pessoas que abriram processo, mas não pediram para que os dados fossem lacrados. Restringi a pesquisa aos nomes que apareceram em pelo menos dois casos ligados às vítimas, e fiz uma varredura neles. Acabei de enviar os dados para o seu computador. Nossa amiga Nadine Furst foi a jornalista que cobriu o julgamento de Mary Ellen George, e o babaca do Chang serviu de ligação com a imprensa.

— Como sempre. — Ela se encostou à quina da mesa. — O que diz seu instinto, Baxter?

— Acho que se houver algum familiar das crianças envolvido nos crimes, o que certamente é o caso, estão nos arquivos lacrados. Quando alguém carrega mágoas e planeja vingança, prefere manter a privacidade.

— É, cheguei à mesma conclusão. E se a pessoa for se abrir com alguém a respeito do caso e da dor que lhe foi causada, será com alguém que viveu o drama de perto. Alguém que conheça o problema, que fique ao seu lado e ao lado dos seus.

— Você está desconfiada de Clarissa Price?

— Ando pensando muito nela. Você sabe alguma coisa sobre o sargento-detetive Dwier, da Décima Sexta DP?

— Nada que não esteja nas pastas que pesquisamos. Você quer que eu dê uma olhada por aí?

— Sim, mas na surdina. — Eve hesitou. — Você se incomoda com isso?

— Em xeretar sobre um colega de farda? — Baxter soprou o ar com força. — Me incomodo um pouco, sim, mas acho que é normal me sentir assim. Todo tira sente isso, a não ser que trabalhe na Corregedoria, não acha?

— É isso aí. Você pode forçar a barra da lei, pode até ampliar um pouco o limite do que é aceitável, mas não deve ultrapassar a fronteira. Quando isso acontece, você deixa de ser tira e passa para o outro lado. Acho que Dwier ultrapassou essa fronteira, Baxter. Pelo menos, meu instinto me diz que sim.

Ela se afastou da mesa e caminhou pela sala.

— Você já trabalhou com Trueheart algumas vezes, certo, Baxter?

— Sim. É um bom garoto. Ingênuo demais, mas tem muita vontade de aprender.

— Se eu o colocar na equipe, você arruma alguma tarefa para ele?

— Por mim, tudo bem. Posso passar para ele algumas coisinhas que... — Ele se recostou na cadeira e pigarreou. — Dallas, você está me pedindo para treiná-lo?

— Não, apenas... Tudo bem, estou. Mais ou menos. Você tem uma patente que lhe permite isso, e é muito qualificado. Ele precisa de alguém que possa lapidá-lo e tirar um pouco da sua ingenuidade sem tirar seu brilho nem sua garra. Está interessado na tarefa?

— Tudo bem. Posso usá-lo nessa... situação especial. Vamos ver como ele se sai.

— Ótimo. — Ela se encaminhou para a porta, mas parou. — Baxter, por que você saiu da Divisão Anticrime e veio para a de homicídios?

— Não conseguia ficar longe de você, gatinha. — Ele piscou de um jeito sugestivo, mas quando ela continuou olhando com a cara séria, encolheu os ombros. — Sei lá, Dallas. Eu me sentia inquieto. Queria trabalhar com homicídios. Aqui não existe tédio.

— É verdade — ela concordou.

Ele lhe lançou um olhar sedutor.

— Deixe de ser babaca — reagiu Eve, virando-se e dando de cara com Roarke. Nossa, ele conseguia aparecer do nada, como um fantasma.

— Desculpem interromper um momento tão terno — afirmou ele —, mas acabamos de preparar um segundo escudo e vamos rodar o programa em um dos computadores de Fitzhugh.

— Quem venceu o cara ou coroa dessa vez?

— Concordamos, depois de alguma discussão, que o primeiro operador permaneceria na função. — Ele sorriu. — Você prefere acompanhar a ação daqui ou da sua sala?

— Vamos todos para a minha sala. É maior. — Ela agarrou o punho dele com força. — Nada de heroísmo, viu?

— Eu nunca me qualificaria para o papel de herói.

— Se eu mandar encerrar a operação, você deve parar na mesma hora. — A mão dela escorregou por sobre a dele, até seus dedos se entrelaçarem. — Entendeu direitinho?

— Em som alto e claro. Você é quem manda aqui, tenente.

Eve bebeu café porque precisava de algo para fazer com as mãos. Feeney se sentou diante da mesa dela, comandando uma unidade secundária que eles haviam trazido para funcionar como apoio e centro de controle. Se algo desse errado no laboratório lacrado, eles poderiam derrubar o sistema a partir dali.

Jamie não saía de perto de Feeney. Estava tão grudado que eles pareciam um único corpo com duas cabeças.

— Por que não podemos fazer tudo remotamente, sem ninguém diante da máquina? — quis saber Eve.

— Porque perdemos o instinto do operador — McNab explicou. — Você precisa de alguém exatamente ali, diante do computador infectado, para tomar decisões em centésimos de segundo.

— Além do mais... Ai! — Jamie esfregou a barriga no lugar onde Feeney lhe dera uma cotovelada.

— Além do mais o quê? — exigiu Eve. — Não me venha com esse papo de solidariedade entre especialistas. Qual é o lance, McNab?

— Tudo bem, eu conto. Em termos simples, não dá para ter certeza de que o escudo vai conseguir filtrar a infecção pela interface. Ela poderia se espalhar, e provavelmente fará isso, de uma máquina para outra. Estamos achando que foi assim que o vírus penetrou nos oito computadores recolhidos na casa de Fitzhugh. Quando um deles se infecta, todos os computadores da rede são contaminados. É um sistema eficiente, rápido e completo. Portanto, se usássemos um computador remotamente, o vírus poderia vazar para a unidade de controle e infectar a rede toda.

— Precisamos de respostas para confirmar essa teoria — acrescentou Jamie. — Se ela for confirmada, criaremos um escudo específico para evitar a disseminação do vírus. A prioridade agora é proteger o operador enquanto ele extrai mais dados. Ao lidarmos com um computador remoto em um sistema de redes múltiplas, os computadores compartilham uma linguagem que tem certas afinidades. É como se conversassem entre si, entende? As máquinas infectadas falam idiomas diferentes, mas com certas compatibilidades entre si. Como o espanhol e o português, por exemplo. Está sacando?

— Estou — confirmou Eve. — Continue falando.

— Eu e McNab estamos trabalhando no que poderíamos chamar de acerto de tradução. A partir dele, podemos entrar no sistema, rodar simulações. Instalaremos um escudo para o sistema inteiro. Então, talvez consigamos ligar o programa ao CompuGuard, o sistema de controle globalizado. Se conseguirmos isso, vamos proteger a cidade inteira.

— Não se empolgue demais, não, Jamie, uma coisa de cada vez.

— Feeney olhou para o telão e viu Roarke prendendo os sensores em si mesmo.

— Vamos analisar seus dados clínicos. Tudo bem?

— O.k.

— Os índices médicos do seu organismo estão normais. Pode ir em frente.

— Entrando no sistema — avisou ele.

Eve não tirou o olho do telão nem por um segundo. Roarke tinha prendido seu cabelo, como às vezes fazia, quando procurava se concentrar no trabalho. Sua camisa estava aberta e solta, de cima a baixo. Suas mãos velozes e firmes colocaram o disco na máquina com precisão.

— Carregando o filtro; a estimativa é de setenta e dois segundos até o sistema carregar por completo. Agora, vou inserir o decodificador criado por Jamie. Quarenta e cinco. Vou rodar o diagnóstico a partir do ponto em que ele parou na última tentativa. Acionando sistema multitarefa com pesquisa e busca por quaisquer programas instalados nesta máquina nas últimas duas semanas.

Ele trabalhava manualmente, os dedos ágeis e firmes teclando enquanto descrevia cada passo com sua voz direta, fria e linda:

— As cópias dos discos e de todos os dados foram solicitadas ao sistema durante o acesso. O upload foi completado. Estamos protegidos. Muito bem, Jamie, bom trabalho — elogiou. — Os dados começam a aparecer com clareza. Epa, o que é isso? Está vendo esses dados estranhos que estão surgindo no monitor, Feeney?

— Sim, estou vendo. Espere um instantinho. Humm...

— Que foi? — Eve sacudiu o ombro bom de McNab. — Do que eles estão falando?

— Cale a boca! — Sua concentração era tão intensa que ele nem reparou quando o queixo de Eve caiu ao vê-lo chamar a atenção dela ao mesmo tempo que levava a cadeira mais para perto da tela. — Puxa, isso é demais! — Esquecendo o seu estado, ele tentou se levantar do assento, mas sua mão paralisada escorregou do braço da cadeira.

Por um momento ele se sentiu petrificado. Eve se emocionou ao perceber o olhar de pânico e choque que surgiu em seu rosto. Então ele ajustou a cadeira com cuidado, colocando-a em uma posição mais alta e mais firme, de onde teria uma visão melhor do monitor.

A sala se encheu de expressões técnicas novamente, perguntas curtas, comentários e observações tão estranhas que, para Eve, era como se todos estivessem falando em grego.

— Alguém quer ter a bondade de falar na minha língua?

— Isso é brilhante. Eu deveria ter percebido como tudo funciona da primeira vez. — Roarke apertou várias teclas ao mesmo tempo, comandando tudo por instinto. — Ai, droga! O sistema está tentando se desligar. Espere um pouco, filho da mãe. Ainda não acabei com você!

— O escudo está começando a ceder — alertou Feeney.

— Desligue! — ordenou Eve. — Desligue tudo agora!

— Ainda estamos com noventa por cento. Segure sua onda, tenente.

Antes de ela repetir a ordem, Feeney a tranquilizou.

— Ele está numa boa, Dallas. Os sinais clínicos dele estão todos normais. A pulsação desse cara não acelera nem diante de uma pressão dessas. Ele deve ter gelo nas veias. Roarke, vá para o ponto de proteção e tente um...

— Já estou no meio do fogo. — A voz dele era um murmúrio e o sotaque era tão irlandês quanto um ramo de trevos. — Já tentei fazer o que você quer. Canalha esperto. Olhe só, veja só isso! O sistema só pode ser interrompido por comando de voz, não dá para desligá-lo manualmente. Porra, já era!

Eve viu o instante em que o monitor pareceu entrar em erupção, com explosões em preto e branco. Roarke tirou os discos da máquina um segundo antes de se ouvir, pelos alto-falantes, o som forte e desagradável de algo sendo triturado; logo depois, uma pequena nuvem de fumaça escura saiu da parte de trás do computador.

— A máquina torrou — comentou Jamie.

Capítulo Treze

— A máquina foi completamente destruída — Roarke continuava com a camisa aberta e já tinha removido os sensores —, mas deu a vida por uma boa causa.

Ele girou um dos discos na mão e afirmou:

— Este aqui deve estar limpo, e nada do programa vazou para o drive externo. De qualquer modo, é melhor que os outros discos sejam marcados e reservados para testes, depois que tivermos extraído o programa inteiro. Por enquanto, essa cópia vai nos servir. Jamie, comece a analisar todos os dados amanhã de manhã.

— Posso começar hoje mesmo.

— Você vai comer alguma coisa agora, e depois pode tirar duas horas para recreação. Se achar que ainda dá para trabalhar por mais uma hora depois disso, uma horinha apenas, tudo bem. Quero você na cama, com as luzes apagadas, à meia-noite. Se você não deixar o cérebro descansar, ele não vai me servir de nada.

— Caraca, nem minha mãe é tão rígida.

— Acontece que eu não sou sua mãe. Feeney...

— É melhor não me mandar para a cama, garotão. Tenho idade para ser *sua* mãe.

— Eu ia apenas perguntar se você estava a fim de jantar comigo. Aliás, seria uma boa para todos nós.

— Guenta aí! Espere um instantinho só! — Frustrada, Eve ergueu as duas mãos. — Ninguém vai comer nada enquanto eu não receber uma explicação básica. O que vocês conseguiram e o que isso tudo significa? E se alguém vier falar comigo em computês, em vez de usar minha língua, todo mundo vai jantar comida de coelho.

— Caraca, ela ainda é mais dura de roer que ele — resmungou Jamie.

— Abram o bico! — ordenou Eve.

— Roarke conseguiu a frequência — informou McNab. — E o espectro. Mais um minutinho e teríamos conseguido também a pulsação e a velocidade.

Roarke tirou o elástico dos cabelos, que se soltaram e escorreram como uma chuva negra. Em seguida, informou:

— Falando de forma clara, tenente, se insistirmos um pouco mais nessa linha de ação, vamos isolar seu vírus.

— Conseguiram descobrir a forma de infecção? — quis saber ela.

— Provavelmente. Há ainda alguns dados para serem analisados, mas pelo que consegui ver quando os dados rolavam na tela, aposto que o método usado foi simples: um e-mail.

— Eles mandaram o vírus por e-mail? Uma porra de um simples e-mail? — Eve torcia para que a coisa fosse simples, mas isso era quase um insulto. — Não dá para infectar o computador de ninguém por e-mail. O sistema CompuGuard impediria...

— O CompuGuard nunca viu nada desse tipo — interrompeu Roarke. — Meu palpite é que... — Ele parou de falar e fez um gesto de condescendência. — Vá em frente, Jamie, explique você, antes que sua empolgação transborde.

— Vamos lá — assentiu o garoto —, acho que já saquei como o lance rola, mas ainda preciso verificar como foi que eles conseguiram.

Devem ter encapsulado um arquivo doc, depois compactaram tudo para ficar indetectável e então...

— Você quer comer rabanete com alface? — perguntou Eve, com toda a calma.

— Tudo bem. — Ele ajustou a mente para explicar tudo em termos comuns. — Eles anexaram o vírus a um e-mail, mas ele não apareceu como anexo, e quem o recebeu não foi alertado. Quem enviou sabe se o sistema foi infectado fazendo uma varredura simples ou recebendo a informação de que o e-mail foi lido. O download é muito rápido, para não alertar o operador. O vírus teve de conversar com o sistema e fechar temporariamente os avisos de download. Então penetrou como um documento simples no sistema, só que permaneceu invisível. Não aparece numa pesquisa comum e não tem identidade. Fica só ali, escondido e trabalhando. Esse método de infiltração é iradíssimo.

— Tudo bem, acho que entendi. — Eve olhou para Roarke. — Se isso podia ser feito, como é que você nunca soube dessa possibilidade?

— Pois é, tenente. Estou passado e humilhado.

— E eu estou morrendo de fome. — Jamie deu um tapinha na barriga. — Tem uma pizza de pepperoni por aí?

Eve comeu duas fatias e refletiu bastante em meio à refeição barulhenta e confusa; deixou a mente vagar por alguns instantes, analisou o caso e voltou à mesa onde todos se reuniam.

Não tinha certeza do momento exato em que a ficha caiu. Talvez tenha sido quando Feeney roubou um pouco de massa do prato de Roarke, ou quando Jamie ofereceu mais um pedaço de pizza para McNab no instante em que ele esticou o braço para se servir. Talvez a sensação estivesse ali o tempo todo, e esperou por aquele instante para se tornar óbvia.

Mira dissera exatamente isso no terraço. Família.

Era isso que as famílias faziam, percebeu. Era isso que ela nunca tinha vivenciado quando criança. Refeições barulhentas e confusas, com todo mundo falando ao mesmo tempo. Não era tão irritante quanto parecia.

Piadinhas idiotas e trocas de insultos casuais.

Eve não sabia como encarar isso quando se tratava de si mesma, mas conseguia ver o que significava aquele padrão de comportamento quando algo ou alguém danificava parte do todo.

Ele se desfazia, mas só temporariamente; os fortes o bastante para juntar os pedaços o reconstruíam ou inventavam outro. Mas a ruptura seria permanente para os que não conseguissem fazê-lo. Ou não quisessem.

Ela olhou para McNab. Mesmo ali, com a animação que reinava à mesa, uma sombra de preocupação pairava sobre todos. Se o elo rompido continuasse assim, o resto iria se esfarelar. Mas eles conseguiriam formar um novo padrão, pois essa era a função do grupo, e cada um nunca esqueceria o jeito que as coisas eram, originalmente.

— Tenho um monte de coisas que preciso agitar — informou ela, levantando-se da mesa.

— O Morto-Vivo avisou que íamos comer bolo de chocolate — comentou o garoto.

— Jamie — ralhou Roarke, com a voz suave.

— Opa, foi mal... — reconheceu Jamie, relutante. — O *Senhor* Morto-Vivo, também conhecido como Summerset, disse que teríamos bolo de chocolate.

— E se não sobrar pelo menos um pedacinho para mim, eu te mato quando você estiver dormindo, e você se unirá ao Morto-Vivo no além — ameaçou Eve. — Roarke, preciso falar com você.

No instante em que os dois saíam, Eve ouviu Jamie cochichar:

— Será que eles vão partir para uma transa rapidinha?

O tapa que Feeney deu na cabeça do adolescente foi ouvido de longe.

— Vamos dar uma rapidinha, querida? — perguntou Roarke, agarrando a mão de Eve.

— Quer que eu peça a Feeney para dar um cascudo em você também?

— Sou mais rápido que Jamie para escapar de cascudos. Sua reação significa que *não vamos* lá em cima para dar uma rapidinha, afinal?

— Quantas vezes por dia você pensa em sexo?

— Depende. — Ele olhou para ela com ar distraído. — Você quer saber o tempo exato ou também valem os momentos em que o conceito permanece presente e oculto no subconsciente, como o documento invisível de Jamie?

— Deixa pra lá. Você falou com Mira, esta tarde?

— Não. Fiquei direto no laboratório. Foi uma pena não ter falado com ela. Peabody comentou que Mavis também deu uma passada aqui para conversar algo particular com você. Está tudo bem com ela?

— Ela está embu... — Eve não estava mais a fim de explicar a gíria novamente. — Ela está grávida.

— O quê? — Ele parou de caminhar de repente.

Era sempre um raro momento de prazer ver Roarke com aquela cara de completa estupefação.

— Gravidíssima, como ela mesma definiu. E de propósito, ainda por cima.

— Mavis? A nossa Mavis?

— Primeira e única. Ela apareceu saltando, dançando e girando o corpo. Será que não é perigoso ela ficar pulando que nem uma cabrita daquele jeito? Sei lá, isso pode deslocar a coisinha que está lá dentro, não é? Mas ela está superenergizada.

— Ora, mas isso é... surpreendente — ele decidiu. — Ela está bem?

— Acho que sim, me pareceu ótima. Contou que vomita toda manhã e está adorando. Não entendi muito bem esse lance.

— É... Isso eu também não entendi. Precisamos levá-los para jantar assim que houver chance. É melhor eu dar uma olhada na agenda de gravações e de shows dela. — Roarke sabia tão pouco sobre cuidados e alimentação de gestantes quanto Eve, ou seja, absolutamente nada. — Acho que ela não pode exagerar nas atividades.

— Se o que eu vi hoje à tarde serve de referência, ela está com energia suficiente para fazer tudo o que costuma fazer e mais um pouco.

Quando eles entraram no escritório dela, Eve fechou a porta. Esse ato o fez erguer uma sobrancelha.

— Como você vetou nossa transa, suponho que queira privacidade por alguma razão menos agradável.

— Eles estão barrando meus mandados, e quando um bando de burocratas parte para a briga pelos labirintos da lei, a morte por velhice pode chegar antes de uma petição ser julgada em todas as instâncias. Fiz uma consulta rápida com Mira. Ainda não li o perfil que preparou, mas ela me explicou por alto com o que estamos lidando. Pedi a opinião de Baxter também.

— Eve, o que você precisa que eu faça e que, ao mesmo tempo, preferia não precisar?

— Há pessoas morrendo neste exato momento. Elas não sabem, mas estão infectadas, e para algumas delas já é tarde demais. A coisa vai continuar se espalhando. Um bom tira já morreu. Outro, que é meu amigo... Nossa, custo a acreditar que sou amiga de um idiota... talvez nunca mais consiga andar por conta própria. Algumas das respostas sobre quem está fazendo isso estão em arquivos lacrados.

— Então, basta quebrarmos o lacre.

Ela olhou fixamente para ele. Então, girou o corpo, se afastou e xingou baixinho.

— Isso me tornará igualzinha a eles. Estou disposta a contornar a lei estabelecida por achar que é a coisa certa a fazer.

— Só que eles estão matando pessoas.

— Sim, já disse isso a mim mesma. De qualquer modo, são apenas graus diferentes de transgressão.

— Nada a ver! Você sempre terá consciência, sempre questionará o certo e o errado de cada passo que dá. Vai se matar de preocupação. Você sabe até que ponto pode esticar os limites das regras sem quebrá-las, Eve. Aliás, você jamais faria nada contra a lei. Não conseguiria.

Ela fechou os olhos.

— Eu disse algo semelhante para Baxter. Eles estão utilizando a lei para me atrasar. Não posso deixá-los fazer isso.

— Seria melhor usarmos o meu equipamento secreto.

— Vamos logo com isso, então — concordou ela.

A sala secreta só podia ser acessada por comando de voz e impressão palmar. Apenas três pessoas no mundo tinham autorização para entrar ali.

Havia uma única janela no aposento. Naquele momento, a tela de privacidade da imensa vidraça não estava acionada, mas Eve sabia que esse dispositivo era automático e evitaria que qualquer pessoa corajosa o suficiente para tentar visse o que se passava ali, mesmo pelo ar.

A sala propriamente dita fora projetada de forma quase espartana. Ali era um lugar de trabalho, e trabalho sério. Havia um console largo em forma de U com revestimento preto brilhante, e dali era possível comandar todo tipo de pesquisas, acessos, sistemas de comunicação e de dados. Nada do que estava ali dentro fora registrado no CompuGuard, o todo-poderoso sistema de controle do governo, e, portanto, era ilegal.

Na primeira vez que Eve viu aquela sala, mais de um ano antes, reconheceu que seu nível de qualidade e tecnologia avançada era muito superior a qualquer coisa que existisse na Central de Polícia. E desde aquela primeira vez, muita coisa fora aprimorada ainda mais.

Ela desconfiava que alguns daqueles brinquedinhos eletrônicos ainda nem estavam no mercado.

Havia várias estações de trabalho com monitores, uma unidade holográfica e uma estação auxiliar menor que, naquele instante, exibia orgulhosamente o seu próprio minileitor de hologramas.

Atravessando o piso revestido de lajotões pretos, Eve se interessou pelo novo equipamento holográfico.

— Nunca tinha visto um desses — comentou.

— É um protótipo. Estou rodando alguns testes nele sem registrar nada por enquanto, mas até agora o funcionamento está perfeito.

— Mas é pequenininho!

— Estamos projetando um ainda menor, que cabe na palma da mão.

Eve olhou para ele, espantada.

— Você está de gozação comigo! Um computador de mão com funções holográficas?

— Daqui a três anos, talvez antes, você vai poder carregar um no bolso, como se fosse um *tele-link* de mão. — Colocando a palma da mão no sensor do console, ele disse, em voz alta: — Roarke. Ligar sistemas.

O console ganhou vida em meio a uma explosão de cores. Eve foi até junto de Roarke e colocou a palma de sua mão ao lado da dele.

— Dallas.

Identificação confirmada, querida Eve.

Ela silvou de irritação.

— Por que você faz *isso*? É embaraçoso.

— Querida Eve, o computador, por mais brilhante que possa parecer, é apenas um objeto inanimado que não tem o poder de deixar ninguém embaraçado. Por onde gostaria de começar?

— Com Cogburn. Ele foi a primeira vítima. Pode puxar os dados do meu computador. — Ela informou a Roarke o número da pasta e o código do arquivo onde estavam suas anotações.

Ele acessou os arquivos, copiou e colocou tudo no telão em menos tempo do que ela havia levado para recitar os números.

— Está vendo essa página? Fiz anotações nas partes do arquivo onde achei ligações dele com outras vítimas, seja por meio do policial que trabalhou no caso, assistentes sociais que estiveram envolvidos e também advogados e médicos. Baxter começou a enredar os alvos quando tinham ligação com a ID das vits, mas até agora não tivemos nenhum estalo.

— Estalo?

— Intuição.

— Nenhum estalo nas vits — repetiu Roarke, rindo alto. — E você ameaçou servir comida de coelho para quem usasse gírias técnicas.

— Tá legal! Depois de interrogar os suspeitos identificados que tiveram conexão com as vítimas, o detetive Baxter não encontrou nada que as ligasse ao grupo terrorista Buscadores da Pureza, nem descobriu ligações com base em declarações anteriores, atitude suspeita ou passado dos investigados.

— Eu entendi tudo da primeira vez, querida, mas acho divertidíssimo ouvir você explicar com esses termos oficiais.

— Vamos em frente! — continuou ela. — Os relatórios indicam que houve interrogatórios relacionados a mais dois menores, mas esses registros estão lacrados.

— Vou levar alguns minutos, apenas.

— Ótimo. Vou buscar o café.

— Não. Vamos tomar vinho, dessa vez — propôs ele, enquanto começava a trabalhar no teclado. — Prefiro não entupir o cérebro de cafeína.

— Mas eu preciso me manter ligada.

— Se você ficar mais ligada do que já está, vai sangrar pelos poros. Olha só que interessante — disse ele, olhando para os dados.

— O que houve?

— Foi colocado um bloqueio secundário neste arquivo. Isso é muito incomum em casos com lacres solicitados pela Justiça. Aliás, esse segundo lacre é excelente. Vamos partir para a briga! — anunciou ele, girando os ombros como um lutador prestes a entrar no ringue.

— Quando é que esse segundo lacre foi colocado? — Eve voltou correndo e se debruçou sobre o ombro dele. — Dá para descobrir qual foi a data?

— Nada de conversas! — Ele acariciou-lhe as costas com uma das mãos e continuou a trabalhar no teclado com a outra. — Sim, dá para descobrir. Já vi o seu trabalho antes, meu camarada. Você é bom, muito bom mesmo, mas eu também sou.

— Ele proíbe as conversas e fica de papo com a máquina — resmungou Eve, e como observar a velocidade com que os dedos dele trabalhavam no teclado a deixavam agitada, foi pegar o vinho.

— Te peguei! — Roarke se recostou por um momento e estendeu a mão para pegar o cálice de vinho sem olhar para Eve. — Não teria conseguido tão depressa se eu já não tivesse visto esse tipo de lacre nas duas máquinas que se autodestruíram no laboratório.

Aquilo é que era um verdadeiro estalo, pensou Eve.

— Tem certeza? — quis saber ela.

— Um bom programador desenvolve um estilo pessoal. Pode acreditar: esse lacre foi adicionado pelo mesmo técnico que criou o vírus. Ou a mesma equipe. Duvido muito que isso tenha sido trabalho de uma única pessoa.

— Organizado, meticuloso e habilidoso — concordou Eve. — E cuidadoso. Vamos ver quem eles tentaram esconder.

— Telão três, exibir dados!

— Devin Dukes — leu Eve. — Tinha doze anos na época do incidente. — Ela analisou os dados com um correr de olhos, tentando chegar ao ponto principal. — Vamos lá... Cogburn vendeu um pouco de jazz para o garoto. Seus pais, Sylvia e Donald, entraram na história, encostaram o filho na parede, forçaram a barra com ele e conseguiram a versão completa. Então, levaram o garoto para fazer uma queixa oficial na delegacia, e o sargento-detetive Dwier assumiu o caso.

— Teria sido mais sábio, para os pais, deixar a polícia fora disso.

— Como é que é?! — Eve olhou para ele, com frieza.

— Só uma ideia. Arrastar o garoto até uma delegacia, fazê-lo prestar depoimento. Sacanagem com ele, não foi?

— Um crime foi cometido.

— Certamente. Fico só imaginando se não teria sido mais simples e mais limpo lhe dar uns cascudos em casa, metaforicamente falando, em vez de colocá-lo em uma rodinha de policiais fardados e relatórios.

— Quase nunca torturamos criancinhas hoje em dia, sabia? Elas abrem o bico tão depressa que nem tem graça.

— A palavra tortura tem conotações diferentes para um garoto de doze anos. De qualquer modo... — Ele encolheu os ombros, de forma elegante. — Isso não vem ao caso aqui, não é? Apenas me parece um problema relativamente pequeno para gerar tanto trabalho e acabar oculto por um lacre tão poderoso.

— Cogburn foi preso, identificado e acusado — continuou Eve —, mas os pais haviam jogado as provas na privada. Cogburn alegou que estava bebendo em um bar no dia e na hora em que o garoto disse ter adquirido a droga. O barman confirmou a presença de Cogburn. Provavelmente era mentira. Espeluncas como essa protegeriam até mesmo Jack, o Estripador, se ele molhasse as mãos certas. Dwier estragou tudo.

Um ar de irritação tomou conta da sua voz:

— Ele não devia ter acusado Cogburn tão depressa. Por que não o investigou com calma, antes, e interrogou o atendente do bar? Por que não ficou na encolha, acompanhou a rotina do suspeito e o pegou no flagra fazendo outra transação? Acusar um sujeito assim logo de cara só serve para atrair advogados e fazer o suspeito se recusar a falar. Cogburn sabia que Dwier não tinha nada de palpável contra ele, a não ser a palavra do garoto. E olha aqui quem fez o relatório do Serviço de Proteção à Infância: Clarissa Price. Ela afirmou que o menor era teimoso, desafiador, não cooperava com ela e entrava em confronto com os pais. Recomendou terapia de família etc. e tal. Dwier cortou um dobrado para pegar Cogburn, porque a testemunha principal era hostil e inútil.

— Ou seja... O garoto foi sacaneado. Olhe só isso aqui! — continuou ele, depressa, antes que ela tivesse chance de reclamar. — Veja o relatório do Serviço de Proteção à Infância. Clarissa Price declarou que o desempenho escolar do garoto estava em queda livre. Disse que seu comportamento na escola e em casa era lamentável. Ele vivia trancado no quarto, arrumava brigas na rua e assim por diante. A raiz dos problemas não era a compra do jazz, era o próprio garoto e o que acontecia em sua casa.

— Pode ser, mas o resumo de tudo é que os pais agiram com precipitação, o tira teve pressa demais de prender o traficante, a assistente social escreveu abobrinhas, e o sistema não serviu de nada para o garoto.

— Essa é a sua visão geral?

— Só sei que Dwier não cumpriu sua função decentemente nesse caso, mas não sei como analisar o quadro completo. — Ela analisou as informações, distraída, girando nos dedos uma mecha dos cabelos de Roarke. — Sei que os pais só enxergaram o fim da coisa: o sistema falhou. Mas você tem razão, isso não é motivo para esconder tanto o que aconteceu. Tem mais coisa por aqui. Vamos pesquisar a folha corrida de Fitzhugh.

Roarke também encontrou alguns lacres extras ali, mas já pegara o jeito e conseguiu superá-los com facilidade.

— Pessoas que abriram processo contra ele... Jansan, Rudolph... ah, aqui estão eles: Sylvia e Donald Dukes o processaram em nome do filho Devin, que estava com quatorze anos.

— Tudo igual. Clarissa Price foi a assistente social, o investigador do caso foi o sargento-detetive Dwier, tudo se encaixa direitinho.

— Só que tem um...

— Nada de conversas! — ordenou ela.

— *Touchê!* — Roarke retrucou, e se recostou para vê-la trabalhar.

— O garoto foi sodomizado, apresentava marcas roxas e um pulso torcido. O relatório toxicológico afirma que ele tinha ingerido jazz novamente, misturado com álcool. Colocara piercings no pênis e no mamilo. Dwier pegou o caso novamente, mas veja só... foi Clarissa Price quem o convocou para a investigação. Exigiu o nome dele, especificamente. Estava rolando alguma ligação estranha entre eles.

Eve pegou a agenda eletrônica e começou a fazer anotações enquanto coletava os dados.

— O médico que definiu o caso como estupro se chamava Stanford Quillens. Vamos ver se o nome dele aparece em algum momento depois desse. Eles só conseguiram que o garoto informasse o nome de Fitzhugh vinte e quatro horas depois, porque ele se recusava a tocar no assunto. Por que será que eles acharam que o garoto ia querer contar tudo logo de cara? Todos foram confrontar o garoto no dia seguinte, em casa. Clarissa Price, o detetive Dwier, os pais, uma pessoa especializada em terapia de estupro. Qual o nome dela? Marianna Wilcox. Ora, eles deviam ter mandado um homem para fazer terapia no garoto. Um menino estuprado não vai se abrir com uma mulher. Quanta burrice e incompetência! Computador, copiar o texto do interrogatório da vítima e transferir para o meu computador pessoal.

Mas ela leu tudo ali mesmo. Sentiu um gosto amargo na boca e uma fisgada no estômago. Muitas daquelas perguntas lhe eram familiares. Quase todas lhe haviam sido feitas um dia.

QUEM FEZ ISSO COM VOCÊ?
QUEREMOS AJUDAR, MAS VOCÊ PRECISA NOS CONTAR O QUE ACONTECEU.
VOCÊ VAI SE SENTIR MELHOR DEPOIS QUE TUDO PASSAR.

— Conversa-fiada, tudo papo-furado, a gente não se sente melhor coisíssima nenhuma! Às vezes a gente nunca supera. Por que eles não abrem o jogo? Você foi enrabado, garoto, e sentimos muito por ter de enrabar você novamente. Conte como tudo aconteceu, não deixe de relatar nenhum detalhe, para podermos registrar tudo e fazer você reviver o lance desde o início.

— Eve...

Ela balançou a cabeça para os lados com força.

— Eles têm boas intenções, pelo menos a maioria, mas ninguém *sabe* como a coisa é.

— O caso desse garoto é diferente do seu. — Ele se colocou atrás dela, pousou as mãos sobre os seus ombros e começou a massageá-los. — Ele era problemático e procurava encrencas. Sei como é isso. Certamente ele encontrou mais encrencas do que merecia, mas seu caso não tem nada a ver com o seu.

Ela se acalmou e se recostou nele.

— O caso dele também é completamente diferente do seu. Você era mais esperto, mais pobre e não era gay.

— Isso é verdade. — Ele deu um beijo no alto da cabeça de Eve. — A confusão dele a respeito da própria identidade sexual foi, provavelmente, a causa da maioria dos seus problemas comportamentais, e também consequência disso.

— Seus pais também. Temos o velho Donald aqui, que serviu durante oito anos como militar. Foi fuzileiro naval. Uma vez fuzileiro, sempre fuzileiro. A mãe seguiu o caminho da maternidade profissional. Colocaram o garoto em escolas particulares, três instituições em menos de cinco anos. Tiraram-no da escola e o inscreveram no programa de educação doméstica dois meses antes do incidente com Fitzhugh. Havia um irmão menor, também, três anos mais novo. Com ele não houve nenhum problema, pelo menos nada que apareça nos seus dados pessoais. Mesmo assim, eles também o tiraram da escola particular, só por garantia.

— Você reparou na profissão do pai?

— Sim. Ele trabalha com ciência da computação. Mais uma pecinha que se encaixa. — Ela se virou para pegar o café e lembrou que era vinho. Com cara de estranheza, tomou um gole da bebida.

— Devin entregou Fitzhugh, afirmando que foi abordado numa boate, uma noite em que saiu de casa escondido. Admitiu ter usado uma identidade falsa para entrar na casa noturna, confirmou que se sentiu meio zonzo e que Fitzhugh o convidou para uma festinha em seu apartamento. O garoto foi com ele. A maior parte disso tudo provavelmente é verdade, mas a partir daí a coisa fica nebulosa. Ele afirma que Fitzhugh o drogou, mas o nível de toxicidade era muito baixo. O fato é que ele ficou meio doidão e não sabia o que ia rolar. Fitzhugh o levou para sua salinha de diversão e o algemou. O garoto tentou fugir, mas Fitzhugh era mais forte que ele, surrou-o com vontade e depois o estuprou.

— Não deve ter sido a primeira vez. Lobos caçam cordeiros, essa é a sua natureza.

— Só que a coisa parece não ter sido exatamente assim, segundo o relatório. Dwier devia saber que a coisa não rolou desse jeito. Talvez fosse estupro, o garoto era menor de idade e, mesmo o ato tendo sido de pleno acordo, Fitzhugh é um porco. Só que ele não surrou Devin. Quem fez isso foi o pai. Olhe só a ficha de Fitzhugh. Ele nunca espancava as vítimas. Não empregava força. Usava persuasão, oferecia subornos, dava presentes. Tentar montar o caso mostrando o uso de força foi uma das razões para Fitzhugh conseguir escapar.

— Então você imagina que Dwier, provavelmente com apoio do casal Dukes e da assistente Price, tentou montar o caso sem bases sólidas e o lobo acabou lhes escapando pelos dedos.

Eve se sentou diante do console.

— Mentiras, meias verdades e lambança no trabalho policial. Acho que não havia solidez nenhuma para montar esse caso. Quer saber como foi que a coisa rolou? O garoto se esgueirou uma bela noite para fora do quarto. Provavelmente fez isso dezenas de vezes. Os pais tentavam prendê-lo em casa, mas ele não aceitava e sempre escapava. Ele não é um sujeito machão como o pai. Também não tem nada a ver com o irmãozinho babaca com cara de anjo. Provavelmente já frequentava alguma boate gay. Aposto que não saía de noite em busca de uma garota. Fitzhugh, que também circulava por ali, farejou carne nova no pedaço, certa noite. Pagou um drinque para o garoto; talvez tenha lhe oferecido algumas drogas ilegais. "Podemos ir até minha casa, lá tem muito mais." O garoto está meio zonzo e topa a parada. Fitzhugh age como de hábito, mas o efeito da droga passa, o garoto fica menos zonzo e se liga no lance.

— Seu quadro não é mais bonito que a versão oficial.

— Não é mesmo — concordou Eve —, mas acho que é a versão correta. O garoto tem quatorze anos. Está revoltado, sente-se confuso e também envergonhado. Vai para casa e tenta entrar às escondidas, mas é pego pelos pais. Está fedendo a álcool, tem jeito de quem transou e o pai perde as estribeiras. Agarra-o pelos pulsos e dá umas porradas no filho. Há muitas lágrimas, gritos e recriminações. Provavelmente o pai xinga o garoto e depois se arrepende. Leva-o para um ambulatório e o obriga a declarar que as lesões menores foram provocadas por abuso sexual. O rapazinho já trouxe um monte de problemas para a família e acaba fazendo o que lhe ordenam.

— Só que no fim — Roarke prosseguiu — a história não se sustentou. Fitzhugh saiu impune porque, entre outras coisas, os envolvidos estavam preocupados demais em proteger a própria imagem.

— Sim, e é isso que me anima a ir até a casa do casal Dukes amanhã, a fim de conversar com eles. Aposto que eles não foram os únicos. Vamos descobrir os outros.

— Já mandei o sistema efetuar uma pesquisa, acrescentando os dados de Mary Ellen George. — Ele sorriu e se aproximou mais dela, afastando-lhe os joelhos para colocar seu corpo entre eles. — Já marquei todos os arquivos lacrados e inseri uma série de comandos para quebrar os lacres e exibir as informações.

— Nossa, que dedos ágeis!

— Não só ágeis, como também sedentos. — Ele subiu com os dedos por baixo da blusa de Eve. — Vamos esperar um pouco para essa tarefa acabar. Diria que temos uma janela de tempo perfeita.

— Estou em horário de serviço.

— Eu também. — Ele se inclinou de leve e tocou, com os lábios, no ponto exato, no maxilar dela, que lhe dava mais prazer. — Por que não me dá uma ordem, tenente? — Os dedos dele acariciaram de leve os seios dela e as laterais do corpo, sem pressa, até se juntarem em suas costas, formando um caminho pontilhado ao longo da sua espinha.

A excitação cresceu em ambos. Eve sabia exatamente o que Roarke estava tentando fazer; ele afastava as sombras escuras do quadro que ela mesma havia acabado de pintar, ao mesmo tempo que trazia suas cores fortes e vibrantes para o cenário.

— Corta essa! — Ela virou a cabeça meio de lado, para que os lábios pudessem roçar nos dele. — O.k., só um minuto.

— Isso é forçar a barra, mesmo eu sendo rápido e ágil, mas, tudo bem, podemos começar em um minuto. — Ele prendeu o lóbulo da orelha esquerda dela entre os dentes. — Depois a gente deixa a coisa crescer por si mesma.

O cérebro dela estava formando uma névoa e seu corpo começou a vibrar.

— Puxa, você é bom nisso — afirmou ela.

— Esse elogio vai para a minha pasta oficial... — sua boca se encontrou com a dela e mergulhou fundo — ... de consultor civil especialista para este caso?

— Não, vou manter tudo nos meus arquivos pessoais. — Ela perdeu o ar. Como foi que ele tinha conseguido tirar a blusa dela tão depressa? — Nossa, isso é... Não podemos transar em cima do console de comandos.

— Acho que conseguiríamos, sim. — Ele já havia desafivelado as calças dela. — Mas falta certo conforto. Agarre-se firme em mim

— disse ele, apertando-a pelos quadris até suas pernas se erguerem, envolvendo-lhe a cintura.

— O minuto já está quase acabando — sussurrou ela, sem conseguir resistir, e mordiscou-lhe a garganta.

— Vamos ver se conseguimos fazer o tempo parar.

Roarke digitou algo no painel na parede e uma cama deslizou para fora. Quando ele a derrubou sobre o colchão, ela manteve suas pernas e braços enganchados em seu corpo e usou o *momentum* para rolar e se posicionar por cima dele.

— Vai ser rápido — ela avisou.

— Dá para encarar.

Ela rasgou a camisa dele e passou as mãos com força, com um ar de posse, ao longo do seu peito, e então abaixou a cabeça para arranhar sua pele com os dentes.

O gostinho dele já era uma parte dela, vivia dentro dela. Mesmo assim, ela sempre queria mais. E tomou mais, esmagando a boca contra a dele até sentir o calor ensopar sua pele.

Dava para ela perceber o vigor que latejava dele e dela à medida que suas bocas e mãos iam ficando mais ávidas. Isso lhe servia de combustível, pois pulsava através do seu organismo como uma dose de adrenalina.

Quando ele a girou, ficou por cima e começou a arriar as calças dela, a reação foi imediata e ela também puxou as dele para baixo. Seu coração e seus seios martelavam de encontro à boca incansável que os cobria. Os músculos dele se tensionaram subitamente, sob as mãos impacientes dela.

Eles se empurraram, se puxaram, se apertaram e arrancaram o resto das roupas um do outro, tão depressa que ela se viu nua e rindo muito no instante em que rolou novamente para se colocar sentada sobre as pernas abertas dele. O riso se transformou num ronronar de prazer quando ela o tomou por inteiro, lentamente, dentro dela.

Ela enrijeceu os músculos que o envolviam e o deixou louco, querendo mais. Erguendo a cabeça um pouco, ele agarrou um dos seios dela com a boca, sugando-o com voracidade, até sentir que poderia ficar ali para sempre, alimentando-se unicamente das batidas daquele coração descompassado. Foi inundado pelo sabor, pelo calor e pelo aroma de fêmea. Ela arqueou as costas, permitindo que ele a penetrasse mais um pouco.

Então começou a se mover.

Ela o levantou um pouco para cima, agarrando-lhe a cabeça com as duas mãos enquanto usava os quadris para promover um ritmo furioso nos movimentos.

Um estímulo desenfreado, com seus limites sombrios e perigosos, atravessou-o. O rosto dela parecia brilhar e cintilar de determinação e prazer. E ela o cavalgava como se suas vidas dependessem disso.

O ar se tornou mais denso, e a visão dele embaçou. Ela virara um borrão de branco e dourado.

— Pode gozar. — A voz dela era áspera. — Solte-se.

O copo dele se empinou afundando-se mais nela. Era como estar sendo engolido vivo, e ele ouviu seu grito de entrega no instante em que ela mergulhou de prazer, logo depois dele.

Ele a girou de costas sobre a cama, e a apertou mais para junto de si.

— Sexo é engraçado — ela murmurou.

— Estou rindo até agora.

Ela deu um riso abafado e enterrou o rosto na lateral do rosto dele.

— Falando assim, até que é engraçado, mesmo. Mas o que estou querendo dizer é que às vezes a transa derruba, tira as forças e a gente sente vontade de dormir por um mês. Outras vezes ela libera tanta adrenalina que, quando acaba, a gente conseguiria correr uma maratona. Por que será que isso acontece?

— Não sei explicar, mas tenho a leve desconfiança de que a sessão de agora se enquadra na segunda categoria.

— Com certeza! Eu me sinto eufórica. — Ela se remexeu por baixo dele e lhe plantou um beijo forte e apaixonado na boca. — Obrigada.

— Ora, estamos sempre prontos a ajudá-la, madame.

— Muito bem, agora pode agitar sua bunda deliciosa de apreciar, porque eu preciso analisar o resto dos dados. — Ela sugou o ar com força e girou de lado, quando ele saiu de cima dela. — Quero café.

— Vai ser uma longa noite. Por que não pegamos um pedaço daquele bolo de chocolate para acompanhar?

— Boa ideia — concordou ela, pegando a blusa.

Com o auxílio do sexo e da cafeína, o nível de energia deles continuou alto até depois de três da manhã. Eve conseguiu mais seis nomes em sua lista, e certamente apareceriam outros. O plano de ação já estava montado em sua cabeça.

Ela começaria a manhã visitando os Dukes.

Quando estendeu a mão para pegar mais uma caneca de café, Roarke simplesmente a afastou do seu alcance.

— Você está quase apagando, tenente. Está na hora de encerrar o expediente.

— Dá pra enfrentar mais uma horinha.

— Não dá, não. Você está pálida, e isso é sinal claro de que alcançou o limite. Se não dormir algumas horas, não vai estar em forma amanhã; precisa estar revigorada e ligada para agitar um monte de coisas e tentar interrogar aquelas famílias. Pretende levar Peabody?

Ele fez a pergunta mais para distraí-la do que por necessidade de saber. Desligou o equipamento e deslizou um braço em torno da sua cintura.

— Estou dividida com relação a isso. Se eu levar Peabody comigo, vai ser uma pressão extra para ela; se não levá-la, ela vai ficar irritada e amarrar a cara. É um saco quando ela arma aquela tromba.

Ele a conduziu até o elevador, rumo ao quarto, sem que ela percebesse. O que provava que Eve estava quase fora do ar de tão cansada.

— Acho que vou deixar para ela decidir se quer me acompanhar ou não. Por outro lado, talvez eu...

— Deixe para decidir amanhã de manhã — ele terminou a frase por ela, e a encaminhou até a cama.

Capítulo Quatorze

McNab não estava tendo sorte em suas tentativas de apagar por completo durante a noite. Sentia-se inquieto e inútil, deitado ali na cama. No escuro, ainda por cima. Estranhamente, parecia ter mais consciência das partes paralisadas do que do resto do corpo. As batidas do coração, contadas uma a uma, pareciam os tique-taques de um relógio que marcava o descompasso que enfrentaria pelo resto da vida, metade vivo, metade morto.

Durante o dia era fácil esquecer o drama, pois o trabalho mantinha sua mente ocupada e obrigava-o a pensar em outra coisa que não ele mesmo e seu tique-taque. Que continuaria batendo até ele conseguir esticar o braço sem vida para pegar alguma coisa, se levantar ou, pelo menos, coçar a própria bunda.

O terror do futuro voltou a apavorá-lo como uma onda gigante que vinha chegando.

Tique-taque.

Ao fechar os olhos, conseguia ver tudo de novo. Os gritos, o movimento atrás dele, o borrão da mão de Halloway apontando a arma, com a testa pontilhada de suor. E sentia o impacto, a rajada gelada e depois quente demais que fizera seu corpo tremer, subir e cair. Um único instante, e depois, nada.

Se ele tivesse se mexido um pouquinho mais rápido; se tivesse pulado para o outro lado; se Halloway não tivesse atirado com tanta pontaria, nem tão de perto.

Se, se, se.

Ele sabia muito bem quais as chances de se recuperar, agora. Menos de trinta por cento, e caindo a cada minuto.

Ele estava fodido, e todos em volta sabiam disso. Nem precisavam dizer. Podia ouvi-los pensando.

Especialmente Peabody.

Dava praticamente para ouvi-la, enquanto dormia.

Ele virou a cabeça e viu a silhueta suave do corpo deitado ao seu lado, na penumbra do quarto.

Lembrou-se do jeito como eles bateram papo antes de ir para a cama, falando sobre o trabalho, sobre o caso, sobre Jamie e sobre um monte de coisas, tudo para evitar os intervalos de silêncio, enquanto ela o ajudava a despir a roupa para dormir.

Puxa, ele não conseguia nem mesmo desabotoar as calças sozinho.

Vá se preparando, pensou McNab, com amargura. Daqui para frente serão só calças com fechos de velcro, colchete ou zíper.

Ele se obrigaria a encarar essa barra. A gente deve seguir em frente com o que a vida nos traz. Mas não aceitaria, de jeito nenhum, que Peabody ficasse presa a ele.

Agarrando-se ao pilar da cabeceira da cama com a mão sadia, ele tentou erguer o corpo.

Ela se remexeu, se virou e sua voz ecoou no escuro, tão clara que provou que ela não estava dormindo:

— Está tudo bem?

— Ótimo. Estou só tentando me levantar. Já consegui.

— Deixe que eu ajudo você. Ligar luzes a dez por cento! — ordenou ela.

— Já disse que consegui, Peabody.

Mas ela já estava fora da cama, dando a volta até o lado dele.

— Aposto que você quer fazer xixi. Você e Jamie devem ter bebido um galão de leite junto com o bolo. Eu bem que avisei...

— Volte para a cama.

— Não consigo dormir, mesmo. Fico pensando a respeito do caso. — Os movimentos dela eram tão rápidos e práticos quanto o tom que usava enquanto o pegava, levantava e girava seu corpo para posicioná-lo sobre a cadeira de rodas. — Aposto que Dallas e Roarke devem estar pesquisando alguma pista, porque não apareceram nem para...

— Vá se sentar.

— Vou pegar um copo d'água.

— Vá se sentar, Peabody.

— Tá bom, eu sento. Tudo bem. — Ela manteve um sorriso inacabado no rosto quando se sentou na beira da cama e olhou para ele. Estava exagerando?, pensou consigo mesma. Estava ajudando menos do que devia? Seus músculos estavam tão exaustos quanto uma tropa de escoteiros que tivesse exagerado no trabalho físico para ganhar uma medalha de honra ao mérito.

Ele parecia muito cansado, ela pensou. Terrivelmente frágil, de certo modo.

— Isso não vai dar certo — anunciou ele. — Nós não vamos dar certo um com o outro.

— Que coisa mais idiota para se conversar no meio da noite, às três da manhã! — reagiu ela, preparando-se para levantar, mas ele pousou a mão boa sobre o joelho dela.

Peabody usava uma camisola vermelho-sirene, e as unhas dos pés estavam pintadas da mesma cor. Seus cabelos estavam em desalinho e sua boca firme e séria.

McNab percebeu que Roarke tinha razão quando sacou e lhe disse abertamente que ele estava apaixonado por Peabody. Por isso é que ele precisava resolver isso, agora, do jeito certo.

— Escute, Peabody. O que eu planejei foi provocar uma briga e deixar você tão revoltada que sairia porta afora. Isso não é difícil de conseguir, porque você se encrespa à toa. A gente romperia a relação e cada um seguiria em frente com sua vida. Só que isso não me pareceu certo. Além do mais, você iria sacar tudo. Então vou abrir o jogo com sinceridade.

— Já está tarde da noite, não é hora de levarmos esse tipo de papo, e estou cansada.

— Você não estava dormindo. Nem eu. Qual é, She-Body, preste atenção e me escute. — Ele notou que os olhos dela começavam a se encher de lágrimas e fechou os dele. — Não me interrompa, O.k.? Já é difícil expressar o que vou dizer em voz alta.

— Eu já sei tudo o que você vai dizer. Que está ferrado para sempre, aleijado e quer terminar comigo porque não deseja estragar minha vida e blá-blá-blá.

Ela fungou, passou a mão sob o nariz e continuou:

— Você quer que eu saia caminhando pela vida porque não pode fazer o mesmo, e me dispensando eu terei uma vida rica e bela sem estar presa a você. Ora, vá se foder, McNab, porque eu não vou cair fora, e você conseguiu me deixar puta só por achar que eu faria isso.

— Isso resolve uma parte do problema. — Ele suspirou, mas manteve a mão sobre o joelho dela. — É claro que você não cairia fora, Peabody. Você é uma pessoa íntegra e não iria embora mesmo eu estando... mesmo eu estando desse jeito. Você ficaria, eu sei, e ia aguentar firme, ainda que seus sentimentos a respeito das coisas começassem a mudar. Você é íntegra, e é isso que uma pessoa íntegra faz. Mas, depois de algum tempo, nenhum de nós saberia com certeza se você ficou porque queria ou porque se sentiu moralmente obrigada.

Ela amarrou a cara, com ar de teimosia. Suas sobrancelhas quase se uniram e ela virou o rosto para a parede, em vez de enfrentar aqueles olhos muito verdes e sérios.

— Não vou ouvir essas bobagens.

— Vai, sim. — Ele se recostou e agarrou o braço da cadeira com força, usando a mão boa. — Não quero uma enfermeira, e você não quer ser uma. Por Deus, eu não conseguiria nem mesmo mijar sozinho, se Roarke e Dallas não tivessem me conseguido essa porra de cadeira especial. Dallas me manteve trabalhando no caso, e não precisava fazer isso. Eu nunca esquecerei essas coisas.

— Você está apenas sentindo pena de si mesmo.

— Estou mesmo! — assumiu ele, quase sorrindo. — Fique com um quarto do corpo paralisado e você vai ver a rapidez com que começam a surgir violinos melancólicos na sua cabeça. Estou puto, apavorado, e não sei o que vou fazer da vida amanhã. Se eu tiver de viver desse jeito para sempre, a gente vai terminar.

Ele não ia ser uma pessoa que vive se lamentando, lembrou a si mesmo. *Não* iria virar um bebê chorão.

— Tenho o direito de determinar as regras — continuou ele — e não quero você por perto.

— Você não sabe com certeza se vai ter de passar o resto da vida assim. — Ela jogou as mãos para o alto, tentando parecer irritada, mas as lágrimas lhe arderam no fundo da garganta. — Se a sensibilidade não voltar em alguns dias, você vai para aquela clínica famosa.

— Eu sei. Devo muito a Dallas e a Roarke por isso, também. E talvez tenha sorte.

— Então! A porcentagem lá é de setenta por cento de recuperação.

— E trinta por cento de fracassos. Não tente usar números para convencer um detetive eletrônico, gata. Preciso raciocinar sobre isso tudo com calma por algum tempo, sozinho. Não posso piorar a situação imaginando como as coisas poderão ou não funcionar para nós dois.

— Ah, então você tranca o problema e o esconde, para não ter de se preocupar em resolvê-lo? Agora virou covarde, também?

— Merda, merda! Não dá pra entender que eu preciso fazer isso *por você*? Me dá um tempinho, por favor!

— Nada disso. — Ela empinou o queixo. — Você já teve seu tempinho. Deixe só eu te dizer uma coisa: eu também não sei como as coisas vão rolar entre nós. Metade do tempo eu não consigo entender o que foi que eu vi em você, McNab. Você é um cara irritante, relaxado, magricela e nem de perto se parece com a imagem de homem dos meus sonhos que eu tinha desde menina. Só que agora eu estou nessa e tomo minhas próprias decisões. Quando eu quiser cair fora, eu caio. Até lá você feche a matraca, porque eu vou voltar para a cama.

— O homem dos sonhos dos seus tempos de menina deve ter mais a ver com Roarke — resmungou ele.

— Acertou em cheio! — Ela recolheu as pernas de volta e socou o travesseiro para afofá-lo. — Ele é tranquilo, sexy, lindo, rico e perigoso. Você não é nada disso, mas já não era antes de levar uma rajada de laser. Aliás, nunca vai ser, mesmo que volte a andar e a dançar normalmente. Agora recolha sua figura patética de volta para a cama. E se vire sozinho, porque eu não sou sua babá.

Ele a observou quando ela se deitou de barriga para cima, cruzou os braços e ficou olhando fixamente para o teto.

E ele começou a sorrir.

— Você é boa mesmo. Por essa eu não esperava. Me arrasou, me insultou e mudou o ângulo da discussão. A parte de eu não ser sexy foi a única que me magoou, sabia?

— Vá lamber sabão!

— Lamber você é que é uma das minhas atividades favoritas. Não quero brigar, She-Body, só acho que a gente precisa de um tempo e de um pouco de espaço. Eu gosto muito de você, Dee. Gosto de verdade.

Ouvir isso a deixou com os olhos ardendo de vontade de chorar. Era a primeira vez que ele a chamava de Dee. Mas ela manteve os lábios selados com firmeza, por medo de soluçar. Com a certeza de que a expressão de ódio assassino que colocou no rosto deixaria sua tenente orgulhosa, se virou na direção dele.

Então levantou a cabeça e se sentou na cama como um foguete lançado a mil por hora.

— Você está coçando o braço!

— O quê?

Lentamente, um pouco trêmula, ela apontou. Ele seguiu o olhar dela e só então percebeu que estava coçando, distraído, o braço direito.

— Se você está coçando, é porque sua pele está pinicando — explicou ela. — Isso significa que...

O corpo dele se enrijeceu. Sentiu como se o coração parasse.

— Está coçando — ele conseguiu balbuciar. — Parece que eu estou com um monte de agulhinhas espetando a minha pele. Uau!

— A sensibilidade está voltando. — Ela se atirou para fora da cama e se ajoelhou ao lado da cadeira de rodas. — E a sua perna? Dá para sentir alguma coisa.

— Dá, sim. Acho que... — A coceira na perna começou a aumentar desesperadamente e seu coração passou a martelar no peito. — Você me ajuda a coçar aqui? Bem ao longo do quadril. Eu não consigo alcançar. Ahhh!

— Vou chamar Summerset.

— Pare de coçar e eu te mato.

— Você consegue mover os dedos das mãos, dos pés, alguma coisa?

— Não sei. — Ele se inclinou para frente e tentou ignorar o formigamento no bíceps e na coxa. Era como ser picado ao mesmo tempo por milhares de agulhas quentes. — Acho que não.

— Você sente o meu dedo? — Ela apertou o polegar contra a coxa dele e teve a sensação de que o músculo se retesou.

— Sinto. — Ele lutou para controlar o turbilhão de emoções que lhe subiu pela garganta. — Por que não acaricia um pouco mais no centro? Tente me distrair antes que eu comece a gritar de desespero com essa coceira.

— Seu bilau nunca ficou paralisado.

Uma lágrima escorreu pelo rosto dela e caiu na mão dele. McNab soube, naquele instante, que a sensação mais doce que ele jamais iria sentir na vida era a daquela gota quente que pingou na sua mão que despertava.

— Eu amo você, Peabody.

Ela levantou a cabeça e olhou para ele, muito surpresa.

— Escute, não se empolgue a ponto de...

— Eu amo você — repetiu ele, acariciando o rosto dela com a mão boa. — Achei que tinha perdido a minha chance de lhe dizer isso, e não quero me arriscar a perdê-la novamente. Não diga nada, O.k.? Veja se consegue deixar a informação assentar na sua cabeça.

Ela passou a língua nos lábios, para umedecê-los.

— Acho que eu consigo fazer isso — aceitou ela. — Preciso trazer Summerset aqui em cima. Ele vai fazer alguma coisa. Eu acho.

— Quando ela se levantou, os joelhos fraquejaram. Ao se virar de repente, deu uma canelada na cama. — Merda, merda. Aaai!

Seguiu mancando até o *tele-link*, enquanto McNab esfregava com mais força o braço que coçava e sorria, acompanhando os movimentos dela.

Às sete e meia da manhã, Eve já estava se abastecendo de cafeína novamente. Com a segunda caneca na mão, seguiu direto para dar uma conferida geral com Roarke, antes de o resto da equipe invadir seu escritório.

Estava quase chegando na porta quando ouviu a voz de Roarke.

Ela já tinha ouvido aquele tom gelado antes, o tipo de tom que atravessa a barriga e parece puxar as tripas para fora antes mesmo de a vítima registrar a dor.

Embora a vítima dessa vez fosse um menor de idade, ninguém ali iria chamar o Serviço de Proteção à Infância.

— Existe alguma coisa nas regras dessa casa e na sua posição dentro da equipe que você não captou direito? — Roarke fez essa pergunta com o mesmo jeito de um gato diante da toca de um rato. Com paciência letal e um brilho nas presas semiexpostas.

— Ei, por que toda essa onda, porra?

O garoto havia respondido como um rato idiota o bastante para achar que poderia enrolar o gato, pensou Eve. Tolo, muito tolo. Você já era, rapazinho.

— É melhor moderar o linguajar ao falar comigo, James. Estou disposto a aceitar uma certa imbecilidade de sua parte, devido à sua pouca idade, mas não vou tolerar desrespeito, de jeito nenhum. Será que fui bem claro?

— Sei, tá legal, eu só não entendo por que tanta...

Eve não conseguiu ver o rosto de Roarke, mas imaginou direitinho o olhar assassino que ele lançou. Um olhar que fez Jamie engolir o que ia dizer, mudar de tática e responder:

— Sim, senhor.

— Muito bem. Isso nos poupará tempo e sofrimento. Agora eu vou lhe explicar o porquê da porra dessa onda toda e vou usar palavras que você conseguirá entender: quando eu lhe dou ordens específicas, como aconteceu aqui, elas devem ser seguidas à risca. Fim de papo. Alguma parte não ficou clara?

— As pessoas devem ter ideias próprias.

— Devem, sim. Mas as pessoas que trabalham para mim fazem o que eu ordeno, ou deixam de trabalhar comigo. Se você vai ficar putinho por causa disso, suma da minha frente e vá para um canto onde eu não precise olhar para a sua cara.

— Tenho quase dezoito.

Roarke encostou o quadril no console.

— Já virou um homem feito? Então, comporte-se como um, e não como um menino que foi pego no flagra com a mão na lata de doces.

— Eu poderia ter conseguido novos dados.

— Você poderia ter derretido esses miolos inteligentes. Tenho planos para você, Jamie, e eles não incluem o seu funeral.

Os ombros de Jamie se encolheram e ele baixou a cabeça. Deu um chute fraco na base do console, com a ponta da bota com amortecimento a ar.

— Eu tomaria cuidado — argumentou.

— Cuidado? Ter cuidado não é se esgueirar no meio da madrugada para trabalhar em um computador infectado sem ninguém de fora controlando e monitorando. Isso é arrogância. E burrice. Eu tolero um pouco de arrogância, e até admiro, mas burrice é diferente. Além do mais, você desobedeceu a uma ordem clara.

— Queria ajudar. Eu só queria ajudar.

— Já ajudou, e vai continuar ajudando, mas só se me der sua palavra de honra que não vai tentar isso de novo. Olhe para mim. Você me disse que quer ser um tira. Só Deus sabe o porquê desse seu sonho, já que um tira se mata de trabalhar por um salário irrisório e recebe pouco ou nenhum reconhecimento das pessoas que jurou proteger e servir. Um bom tira segue ordens. Nem sempre concorda com elas, nem sempre gosta delas, mas obedece.

— Eu sei. — A arrogância pareceu sumir de vez e ele encurvou ainda mais os ombros. — Eu fiz merda.

— Fez mesmo. Mas não fedeu tanto quanto poderia ter acontecido. Quero sua palavra de honra, Jamie. — Roarke estendeu a mão.

— Palavra de homem.

Jamie olhou para a mão oferecida. Seus ombros se empinaram e ele a apertou.

— Não faço mais isso. Prometo.

— Então estamos conversados. Vá tomar seu café da manhã. Começaremos a trabalhar daqui a uma hora.

Eve se manteve na curva do corredor e esperou até Jamie sair da sala e se afastar.

Roarke já estava na estação de trabalho quando ela entrou. Ela percebeu que ele não estava analisando nada ligado ao caso, e sim transmitindo instruções complicadas para o seu corretor da bolsa.

Quando ele acabou, ela abriu a boca para falar, mas não conseguiu fazê-lo, pois ele emendou a ligação com outra, para sua assistente.

Eve pensou em todo o tempo que Roarke estava dedicando a ela, lembrou a agenda pessoal com a qual ele estava fazendo malabarismos, remarcando reuniões e ajustando as coisas na tentativa de criar tempo. Isso a impediu de ranger os dentes quando ele emendou a ligação com uma terceira, para seu administrador do FreeStar One.

— Já que você está aí balançando o pezinho de impaciência, tenente, bem que podia me pegar um café. Vou levar mais uns dez minutos resolvendo assuntos aqui.

Ele estava lhe fazendo um favor, Eve lembrou a si mesma, engolindo a reclamação e indo pegar o café. Ela entreouviu as conversas enquanto ele respondia a outras ligações, transferia dados, dava instruções e, pela visão dela, comandava seu império de uma estação de trabalho que parecia mais adequada a um operário do que a um rei.

— Esse troço que você estava negociando, o complexo de escritórios... Aposto que eles recuaram e aceitaram sua oferta.

— Exato.

— E eu não estava balançando o pezinho.

— Mentalmente estava, sim. Vou precisar participar de uma reunião importante à tarde, mas não vou levar mais de uma hora e meia.

— Leve o tempo que precisar. Você já ofereceu ao departamento muito mais do que era de esperar.

— Então me pague por isso — pediu ele, puxando-a para um beijo.

— Você se vende barato, garotão.

— Isso foi apenas um depósito. Já decidiu o que vai fazer agora de manhã?

— Mais ou menos. Antes de instruir a equipe, queria dizer que gostei da sua técnica para lidar com o garoto. Esculhambou com ele, deixou-o passado, o fez se sentir o cocô do cavalo do bandido e depois levantou seu moral.

— Você ouviu tudo? — Ele experimentou o café.

— Eu teria acrescentado uma ou duas ameaças criativas. Algo que tivesse um bom apelo gráfico. Mesmo assim, eu fiquei muito bem impressionada.

— O cérebro de minhoca achou que podia entrar aqui como se fosse a casa da sogra e trabalhar em um computador infectado, para nos dar de presente um monte de respostas agora de manhã. Faltou pouco para eu dar umas porradas nele.

— Como foi que você descobriu que ele tentou?

— Porque tomei a precaução de acrescentar uma camada extra de segurança na porta e tranquei todos os computadores. — Um leve sorriso lhe surgiu no canto dos lábios. — Esperava que ele tentasse fazer isso, exatamente como eu teria feito com a idade dele.

— Fiquei surpresa por ele não ter conseguido entrar.

— Tenho um pouco mais de habilidade do que um adolescente, querida.

— Sei, sei. E tem mais raça, também. Estava pensando naquele misturador de sinais dele. Você roubou o protótipo, mas aposto um mês do meu salário ridículo como ele tinha outro.

— Está falando disso aqui? — Roarke pegou um aparelhinho no bolso. — Mandei Summerset vasculhar o quarto dele, discretamente. Como ele não encontrou nada, eu supus, e tinha razão, que o garoto guardava a maquininha o tempo todo com ele. Passei a mão no bolso do garoto ontem à noite, durante o jantar, e troquei seu aparelhinho por outro com pequenas imperfeições.

— Imperfeições?

— Você não imagina o prazer que dá inventar clones. Sei que foi mesquinho de minha parte, mas ele precisava de alguém que o colocasse em seu devido lugar.

Rindo da história, Eve brindou, batendo com sua caneca contra a dele.

— Isso foi divertido e impressionante. Você vai participar da reunião da equipe ou precisa de mais tempo para comprar Saturno ou Vênus?

— Não compro planetas. O retorno é baixo. — Ele se levantou.

Seguiram juntos para o escritório de Eve e viram Jamie, Feeney e Baxter mastigando sem parar diante de uma mesa, repleta de comida, que fora montada no centro do aposento.

— Estes ovos — Baxter engoliu e pegou mais um com o garfo — foram feitos por galinhas. Galinhas de verdade.

— Có-có-có — disse Eve, pegando uma fatia de bacon.

— Você se deu bem com esse cara, Dallas. Sem querer ofender — completou Baxter, olhando para Roarke, enquanto se servia de mais um ovo.

— Eu não me ofendo com isso. — Com ar divertido, ele apontou com a cabeça para o prato de frios. — Já experimentou o presunto? Veio de um porco de verdade.

— Oinc-oinc — completou Jamie, soltando uma gargalhada.

— Se já acabaram de visitar os animais da fazenda, têm mais dez minutos antes de recolher esse circo. — Eve comeu outra fatia de bacon. — Tem mais uma coisa, Baxter: se você espalhar lá na Central que eu me dei bem com esse cara, vou providenciar para que nunca mais na vida você torne a comer um ovo de galinha verdadeira.

Ela olhou para o relógio de pulso e perguntou:

— Por que Peabody e McNab ainda não chegaram? — Ela se virou pensando em usar o *tele-link* interno para acordá-los. Roarke a impediu colocando a mão de leve sobre o seu ombro.

— Eve — disse ele, baixinho, girando seu corpo e colocando-a de frente para a porta.

A garganta dela se apertou. Sua mão voou para o ombro de Feeney, apertando-o com força. Todos olharam fixamente para McNab, que entrava lentamente na sala.

Usava uma bengala quase estilosa, feita de madeira preta brilhante e com empunhadura e ponta de prata. Ele suava de forma abundante. Dava para ver as gotas brotando em sua pele, mas, ao mesmo tempo, sorria de orelha a orelha.

Seus passos eram inseguros, conseguidos à custa de muito esforço. Mas ele estava em pé. Andando.

Peabody vinha logo atrás, fazendo força para não chorar.

Eve sentiu a mão de Feeney se erguer e apertar a dela com força.

— Já estava na hora de mexer esse rabo preguiçoso. — A voz de Feeney saiu rouca, mas ele teve medo de levantar a caneca para beber e limpar a garganta, porque sua mão estava trêmula. — A equipe já estava cansada de carregar você nas costas.

— Pensei em ficar na moleza mais um diazinho — McNab estava quase sem fôlego ao chegar à mesa. Com esforço, conseguiu esticar a mão direita e fechar os dedos lentamente sobre uma fatia de bacon, que levou à boca —, mas senti cheiro de comida.

— Se queria se banquetear, devia ter chegado vinte minutos antes. — Eve esperou até ele olhar para ela e ordenou: — É melhor comer depressa. Temos muito trabalho.

— Sim, senhora! — Ele tentou andar de lado até a cadeira, mas perdeu o equilíbrio. Eve o segurou pelo cotovelo até ele conseguir se equilibrar.

— Obrigado, Dallas.

— De nada, detetive.

— Acho que esta é minha única oportunidade de fazer isso na vida — disse ele, dando-lhe um beijo estalado na boca, o que gerou uma salva de palmas de Baxter.

Eve teve de fazer força para não cair na risada e olhou para ele com frieza, dizendo:

— E você acha que eu não vou lhe dar um chute no saco por causa disso?

— Não dessa vez. — Exausto, ele se lançou sobre a cadeira e retomou o fôlego. — Ô garoto! Me passe esses ovos, antes que Baxter lamba o fundo da travessa.

* * *

Depois do café e da reunião, Eve dispensou todo mundo, com exceção de Peabody.

— Ele me pareceu bem — disse Eve. — Um pouco cansado, mas bem.

— Passei a noite em claro. Ele estava chorando as mágoas comigo no meio da madrugada, veio com um papo de "é melhor a gente terminar" e então...

— Como é que é?!

— Ele estava down e enfiou na cabeça que eu devia ir embora, para ele não se sentir um peso morto na minha vida, ou para eu não me sentir presa, algo desse tipo. Começamos a brigar, e foi quando tudo aconteceu. Seu braço começou a coçar, depois as pernas e então... Desculpe, eu fico comovida só de falar no assunto.

— Tudo bem, então vamos falar de outra coisa. Queria só dizer que eu fiquei feliz por ele. — Eve perdeu a voz, apertou os dedos sobre os olhos e respirou fundo.

— Você ficou comovida também! — Peabody fungou com força e pegou um lenço no bolso. — Que lindo!

— Todos nós ficamos felizes por ele voltar, e vamos parar por aqui.

Ela suspirou uma única vez e mudou de tática:

— Recebi dados de uma fonte alternativa, durante a noite. Não posso citar o nome da fonte. Pretendo trabalhar com base nesses dados, que incluem informações e nomes protegidos que, até o momento, não tenho autorização judicial para investigar.

Peabody ouviu tudo sentada, quieta. Sabia que Roarke e sua tenente tinham trabalhado naquilo durante a noite. Ela não fazia ideia de como é que eles haviam conseguido passar pelos lacres oficiais. Provavelmente, era melhor não descobrir.

— Sim, senhora — disse, apenas. — Parece-me que agir com base nos dados que chegaram às suas mãos graças a essa fonte alternativa é o procedimento correto, tenente. Ignorar informações importantes em um caso PRIORITÁRIO seria uma negligência grave.

— Quer ser minha advogada de defesa se eu for punida por comportamento inadequado?

— Acho que Roarke pode lhe conseguir o melhor advogado que existe.

— Você não deve ficar com o traseiro na reta. Se preferir, eu lhe passo outra tarefa.

— Dallas...

— Ou — Eve continuou — você pode ir comigo, como minha auxiliar. Na condição de auxiliar, seu traseiro não vai ficar na reta, porque você estará apenas cumprindo minhas ordens.

— Com todo respeito, meu traseiro está em suas mãos. Se a senhora imaginava que eu ia fugir da raia, escolheu a auxiliar errada.

— Eu nunca escolheria a auxiliar errada. Pode ser que a gente fique com o rabo quente por causa disso, Peabody, mas acho que o calor não vai ser forte, nem durar muito tempo. Vou lhe contar tudo pelo caminho.

Donald e Sylvia Dukes moravam em uma impecável casa de dois andares. Eve reparou nas cortinas rendadas das janelas e também nos imponentes vasos brancos, repletos de flores vermelhas plantadas de forma organizada, colocados nos dois lados da porta de entrada como se fossem soldados guardando o forte.

Ela tocou a campainha e pegou o distintivo.

A mulher que atendeu a porta era miúda, magra e tão arrumada quanto as flores. Usava um vestido azul e branco, xadrez, e tinha um avental branco amarrado à cintura. Sua tintura labial era em um tom pálido de rosa; os brincos eram feitos por três pequeninas pérolas cada um, formando um triângulo gracioso. Os sapatos eram de um branco imaculado.

Sem o avental, ela parecia uma mulher prestes a sair para cumprir pequenas tarefas ao longo de um dia cheio.

— Sra. Dukes?

— Sim. Aconteceu alguma coisa? O que a senhora deseja? — Seu olhar desconfiado correu entre Eve e o distintivo, até se fixar no rosto da recém-chegada. Dava para sentir o nervoso em sua voz, transmutado em rouquidão.

— Não há nada errado, minha senhora. Gostaria de lhe fazer algumas perguntas. Podemos entrar?

— É que eu vou preparar um... Estou muito ocupada. Este não é um bom momento.

— Podemos marcar uma hora, se for mais conveniente, mas podíamos aproveitar que eu já estou aqui. Vou tentar não tomar muito do seu tempo.

— Quem está aí, Sylvia? — Donald Dukes apareceu na porta. Ele era muito mais alto que a esposa; um homem esbelto, de porte atlético, com cerca de um metro e noventa de altura. Seu cabelo cor de areia fora cortado à escovinha.

— É a polícia — reagiu Sylvia.

— Sou a tenente Dallas, do Departamento de Polícia da Cidade de Nova York. Esta é minha auxiliar, a policial Peabody. Preciso lhe fazer algumas perguntas, sr. Dukes, se o senhor puder me conceder alguns minutos do seu tempo.

— Do que se trata?

Ele já colocara a esposa de lado, e bloqueou a porta com seu porte imponente. Não eram apenas flores que guardavam o forte agora, percebeu Eve.

— Trata-se das mortes de Chadwick Fitzhugh e Louis K. Cogburn.

— Isso não tem nada a ver conosco.

— O senhor abriu um processo contra eles, há alguns anos, em defesa do seu filho Devin.

— Devin morreu.

Ele disse isso sem expressão e de forma tão fria que foi como se estivesse falando do sumiço de uma gravata.

— Sinto muito. — Eve ouviu a esposa abafar um soluço. Dukes nem sequer piscou. — Sr. Dukes, o senhor não gostaria de tratar desse assunto em pé, na porta da rua, não é?

— Eu não gostaria de tratar disso em lugar nenhum. Os arquivos relacionados com Devin foram lacrados por ordem judicial, tenente. Como foi que a senhora conseguiu nossos nomes?

— Eles surgiram ao longo das minhas investigações. — Eve também sabia jogar duro, decidiu, olhando para ele com uma frieza infinita. — Arquivos podem ser lacrados, sr. Dukes, mas as pessoas falam.

— Papai? — Um menino veio descendo as escadas, mas parou no meio do caminho. Era alto como o pai e seus cabelos exibiam o mesmo corte militar. Usava calças azuis, uma camisa azul-clara, ambas impecáveis e sem uma única dobra. Uma roupa que mais parecia um uniforme, pensou Eve.

— Joseph, volte para o seu quarto.

— Aconteceu alguma coisa?

— Nada que lhe interesse. — Dukes olhou para trás por um único segundo. — Suba de volta, agora!

— Sim, senhor.

— Não aceito que ninguém venha perturbar a paz do meu lar — reclamou, olhando para Eve.

— Prefere resolver o assunto na Central de Polícia?

— A senhora não tem autoridade para...

— Tenho sim! E o fato de o senhor se recusar a responder a algumas perguntas de rotina me levarão a exercer essa autoridade, se for preciso. Podemos fazer a coisa de forma simples ou complicada, a escolha é sua.

— Eu lhe dou cinco minutos. — Ele deu um passo para trás. — Sylvia, vá lá para cima! Fique com Joseph.

— Eu preciso que a sra. Dukes participe da conversa.

Eve notou a fúria que surgiu nos olhos dele. Um vermelho forte invadiu suas faces e seus maxilares pareceram latejar. Ele não era um homem acostumado a ver suas ordens questionadas, muito menos revogadas.

Eve podia continuar batendo de frente com ele ou recuar. Naqueles curtos segundos ela tomou uma decisão rápida e instintiva, e resolveu mudar de tática:

— Sr. Dukes. Sinto muito trazer este problema para a sua casa. É horrível incomodar o senhor e sua família, mas eu tenho que cumprir minha missão.

— Essa missão é interrogar cidadãos decentes sobre a morte de escórias da sociedade?

— Minha missão é a de um soldado que cumpre ordens, senhor.

Ela percebeu na mesma hora que apertara o botão certo. Ele fez que sim com a cabeça e, sem dar uma palavra, virou-se e caminhou até o centro da sala de estar. Sylvia continuou em pé, com os punhos apertados de aflição e os nós dos dedos tão brancos quanto o avental.

— Eu devo... Vocês gostariam de tomar um café, ou...

— Elas não são visitas, Sylvia — ralhou Dukes, com voz dura. Eve a viu recuar como se tivesse recebido uma bofetada.

— Não precisa se incomodar, sra. Dukes.

A sala de estar era um lugar limpo e antisséptico. Dos dois lados do sofá estofado em azul desmaiado ficavam mesinhas absolutamente idênticas. Sobre cada uma delas estavam abajures que combinavam com o ambiente. Havia mais duas poltronas estofadas com a mesma padronagem do sofá e o tapete verde que cobria o piso não mostrava um único vestígio de poeira ou fiapos.

Havia um vaso de flores amarelas e brancas. Estavam arranjadas com tanta precisão que a rigidez lhes roubava o encanto. Para piorar, o vaso fora colocado exatamente no meio da mesa de centro.

— Não pretendo convidá-las a sentar.

Dukes permaneceu em pé com as mãos colocadas para trás à altura da cintura.

Parecia mais um soldado preparado para o interrogatório, avaliou Eve.

Capítulo Quinze

— Sr. Dukes, chegou ao meu conhecimento que, mais ou menos quatro anos atrás, o seu filho adquiriu uma substância ilegal que lhe foi vendida por Louis K. Cogburn.

— Informação correta.

— Ao saber desse fato, o senhor denunciou o caso à polícia e preencheu uma queixa formal contra o traficante.

— Informação igualmente correta.

— As acusações subsequentes no caso envolvendo Cogburn foram retiradas. O senhor saberia me dizer por quê?

— O gabinete da promotoria se recusou a levar o processo adiante. — Eve notou que ele se manteve alerta. — Cogburn foi solto e mandado de volta para as ruas, onde teve oportunidade para continuar a corromper a mente e o corpo de vários jovens.

— Suponho que o seu filho tenha dado declarações precisas e completas sobre a ocorrência, bem quanto à substância ilegal que serviu de prova contra Cogburn. Sendo assim, parece-me estranho que o promotor não tenha levado o caso avante.

Os lábios de Dukes se apertaram.

— A substância ilegal havia sido destruída. Eu jamais aceitaria aquilo dentro da minha casa. Pelo visto, a minha palavra e a palavra do meu filho não foram o bastante contra a palavra daquele lixo humano.

— Entendo. Isso deve ter sido difícil de aceitar. Muito frustrante, certamente, para a sua família.

— Sim, foi.

Que coisa interessante, refletiu Eve. Dukes usava uma roupa azul quase idêntica à do filho. Os vincos das suas calças eram tão agudos que pareciam lâminas.

Ainda mais interessantes eram as ondas de fúria que emanavam dele. Ondas quentes e abafadas de ódio em estado puro que ele mal conseguia controlar.

— O senhor sabe informar se o seu filho continuou a fazer negócios com Cogburn?

— Não, ele não continuou.

Mas Eve viu a verdade estampada no rosto de Sylvia. O menino voltara para comprar mais droga, e todos sabiam disso.

— Suponho que o Serviço de Proteção à Infância recomendou para Devin sessões com um terapeuta especializado em consumo de drogas.

— Sim, recomendou.

Eve esperou um segundo antes de fazer a pergunta que pairava no ar:

— Devin seguiu o programa até o fim?

— Não vejo em que essa informação tem a ver com a sua investigação, tenente — disse ele, entre dentes.

Ela mudou de tática novamente:

— O senhor saberia me informar a respeito dos eventos que cercaram a experiência de Devin com Chadwick Fitzhugh?

— Esse sujeito atacou sexualmente o meu filho, um menor de idade. — Nesse instante surgiu a primeira rachadura na muralha de compostura que Dukes erguera à sua volta. Mas não foi pesar que

Eve reconheceu nos seus olhos; foi nojo. — Ele agarrou meu filho e o obrigou a participar de atos anormais.

— Esse assédio aconteceu na residência de Fitzhugh?

— Exato.

— Como foi que Devin chegou à casa de Fitzhugh?

— Ele foi atraído até lá.

— Devin lhe contou de que forma ele foi atraído ao local?

— Não importa a forma. O fato é que ele foi molestado sexualmente, e esse fato foi devidamente notificado à polícia. O responsável, porém, não foi punido.

— As acusações foram retiradas? Por quê?

— Porque a lei protegeu o predador, e não a presa. Seu tempo acabou.

— Como e quando Devin morreu?

Ignorando a pergunta, Dukes saiu pela sala, indicando a porta da casa.

— Eu posso conseguir essa informação através dos registros públicos — disse Eve.

— Meu filho tirou a própria vida. — Dukes permaneceu com as mãos esticadas ao longo do corpo, em posição de sentido. — Faz oito meses que isso aconteceu. Ele encheu o próprio corpo com tanto lixo que acabou falecendo. As autoridades falharam em proteger meu filho. Falharam ainda mais porque não me ajudaram a protegê-lo.

— O senhor tem outro filho. Até onde iria a fim de protegê-lo?

— Joseph não será corrompido pelo câncer que está destruindo nossa sociedade.

— O câncer é uma espécie de vírus, não é? Pode-se matar um vírus com outro vírus. Basta infectar o alvo até que as células más sejam destruídas. O senhor é um especialista na área de computação, sr. Dukes. Conhece tudo sobre vírus eletrônicos.

Foi então que ela viu. Não só a admissão de culpa, mas também uma espécie de orgulho que surgiu em seu rosto e logo desapareceu.

— Já disse que o seu tempo acabou, tenente.
— O seu também, sr. Dukes — replicou Eve, com muita calma. — É melhor começar a preparar tudo, a fim de deixar sua mulher e seu filho protegidos quando o senhor for condenado, junto com o resto dos Buscadores da Pureza.
— Saia da minha casa. Vou ligar para o meu advogado.
— Boa ideia. O senhor vai precisar muito dele.

Quando elas chegaram ao carro, Peabody olhou para trás com uma expressão de estranheza.
— Por que você entregou de bandeja que ele é suspeito?
— Para o caso de ele não ser esperto o bastante para sacar que estou de olho nele. Mas ele está ligado, sim, e a pessoa para quem ele vai reclamar da minha visita também está. Na verdade, minha dica foi para a esposa.
— Você acha que ela tomou parte nisso?
— Ele nem a tocou e mal olhou para ela. A mulher estava ao seu lado, com lágrimas escorrendo sem parar pelo rosto, e ele não lhe deu atenção. Não, só ele está envolvido. O que você percebeu na casa, Peabody?
— Bem, é ele quem canta de galo.
— Mais que isso. A casa mais parece um quartel, e ele é o comandante. A esposa atendeu a porta antes das nove da manhã, sem esperar visitas, e surgiu tão embonecada que mais parecia uma garota-propaganda do AutoChef. O menino tem mais ou menos quatorze anos, mas voltou para cima com o rabo entre as pernas quando o pai estalou os dedos. Aposto que as camas da casa estão feitas, lisinhas e arrumadas, com a colcha tão esticada que, se a gente jogar uma moeda de cinco créditos, ela quica.
Analisando a conversa, Eve seguiu para o centro.
— Como é que um ex-fuzileiro que exige tudo certinho à sua volta poderia aceitar ter um filho que *corrompe* a mente e o corpo

com drogas ilegais? Foi esse o termo que ele usou, certo? Assim como atos *anormais*. Um filho viciado e homossexual. Nossa, isso deve ter provocado a maior coceira na bunda branca e homofóbica dele.

— Pobre garoto.

— Pois é, e agora o pai pode usá-lo como símbolo e como desculpa para matar pessoas. Existem muitos tipos de câncer — murmurou. — Dallas falando! — disse em seguida, atendendo ao *telelink*.

— Você está em sua viatura? — perguntou Nadine. — É melhor estacionar em algum lugar para ouvir as novidades.

— Consigo ouvir e dirigir ao mesmo tempo. Sou muito talentosa.

— Recebi outra declaração dos Buscadores da Pureza. Vou lê-la no ar daqui a quinze minutos.

— Atrase o programa. Precisamos...

— Não posso interromper a divulgação das notícias por sua causa, Dallas. Nem faria isso. Estou lhe informando em primeira mão. Posso transmitir qualquer comentário ou declaração que você ou a polícia de Nova York queira fazer, mas a carta deles vai ao ar em quinze minutos.

— Droga! — Frustrada, Eve atravessou duas pistas, cortou um táxi, seguiu ao longo do meio-fio e subiu na rampa que levava às vagas do andar de cima. — Pode ler que eu estou ouvindo, Nadine.

— "Cidadãos de Nova York" — leu Nadine, com sua voz perfeita de apresentadora de telejornal. — "Queremos garantir a segurança de todos, e reafirmamos nossa promessa de buscar a justiça em nome do povo. Temos um compromisso com os votos que fizemos para proteger os inocentes e buscar a devida punição para os culpados, coisas que as mãos da lei, acorrentadas pelo sistema Judiciário, não conseguem fazer.

"'Nós somos vocês: somos seus irmãos, suas irmãs, seus pais, seu filho. Somos sua família e seus guardiães.

"'Assim como cada um de vocês, nos entristecemos muito com a trágica morte de um policial do Departamento de Polícia e Segurança, ocorrida há dois dias. O falecimento do detetive Kevin Halloway durante o desempenho de suas funções é mais um exemplo da praga que assola nossa cidade. Acusamos Louis K. Cogburn deste crime abominável. Se não fossem os atos prévios de Louis Cogburn, que o tornou merecedor da punição que recebeu, o detetive Kevin Halloway estaria vivo, fazendo o que lhe permitem fazer, ou seja, servir a esta cidade, apesar das limitações impostas pela legislação atual.

"'Pedimos a vocês, cidadãos de Nova York, que se unam a nós em um minuto de silêncio em memória do detetive Halloway. E oferecemos à sua família, seus amigos e companheiros policiais as nossas condolências nesse momento de profundo pesar.

"'Louis Cogburn foi punido. A justiça foi feita. Continuaremos a servir tanto à Justiça quanto ao povo.

"'Enviamos nosso alerta a todos que pretendem prejudicar nossos irmãos, e a todos os predadores dos nossos filhos e dos inocentes: nossa mão será justiceira, rápida e certeira. Vocês não vão mais conseguir se esconder atrás do sistema Judiciário.

"'Defendemos a pureza.

"'Defendemos o povo de Nova York.'"

— Eles são espertos — comentou Eve, quando Nadine terminou.

— Sim, muito espertos — confirmou a jornalista. — Torne-se uma pessoa do povo e não vai parecer que o Big Brother está vigiando você. Expresse pesar pela morte de um tira e culpe outra pessoa. Reafirme seus objetivos para a mensagem ficar alta e clara, e deixe ecoando na cabeça das pessoas a afirmação de que você está ao lado do povo, defendendo-o. É um texto clássico da área de relações públicas, Dallas.

— Será que mais ninguém enxerga o mesmo que eu? — perguntou Eve. — Será que nenhuma cabeça de vento se preocupa com o que está rolando? Deixem que nós cuidamos disso. Vamos decidir quem é culpado e quem é inocente, quem vive e quem morre. E se alguém for pego no fogo cruzado, a culpa não é nossa.

— Não, você não é a única que está enxergando as coisas desse modo — Nadine balançou a cabeça —, mas muitas pessoas vão prestar atenção apenas ao que desejam escutar. É por isso que eu disse que este é um texto clássico de RP. Ele funciona.

— Quero virar mico de circo, mas não vou permitir que eles nos usem como símbolo dessa vergonha. Você deseja um comentário, Nadine? Aqui vai: "A tenente Eve Dallas, investigadora principal dos homicídios cometidos em nome da pureza da cidade de Nova York, declarou que o detetive Kevin Halloway, da DDE, foi morto no cumprimento do dever por uma organização terrorista que se autodenomina Os Buscadores da Pureza. Essa organização é considerada suspeita da morte de quatro civis e de um policial. A tenente Dallas também afirmou que os membros da sua equipe investigativa, todos os policiais e todos os recursos do Departamento de Polícia e Segurança Pública da Cidade de Nova York serão utilizados. Todos trabalharão sem cessar e sem trégua até descobrirem, identificarem e prenderem os membros dessa organização terrorista, para que eles sejam julgados sob o Código Penal e, se considerados culpados, sejam punidos rigorosamente, de acordo com a lei."

— Legal, muito bom, gravei tudo. Nada mal, Dallas — elogiou Nadine ao desligar o gravador. — Que tal uma entrevista exclusiva para acompanhar essa declaração?

— Não, estou muito ocupada, Nadine. E vou velar e enterrar um tira hoje.

O funeral de Kevin Halloway foi realizado em uma capela no centro, a poucos quarteirões da Central de Polícia. Todas as vezes que Eve comparecia àquele local para prestar suas últimas homenagens a tiras mortos, ela pensava que quem abrira aquele negócio tinha escolhido uma localização perfeita, pois o prédio estava localizado quase ao lado de um edifício cheio de tiras.

Para o velório de Halloway, eles haviam aberto o primeiro andar todo, e mesmo assim o lugar estava com gente saindo pelo ladrão. Os tiras sempre arranjavam um tempinho para velar um colega abatido.

Ela avistou o prefeito Peachtree em meio a uma grande comitiva. Ele apertava mãos e parecia adequadamente sério, solidário e compreensivo.

Eve não tinha nada contra ele, pessoalmente, e a autoridade máxima da cidade parecia cumprir seu papel com um mínimo de badalação e autopromoção. Talvez até estivesse sendo sincero.

Ele realmente parecia sincero. Ligeiramente revoltado, avaliou Eve. Nesse instante, os olhos cintilantes do prefeito se encontraram com os dela, acima da multidão.

Havia um quê de comando no gesto que ele fez para Eve, pedindo que ela se aproximasse.

— Como vai, prefeito?

— Olá, tenente. — Ele manteve a voz baixa. Em um lugar como aquele, seu tom de voz poderia parecer respeitoso, mas Eve percebeu a irritação que se escondia sob suas palavras. — Seus registros de sucesso são impressionantes. Seus superiores demonstraram fé absoluta em suas habilidades investigativas. Só que você não é uma simples policial nesse caso. Virou uma figura pública. Sua declaração a Nadine Furst, do Canal 75, não foi examinada nem autorizada.

— Minha declaração foi imediata e precisa.

— Precisão? — Ele pareceu mais interessado. — Precisão não é o ponto principal, aqui. O mais importante é a percepção, a imagem e a mensagem que devemos passar. Tenente, precisamos mostrar ao público que somos uma equipe unida durante esta crise.

Ele pousou a mão sobre o braço dela. Havia cordialidade no gesto, e Eve se sentiu em pleno país das amabilidades quando a leve sombra de um sorriso apareceu nos lábios dele.

— Conto com você, tenente.

— Sim, senhor.

Ele deu um passo atrás e foi imediatamente engolido pelas pessoas da sua equipe e por outras que desejavam um rápido contato com uma celebridade poderosa.

Eve preferia a presença calma do comandante Whitney à figura luminosa do prefeito Peachtree. Ela reparou que o comandante levara sua esposa. Se havia um papel que Anna Whitney sabia representar à perfeição era o de ser a discreta esposa de um tira famoso em aparições públicas e eventos sociais. Ela vestia um pretinho básico e, ao lado do marido, protegia a mão de uma mulher dentro de uma concha formada pela sua própria.

— Aquela é a mãe de Halloway — informou Feeney, chegando junto de Eve. — Eu já fui falar com ela. Aliás, ela me disse que deseja conversar com você.

— Ai, droga!

— Sim, eu sei. Também odeio essas coisas. Sabe aquela ruiva do outro lado do comandante? É a namorada de Halloway, Lily Doogan. Está destroçada a pobrezinha. Vieram policiais de todas as regiões da cidade para o funeral. Isso tem um significado importante.

— É... Isso significa muito — concordou Eve.

— Eles colocaram Halloway na sala do fundo. McNab está lá. — Feeney expirou com força. — Nós o colocamos numa cadeira, porque ele ainda não consegue ficar muito tempo em pé. Roarke está com ele.

— Roarke veio?

— Veio, sim. — Um ar de pesar inundou seu rosto. — Eu não aguentei ficar muito tempo lá. Tentei, mas não consegui.

— Estar aqui já é o bastante, Feeney.

— Eu não sinto assim, queria fazer mais. Vou levar você até a mãe de Halloway.

Eles forçaram a passagem pela multidão de enlutados, em meio a um zumbido de conversas sussurradas. O ar estava pesado com o cheiro das flores. A luminosidade era baixa, pois as pessoas de luto pareciam preferir um ambiente à meia-luz.

— Tenente!

Eve se virou na direção da mão que a agarrara pelo braço e viu o olhar sério de Jenna Franco. Não notou pesar nela, apenas irritação. Ela não escondia seus sentimentos tão bem quanto Peachtree.

— Olá, vice-prefeita.

— Preciso conversar com você. Em particular.

— Tenho que fazer uma coisa importante antes. Nosso papo terá de esperar.

Eve se desvencilhou e virou-lhe as costas. Aquilo era mesquinho, e ela bem sabia. Porém, como Eve fazia uma ideia precisa do motivo do papo, percebeu também que ela e Jenna Franco não iriam gastar muito tempo com amenidades.

Ela respirou fundo e se preparou enquanto se aproximava de Colleen Halloway. A mãe do detetive morto tinha certamente quarenta e poucos anos, talvez cinquenta, calculou Eve, mas parecia mais jovem. O luto colocara em sua pele uma espécie de palidez translúcida que adicionava uma camada de juventude e fragilidade à sua figura, e contrastava com o indefectível preto da sua roupa.

— Olá, tenente.

Foi Anna Whitney quem lhe dirigiu a palavra. Eve muitas vezes se via como oponente da mulher do comandante. Naquele momento, no entanto, não percebeu nenhum ar de impaciência ou irritação em seu rosto.

Para sua surpresa, Anna Whitney pegou sua mão e a apertou.

— Como vai, sra. Whitney?

— A mãe do detetive Halloway deseja falar com você em particular, tenente. — Sua voz era baixa e ela virou o corpo de lado, sutilmente, de modo que apenas Eve ouviu suas palavras: — Sabe o que é mais difícil do que ser esposa de um tira?

— Na verdade, não. Sempre achei que estar casada com um tira era a pior situação possível.

A levíssima sombra de um sorriso surgiu nos lábios de Anna Whitney.

— Pois saiba que existe uma posição ainda mais terrível, tenente: ser mãe de um tira. Tenha cuidado com ela.

— Sim, senhora.

— Colleen? — Com um jeito educado e gentil que Eve sempre admirava, Anna colocou o braço sobre os ombros da mãe vestida de preto. — Esta é a tenente Dallas. Tenente, apresento-lhe a mãe de Kevin.

— Sra. Halloway. Queria lhe apresentar meus sinceros pêsames.

— Tenente Dallas! — Colleen agarrou a mão estendida com força. Seu cumprimento foi mais forte e mais firme do que Eve esperava. — Agradeço-lhe muitíssimo por sua presença aqui. Será que...? Há uma sala íntima no andar de cima. Será que poderíamos ter alguns minutos para conversar a sós? Gostaria muito de falar-lhe.

— Tudo bem.

Ela levou Eve até uma sala fracamente iluminada, depois de subir um lance de escadas. Os tiras haviam se espalhado por toda parte, e lotavam o andar de cima também. Mas todos se afastaram, abrindo caminho e baixando os olhos, respeitosamente, quando a mãe do morto passou.

— Meu marido gostaria de conhecê-la. Lily também. Mas eu pedi um tempinho só para nós duas, e eles compreenderam.

Ela abriu uma porta e entrou em uma pequena sala de estar. Mais flores, tecidos suaves e um estilo ligeiramente exagerado eram as características da sala, muito sombria e decorada em tons de vinho tinto.

— Esses lugares são tão deprimentes, não é verdade? Por que será que eles nunca abrem as janelas para deixar entrar um pouco de luz? — Colleen foi até as cortinas pesadas, abriu-as com determinação e o sol invadiu o ambiente. — Provavelmente as pessoas se sentem mais reconfortadas na penumbra. Esse é o seu caso, tenente? —

perguntou a Eve, mas balançou a cabeça logo em seguida. — Meus pensamentos ainda estão confusos. Por favor, sente-se.

Colleen escolheu uma poltrona e se sentou na beirada, com as costas muito retas.

— Já a vi nos noticiários e em outras apresentações ao vivo, tenente. A senhora sempre parece extremamente competente, mesmo quando o programa exibe uma festa importante ou um dos eventos sociais aos quais a senhora comparece em companhia do seu marido. Ele é, incontestavelmente, um homem lindíssimo, não é verdade?

— Sim, senhora — confirmou Eve.

— Foi muito gentil da parte dele ter comparecido a esta cerimônia. Imagine, ele se dar a todo esse trabalho e vir oferecer as condolências a mim, ao meu marido e a Lily. Foi muito gentil, sinceramente. Kevin falava de vocês, de vez em quando. A senhora nunca trabalhou diretamente com ele, não é verdade?

— Não diretamente, mas muitas vezes o meu trabalho depende da atuação da Divisão de Detecção Eletrônica. Halloway... isto é, Kevin... era um membro muito eficiente da DDE.

— Ele admirava muito a senhora. Queria lhe dizer isso, tenente — acrescentou, sorrindo ao ver o olhar de surpresa que Eve lançou. — Ele sempre comentava do seu trabalho junto ao capitão Feeney e aquele outro jovem detetive, Ian McNab. Creio que ele tinha um pouco de ciúme de seu relacionamento com Ian e com o capitão.

— Sra. Halloway...

— Estou lhe contando isso para que a senhora compreenda o porquê de ele ter dito aquilo e ter feito coisas terríveis quando se viu naquela situação desesperadora.

— Sra. Halloway, eu não preciso de explicações. Kevin estava mal, muito doente. Nada do que aconteceu depois de ele ter sido infectado foi culpa dele.

— É um alívio ouvi-la dizer isso. Ouvi as declarações que foram divulgadas esta manhã. As duas. Não sabia ao certo se aquelas eram as palavras do departamento ou se a senhora realmente falou com o coração.

— Eu falei com a alma. Cada palavra foi dita com sinceridade.

Colleen assentiu com a cabeça. Seus lábios tremeram de leve, mas logo se firmaram.

— Sei que a senhora fez de tudo para salvar Kevin, tenente. Sei que arriscou a própria vida para conseguir isso. Sei também — ela continuou, falando mais depressa, antes de Eve ter chance de responder — que a senhora vai argumentar que estava apenas cumprindo sua obrigação. Todos vocês, policiais, dizem isso. Mas eu queria lhe agradecer antes de tudo, e principalmente como mãe.

Seus olhos brilharam com as lágrimas não vertidas, e embora ela tenha piscado depressa para afastá-las, uma lágrima lhe escorreu, solitária, pelo rosto abaixo.

— Queria lhe agradecer em nome de Kevin — continuou. — Por favor, deixe-me terminar.

Ela parou de falar por um momento e engoliu em seco para limpar a garganta.

— Meu filho tinha orgulho de pertencer aos quadros da polícia. Ele acreditava no trabalho que realizava, nas coisas que defendia e respeitava, dava o melhor de si. Os atiradores de elite teriam tirado isso dele, juntamente com sua vida, se não fosse pela senhora. Se não fosse pela senhora, pelo capitão, pelo comandante e pelos colegas oficiais... esse respeito e esse orgulho teriam sido arrancados do meu filho. Em vez disso...

Ela remexeu no interior de uma pequena bolsa preta e pegou o distintivo do filho.

— Em vez disso, ele recebeu honras e homenagens. Nunca esquecerei isso. — Ela se inclinou na direção de Eve, com uma expressão intensa. — Impeça-os, tenente. Sei que a senhora fará isso.

— Sim, senhora. Vou impedi-los.

Com um aceno de cabeça, Colleen se recostou na poltrona.

— Já roubei muito do seu tempo, tenente. Sei que a senhora tem muito trabalho pela frente. Gostaria de ficar sentada aqui por mais alguns minutos, recebendo essa luz.

Eve se levantou e caminhou até a porta. Ao abri-la, ela se virou e disse o que lhe veio à mente:

— Sra. Halloway? Kevin devia sentir muito orgulho de ter uma mãe como a senhora.

Mais uma vez os lábios da mulher se abriram num leve sorriso. E novamente uma lágrima escorreu pelo seu rosto.

Eve saiu silenciosamente e fechou a porta.

Estava quase no alto da escada quando Jenna Franco apareceu diante dela. Chang estava ao seu lado, parecendo um cãozinho de madame.

— Podemos conversar agora, tenente?

Quando a vice-prefeita se encaminhou para a sala íntima, Eve a agarrou pelo braço.

— A sra. Halloway está aí dentro.

A impaciência no rosto da vice-prefeita esmaeceu. O olhar que lançou para a porta foi de pura compaixão. Em seguida, isso também desapareceu, ela seguiu direto até o fim do corredor e abriu a última porta.

Era um escritório onde, no momento, havia uma jovem diante de uma espécie de gabinete transformado em estação de trabalho.

— Preciso usar esta sala — informou a vice-prefeita, com determinação. — Você vai ter de sair.

Eve ergueu as sobrancelhas ao ver a jovem se agitar e sair de fininho. Jenna Franco era uma mulher que entrava onde desejava no momento que bem queria. Eve admirava muito essa característica.

Quando Chang fechou a porta atrás deles, Jenna Franco lançou-se ao ataque:

— Tenente, você recebeu instruções para usar sempre as declarações oficiais na hora de responder às perguntas da mídia. Não podemos perder tempo e recursos humanos correndo para acompanhá-la e consertar suas reações voluntariosas.

— Pois então acelerem o passo para me alcançar. Fui informada sobre a mais recente declaração dos Buscadores da Pureza minutos antes de ela ser divulgada. Respondi a isso da forma que julguei apropriada.

— Não cabe à senhora decidir qual é a resposta apropriada para a imprensa — atalhou Chang, com um tom ríspido. — O trabalho de definir o que é mais aconselhável nessa área é meu.

— Até onde eu sei, não devo satisfações a você, Chang, e se um dia isso vier a acontecer, eu me demito.

— O secretário Tibble ordenou que a senhora cooperasse — ele lembrou. — Mesmo assim, a senhora se recusou a comparecer às entrevistas que eu consegui agendar, entrevistas que iriam gerar mais atenção e bons resultados para a nossa causa. Hoje, a senhora fez declarações pessoais sem autorização prévia. Disse coisas que não representam somente a sua posição, tenente, mas a de todo o departamento. Isso é inaceitável!

— Se o meu comandante determinar que o que eu fiz e disse é inaceitável, ele poderá me dar um esporro, Chang. Você, não!

Ela deu um passo na direção dele e teve o gostinho de vê-lo recuar, assustado.

— Não ouse tentar me ensinar a trabalhar — ameaçou ela.

— A senhora nunca demonstrou respeito pelo meu trabalho.

— E o que isso tem a ver com os crimes? — Ela olhou para ele com a cabeça meio de lado.

— Veremos o que o secretário Tibble tem a dizer a respeito.

— Isso, pode rastejar até ele e fazer suas fofoquinhas, seu micróbio. Agora, caia fora que os adultos precisam conversar. — Ela se virou para Jenna Franco, que tinha permanecido calada durante a troca de desaforos. — Tem mais alguma coisa para me dizer, vice-prefeita?

— Na verdade, tenho. Por que não nos dá um minutinho, Chang? Discutiremos os desdobramentos deste caso no meu gabinete daqui a... — ela olhou para o relógio — ... trinta minutos.

Ele saiu batendo a porta com força, para demonstrar desagrado.

— Você se esforça para irritar as pessoas ou já nasceu com essa habilidade, Dallas?

— Acho que nasci desse jeito, pela facilidade com que isso acontece. Especialmente com gente insuportavelmente chata como Chang.

— Se eu lhe confessar que também considero Chang um sujeito irritante, autocomplacente, arrogante, um chato de galochas... e essa é uma opinião que eu negarei com veemência, se vier a público... podemos afastar um pouco dessa hostilidade?

— Se você pensa isso dele, por que utiliza seus serviços?

— Porque ele é bom no que faz. É muito bom. Na verdade, é ótimo. Se eu fosse obrigada a gostar de todas as pessoas com as quais trabalho, ou que trabalham comigo, certamente não estaria na política. Agora, vamos ao problema número um: sua declaração de hoje de manhã à imprensa. Chang achou, e eu concordo, e também o prefeito, que a forma como você usou a morte do detetive Halloway foi imprópria.

— A forma como *eu* usei? Qual é, espere um minutinho aqui! *Eles* o usaram, esquivando-se da responsabilidade pela sua morte. Eu rebati o golpe, respondi à altura e coloquei a culpa de volta no campo deles.

— Entendo o instinto que a levou a fazer isso. Por Deus, Dallas, você acha que eu não tenho coração? Eu tenho, sim. E esse coração está sofrendo pela mãe que está na sala ao lado. Droga, ela perdeu o filho. Eu também tenho um filho, de dez anos. Não consigo imaginar me despedir dele para sempre, como Colleen Halloway está fazendo com o filho dela.

— Na minha opinião, seria ainda mais duro ela achar que seu filho morreu em vão.

— E não foi o que aconteceu? — retrucou Franco, balançando a cabeça. — Olhe, eu sei o que vocês, tiras, acham disso. Ele morreu em combate. Não vou questionar a ideia porque não entendo esse conceito. O fato é que quanto mais o nome de Halloway for citado e quanto mais ele se transformar no centro do debate e do interesse da mídia e do público, mais difícil vai ser passar a nossa mensagem. Por mais que você discorde disso — acrescentou, virando-se de costas. — Sei mais sobre essas coisas de imagem do que você; e Chang sabe mais do que nós duas. O segundo problema é que nenhuma declaração deveria ser feita sem autorização lá de cima.

— Vocês não vão me engessar desse jeito. Não gosto de aparecer, mas sempre que eu achar que a mídia pode ajudar na investigação, vou usá-la.

— No entanto, se recusou a comparecer às entrevistas que Chang marcou, que foram programadas para nos proporcionar um mínimo de controle sobre a situação.

— Não vou ficar num estúdio feito papagaio amestrado, repetindo frases que o departamento ou a prefeitura julgam adequadas. Meu tempo e minha energia serão mais bem utilizados se eu estiver trabalhando no caso, e isso é prioritário. A verdade é que eu não aceitarei ser bonequinho de ventríloquo.

— Sim, seu comandante já deixou isso bem claro.

— Então, qual é o problema?

— Você devia dar pelo menos uma entrevista. — A vice-prefeita estendeu as mãos. — Podíamos aproveitar esse tempo de mídia. O outro assunto que eu quero discutir com você é ainda mais sério, potencialmente. Chegou aos ouvidos do prefeito que você interrogou os Dukes hoje de manhã, como parte da sua investigação. Uma família que perdeu o filho recentemente e teve seus arquivos lacrados por ordem judicial, a fim de protegê-la.

— Ele não perdeu tempo, hein? As informações sobre os Dukes vieram parar em minhas mãos. A ligação entre duas das vítimas bem como a profissão de Donald Dukes me fizeram acreditar que uma conversa informal com ele poderia ser útil para elucidar o caso. Vocês vão querer me ensinar a trabalhar, agora?

— Ora, pelo amor de Deus! — Jenna Franco atirou as mãos para o ar. — Por que você insiste em se comportar como se estivéssemos em lados opostos?

— Porque é assim que eu sinto.

— Você sabe o que vai acontecer se Donald Dukes procurar a imprensa? Se ele informar à mídia que está sendo assediado em seu próprio lar pela investigadora principal de um caso que é uma verdadeira batata quente? O filho deles foi levado a consumir drogas por Cogburn...

— Não há provas de que ele tenha sido o primeiro traficante a vender drogas para o rapazinho.

— Não vem ao *caso* se existem provas ou não — rebateu Franco. — O que vale é a versão. Cogburn aliciou um menino de doze anos, vulnerável e inocente, arrancando-o do seio de uma família boa, sólida, frequentadora da igreja. A polícia não conseguiu condená-lo. Mais tarde o mesmo menino, desorientado e reincidente devido ao vício, caiu nas garras de um pedófilo. A família ficou arrasada, o menino, traumatizado, e *novamente* a polícia não fez nada para ajudá-los.

— Não foi desse jeito que as coisas aconteceram.

— Mas é assim que os fatos serão mostrados, é assim que eles serão relatados e discutidos, se a coisa chegar aos ouvidos do público. A verdade, partes da verdade, mentiras descaradas, nada disso importa depois que a coisa estourar. Uma imagem será pintada, e de repente você entra em cena questionando essa família prejudicada, uma família de luto que tentou fazer a coisa certa, que colocou o bem-estar do filho nas mãos do governo e não recebeu apoio nenhum. Ainda por cima os acusa de fazerem parte de um grupo que você mesma denomina abertamente de "terroristas". E faz tudo isso dentro da casa deles. Como vai explicar ao povo?

— Vou lhe dar a explicação: Donald Dukes não podia ou não queria aceitar a orientação sexual do filho, e então...

— Meu Deus, meu Deus! — Jenna Franco pressionou os dedos sobre as têmporas e as martelou com força, como se usasse brocas. — Se você disser que aquele menino era gay, responderá a um processo, o departamento também, e até a prefeitura, antes que eu consiga empurrá-la pela janela de um prédio de vinte andares.

— Não se eu empurrar você antes — reagiu Eve. — De qualquer modo, há indícios de que ele era gay, ou certamente confuso a respeito da sua sexualidade. O menino nem teve a chance de decidir. Seu pai é rígido, dominador, o tipo de cara que não aceita estar errado. Destruiu provas que ajudariam a polícia a condenar Cogburn, mas a culpa foi do sistema penal. Inventou e distorceu tanto os fatos relacionados com Fitzhugh que o caso empacou, e, novamente, a culpa foi do sistema. Só que agora ele encontrou uma válvula de escape para suas agressões e seus pontos de vista: os Buscadores da Pureza.

— Você tem provas disso?

— Tenho pistas, e vou conseguir as provas.

— Dallas, se *eu* estou tendo dificuldades para engolir isso, pode crer que ninguém de fora vai acreditar em você. Além do mais, são fatos e suposições baseados em arquivos lacrados. Nem uma reprimenda pública e oficial do seu comandante será suficiente para impedir uma ação legal contra nós, nem o furacão que a mídia vai criar.

— *Se* e *quando* o comandante julgar necessário me repreender, isso será um direito dele e um problema meu. O furacão da mídia é um problema seu e de Chang. Dukes pode dar entrada em quantos processos quiser. Eles não vão dar em nada depois que eu o colocar atrás das grades. Acabamos esse circo, por agora?

— É melhor você ter certeza do que está fazendo — avisou a vice-prefeita.

— Tenho certeza do meu trabalho, o que é a mesma coisa.

Eve saiu. Quando começou a descer as escadas, ouviu a voz forte e clara de um tenor que entoava os primeiros acordes da canção *Danny Boy*.

Os tiras viviam cantando *Danny Boy* nos funerais, ela lembrou. Eve nunca conseguira entender o porquê disso.

— Tenente — saudou Roarke, quando ela chegou à base da escada.

— Preciso de ar. — Foi tudo o que ela disse e saiu para a rua porta afora.

Capítulo Dezesseis

Uma van de entregas estava estacionada em fila dupla e dera um nó no trânsito que se estendia por, pelo menos, seis quarteirões. O barulho resultante das buzinas enlouquecidas e dos xingamentos lançados por motoristas irados transformou o ar da rua num brado contínuo.

O dono de uma carrocinha de lanches tinha deixado seus espetinhos, muito temperados, passar do ponto de cozimento; o cheiro da fumaça e o fedor da gordura eram avassaladores.

Eve preferiu o barulho e o futum aos murmúrios e flores do interior da capela.

Seguiu direto pelo cheiro nauseante e pescou algumas fichas de crédito no bolso.

— Quero chocolate — ordenou ao homem que vendia lanches.
— Só tenho chocolate em barra. Quantas você quer?
— Seis.
— Para beber eu tenho energéticos, Pepsi, Coca e água mineral. Qual vai ser?
— Só o chocolate.

Ela lhe entregou o dinheiro e pegou seis barras muito finas de chocolate. Deu uma dentada na primeira, com vontade. Elas já começavam a derreter, no calor escaldante.

Roarke pegou uma garrafa grande de água e se serviu de um monte de guardanapos.

— Me dê um desses chocolates. Você vai ficar enjoada se comer tudo sozinha.

— Já estou enjoada. — Mas ela resolveu provar o quanto o amava e lhe entregou uma das barras. — Peachtree me passou um sabão; falou sem parar durante trinta segundos sobre a importância do trabalho de equipe, e terminou o sermão com um caloroso aperto no braço do tipo *somos ambos servidores públicos*. Depois, Jenna Franco e Lee Chang vieram pegar no meu pé por causa da declaração que eu dei ao Canal 75, hoje de manhã. O que eu disse não foi avaliado antes, nem aprovado. Não podemos confundir o público com a verdade. Droga, eu sou uma tira, não uma relações-públicas para eles usarem como fantoche!

— Aposto que você disse isso na cara deles.

— Claro! — Ela sorriu com ar amargo e comeu mais chocolate. — Pronto, falei. Franco não me parece idiota, especialmente se considerarmos que é política. Só que ela, e todo mundo, está muito mais interessada em percepção, em imagem e em distorcer a verdade do que na investigação.

— Eles não entendem de investigações tanto quanto de percepção, imagem e distorção da verdade.

Ele bebeu alguns goles da água para ajudar a lavar o que os vendedores ambulantes da cidade, ridiculamente, batizavam de chocolate; depois, umedeceu um dos guardanapos para limpar os dedos sujos.

— Eles não entendem seu ângulo, nem o fato de você se preocupar menos com as aparições na mídia do que com a blusa que veste de manhã — acrescentou, fazendo uma cesta de dois pontos ao jogar o guardanapo amassado no reciclador da calçada. — Aliás, você não se importa em absoluto com a blusa.

Eve olhou para a roupa que vestia. Era branca, avaliou. Estava limpa. O que mais havia para se importar?

— Todos nós ficaríamos numa boa se eles fizessem o seu trabalho e me deixassem em paz para fazer o meu. Tenho meus suspeitos, droga. Clarissa Price, Thomas Dwier e, agora, Donald Dukes. Se eu quebrar um dos elos, a corrente se abre.

Ela atacou a terceira barra.

— Dukes ligou para o advogado logo depois que eu saí. Está reclamando de assédio policial, ameaçou processar todo mundo e deixou Franco & Cia. Limitada em polvorosa.

— Você estranhou isso?

— Não, já esperava. Mas pensei que ele fosse esperar pelo menos acabar o funeral. — Ela olhou para a capela onde acontecia o velório. Alguns tiras já deixavam o local. De volta ao trabalho, pensou. A vida nem sempre seguia em frente, mas o trabalho, sim.

— Dukes está envolvido, Roarke. Encaixa sob medida no perfil. Lembra o jeito como você lidou com Jamie hoje de manhã? Sabe o que eu disse sobre você arrasar com ele, fazê-lo se sentir o cocô do cavalo do bandido e depois levantar seu moral? Pois é... Dukes não se preocupou com a última parte desse ciclo. Minha impressão é que ele transformou a vida do pobre garoto num inferno pessoal. Vou prendê-lo, e vou agarrar o resto do bando.

Ela olhou para cima e reparou na janela junto da qual se sentara, ao lado de Colleen Halloway.

— Vou impedi-los de continuar agindo. Preciso que você me consiga o máximo de dados e antecedentes que puder levantar sobre Donald Dukes, dentro dos limites da lei.

— Se você quer trabalhar dentro da lei, por que está pedindo isso a mim, e não a Feeney ou a McNab?

— Porque talvez eu receba ordens de deixar os Dukes em paz e, se isso acontecer, não poderei pedir a eles. Estou pedindo direto a você, por garantia. Um cara com tantas companhias está sempre à procura de um bom especialista em computação. Você obviamente faria uma pesquisa sobre o passado do profissional e vasculharia seus empregos anteriores antes de contratá-lo, certo?

— É exatamente o que eu faria. E talvez mencionasse alguma dessas informações com minha esposa. Casualmente, é claro. — Ele acariciou o queixo dela com o dedo. — Você é muito esperta, tenente.

— Quero cercá-lo. Para chegar lá, preciso cobrir todos os ângulos. Vou ter outra conversinha com Clarissa Price hoje à tarde. Ela não vai ficar nem um pouco feliz de me ver. Depois, talvez faça uma visita a Thomas Dwier.

Ela olhou para sua mão. A última barra de chocolate se transformara numa massa gosmenta.

— Ergh! — reagiu ela, com uma careta.

Jogou o resto do doce no reciclador e limpou os dedos com a água e os guardanapos que Roarke forneceu.

— Ô dona! — Um homem colocou a cabeça para fora do carro e berrou na direção de Eve, tentando falar mais alto que a buzina que apertava. — Que tal dar uma rajada de laser naquele babaca da van, para ver se ele libera a rua?

— Sua arma está aparecendo — informou Roarke, e ela fechou a jaqueta depressa, para encobrir o coldre.

Uma rápida olhada em volta e ela avistou dois guardas que saíam da capela funerária.

— Ei! — Ela exibiu o distintivo. — Vão dar uma dura naquele imbecil da van de entregas, ali adiante. Se ele não cair fora em um minuto, apliquem-lhe uma multa.

— Você é uma porra de tira? — berrou o motorista da buzina.

— Não, só estou carregando a porra de um distintivo e a bosta de uma pistola. Agora, para de apertar essa buzina, por favor! — Ela se virou para Roarke e o pegou rindo. — Que foi?

— Você está com chocolate espalhado na porra do distintivo, tenente.

— Droga! — Ela quase limpou o distintivo nas calças, mas ele o pegou da mão dela e usou o último guardanapo para limpá-lo.

— Agora, levante o queixo — ordenou ele.

— Que foi? Minha cara também está suja?

— Não. — Ele se inclinou em um ângulo perfeito e a beijou. — É que me deu vontade de fazer isso.

— Espertinho. Devolva meu distintivo.

— Ele já está de volta no seu bolso.

Ela conferiu e balançou a cabeça.

— Vá usar esses dedos leves para me conseguir informações. Vou chamar Peabody e seguir para o Serviço de Proteção à Infância.

— E eu vou ver se McNab está pronto pra ir para casa.

— Você os trouxe de limusine, não foi? — perguntou, enquanto caminhavam de volta para a capela.

— Claro. Por quê?

— Você está mimando demais a minha equipe. — Ela ia entrar no salão no instante em que Whitney saía.

— Olá, Eve. Boa tarde, Roarke. Achei que vocês já tinham ido embora.

— Estamos de saída, comandante, vou só reunir minha equipe.

— Deixe isso a cargo de Roarke. Caminhe comigo de volta à Central.

— Sim, senhor. Peça a Peabody para me encontrar na Central — Eve disse a Roarke. Deu um passo e parou. — Mande ela ir a pé — acrescentou. — Não quero que você a deixe lá de limusine.

— Como desejar, tenente. — Roarke passou o dedo sobre a covinha do queixo de Eve. — Vejo você mais tarde, Jack. — Ele acenou com a cabeça para Whitney e entrou.

— Do jeito que o tráfego está, ele não conseguiria ir de carro até a Central em menos de meia hora — comentou o comandante.

— Ele descobriria um jeito — replicou Eve —, e ainda conseguiria transformar o passeio em um tremendo espetáculo.

— Pois eu prefiro caminhar, sempre que tenho chance — continuou Whitney, assim que eles chegaram à calçada. — Você passou alguns minutos conversando com a mãe de Halloway, não foi?

— Ela tem muita coragem.

— Sim, é verdade. Vi que você também conversou com o prefeito.

— Sim, senhor.

— Ele está preocupado com a situação, o que é compreensível.

— Seria justo dizer que todos nós estamos compreensivelmente preocupados com a situação.

— Nossas preocupações afloram de jeito diferente. Você também conversou com Chang e com a vice-prefeita.

— Trocamos algumas palavras.

— Sim, você trocou palavras com muita gente, hoje — disse Whitney, olhando para ela.

— Sim, senhor. No meu entendimento, a declaração que dei a Nadine Furst como resposta ao texto dos Buscadores da Pureza foi adequada. Também foi baseada em fatos. O detetive Halloway e sua família não merecem ser usados como ferramentas para divulgação de mensagens terroristas. A Polícia deve oferecer a ele mais do que isso.

— Estou consciente dos deveres da Polícia, tenente. — Ele parou em um cruzamento, ao lado de outros pedestres que esperavam o sinal fechar. — A propósito, não achei nada impróprio na sua declaração, e o secretário de Segurança concorda comigo. O gabinete do prefeito, porém, não ficou nada satisfeito, mas Chang já está trabalhando para maximizar o efeito da maré a nosso favor. Isso é muito importante — completou Whitney, embora Eve não tivesse replicado nem pretendesse fazê-lo.

A multidão se lançou para frente um segundo antes de o sinal fechar. Eve e Whitney se lançaram na onda humana, apressando o passo para chegar ao outro lado.

— Eu poderia perder o nosso tempo lhe explicando os princípios básicos de política, contato com a imprensa, relações públicas, construção de imagem e percepção das tendências, e também falar da dinâmica muitas vezes complicada entre a Polícia de Nova York e o gabinete do prefeito.

Whitney pegou algumas fichas de crédito no bolso e lançou-as na tigelinha de um mendigo sem perder o ritmo da caminhada.

— Não pretendo fazer nada disso, tenente. Você já conhece todos esses assuntos, e sei que não está nem um pouco preocupada com eles. Direi apenas que seria mais útil e simples para todos os envolvidos se você cooperasse com Chang tanto quanto possível. Desde que isso não interfira nem impeça a investigação.

— Sim, senhor.

— Agora, a respeito do encontro que você teve com Donald e Sylvia Dukes, hoje de manhã...

— Não foi um encontro, comandante; apenas algumas perguntas feitas na residência do casal, com a permissão deles.

— Você pode brincar com a semântica o quanto quiser, Dallas. Não importa o termo que use, o fato é que os arquivos de Devin Dukes estavam lacrados.

— Os registros oficiais não são a única fonte para conseguir dados, senhor.

— Sim, pode brincar com as palavras, mas você está disposta a revelar o nome da sua fonte?

— Não, senhor, nem sou obrigada a fazê-lo, de acordo com a norma departamental número 12, artigo...

— Não venha citar normas para cima de mim, Dallas. — Ele continuou a caminhar com descontração, apesar do calor intenso, mas seu tom de voz se alterou: — Se a coisa chegar aos tribunais civis, tanto você quanto essas normas serão testadas.

— Nada disso. A questão de seguir ou não as regras se tornará irrelevante quando eu acusar Donald Dukes de conspiração com fins criminosos, e é bom ele recrutar todos os recursos legais que existem para se defender.

— Dukes é parte disso?

— Está enterrado até o pescoço.

— E a mãe do garoto?

— Não creio. — Eve balançou a cabeça. — Ela é passiva demais. Estou pesquisando o curriculum vitae do marido para determinar até que ponto Dukes tem habilidades avançadas em programação. Independentemente disso, acho que Dukes é um elemento-chave do bando, e ele não aceitaria ser menos que isso. Eu conseguiria derrubá-lo na sala de interrogatório com facilidade, porque ele é irritadiço, arrogante e precisa estar sempre com a razão. Não gosta de ver mulheres em posição de autoridade, então fica ainda mais fácil. Prefere que as mulheres fiquem em seu devido lugar — continuou, quase para si mesma. — Sua esposa estava toda penteada como um cãozinho de exposição, usando um avental. Apareceu com tintura labial e brincos às nove da manhã.

— Minha esposa coloca maquiagem assim que levanta da cama.

— Que esquisito! Mas ninguém intimida a sra. Whitney. Ninguém a controla. — Eve percebeu o que tinha dito e se encolheu toda. — Sem querer desrespeitá-lo, comandante.

— Não fiquei ofendido.

— Preciso cuidar de algumas pontas soltas, antes de intimar Dukes para depor.

— Pois ache essas pontas e amarre-as bem.

— Acho que ele mantém contato com a assistente social que cuidou do filho, e também com o tira que trabalhou no caso. Acredito que todos estejam envolvidos. Se agarrar um deles, agarro o resto deles.

A tenente e o comandante atravessaram outro cruzamento e viraram para oeste.

— Certifique-se de tudo antes de agir. Um único erro pode fazer essa bomba estourar na nossa cara, e você vai ser a primeira a se queimar. Mudando de assunto, foi bom ver a recuperação de McNab.

— Sim, senhor, foi ótimo.

— Ele me pareceu um pouco abalado, ainda.

— Estou mantendo a agenda de McNab leve, e quanto a Peabody... — Ela engoliu as palavras e tentou mudar de assunto. Talvez andar pela rua como uma turista tivesse destravado sua língua. — Peabody cuidará do resto da sua recuperação.

— Você acha que eu não sei sobre o relacionamento entre o detetive da DDE e a sua auxiliar, tenente?

— Não gosto de falar a respeito disso. — Eve olhou direto em frente. — Isso me dá tremeliques.

— Como disse?!...

— Literalmente. Tenho um tique nervoso; a parte de baixo do meu olho começa a tremer toda vez que... Deixe pra lá. Tanto o detetive McNab quanto a policial Peabody cumprem suas funções de forma exemplar. Pretendo indicar o nome de Peabody para promoção a detetive de primeiro grau.

— Há quantos anos ela está na Força?

— Quase três, sendo que mais de um ano só na Divisão de Homicídios. Seu trabalho e sua dedicação justificam a indicação, comandante. Caso o senhor tenha tempo para analisar sua ficha, ler minhas avaliações e, se for o caso, concordar com a indicação, ela poderá começar a se preparar para as provas.

— Pode deixar comigo. Você teria como dispensar McNab por uma hora, talvez duas, agora à tarde?

— Claro, senhor, se for necessário.

— Então vou chamá-lo. Ele dará uma entrevista exclusiva para Nadine Furst no estúdio, em resposta às declarações divulgadas esta manhã.

— Senhor, será que isso é estranho? Colocá-lo diante do público depois da grave lesão que sofreu? E exatamente no dia do funeral de Halloway?

— Isso se chama solução conciliatória, tenente. — Seu tom de voz permaneceu suave, mas suas palavras pareceram um borrifo de água gelada em meio ao calor da tarde. — Poder e autoridade exigem conciliação. Você acha que ele não consegue encarar isso? Tem alguma dúvida de que ele ficaria ao lado de Halloway?

— Não, senhor, não tenho dúvidas quanto a isso.

— Você não gosta de vê-lo sendo usado como um símbolo — Whitney entrou pelos portões da Central —, mas é isso que ele é. E você também, tenente.

Ao entrar no saguão, ele olhou em torno das muitas estações de trabalho e dos mapas de localização em 3D. Observou os policiais, as vítimas e os culpados.

— Aqui estamos nós — terminou ele. — Isto aqui representa a lei e a ordem. Esta estrutura está sendo testada devido às manipulações e manobras de um grupo de terroristas. Trata-se não apenas de encerrar um caso, Dallas, mas, principalmente, de alcançar um veredicto exemplar. Encontre as pontas soltas. Se você pretende acusar o pai de um adolescente morto, esteja certa de amarrar o pacote muito bem amarrado.

Eve decidiu pesquisar outras pontas soltas e ainda encaixar um tempo para redigir um relatório oficial sobre as atividades da manhã. Quando chegou em sua sala, porém, viu Don Webster sentado à sua mesa.

— Se eu continuar encontrando gente da Corregedoria na minha cadeira, vou trocá-la na primeira oportunidade.

— Feche a porta, Dallas.

— Tenho um relatório para redigir e depois preciso sair em campo para novas investigações.

Levantou-se e resolveu, ele mesmo, fechar a porta.

— Vamos fazer com que a coisa seja rápida. Vou ter de gravar a nossa conversa.

— Qual o tema da conversa e por que você tem de gravá-la?

— Trata-se do seu acesso a registros lacrados. Pode levar um minuto para pensar no assunto — cedeu ele, antes de ela ter chance de falar. — É melhor pensar com cuidado no que vai dizer, antes de eu ligar o gravador.

— Não preciso de um minuto. Ligue essa porcaria e vamos resolver logo essa parada. Estou com uns assassinatos chatinhos para resolver, enquanto você ficha os colegas.

— Este é um procedimento operacional padrão e você sabe disso. Já devia esperar que eu fosse aparecer.

— Para ser franca, nem pensei no assunto. — Ela se xingaria mais tarde por isso. — Estava com uns detalhes na cabeça, hoje de manhã.

— Sente-se.

— Não sou obrigada a sentar.

— Por mim, tudo bem. — Ele ligou o gravador. — Aqui fala o tenente Donald Webster, lotado na Divisão de Assuntos Internos, em entrevista oficial com a tenente Eve Dallas, da Divisão de Homicídios, na Central de Polícia. Esta gravação refere-se ao caso de Donald Dukes, Sylvia Dukes e seu filho Devin, menor de idade, falecido. Tenente Dallas, você deseja entrar em contato com o seu advogado ou qualquer outro representante legal, antes de iniciarmos esta entrevista?

— Não.

— Você, em missão oficial, visitou a residência de Donald e Sylvia Dukes, localizada — ele leu o endereço completo —, aproximadamente às nove horas da manhã de hoje?

— Sim.

— Nessa visita você questionou os cidadãos citados sobre incidentes que envolveram seu filho menor, Devin Dukes, falecido?

— Sim.

Ele ergueu as sobrancelhas, mas se foi por irritação ou por aprovar suas respostas monossilábicas, ela não sabia. Nem se importava.

— Você tinha conhecimento de que alguns dos incidentes relacionados com o menor em questão estão protegidos legalmente?

— Fui informada disso pelo próprio sr. Dukes, em sua residência, esta manhã — disse ela, sem piscar.

— Você não sabia previamente que esses dados estavam lacrados?

— Deduzi que estivessem.

— Como chegou a essa dedução?

— Não havia nenhuma ficha sobre o caso, quando fui pesquisar dados para minha investigação.

— O que a levou a Devin Dukes? — O olhar de Webster permaneceu colado nela.

— Recebi dicas de uma fonte externa.

— De que fonte você recebeu essas informações protegidas pela Justiça?

— Não sou obrigada a divulgar o nome da fonte utilizada em uma investigação, especialmente uma investigação prioritária. Essa informação é protegida pela norma departamental 12, artigo 86-B.

— Você se recusa a informar a fonte? — A voz de Webster manteve-se monocórdica.

— Sim. Informar seu nome prejudicaria a fonte e a investigação.

— Tenente Dallas, você utilizou equipamento e/ou fontes do Departamento de Polícia para acessar esses registros lacrados?

— Não.

— Você, pessoalmente, tenente Dallas, invadiu os arquivos lacrados de Devin Dukes?

— Não.

— Deu ordens a algum membro do Departamento da Polícia de Nova York para que o fizesse?

— Não.

— Você coagiu, subornou, ameaçou ou deu ordens a algum outro indivíduo para que ele quebrasse os lacres judiciais desses arquivos?

— Não.

— Você, se for necessário, se submeteria ao detector de mentiras para falar desse assunto?

— Não me submeteria voluntariamente ao detector de mentiras, mas farei isso se receber ordem específica de meus superiores.

— Obrigado por sua cooperação, tenente. Fim do procedimento. Desligar o gravador! Muito bem, Dallas.

— Só isso?

— Por ora. Posso tomar um cafezinho especial daquele seu?

Ela simplesmente torceu o polegar, apontando para o AutoChef. Ele foi até o aparelho e programou uma caneca.

— Se isso acabar chegando aos tribunais, o detector de mentiras será utilizado. Você passaria no teste?

— A entrevista acabou, Webster. Tenho trabalho.

— Escute, eu assumi a missão de gravar essa entrevista para lhe dar uma mãozinha. Se a Corregedoria não investigasse oficialmente a possível abertura nos lacres de um arquivo, a coisa ia feder. Nenhum de nós precisa disso.

Um pouco da raiva que ela segurara durante as perguntas transbordou:

— Tem muita coisa fedendo aqui, Webster, mas o podre da história são os Buscadores da Pureza escondendo informações em arquivos lacrados e armando um circo jurídico para mantê-las ocultas o maior tempo possível, tentando empacar ou impedir minha investigação. Eu furei o bloqueio, e eles não gostaram nem um pouco.

— Você está farejando algum tira nessa história? — Ao ver que ela permaneceu calada, se sentou na cadeira e se virou para o computador, ele chutou a mesa. Esse era um gesto que Eve compreendia e até respeitava. — É tão difícil acreditar que eu estou do seu lado?

— Não. Mas eu não entrego tiras para a Corregedoria. Só quando eu tenho certeza. Se encontrar algum policial que faz parte disso, vou arrastá-lo pela orelha até você. Mas só quando tiver absoluta certeza de que ele está sujo.

Ele tomou um gole do café. Dava para Eve sentir que ele usava a bebida para se acalmar e aparar as arestas.

— Se você tiver algum nome em mente, eu poderia dar uma pesquisada nele, extraoficialmente.

Eve olhou para ele, de perfil. Webster faria aquilo numa boa, e ela sabia.

— Acredito em você e agradeço a oferta, mas há alguns ângulos que eu preciso pesquisar mais, antes. Se encontrar algum obstáculo e achar que você pode me ajudar, eu ligo. Já terminou de investigar Trueheart?

— Já. Ele está liberado para o trabalho. Aquele garoto não merecia passar por esse triturador de gente.

— O importante é ele sair vivo do outro lado. Estou atolada, Webster.

Ele se dirigiu para a porta e avisou:

— Se tiver algum tira envolvido nessa lama, quero a pele dele.

— Entre na fila — respondeu ela, e fez sua primeira ligação.

Enquanto esperava pela resposta, fez um rascunho do relatório, conferindo dados do seu registro inicial, para ter certeza de que não deixara nenhum detalhe de fora.

Ela refinou o texto, jogou-o no sistema e transmitiu cópias para os envolvidos. Ao terminar a tarefa, entrou em contato com Trueheart.

— Preciso de um policial — disse ela, falando depressa. — O trabalho é chato e burocrático. Apresente-se imediatamente ao detetive Baxter no escritório especial montado na minha residência.

— Senhora, estou trabalhando no recebimento de chamadas de emergência, até segunda ordem.

— Esta é sua segunda ordem. Pode deixar que informarei ao seu superior que você foi requisitado por mim. Dirija-se à minha casa, policial, o mais rápido possível.

— Sim, senhora. Obrigado, senhora.

— Quero ver se você vai me agradecer depois de aturar Baxter por algumas horas.

Ela desligou e saiu para rebocar sua auxiliar.

— Peabody, você vem comigo.

— Fui! — Isso foi tudo o que Peabody disse até se ver dentro da viatura de Eve. — Não queria mencionar nada dentro do prédio, por precaução. Baxter me passou algumas informações sobre o sargento-detetive Dwier.

— O que ele descobriu?

— Ele entreouviu alguns papos no funeral. O lugar estava cheio de tiras, muitos deles da Décima Sexta DP. Ele tentava saber coisas sobre Dwier, e encontrou alguns policiais que trabalham diretamente com ele. Dizem que Dwier passou por maus bocados, há alguns anos. Divórcio. A mulher se mudou para Atlanta, levando o filho deles, e Dwier quase não consegue ver o próprio filho. Ficou arrasado com isso, segundo a fonte. Só que logo depois ele conheceu uma moça, ao investigar um caso. Eles começaram a sair com regularidade e no ano passado, mais ou menos, o namoro ficou mais sério. Ela trabalha no Serviço de Proteção à Infância.

— Tem dias que os presentes caem direto no colo da gente. Estava na hora de visitar Clarissa Price.

Eve mal saíra da garagem quando recebeu o comunicado.

Pureza absoluta havia sido alcançada mais uma vez.

O novo homicídio a atrasou muito, e ela chegou ao Serviço de Proteção à Infância minutos antes de as portas se fecharem. Forçou a recepcionista para deixá-la entrar e foi direto à sala de Clarissa Price.

Havia manchas de sangue nas calças de Eve. Mal dava para percebê-las sobre o tecido preto, mas o cheiro estava muito forte.

— Desculpe, tenente. Não é possível atendê-la, agora. — Arrumada e muito bonita, Price estava sentada à sua mesa. De forma ostensiva, bloqueou a visão do monitor e olhou para o relógio de pulso. — Preciso acabar de redigir este relatório e depois tenho um encontro marcado.

— Você vai arrumar tempo para mim.

Os lábios de Price se firmaram e ela cruzou as mãos.

— Tenente, a senhora traiu minha confiança ao se intrometer no lar dos Dukes hoje de manhã, o que só serviu para lhes trazer mais dor e, provavelmente, vai gerar um processo que poderá envolver esse serviço e o meu trabalho. A última coisa que pretendo fazer, no momento, é arrumar tempo para recebê-la, muito menos tolerar que a senhora invada a minha sala ao fim de um exaustivo dia de trabalho.

— Traição de confiança? É esse o nome que você dá? — Eve espalmou as mãos sobre a mesa e se inclinou na direção dela. — Qual o nome que você dá aos atos dos Buscadores da Pureza? Manutenção da confiança? Acabo de vir de outra das execuções promovidas por eles, srta. Price. O nome Nick Greene lhe traz algo à memória? Talvez a senhora tenha ouvido falar dele ao longo de seus exaustivos dias de trabalho. Ele vendia drogas ilegais, estava envolvido com pornografia, prostituição, promovia festinhas que não se podem chamar construtivas. Tudo que um cliente desejava, Nick fornecia. Alguns desses clientes tinham preferência por menores de idade. A maioria das pessoas comuns não diria que Nick era um cara gente fina, mas eu lhe garanto que ele também teve uns dias exaustivos, ultimamente.

— Se essa é a sua maneira de me dizer que alguém morreu, saiba que o assunto não tem nada a ver com o meu trabalho, tenente. E se essa pessoa tiver ligação com as tarefas executadas pelo Serviço de Proteção à Infância, não posso confirmar nem negar o fato até que me mostre mandados que me ordenem fazê-lo.

— Mais cedo ou mais tarde eu vou descobrir quem anda bloqueando meus mandados. Isso é uma promessa. Vou sussurrar outro nome que talvez lhe traga algo à memória: Hannah Wade. Mulata, dezesseis anos, vivia fugindo de casa. Os pais desistiram de dar parte, na última vez que ela deu o fora. Minhas informações são de que ela já estava nas ruas há mais ou menos três meses, dessa vez. Oferecia, ilegalmente, serviços de prostituição, aplicava alguns golpes e fazia pequenos furtos. Hannah começou a se meter em encrencas aos doze anos, mas não vai mais causar problemas para ninguém. Está morta.

Eve pegou três fotos recém-impressas da sua sacola de provas e as atirou em cima da mesa.

— Era uma menina linda, pelo que vi na carteira de identidade e segundo relatos de quem a conheceu com vida. Não dá para dizer o quanto ela era bonita por essas fotos, não é verdade? Ninguém fica com boa aparência depois de levar cinquenta ou sessenta facadas.

Com o rosto branco como cera e um forte ar de enjoo, Clarissa Price afastou as fotos.

— Eu não a conheço, tenente. A senhora não tem o direito de...

— É duro encarar os resultados, não é? A coisa não parece tão pura quando vista cara a cara. Acabei de chapinhar no sangue dela. Isso também é duro, pode ter certeza. Existe muito sangue no corpo de uma adolescente, Clarissa. Sangue suficiente para respingar e jorrar para todo lado enquanto ela tenta escapar de um cara com uma faca afiada; um cara cujos miolos estão explodindo dentro do crânio. Tem sangue suficiente para escorrer e formar uma poça quando ela cai porque não tem mais para onde fugir.

— Ela... Greene fez isso com ela?

— Não. Os Buscadores da Pureza fizeram isso com ela. — Eve quase esfregou as fotos na cara de Clarissa. Dê uma boa olhada no que eles fizeram com ela. A pesquisa obviamente não mostrou que ela estava com Greene há uma ou duas semanas. A pesquisa não mostrou que uma adolescente fugida de casa estava morando com ele. Dormindo na cama dele enquanto a infecção cozinhava seu cérebro. Talvez o dela também. A autópsia vai verificar tudo.

— Não acredito nisso. Preciso ir embora.

— Nada é absolutamente puro, Clarissa, você não entende? Nada entra ou sai deste mundo sem mancha ou cicatriz. Nenhum sistema é totalmente imune a erros. E neste caso, quando acontece uma falha, gente inocente morre. Ela era uma criança. Você deveria protegê-la. Mas não dá para proteger a todos. Ninguém consegue proteger todo mundo.

— A ideia de fazer isso foi sua? — quis saber Eve. — Ou você foi apenas recrutada? Quem é o principal responsável pelos Buscadores da Pureza?

— Não sou obrigada a falar com a senhora, tenente. — Clarissa estava com uma palidez impressionante na região em volta dos lábios, e sua voz não estava nem um pouco firme. — Não quero falar com a senhora.

— Dukes ajudou a criar o vírus. Quem mais? Dwier chamou você para participar do plano ou foi você quem o convidou?

Clarissa Price se afastou da mesa e se levantou. Eve reparou que suas mãos tremiam.

— Saia daqui!

— Vou destruir esse grupo, e você vai junto. Você e Dwier. Quem vocês pensam que são? Montando tribunais, julgando pessoas e executando-as por controle remoto? Para depois diminuir a importância das mortes de quem não tinha nada a ver com a história, chamando-as de vítimas da praga maior. *Vocês* são essa praga maldita, Clarissa. Todos vocês, hipócritas que se consideram guardiães.

Eve pegou as fotos tiradas no local da morte de Hannah Wade.

— *Vocês* mataram essa criança. E vão pagar por isso.

— Vou... Vou ligar para meu advogado. — Mas as lágrimas começaram a aparecer no seu rosto, acumulando-se nos cantos, prontas para escorrer. — Isso é assédio moral.

— Ah, o nome que você dá a isso é assédio moral? — Não havia traço nenhum de humor no sorriso de Eve. Ela parecia uma lâmina afiada. — Não me provoque! Você tem vinte e quatro horas para se entregar. Me procure, traga provas e eu prometo interceder em seu favor, pedindo um centro de reabilitação aqui mesmo na Terra. Se eu tiver que vir aqui prendê-la, daqui a vinte e quatro horas e um minuto você vai ser enterrada em uma jaula de concreto fora do planeta e nunca mais vai ver a luz do sol em toda a sua vida.

Eve olhou para o relógio a avisou:

— Volto amanhã, às cinco e vinte da tarde. Nem um minuto depois.

Capítulo Dezessete

Eve sabia que conseguira deixar Clarissa Price abalada, e muito. Também sabia que ela não entraria em contato com um advogado qualquer, a não ser que ele fosse aprovado pelos Buscadores da Pureza. Mas certamente iria falar com Dwier.

Eve notou o terror que se instalara no rosto da assistente social no instante em que ela olhou para as fotos de Hannah Wade morta. Viu um pouco de choque e incredulidade, também, mas o terror das imagens era o que ela não conseguiria tirar da cabeça. Era isso que iria corroer sua consciência e a faria acordar aos gritos no meio da madrugada.

Para evitar que acontecesse o mesmo com ela, Eve sabia o que fazer em seguida, sabia quais medidas tomar. Foque a atenção no trabalho, disse a si mesma no instante em que pregou as mais recentes fotos do caso no quadro que ficava na parede do seu escritório.

Ela não poderia permitir que o horror do seu próprio passado viesse novamente à superfície, nem que lhe provocasse uma fisgada dolorosa na boca do estômago, como aconteceu no instante em que entrou no apartamento de Greene, na Park Avenue. Um horror que a carregara direto ao passado, por um instante, levando-a para um quarto apertado e frio na cidade de Dallas, onde o cheiro do sangue penetrava nas narinas e a faca, coberta por ele, permanecia grudada em seus dedos fechados.

Roarke entrou, fechou a porta e trancou-a.

— Preciso de toda a equipe aqui, com exceção de Jamie, para lhes passar os dados sobre os homicídios mais recentes.

— Daqui a um minuto. — Ele atravessou o aposento até onde ela estava, pegou-a pelos ombros e a girou até colocá-la de frente para si. Os olhos dela estavam com olheiras. Parte daquilo era fadiga, ele sabia. Mas a maior parte era pesadelo. — Dá para ver tudo em você. — Ele beijou de leve sua sobrancelha. — Dá para sentir sua dor.

— Não vou deixar que isso me atrapalhe.

— Claro, não podemos permitir isso. Espere mais um minutinho, Eve. Só um minuto.

Os braços de Roarke já estavam em torno de Eve, e os dela o apertaram de volta, com força.

— Não foi a mesma coisa. Foi muito diferente, mas... a imagem me levou ao passado. Eu me vi menina. Eu me vi ali, ao olhar para ela, me vi olhando para ele. Senti tanto frio. Já enfrentei cenas como essa antes, e isso nunca me remeteu ao passado.

— Dessa vez foi uma menina. Muito jovem.

— Mais velha do que eu era. Duas vezes mais velha. Mas ela poderia ter sido eu. — Eve soltou o ar como um desabafo ao dizê-lo: — Foi isso que eu pensei ao vê-la ali, ao me inclinar sobre ela. Se eu não o tivesse matado primeiro, se eu não tivesse fugido dele, ela poderia ser eu.

Mais calma, ela pousou a cabeça no ombro dele de leve, então olhou para o quadro de avisos na parede, onde as fotos estavam, com os olhos limpos.

— Você viu o que eles fizeram com ela? — perguntou Eve.

Por mais que ele já tivesse visto e passado por coisas terríveis na vida, as imagens de Hannah Wade fizeram seu sangue gelar.

A menina parecia ter sido destroçada. A blusa e o short que vestia no momento do ataque tinham ficado em farrapos, encharcados com o sangue dela.

— Você consegue — incentivou ele, baixinho. — Apesar de enfrentar barbaridades sempre, não importa quantas vezes, ainda se importa e se comove. É isso o que a faz ser o que é, querida.

— Preciso enfrentar essa barra. — Dar um passo à frente, pensou. Mergulhar de cabeça no trabalho. — Quero que Jamie fique em outro lugar, fazendo alguma coisa. Não quero que ele veja isso. Vou tirar as fotos do quadro entre as reuniões.

— Ele pode ir para a piscina ou para o salão de jogos. Vou mandar Summerset ficar de olho nele, para garantir que ele fique bem longe daqui, até você encerrar a reunião.

Eve concordou com a cabeça e deu um passo para trás.

— Só mais uma coisinha: eu coagi, subornei ou ameacei você, forçando-o a abrir arquivos lacrados?

— Não. Você pediu, isso mesmo com certa relutância e rangendo os dentes.

Ela ensaiou um leve sorriso.

— A não ser pelo ranger de dentes, é assim que descreveria o que aconteceu. Mesmo que o verbo "exigir" estivesse na lista, eu teria dito "não" ao ser questionada pela Corregedoria. Poderia até ter mentido. Não gosto de saber disso, mas consigo aceitar a ideia.

Ela olhou para as fotos de Hannah Wade e confirmou:

— Consigo aceitar isso.

Quando sua equipe se reuniu, ela relatou todos os detalhes da operação:

— Nick Greene fornecia serviços. Quando perguntado sobre a profissão que exerce, ele escrevia "consultor de entretenimento". Embora mantivesse uma clientela fixa, a maior parte da sua renda vinha do que estava por baixo da superfície. Drogas ilegais, vídeos fora da lei por envolverem menores de idade, violência autêntica e bestialidade. Ele também oferecia acompanhantes sem licença, dos dois sexos, para quem queria curtir um pouco mais do que a lei permite ou simplesmente curtia transgredir. Ele tem ficha na polícia e muitas vezes testava pessoalmente quem se candidatava a trabalhar para ele.

"Foi chamado para interrogatório oito vezes, mas nunca abriram processo. Seus negócios, pelo visto, davam uma boa grana. Ele morava muito bem, na Park Avenue."

— Ele tem ligação com Clarissa Price ou Thomas Dwier? — quis saber Baxter.

— Não encontrei os nomes deles nos dados que levantei, mas tenho certeza de que era conhecido no Serviço de Proteção à Infância. Das oito vezes que foi chamado para prestar esclarecimentos à polícia, duas delas continham queixas envolvendo alguém menor de idade. Um desses casos teve os registros lacrados. Sob esse lacre, certamente acharemos alguém ligado aos Buscadores da Pureza.

— Tenente! — Trueheart levantou a mão pedindo para falar, como um aluno de escola. — É impossível que Greene tenha sido infectado simplesmente pelas atividades que exercia, sem qualquer ligação com o grupo?

— Está muito cedo para eles infectarem alguém genericamente. Essa primeira onda de ataques envolve vinganças pessoais.

— Isso mesmo — concordou Feeney. — Quando uma pessoa monta um grupo desses, os componentes arriscam muita coisa. Muitos nem aceitariam participar de algo assim só por princípios morais. Precisam de algum retorno direto. Querem incentivos que sirvam às pessoas que arrebanham e recrutam. Claro que deve haver alguns fanáticos radicais, também. E sociopatas que curtem a ideia de matar alguém sem sujar as mãos de sangue.

— Discípulos — completou Roarke — ansiosos para seguir o caminho recém-aberto. Tiras frustrados, funcionários públicos, assistentes sociais, gente que vê culpados escaparem impunes todo dia. Outros devem estar simplesmente fascinados, intelectualmente, pela ideia de escolher a dedo quem será justiçado.

— Eles já determinaram os alvos dessa primeira onda de ataques. — Eve apontou para o quadro. — Estão trabalhando depressa. Na minha opinião, eles já infectaram ou deram início à infecção de toda essa primeira leva. Estão oferecendo aos membros da organização gratificação maciça, sucessos rápidos e múltiplos, além de manter a história como o assunto do momento, na mídia. Focar os ataques em alvos que, de algum modo, molestaram crianças é proposital. Até mesmo os tiras têm atitude diferente quando as vítimas são crianças.

Ela olhou para o quadro mais uma vez.

— De acordo com declarações dos vizinhos, Hannah Wade foi vista no prédio pela primeira vez há dez dias. É possível que ela já estivesse morando no apartamento há mais tempo, pois seus pais não sabiam notícias dela havia três meses. Dessa vez eles nem se deram ao trabalho de avisar a polícia ou o Serviço de Proteção à Infância sobre o desaparecimento da filha. McNab, vasculhe as gravações da segurança do prédio para descobrirmos o dia exato em que ela foi morar com Greene.

— Fui! — obedeceu ele.

— Quero saber quantas vezes ela entrou e saiu nesse período, e quem mais visitou Greene nas últimas semanas. Temos nomes de amigos e conhecidos da jovem, numa lista fornecida pelos pais. Peabody e eu vamos interrogá-los. Baxter, entre em contato com os tiras que interrogaram Greene, para ver se eles nos dão alguma luz Feeney, Roarke e Jamie continuarão tentando conseguir dados dos computadores confiscados.

— Vamos fazer hora extra — informou Feeney. — Em mais oito ou dez horas de trabalho conjunto, talvez consigamos ludibriar o vírus.

— Mantenham-me informada. Os ataques a Greene e a Hannah Wade seguem o mesmo padrão dos outros. Greene se enfiou em casa nos últimos cinco dias. O prédio tem porteiros humanos das oito da manhã à meia-noite, em três turnos. Androides cuidam do horário da madrugada. Nenhum deles viu Greene entrar ou sair em momento algum nos últimos dias. Disseram que isso era muito incomum, em se tratando dele. Greene geralmente saía para a rua quase todos os dias, e pelo menos cinco noites por semana. O porteiro do último turno contou que Greene chegou rebocando uma garota com a descrição de Hannah Wade há uns dez dias, e ela entrava e saía do prédio quase diariamente desde então. Mas ninguém a viu entrando nem saindo ontem.

Eve se virou para o telão e ordenou:

— Gravação feita no local do crime, cena um!

A imagem que surgiu era dura e pavorosa. A sala de estar, decorada em branco, tinha sangue em toda parte. Cacos de vidro cintilavam em pequenos riachos de sangue que serpenteavam pela sala e se derramavam sobre o carpete. Mesas reviradas, um telão de alta definição destruído, luxuriantes plantas tropicais, colocadas ali para fazer contraste com o branco da decoração, haviam sido arrancadas pelas raízes e faziam parte do cenário macabro onde se via o corpo da garota.

Ela fora arremessada de rosto para o chão, com os braços e as pernas abertos. Seus cabelos eram compridos, encaracolados, louros com mechas cor de safira. Um pouco do dourado e do azul de seus cachos ainda aparecia em meio ao sangue pisado.

Eve ouviu a própria voz, descrevendo a cena, e, logo depois, se viu aparecer diante da câmera e se agachar ao lado do corpo.

— Dá para ver drogas ilegais espalhadas por toda parte. O que parece ter sido uma tigela decorativa foi achado, em pedaços, nessa sala de estar. Traços de várias substâncias foram detectados. Vestígios de erótica e de jazz ainda estavam nos cacos da tigela. Apresentar gravação do quarto!

A imagem mudou e apareceu um quarto imenso, banhado pelo sol e decorado em preto e vermelho. Os lençóis da cama haviam sido arrancados. O monitor do computador ficou de frente para o gravador e foi possível ler:

PUREZA ABSOLUTA ALCANÇADA

— Uma tigela menor, intacta, pode ser vista na mesinha de cabeceira. Várias substâncias ilegais estão dentro dela, e há outras no chão. Parece que Green continuou a ingerir drogas depois que os sintomas da infecção se manifestaram. Havia vestígios de sangue nos lençóis, provavelmente de um sangramento nasal. Traços de esperma indicam que ele manteve a capacidade de se masturbar ou de fazer sexo com Hannah Wade antes de morrer. A autópsia vai dizer qual das duas hipóteses aconteceu. O corpo da jovem não mostrava evidências de atividade sexual recente.

— Onde foi que ele se escondeu? — quis saber Baxter.

— Já vamos chegar nessa parte. A reconstrução dos fatos indica que ele provavelmente passou algum tempo trancado no quarto, consumindo drogas e se masturbando enquanto, nas suas últimas horas, Hannah Wade se distraía na sala de estar, comendo porcarias, ficando doidona e assistindo a filmes. Greene não devia ser uma grande companhia, mas morar em um apartamento na Park Avenue, com acesso grátis a drogas caras, muita comida e litros de bebidas alcoólicas era um lance muito melhor do que dar golpes na rua, correndo o risco de ser presa. Ela devia estar pensando nisso até que ele saiu do quarto.

Trueheart levantou a mão novamente. Baxter simplesmente o chutou de leve, balançou a cabeça e sussurrou:

— Shhh! A chefe está falando.

— Oito ligações foram feitas para o apartamento nos últimos três dias. Nenhuma delas obteve resposta. Todas eram para Greene. Hannah não atendeu porque não estava a fim de bancar a assistente. Em algum momento da manhã de hoje, ela se levanta. Quer sair, ver um pouco da rua. Talvez tenha tido vontade de ir ao banheiro da suíte, mas a porta está trancada. Babaca. Suas roupas estão lá dentro. Como é que ela pode sair se não pode pegar as coisas para se arrumar um pouco? Ela quer entrar, quer que ele abra a porra da porta, mas ele não abre. Ela chuta com força, a ponto de machucar os dedos dos pés. Está putíssima. Tenta arrombá-la com o quadril esquerdo, onde ficou uma pequena marca roxa também. Ele que se foda!

Eve conseguia ver, quase sentir a frustração da garota. Ligadona e sem lugar para ir.

— Ela segue para a cozinha, quer algo para comer, de preferência doce. Os viciados sentem fissura por comer doces quando consomem jazz. Serve-se de um pouco de sorvete e, sentindo-se irritada, escreve BABACA sobre o balcão, com calda de chocolate.

Quando se vira, lá está ele. Exibe uma cara ruim, realmente péssima. Seu nariz está com sangue escorrendo; seus olhos, esbugalhados, parecem vermelhos demais. Seu hálito está podre, e o resto do corpo fede a esgoto. Pelo visto, não troca de cueca há vários dias. Se acha que ela vai transar com ele nesse estado, engana-se.

Eve trouxe a cozinha do apartamento de volta à lembrança. Branca e prateada, mas manchada com o vermelho do sangue.

— Ela faz alguma observação, daquelas que os adolescentes acham esperto e sarcástico. Ele dá um soco nela, um soco forte no rosto. Ela cai de costas, bate com a cabeça na quina do AutoChef e a tigelinha de sorvete voa da sua mão. Aquilo dói. O choque foi tão forte que furou a pele e deixou partículas de epiderme e fios de cabelo na porta do AutoChef. Sua visão fica embaçada por alguns segundos e isso a apavora. Mas não tanto quanto ver Greene pegando a faca grande, de prata, no porta-facas.

"Ele a ataca. Ela ergue os braços e a faca lhe rasga as palmas das mãos. Ela tenta escapar e o sangue que jorra respinga na parede branca. Depois escorre do ombro, provavelmente o ponto onde ela é atacada em seguida. Ele não enfia a faca nela. Não há indícios de nenhuma facada profunda na cozinha. Apenas rasgões laterais, impetuosos. Da esquerda para a direita, da direita para a esquerda.

"Ela está gritando, implorando, chorando e tentando escapar a essa altura. Fugir. Mas os golpes de faca continuam a fustigar-lhe a pele. Nas costas, nas nádegas, novamente nos ombros. Ela foge para o recesso onde está a mesa. É ali que ele enfia a faca de frente nela, perfura uma artéria e o sangue começa a espirrar. Ela pode se considerar morta, mas não sabe disso. Consegue correr até a sala de estar, onde cai sobre o tapete branco. Se arrasta alguns centímetros. E então ele começa a esfaqueá-la de verdade."

— Por Deus — disse McNab baixinho, como se fosse uma prece.

— Ele não sabe quem ela é, nem se importa. — O rosto de Eve se mantinha duro e frio, olhando para a tela. — Hannah para de gritar, mas os berros dentro da cabeça de Greene continuam. Ele quebra a tigela grande, destrói o telão, empurra as mesas, enfia a faca no estofamento do sofá, várias vezes. Precisa parar aquela dor. Volta ao quarto, mas não aguenta mais. Abre as portas do terraço. Ainda com a faca na mão, vermelho dos pés à cabeça; parece ter tomado um banho de sangue. Grita, grita muito. Grita para o tráfego aéreo, para a rua lá embaixo; berra para a vizinha dois terraços ao lado, que sai para ver, assustada, volta para dentro, se tranca e liga para a polícia. A essa altura, tudo acabou. Mostrar gravação do terraço!

Greene apareceu no telão, de barriga para cima, parecendo um homem que mergulhou num rio de sangue.

Ele enfiara a faca no próprio coração.

— Descobri suas imagens, tenente.

Como queria participar diretamente da ação, McNab havia se instalado em um canto do laboratório. Gostava de ficar escutando o jargão técnico da área de informática, tão familiar aos seus ouvidos;

Feeney e Jamie debatendo o próximo passo; Roarke emitindo sua opinião.

Estavam perto, muito perto de duplicar o vírus. Quando conseguissem fazer isso, seria possível combatê-lo.

Eve foi até onde McNab estava. Ela não sabia bem o porquê de ter passado no laboratório, pois ali era o lugar onde ela era menos necessária. Talvez precisasse se livrar dos próprios pesadelos.

— Olha aqui a nossa garota — McNab continuou, mostrando a imagem na tela. — Está entrando com Greene. O porteiro abriu a porta. Ela não apareceu antes desse dia e hora. O pervertido passa a mão na bunda dela enquanto caminham pelo saguão. Puxa, o cara tem idade para ser pai dela.

— A garota entrou por livre e espontânea vontade. — Eve analisou o rosto dela, seu sorriso afetado e os olhinhos brilhantes. Veja só, pensou Eve, você achou que ia se dar bem... Não fazia ideia.

— O fato de ela estar lá por vontade própria não o torna menos pervertido. Ela entrava e saía. Nunca era vista antes do meio-dia, e, quando saía para dar seus passeios, voltava antes do anoitecer. Normalmente, trazia algumas sacolas de compras. Sempre lojas de grife. Ele devia bancar tudo, e ela imaginava que iria ficar numa boa.

— Humm. Eles saíam juntos?

— Saíam. — Ele avançou o disco. — Olha os dois aqui, saindo para a balada. Já meio doidões, pelo que parece, mas muito arrumados. Até seis dias antes da implosão, eles saíam toda santa noite. Greene recebeu três visitantes nesse período, sempre homens.

Ele colocou no monitor a imagem do corredor do apartamento em que Greene morava.

— Este primeiro entrou e ficou dezesseis minutos. Aposto que o conteúdo da pasta que carrega mudou durante a visitinha.

— Hora de testar a mercadoria e contabilizar os ganhos — concordou Eve. — A Divisão de Drogas Ilegais identificou Greene como traficante?

— Não, não conseguiram. — Sem dar por si, McNab flexionou os dedos, tentando resolver o problema do formigamento que não desaparecera por completo. — Fiz alguns contatos lá. Até onde eles sabem, o tarado chegava perto do limite, mas mantinha a fachada dos negócios legítimos e não vendia drogas abertamente.

— Vamos ao segundo visitante.

— Lance diferente. Ficou noventa e oito minutos. Entrou e saiu de mãos vazias.

Eve viu o homem entrando e saindo.

— Sexo — determinou ela, com uma voz sem expressão. — E quanto ao terceiro?

— Ficou quarenta e cinco minutos, entrou e saiu com alguns vídeos. Curte vídeos de sexo, provavelmente.

— Conheço esse cara. Conheço, sim! Tripps. Vende vídeos piratas, tem alguns distribuidores pelas ruas. Sim, conheço bem a figura. Vou convocá-lo para depor, se necessário, para ele me contar suas impressões. Pesquise os outros rostos e identifique-os, para o caso de precisarmos.

Eve notou que McNab massageou a coxa direita ao dar início à busca.

— Não precisa ser agora, não — atalhou ela. — Amanhã de manhã você agita isso. Fim de expediente. Por que não chama Peabody para curtir um mergulho na piscina, ou algo assim? Quem sabe dar uma volta?

— Qual é, Dallas? Tá com peninha do aleijado em recuperação?

— Aproveite a chance, meu chapa, porque essa moleza não vai durar muito.

— Bem que eu curtiria uma balada básica. — Ele riu. — Ouvir música... Pra dançar, ainda não dá. Mas sabe o que eu queria de verdade? Boate virtual. Será que a gente poderia usar o salão holográfico?

— Se planejam programar alguma fantasia sexual de tarados, não quero que me contem.

— Sim, mamãe.

Ela voltou para sua sala e passou a hora seguinte dissecando a vida de Nick Greene.

Atuava nas universidades e fazia bons negócios, mas teve vários problemas quando era adolescente. Multas por posse de drogas, invasão de propriedade, vídeos piratas. Foi sempre um empresário da área de entretenimento, pensou Eve.

O retorno foi bom. Um apartamento classudo na Park Avenue, um closet cheio de roupas de grife.

Ela uniu as sobrancelhas, com ar de estranheza, ao continuar a vasculhar suas finanças. Dois carros de luxo na garagem e uma lancha que ficava em sua casa nos Hamptons. Ele possuía obras de arte e joias avaliadas pelo seguro em mais de três milhões.

— Isso não encaixa.

Ela foi até o *tele-link* interno e chamou Roarke.

— Preciso que você dê uma olhadinha em algo, aqui na minha sala.

Ele chegou com ar ligeiramente irritado.

— Se você quer a tarefa cumprida, tenente, precisa me deixar trabalhar.

— Preciso de sua opinião especializada em uma coisinha. Olhe esse patrimônio, declaração de renda, débitos. O que acha?

Ela colocou os números no monitor e ficou andando de um lado para outro na sala, enquanto Roarke os analisava.

— Obviamente ele não declarava tudo o que ganhava. Isso é chocante!

— Desligue o sarcasmo, sim? Quanto ele ganha a mais, considerando que se trata de um traficante de nível médio, que banca algumas prostitutas sem licença, distribui vídeos pornôs e trabalha como cafetão?

— Você supõe que eu conheço a fundo todas essas atividades? Vou escolher me sentir honrado, em vez de ofendido. Vamos lá... Tudo depende dos custos indiretos. É preciso comprar ou fabricar as drogas ilegais, antes de vendê-las, contratar e manter as prostitutas, produzir os vídeos. Depois, vêm as despesas com as propinas, segurança do esquema, empregados. Se você for um bom negociante e tiver uma clientela estável, dá para ganhar dois ou três milhões de lucro por ano.

— Mesmo assim, a coisa não encaixa. Ele mantinha tudo na moita, tinha clientela pequena e exclusiva. A chance de ser investigado e preso diminui quando você mantém a discrição. Digamos que os negócios lhe tenham rendido três milhões a mais do que declarou ao Imposto de Renda. Isso mantém o patrimônio dele abaixo dos cinco milhões. Dá para viver muito bem com essa grana.

— Para algumas pessoas, sim. Já acabamos aqui?

— Não. Digamos que você tenha cinco milhões para torrar. Olhe para os gastos dele no ano passado só com roupas.

Segurando a impaciência, Roarke analisou os dados na tela.

— Qual o problema? Ele não comprava roupas em lojas caras.

— Pior que comprava. Seu closet está cheio de roupas exclusivas e ternos de grandes estilistas. Ali deve haver mais de cem pares de sapatos. Como eu me casei com um cara que também tem esse vício esquisito, aprendi a reconhecer as coisas caras. Tem, por baixo, um milhão de dólares só em roupas naquele closet. Provavelmente mais.

— Então é porque ele prefere pagar tudo à vista — explicou Roarke, e começou a se interessar pela história.

— Vamos lá... Subtraia um milhão dos cinco que nós tínhamos. As obras de arte e bugigangas estão seguradas em mais de três milhões.

— Ninguém compra todas as bugigangas que possui em um ano só.

— Eu sei, mas ele declarou produtos comprados no ano passado no valor de mais de setecentos e cinquenta mil dólares. Nada disso saiu da conta dele. Pagou em grana viva. Tem equipamentos de vídeo no valor de um milhão e meio. Mais dois carrões na garagem. Custo de manutenção de dois ou três mil dólares por mês, para cada um. O maior deles é uma picape XR-7000Z, zero quilômetro, comprada em setembro. Quanto ela custa?

— Ah... Duzentos mil dólares, com todos os opcionais.

— Apartamento de três quartos na Park Avenue. Custo anual equivalente ao de um carro, certo?

— Mais ou menos. — Roarke fazia as contas de cabeça.

— Acrescente uma casa na praia, nos Hamptons, com cinco quartos, mais uma grana extra para a lancha. Quanto deu?

— Ultrapassou em quase um milhão.

— Muito bem. Agora, some a grana de jantares e badalações quase todas as noites. Despesas básicas, por assim dizer. Quanto deu?

— Ou eu errei feio no lucro das suas atividades ou ele tem outra fonte de renda.

— Outra fonte. — Ela encostou o quadril na quina da mesa. — Acompanhe meu raciocínio. Você explora um negócio clandestino que lhe garante uma boa e fiel clientela. Muitos clientes vão passar vergonha se o seu pequeno hobby de consumo de drogas vier a público. O pequeno traficante curte coisas muito caras e os negócios vão bem, mas ele resolve ganhar mais. O que faz?

— Chantagem.

— Isso! O vencedor é o rapaz de rosto bonito! — brincou Eve.

— Então, ele chantageava alguém, tenente. Uma atividade rentável, por sinal. O que tudo isso tem a ver com o caso que estamos investigando?

— O que isso tem a ver é homicídio. Ele foi morto pelos Buscadores da Pureza, e tudo pode ter ligação, mas vamos seguir os números. Ele devia guardar seus dados de chantagem em um cofre. Se fazia isso, certamente era perto de casa. É importante ter acesso rápido. Podemos verificar os cofres dos bancos ali perto, mas eu acho que ele guardava essas coisas ainda mais perto. Vou dar mais uma conferida no apartamento dele.

— Quer companhia?

— Duas pessoas descobrem um cofre secreto mais depressa que uma.

Roarke achava que Eve iria perder seu tempo e o dele. Mas lembrou que uma tira precisa amarrar todas as pontas soltas.

E ele não pretendia deixá-la voltar sozinha a um lugar que lhe provocara pesadelos.

Esperou até ela passar pelos lacres da polícia e abrir as fechaduras da porta.

O ar ainda carregava o cheiro de morte. Foi isso que ele sentiu ao entrar no apartamento, logo atrás dela. O fedor tipicamente humano sobressaía em meio ao cheiro das substâncias químicas usadas na cena do crime pelos técnicos e legistas.

Manchas vermelhas, respingos e filetes medonhos de sangue se espalhavam como teias sobre o piso branco, e também pelas paredes, tapetes e móveis. Dava para ver o local onde a garota caíra. Era claro o caminho que ela traçara ao se arrastar. E o lugar onde morrera.

— Por Deus, como é que você aguenta enfrentar essas coisas? Como consegue olhar tudo isso e não se estraçalhar por dentro?

— A cena está aqui, tanto faz você olhar ou virar o rosto. Além do mais, se eu me deixar estraçalhar por dentro, já era.

Ele tocou o braço dela e, sem perceber que falara em voz alta, disse:

— Você precisava voltar aqui? Queria enfrentar isso para provar a si mesma que conseguia?

— Pode ser. Mas se fosse apenas isso, teria vindo sozinha. O segundo quarto e o escritório ficam para lá. Nós vasculhamos tudo, mas não estávamos procurando um buraco secreto. Agora estamos.

Ela mandou Roarke para o segundo quarto e começou a verificar o escritório sozinha. Os técnicos haviam levado o centro de dados e comunicações, tinham examinado a área de trabalho e também o closet, onde Greene estocava suprimentos.

Ela tornou a examinar tudo, ponto por ponto. Eles tinham descoberto um cofre na primeira visita. Um dos técnicos passara o scanner e descobrira a combinação do cofre. Eve não achou nada de especial lá dentro. Um pouco de dinheiro, alguns discos com imagens de documentos, papelada genérica.

Pouco dinheiro, pensou. Muito pouco. Se três clientes o haviam visitado nos últimos dias, e pelo menos dois deles quando os sintomas de Greene já se manifestavam, onde estava a grana alta?

Será que ele mandara Hannah Wade depositar a grana em algum banco? Não, nem pensar. Ele poderia transar com uma adolescente, vendê-la para clientes, mas jamais colocaria dinheiro em sua mão e a mandaria para a rua em seguida.

Ela tirou dois quadros e uma escultura de seus lugares, tateando atrás deles em busca de possíveis painéis secretos.

— O quarto está limpo — garantiu Roarke.

— Ele tem outro cofre, outro buraco. Aqui seria o lugar lógico. O escritório seria o lugar lógico.

— Talvez lógico demais. O primeiro lugar em que você olhou, não foi?

Ela parou de apalpar ao longo do rodapé e, de cócoras, apoiou o corpo sobre um dos calcanhares.

— Tá legal. Se este lugar fosse seu, onde é que você esconderia o bagulho?

— Se eu gostasse de combinar negócios com prazer, como parecia ser o caso dele, certamente no quarto de dormir.

— Então vamos procurar lá.

Ela seguiu na frente dele e parou na porta do quarto, observando tudo.

— Dinheiro nem sempre compra bom gosto, não é, querida? — Roarke balançou a cabeça para os lados, analisando a decoração vermelha e preta. — Cores óbvias demais para uma alcova.

Ele caminhou lentamente em direção ao closet e o abriu.

— Bem, pelo menos aqui ele mostrou alguma classe. Os tecidos das roupas são excelentes.

— É, mas morreu de cueca. Pra você ver como são as coisas...

— O que as autoridades vão fazer com todos esses pertences?

— As roupas? Se ele não tiver parentes, herdeiros, nem nada disso, elas serão doadas aos abrigos da cidade.

Ele pressionou um botão. O primeiro cabide giratório de ternos rodou e exibiu o segundo.

— Os mendigos vão se vestir muito melhor este ano.

Ele moveu a segunda fileira de cabides para o lado e analisou a parede de sapatos expostos à direita. Sorriu.

— Aqui está.

— O quê?

— Um minuto, por favor — pediu ele, passando as pontas dos dedos ao longo das prateleiras e sob elas.

— Ora, ora, bem aqui. Veja só.

Ele acionou uma alavanca minúscula. As últimas prateleiras da parte de baixo se abriram. Ele se agachou.

— Aqui está o seu esconderijo, tenente. E também o segundo cofre.

Ela já estava soltando um bafo quente na nuca dele.

— Pode abri-lo?

— Precisa perguntar? — Ele riu.

— Abre logo essa porcaria!

Ele pegou no bolso o misturador eletrônico de sinais que Jamie inventara.

— Essa é a razão de você ser uma tira e eu não.

— O quê? Arrombar um cofre?

— Não. Isso eu poderia lhe ensinar bem depressa, mesmo sem este brinquedinho. Confesso que achei que você estava perdendo tempo voltando aqui.

— Continua achando isso?

— Talvez, mas o fato é que você encontrou o seu cofre oculto.

— O painel do misturador começou a piscar e muitos números começaram a aparecer em sequência, como um borrão. Então alguns deles foram parando de girar, um a um. O cofre zumbiu de leve e fez um estalo.

— Abracadabra! — exclamou Roarke, e abriu uma porta.

— Agora sim! — Agachada ao lado dele, Eve avaliou os montes de dinheiro cuidadosamente empilhados. — Foi por isso que ele conseguiu escapar da cadeia durante tanto tempo. Nada de cartões, nem transferências. Só grana viva. E tem uma caixa cheia de discos e vídeos.

— E o melhor de tudo. — Roarke esticou o braço e pegou um computador portátil. — O seu tablet pessoal, provavelmente não infectado e cheio de dados interessantíssimos.

— Vamos carregar tudo conosco. Segure isto aqui. — Ela pegou a agenda eletrônica.

— O que está fazendo?

— Registrando a entrada de todo este dinheiro. Prefiro não ver nenhuma dessas verdinhas e nenhuma dessas bugigangas entrando no seu bolso, garotão.

— Agora você me ofendeu. — Ele endireitou o corpo e limpou uma poeira indetectável na camisa. — Acha que se eu quisesse roubar alguma coisa você conseguiria me ver fazendo isso?

Capítulo Dezoito

Eve começou a rodar os discos assim que se viu de volta em sua sala de trabalho doméstica. Deixou de lado os rotulados como DADOS FINANCEIROS e CONTABILIDADE. Aquilo poderia esperar.

Entregou o tablet para Roarke. Ele seria levado imediatamente para o laboratório, a fim de ser testado. Em segundos ela estava ouvindo o que parecia ser o diário de Greene.

Ele mencionava clientes, mas sempre pelas iniciais ou por um apelido óbvio. Bunda de Baleia fizera seu pagamento mensal. G.G. implorara por pedir mais um aumento no prazo. Ele registrava, com voz firme, todas as entradas e saídas de dinheiro, quer tivessem ocorrido no shopping, em boates ou na área de exploração sexual. Tudo era gravado num tom de humor desdenhoso ou puro escárnio.

Greene menosprezava as pessoas às quais servia.

Por isso é que as chantageava, refletiu Eve. Espremia-as tanto que, um dia, ele próprio se transformou numa delas: era rico, entediado e pervertido.

Hoje eu trouxe da rua um filé de primeira, contou ele, no dia em que levara Hannah Wade para casa. *Já andava observando a gata há vários dias. Ela circula por boates, escolhe um cliente e o convence a rebocá-la. Vão direto para uma cabine de privacidade, na maioria das noites. Depois da transa, ela volta para o clube em busca de agito. Decidi lhe oferecer um pouco desse agito. Tenho clientes que pagariam uma nota alta por algumas horas ao lado de uma figurinha gostosa como essa. Ela não é santa, sabe como a banda toca e dança conforme a música. Acho que vou ficar com a gata por algumas semanas, desfrutar do material e ensiná-la a ter classe. Devidamente trabalhada, ela poderia passar por uma menina de quatorze anos. H.C. anda pedindo carne nova. Acabei de encontrar a vaquinha certa.*

— Anormal! — xingou Eve, em voz alta, e continuou ouvindo os registros da semana. Greene alcançou o nível seguinte da infecção dois dias depois de acolher Hannah Wade em sua casa.

Enxaqueca do cacete. Uma dor de cabeça da porra! Tomei zoner e não fez efeito, foi o mesmo que beber água. Tenho reuniões hoje, não posso faltar. Avisei a G.G. para trazer o pagamento, mais a multa pelo atraso até amanhã de manhã, senão o seu marido amado vai receber um pacote. Como será que ele vai se sentir ao ver sua esposinha adorada fazendo sexo com um cão são-bernardo?

Babacas. Se ela tentar me sacanear, vai se arrepender.

Havia vários registros nessa mesma linha ao longo dos três dias seguintes. Protestos progressivamente mais furiosos, cheios de ameaças vagas, reclamações e muita frustração. Ele mencionava as dores de cabeça e, pela primeira vez, contou que havia escorrido sangue do seu nariz.

Na véspera da sua morte, as gravações haviam se tornado um desfiar de lamentações, choramingos e barulhos que pareciam socos e punhos cerrados contra as paredes.

Estão tentando me foder. Todo mundo está tentando me esculachar. Mas eu os mato antes. Esculacho eles antes! Está trancada, a piranhazinha está trancada. Ela pensa que eu não sei Por Deus, por Deus, cacete, minha cabeça! Foi ela quem colocou alguma coisa na minha cabeça! Não posso deixar que ela me veja assim. Não posso deixar que ninguém me veja assim. Vou ficar no quarto, estou seguro aqui dentro. Preciso dormir! Preciso dormir para fazer essa dor ir embora! Tenho que esconder minhas coisas, preciso trancar tudo. Ela não vai levar o que é meu. Aquela menina é uma vaca.

Eve arquivou o disco e foi até a cozinha anexa pegar um café. Depois, abriu as portas que davam para o terraço e inspirou fundo.

Era fácil acompanhar o desenvolvimento da infecção no caso de Greene. Paranoia, raiva, medo. Os sintomas tinham começado logo depois de Hannah Wade se mudar para o apartamento; era por isso que ele achava que *ela* era a responsável por tudo.

De um modo doentio, ele a matara em legítima defesa.

Ela bebeu o café e voltou à sua mesa para fazer anotações. Em seguida, apesar de sentir a cabeça zumbindo com a combinação de cafeína, fadiga e estresse, começou a assistir aos vídeos.

Ficou claro como Greene aumentava seus rendimentos em muitos zeros. Os vídeos não apenas eram tecnicamente realizados como também exibiam noções de marcação de cena estranhamente criativas.

Para quem gostava de cenas vulgares e perversas.

— Continua trabalhando? — Roarke entrou e foi direto para a cozinha sem olhar para a tela. — Aceita um pouco de vinho, agora?

— Ah, com certeza! Bem que eu preciso relaxar.

— Já dispensei todo mundo. Vamos tomar esse vinhozinho como saideira, tenente, e depois vou levar você para...

Roarke parou de falar com os dois cálices de vinho na mão. A cena que se desenrolava na tela fez até mesmo seus olhos experientes se arregalarem.

— Que bicho é esse? Um urso pequeno?

— Não, acho que está mais para um cachorro imenso. Um são-bernardo.

Ele tomou um gole do vinho e se aproximou.

— Sim, você tem razão. Alguém deveria denunciar esse tipo de atividade à Sociedade Protetora dos Animais, ou sei lá como se chama. Embora... humm. Ele certamente parece estar curtindo muito, a julgar pelo tamanho do seu... Minha nossa!

— Me passe logo esse vinho. — Ela pegou o cálice e tomou a bebida quase de um gole só. — Isso é doentio, absolutamente doentio. Está acima da escala da anormalidade. Não tenho termos para descrever uma coisa dessas. Você reconhece a mulher que está de saliências com Fido, o são-bernardo?

— Está difícil ver a cara dela, desse ângulo.

— Greene a chama de G.G. Fiz uma pesquisa eletrônica dos traços dela, na cena em que passava manteiga por todo o corpo, a fim de atrair Fido para a brincadeira. Trata-se de Gretta Gowan, esposa de Jonah Gowan. Ele é professor na Universidade de Nova York, chefe do Departamento de Sociologia; membro atuante do Partido Conservador e diácono da Igreja Metodista. Quer apostar como Clarissa Price teve aulas com ele?

— Nunca aposto contra a casa — declarou Roarke, fascinado com a ação na tela.

— Foi ela quem o recrutou para os Buscadores da Pureza, ou vice-versa. Acho mais provável a primeira hipótese. O fato é que Gretta tem dois filhos e... Nossa, isso é nojento! Então, Gretta coordena vários comitês, incluindo o clube de jardinagem, cujos membros certamente estranhariam muito o afeto explícito que ela dedica aos cães.

— Há um crédito especial lançado no tablet de Greene, que não está infectado, por sinal — informou Roarke. — G.G. lhe pagou seis mil dólares, seis dias antes das mortes.

— Combina com os registros dele em seu diário. Este vídeo não foi feito no apartamento dele — afirmou Eve. — Alguns dos outros foram. Ele usava o segundo quarto para as gravações. Elas são bem mais suaves que essa. Sexo grupal com pessoas vestindo fantasias, servidão, um monte de outros fetiches sexuais, inclusive com os participantes desempenhando papéis. Em um deles, houve a participação de uma adolescente. Pesquisei a foto dela. Mais uma que fugiu de casa. Greene farejava meninas desse tipo a quilômetros. Copiar disco e anexar arquivo à pasta principal!

Roarke suspirou longamente.

— Que tal assistirmos a uma comédia clássica, para limpar a cabeça?

— Preciso terminar isso agora à noite. Tenho que conseguir, pelo menos, as identidades dos participantes.

— Para que a pressa, Eve?

— Em primeiro lugar, para saber. — Ela arquivou o disco e escolheu o seguinte. — Em segundo lugar, para ver se descubro alguma ligação entre os participantes.

— Você realmente acha que esses terroristas estão matando tanta gente só para se livrarem de um chantagista?

— Não, mas acho que cada uma das vítimas foi cuidadosamente escolhida. No caso de Greene, a chantagem foi parte do pacote. Talvez um bônus, apenas, mas certamente um dado importante. Rodar disco. Você não precisa ficar para assistir a essas coisas.

— Se seu estômago aguenta, o meu também vai aguentar.

— Esta gravação foi feita no apartamento dele. — Eve reconheceu o segundo quarto do apartamento de Greene. — Meu palpite é que ele instalava as câmeras antes da chegada dos clientes e filmava tudo por controle remoto. Depois, editava o material e fazia uma cópia. Mandava o vídeo para os clientes e exigia um pagamento polpudo. Provavelmente perdia clientes assim, mas mantinha a entrada de dinheiro sem despesas extras. O dinheiro que entrava era só lucro. Lá vamos nós, a cortina se abriu.

Uma mulher surgiu pela porta do banheiro da suíte. Muito elegante, vestia um longo preto de arrasar e seus cabelos louros muito compridos e ondulados, claríssimos, lhe desciam em cascatas por sobre os ombros. As pernas belíssimas estavam cobertas por meias pretas e os pés calçavam sandálias de saltos quilométricos.

Ela usava uma gargantilha revestida de diamantes e seus lábios eram vermelho-sangue.

— A cara dela me parece familiar — comentou Eve. — Ela é a cliente ou a prostituta?

— Quer que o sistema a identifique pelos traços do rosto?

— Vamos assistir à cena mais um pouco.

Um homem surgiu pela outra porta. Estava nu da cintura para cima. Vestia uma calça apertadíssima em couro preto, e o volume entre as pernas era imenso. Seu tórax brilhava, cheio de óleo. Seus cabelos estavam com gel, para trás, e seu rosto era anguloso, com as maçãs salientes. Havia uma tatuagem sob seu mamilo esquerdo. Quando Eve congelou a imagem e a ampliou, viu um pequeno crânio.

Ele trazia um chicote de montaria preso entre os dedos.

— Roseanna. — Ele a chamou pelo nome e a mulher, assustada, cobriu com a mão a gargantilha de diamantes.

— Como você entrou aqui?

— Desempenho de papéis — explicou Eve. — Fazer pesquisa pelos traços fisionômicos de ambos! — ordenou ela, congelando a imagem novamente, emoldurando os rostos na tela e pondo-se a trabalhar.

— Eve?

— Que foi?

— Dê uma boa olhada nela.

— É o que estou fazendo. Essa mulher não me é estranha. Continuar a reprodução!

Com um leve sorriso no rosto, Roarke se inclinou contra a mesa.

— Observe o rosto dela com atenção.

Franzindo o cenho, Eve acompanhou a cena que continuava. O homem fez o chicote deslizar lentamente ao longo do corpo da mulher. Ela estremeceu. Fez menção de fugir. Ele a puxou de volta. Trocaram beijos ardentes e molhados. As mãos de ambos começaram a trabalhar com avidez.

Mãos.

Eve endireitou o corpo, como se tivesse levado um susto.

— Ela não é mulher!

Distraída, Eve observou o homem com peito liso arrancar o vestido da loura com violência, rasgando-o até a cintura. Por baixo havia um corpete rendado preto, muito apertado. Embora os seios que transbordaram fossem cheios e voluptuosos, Eve sabia que tudo aquilo fazia parte da fantasia.

O homem conseguiu dar duas chicotadas nas nádegas da mulher quando ela lutou e se virou de costas, tentando escapar.

Havia gemidos agora; protestos ofegantes. O vestido caiu e formou uma poça de panos aos pés dela.

— Até que ela tem um corpaço, considerando que é um homem — elogiou Eve. As pernas eram esbeltas e bem torneadas. As meias pretas e as ligas elásticas em estilo antigo eram muito sedutoras. Uma pena que ele tenha ombros tão largos e suas mãos sejam tão grandes, refletiu Eve. O pior é que dava para ver a silhueta do pomo-de-adão por baixo da gargantilha cintilante.

Mentalmente ela arrancou-lhe a peruca, ignorou os lábios vermelhos e os olhos com pintura em excesso; tentou imaginar as feições verdadeiras dele por trás dos truques estéticos tipicamente femininos. Ela *conhecia* aquele rosto, mas de onde?

Quando o rosto encheu a tela, cheio de excitação, depois de um zoom revelador, Eve sacou quem era a mulher.

— Jesus! Por Deus!

— Você já o reconheceu? Estou quase lá. Se descobrir não me conte, me dê mais um minutinho! — Quando o homem de peito nu arriou as calças e deixou o órgão cativo à solta, expondo-se por completo e em close, Roarke recuou, com cara de desagrado. — Deixe isso pra lá, é melhor pular essa parte. Eu não curto... Ah, agora, sim!

Ele soprou o ar com força no instante em que o rosto da mulher encheu a tela novamente. Roarke percebeu os olhos muito azuis dela por outro ângulo, notou o desejo que transbordava deles e a reconheceu.

— É... Pensando bem, prefiro me poupar de ver Sua Excelência, o prefeito de Nova York, chupando a rola de um garotão com calça de couro.

Ele desviou os olhos da tela e segurou o queixo de Eve com a ponta dos dedos.

— Esse é o motivo de você ser tira, sem dúvida. Não estava perdendo tempo, afinal de contas. Isso vai me ensinar a nunca duvidar do seu instinto.

— Preciso assistir a tudo até o fim.

— É necessário?

— Para entrar com tudo amanhã de manhã, preciso saber ao certo com o que estou lidando. Este não é um travesti comum. Essa cena colocará Peachtree no centro de um escândalo sexual de proporções gigantescas, tudo isso em meio a uma grande investigação de homicídio.

— Então é melhor eu pegar outro vinho. — Ele pegou o cálice da mão dela. — Para nós dois.

— Muito esperto — sentenciou Eve, mais tarde. — Greene serve a uma clientela reduzida, muito rica e com desejos bizarros. Dentro desse clube exclusivo, ele escolhe a dedo um grupo menor. Um punhado de pessoas que já usou seus serviços, pessoas que criaram certo nível de confiança nele e não podem se dar ao luxo de enfrentar nem mesmo um boato de escândalo. Os valores são altos, mas nunca tão altos a ponto de esses poucos clientes não terem condições de pagar. Se você conseguir uma média de vinte e cinco mil dólares por mês de um grupo de dez ou doze chantageados, embolsará uns...

— Três milhões de dólares por ano. Nenhum dos ricos é esfoliado a ponto de falir, e você aproveita uma vida de luxos.

— E pelos dados que eu consegui levantar até agora, a maioria das pessoas que sofriam chantagem continuava a ser cliente dele.

— É como diz o ditado: "Diabo por diabo, prefiro o que já conheço" — decidiu Roarke. — Você acha que o prefeito é um dos integrantes dos Buscadores da Pureza?

— Não sei. Mas já tenho material suficiente para perguntar a ele, não é?

— Você vai colocar a mão e o braço no fogo, tenente.

— Pois é, já percebi. — Ela beliscou o espaço entre as sobrancelhas, tentando aliviar uma dor de cabeça que começava. — A coisa tem que rolar num cara a cara em estilo "preciso saber a verdade". Se a mídia sentir um cheirinho de escândalo no ar, vai ser um desastre. Merda, eu votei nesse cara.

— Talvez ele tivesse conseguido muito mais votos se tivesse feito a campanha usando aquele vestido preto. É muito atraente. — Roarke simplesmente sorriu quando ela olhou espantada. — Está na hora de irmos para a cama. O cansaço está batendo.

— Se você começar a achar bonitos os sujeitos que usam vestido preto, eu vou bater mais em você do que o cansaço.

— Eu disse "atraente" — ele corrigiu. — E me referia ao vestido. Aliás, bem que eu gostaria de ver você num desses corpetes de renda preta, salto alto e cinta-liga.

— É... — Ela bocejou quando ia para o quarto. — Mas não prenda a respiração aguardando esse momento.

Ela estava na cama em cinco minutos e profundamente adormecida em dez.

Em que instante o sonho começou, ela não saberia dizer.

Uma sala branca lavada com sangue. Eve se viu nela, caminhando sobre o piso vermelho, com as botas sendo respingadas cada vez que ela pisava nas poças pegajosas.

Mesmo no sonho, ela conseguia sentir o cheiro do sangue.

A menina estava caída de bruços sobre o carpete branco empapado de sangue. Seus braços estavam afastados do corpo, as mãos estendidas, como se tentassem alcançar algo.

Mas não havia nada para alcançar.

A faca estava ali. No sonho, ela se abaixou e pegou a faca pelo cabo.

Sentiu o calor gosmento que passou do objeto para a sua mão.

Ao tornar a olhar, já não era uma menina, e sim uma bebezinha. Pouco mais que recém-nascida. Retalhada, com o corpo encolhido. Seus olhos eram como os de uma boneca, fitavam o vácuo.

Eve se lembrava de tudo. Lembrava bem. Uma bebê tão pequenininha. Tanto sangue para um corpo tão pequeno. E ali estava o homem que fizera aquilo, o próprio pai da menina, enlouquecido pela ingestão de Zeus. A menininha berrava, desesperada, sem parar, e Eve ouviu seu choro enquanto subia as escadas.

Tarde demais. Ela não chegara a tempo de salvar a bebezinha. Matou o pai, mas perdeu a filha.

Ela não salvara nem a bebê nem a menina. E seu sangue estava em suas mãos.

A faca brilhava entre seus dedos.

O aposento já não era branco. Era apertado, entulhado de móveis e frio. Muito frio. O vermelho escorria pela vidraça. E banhava suas mãos. Mãos minúsculas que empunhavam uma faca.

Quando ele chegou à porta, a luz vermelha do cartaz em neon refletiu em seu rosto, como um prenúncio do sangue ainda não derramado.

— Eve. — Roarke a abraçou bem apertado, segurando-a com força quando ela se debateu. Sua pele estava gélida. Ao vê-la chorar dormindo, ele sentiu o próprio coração despedaçar. — Eve, acorde! Volte para cá, foi só um sonho. — Ele pressionou os lábios sobre a fronte dela. — Foi apenas um sonho.

— Matar o pai, salvar a criança.

— Shhh... — Ele acariciou de leve suas costas, por baixo da camiseta velha com a qual ela gostava de dormir. — Estou aqui. Você está a salvo.

— Tanto sangue.

— Por Deus! — Ele se sentou na cama, manteve a cabeça dela em seu colo e a embalou no escuro.

— Estou bem. — Ela virou o rosto e se deitou sobre o ombro dele. Por algum motivo, bastava o cheiro dele para fazê-la ficar centrada. — Desculpe. Já estou legal.

— Pois eu não. Fique comigo mais um pouquinho.

Ela enlaçou a cintura dele com o braço.

— Deve ter sido alguma coisa ligada a Hannah Wade. Talvez... Talvez o jeito como ela morreu. Isso me fez pensar na bebezinha. Tão novinha. A garotinha retalhada pelo pai. Cheguei lá tarde demais.*

— Sim, eu me lembro. Foi pouco antes de nos conhecermos.

— Ela me assombra. Não consegui salvá-la, não consegui chegar lá a tempo. Acho que se você não tivesse entrado na minha vida logo depois, a lembrança da menininha teria me destruído. Mesmo assim ela me assombra, Roarke. É um fantasma em tamanho pequeno, para se somar a todos os outros. Para se somar ao meu próprio fantasma pessoal.

— Você se lembra dela, Eve. — Ele percorreu com os lábios, de leve, os cabelos dela. — Talvez seja a única que se lembre.

De manhã, Eve levantou da cama cedo e se entregou a uma sessão dura e suada de musculação, seguida por momentos de relaxamento em longas braçadas, atravessando a piscina muitas vezes. Graças a isso, ela derrotou a fadiga e a vaga e incômoda sensação de ressaca promovida pelo pesadelo.

Como sabia que ele insistiria até ela ceder, sentou-se na saleta de estar da suíte e comeu um mingau de aveia que Roarke lhe trouxera.

Mas olhou com desconfiança para o líquido leitoso que ele colocara ao lado do café.

— O que é isso?

---

* Ver *Nudez Mortal*. (N. T.)

— Um shake de proteínas.

— Não preciso de um shake de proteínas. Já estou comendo esse mingau idiota, não estou?

— Você precisa dos dois. — Ele acariciou a cabeça de Galahad e dedicou toda a atenção a Eve, em vez de acompanhar os dados financeiros que rolavam na tela. — O shake vai compensar a barra de cereais que você planeja comer no lugar do almoço. Você não dormiu bem.

— Estou com muita coisa na cabeça. Por que *você* não está tomando um shake de proteínas?

Ele espetou, com o garfo, um gomo de grapefruit do seu prato.

— Não tolero o gosto desse troço. E não terei que lidar com o prefeito, hoje.

— É. Preciso preparar o estômago para isso.

— Para ele, esse vai ser um jeito de começar o dia pior que o seu. Beba tudo, tenente.

Ela fez uma careta de nojo, mas bebeu. No fundo, começava a gostar dos ingredientes que ele colocava nos shakes.

— Esses dados não devem ser divulgados ao resto da equipe, por enquanto. Mas vou ter de relatá-los a Whitney e, provavelmente, a Tibble. Isso não vai ser divertido?

— Ainda hoje nós conseguiremos replicar o vírus. Estamos quase lá.

— Andei pensando nisso. — Ela olhou para o centro de dados. — Estou fazendo o maior estardalhaço, e eles já devem saber que tenho pistas sólidas. Será que não tentariam jogar o vírus na nossa rede doméstica?

— A segurança daqui é muito mais complexa que os sistemas de proteção que existem por aí.

Galahad veio se aproximando, lentamente, da mesa e dos pratos. Roarke olhou para ele com cara de mau. O gato parou, esticou a pata e começou a lambê-la como se esses fossem seus planos desde o início.

— Além disso, tomei precauções especiais — anunciou ele —, com base no escudo que estamos montando. Não posso garantir cem por cento, mas, a menos que eles tenham atualizado e modificado a estrutura que usam, não há perigo. Eles não conseguirão infectar nosso sistema.

— Vamos analisar outra hipótese. Se houvesse uma tentativa de infecção, não dá para instalar um alarme, um detector, sei lá, para nos alertar e, talvez, rastrear a fonte?

— Você é esperta, tenente. Já estou trabalhando nisso. Não podemos garantir sucesso total sem identificarmos a estrutura e clonarmos o vírus, mas seus ratos de laboratório estão bolando coisas muito criativas. Jamie tem uma habilidade espetacular nessa área. Juro que, se aquele garoto não estivesse determinado a virar um tira como você, chegaria ao primeiro bilhão antes da idade em que eu ganhei o meu.

— Se vocês conseguirem rastrear uma possível fonte de infecção no nosso sistema, também serão capazes de rastreá-la a partir de uma das unidades infectadas? — Ela reparou no brilho dos olhos dele. — Tudo bem, já vi que continuo um passo atrás do plano genial dos nerds. Se você me conseguir isso tudo ainda hoje, talvez eu descubra alguma cinta-liga de renda preta no meu closet.

— Quero o corpete, também. E os sapatos.

— Tudo bem, se você me conseguir a origem, ganha os sapatos.

— Estou começando a curtir este emprego. Mas você vai ter que usar os sapatos o tempo todo em que estivermos...

— Não force a barra, meu chapa. — Ela se levantou. — Vou ligar para o comandante do meu escritório.

Eve fechou a porta de sua sala. Embora não soubesse o horário exato em que Whitney apareceria para trabalhar, supôs que ele já estivesse a caminho da Central, vindo de casa, em Westchester. Tentaria encontrá-lo pelo *tele-link* do carro; reconheceu que calcularia o tempo exato para não pegá-lo ainda em casa, o que a obrigaria a bater papo com sua mulher.

— Whitney falando!

— Senhor. Houve um desdobramento inesperado na investigação. Isso requer sua atenção, e também a do secretário Tibble.

— Que desdobramento?

— Não posso falar desse assunto pelo *tele-link*, comandante. Minha avaliação é que se trata de um Código Cinco.

Ela viu os olhos dele se estreitarem. Código Cinco significava bloqueio completo para a mídia; todos os registros departamentais ficariam lacrados durante toda a investigação.

— Você está trabalhando em seu escritório de casa?

— Sim, senhor, mas posso chegar à Central em...

— Não. O secretário está mais perto da sua casa que do centro. Aliás, eu também. Vou falar com ele. Estaremos aí em trinta minutos.

— Sim, senhor.

— Sua equipe já foi informada dessa nova configuração?

— Não, senhor. Apenas o consultor civil especializado, que trabalhava comigo no instante em que as novas informações vieram à tona.

— Mantenha as coisas desse jeito, por agora. Estou indo para aí.

No instante em que a tela apagou, Eve ouviu alguém bater de leve na porta. Um décimo de segundo depois, Nadine irrompeu no escritório.

— Droga, Nadine! Quando eu fecho a porta é porque quero privacidade. Não estou com tempo para repórteres. Caia fora!

— Não seja tão desagradável. — Ela fechou a porta assim que entrou e, atravessando o aposento em passos rápidos, entregou um disco a Eve. — Passei o maior sufoco para vir lhe entregar isso, e não quero que ninguém saiba que você conseguiu o material por meu intermédio.

— Por que e do que se trata?

— Primeiro o porquê: porque esse fato poderia ser visto como excesso de intimidade, em se tratando de relações entre a mídia e a polícia. Tenho fortes indícios de que os donos do Canal 75 achariam isso. Do que se trata? É uma cópia do vídeo amador que o Canal 75 comprou, *depois* de uma negociação rápida e agitada, segundo me contaram, com um turista. O visitante da nossa cidade estava dando um passeio de bonde aéreo no instante em que Nick Greene saiu pela varanda, pouco antes de morrer. O material vai ao ar às nove da manhã em ponto. Vim lhe dar a notícia em primeira mão.

— O Canal 75 vai colocar no ar o vídeo de um sujeito se matando?

— Não estou dizendo que aprovo isso. Também não estou dizendo que desaprovo. A cena vai passar às nove e será um furo jornalístico. O que eu digo, e só para você, é que desaprovo eles colocarem isso no ar sem informar à polícia antes. O vídeo não muda nada na investigação, mas não gosto do jeito como isso poderá atrair mais apoio para os Buscadores da Pureza. Por isso é que eu resolvi lhe dar tempo suficiente para estruturar uma resposta.

— Você já assistiu à cena? — perguntou Eve, com o disco na mão.

— Sim, quando vinha para cá. É sombrio e terrível. Faz Greene parecer um monstro. Vai ser fácil olhar para ele e pensar: graças a Deus esse cara está morto.

— Quero o nome do turista.

— Não posso dar. — Ela ajeitou com impaciência os cabelos rebeldes. — Dallas, mesmo que eu soubesse o nome, eu não poderia lhe contar. Uma fonte é uma fonte.

— Essa é sua versão?

— Não.

— Então ele não é sua fonte.

— Só posso ir até um limite, tal como você. — Nadine balançou a cabeça para os lados. — Se você acha que o cara foi colocado lá só para filmar a cena, não sei como isso poderia ter acontecido. Mas vou investigar. Se eu farejar que foi tudo previamente arranjado, eu lhe conto.

Satisfeita, Eve concordou.

— Diga-me só mais uma coisa. Quanto eles pagaram pelo vídeo?

— Dallas...

— Extraoficialmente, Nadine. Vai ficar só entre nós duas. Estou curiosa.

— Um milhão de dólares por vinte segundos de ação.

— Então o cara tirou a sorte grande. Sei que você não tinha obrigação de fazer isso. Não vou esquecer.

— Pois é. Você me deve uma.

— Não gosto de dever nada a ninguém e pago na hora. A imagem de uma pessoa importante vai para o espaço — disse Eve, depois de um momento. — Provavelmente em vinte e quatro horas, ou pouco mais. Não me pergunte nada, pois não vou responder. Quando a coisa estourar e eu for liberada para falar com a imprensa, você terá uma entrevista exclusiva.

— Uma hora depois da explosão.

— Não posso lhe prometer isso. Será na primeira oportunidade que eu tiver.

— Não posso reclamar do trato. Preciso ir. Lembre-se: eu nunca estive aqui.

Quando a porta se fechou novamente, Eve colocou o disco para rodar.

Viu a varanda do apartamento de Greene, e o instante em que a porta se abriu. Ele saiu correndo, coberto de sangue. A imagem tremeu quando o operador da câmera recuou diante do que apareceu no visor, e deu para ouvir sua exclamação de surpresa. Mas ele teve frieza suficiente para dar um zoom na imagem.

Sim, ele mais parecia um monstro, pensou Eve. O sangue literalmente escorria e pingava dos seus dedos e cabelos. Sua boca estava escancarada, os olhos arregalados e vermelhos como os de um demônio. Ele rasgava o ar com a faca e dava socos na cabeça.

Correu de uma ponta à outra, no terraço, espalhando o ar com as mãos, como se tentasse afastar uma nuvem de insetos. Então, segurando a faca com as duas mãos, ele atirou a cabeça para trás. E esfaqueou o próprio coração.

— Puta merda! — Jamie estava na porta de comunicação entre a sala de Eve e o escritório de Roarke. Seu queixo estava caído e os olhos grudados no monitor sobre a mesa.

— Droga. Encerrar reprodução. Essa porta estava fechada, garoto!

— Desculpe. Roarke me pediu para... Eu ia pegar uma coisa para ele e passei aqui para lhe perguntar se... Deixa pra lá. — Ele respirou fundo, bem devagar, e passou as costas da mão sobre a boca. — Esse é o cara de ontem, não é? Do homicídio de ontem?

— Você deveria estar no laboratório.

— Sou parte da equipe. — Ele ergueu o queixo. — Meu avô era tira, e eu também vou ser. Já vi sangue antes. Matei um cara, lembra?

— Cale a boca! — Ela falou com mais rispidez do que planejava, e correu para fechar a porta atrás dele. — Foi feito um relatório oficial, assinado por mim, afirmando que Alban foi morto durante uma briga para desarmá-lo e prendê-lo. Se você espalhar por aí que matou um homem, Jamie, eu vou acabar me fodendo.*

— Eu jamais faria nada que colocasse você numa fria. — Algo do que ele sentia por ela, o muito de amor que ele tentava esconder sob a máscara de adolescente entediado surgiu em seu rosto. — Eu nunca faria isso, Dallas.

Por ter visto esse amor em estado puro, ela deixou a coisa parar por ali, antes que acabasse em algo que deixaria ambos embaraçados.

— Tudo bem — cedeu ela.

---

* Ver *Cerimônia Mortal*. (N. T.)

— Isso vai ficar só entre nós dois — garantiu o rapaz. — Você me deixou fora da reunião de ontem, e eu imagino por quê. Você achou que eu não devia ver coisas desse tipo. — Ele apontou para a tela. — E quanto ao carinha novo, Trueheart? Ele é três anos mais velho que eu. Quatro, talvez. Qual é a diferença?

— Ele usa farda.

— Eu também vou usar.

— Sim, sei, eu sei que vai. — Ela analisou o rosto dele. Algo em seus olhos cinza já mostravam que ele seria um bom tira. — Escute, não estou dizendo que você não aguentaria a barra. Mas tem um monte de coisa cruel lá fora, e se você começar a ver coisas terríveis demais com tão pouca idade, elas poderão derrubar você antes de fazê-lo crescer.

— Eu já vi muita coisa horrível.

— Há coisas lá fora igualmente terríveis. E outras ainda piores. Entre para a Academia de Polícia, faça por merecer uma farda. É cedo demais para você lidar com essas coisas.

— Tudo bem.

— Agora, vaza daqui! E faça-me um favor. Vou participar de uma reunião aqui, em poucos minutos. É um grupo pequeno e o assunto é confidencial. Impeça qualquer pessoa de interromper.

— Pode deixar. — Ele sorriu e pareceu espantosamente jovem.

— Trueheart tem uma paixonite por você.

— Cai fora!

Enquanto ria, ele foi saindo, de costas. Ela o empurrou e bateu a porta na cara dele. Eve voltou à sua mesa, copiou o disco e o arquivou na pasta eletrônica do caso. Em seguida, gravou uma segunda cópia, lacrada, para entregar ao comandante.

Aproveitou o resto do tempo para atualizar os arquivos de provas e também os lacrou. Então, começou a organizar os pensamentos.

Ao ouvir uma batida leve, ela respirou fundo, se levantou e abriu a porta de sua sala para os dois policiais mais importantes da cidade.

Capítulo Dezenove

— Ao longo das investigações dos homicídios Greene/Wade — ela começou —, descobri que os dados financeiros de Nick Greene não batiam com o estilo de vida que levava. Mesmo considerando a imensa grana não declarada à Receita, adquirida em atividades envolvendo drogas ilegais e serviços sexuais, as aquisições e seu aumento de patrimônio durante o ano passado excediam em muito qualquer valor aceitável.

— Você supôs que ele tivesse outra fonte de renda — deduziu o comandante.

— Sim, senhor. Durante a busca inicial nos aposentos onde ocorreu o crime...

— Tenente. — Tibble ergueu a mão para interrompê-la. — Existe algum motivo para você estar de lenga-lenga conosco?

— Minhas descobertas precisam de uma base sólida.

— Muito bem. Mas não há necessidade de tantas formalidades. Solte logo a bomba.

— Sim, senhor. Encontramos um cofre ao vistoriar o local, mas havia pouco dinheiro nele. As gravações das câmeras internas mostram que ele tratou de negócios com três clientes, em seu apartamento, nos últimos dias. Como ele não saiu de casa, não teve chance de depositar nada no banco. Ele só recebia em dinheiro. Rejeitei a hipótese de ele entregar a grana a uma adolescente que conheceu em uma boate e mandá-la fazer depósitos em alguma conta secreta ou cofre bancário. Tinha de haver outro esconderijo em sua casa, do mesmo modo que tinha de existir outra fonte de renda. Pelos serviços que oferecia e pelo tipo de clientela, chantagem me pareceu sua atividade paralela mais lógica.

— E você acredita que essa atividade paralela tem ligação com os Buscadores da Pureza? — perguntou Tibble.

— Isso não é suficiente para caracterizar uma ligação sem investigar o quadro completo. Cada caso deve ser analisado individualmente, com base em números, senão se perdem os detalhes.

— Já que estamos aqui, suponho que você não perdeu esses detalhes — afirmou Tibble.

— Voltei ao apartamento de Greene em companhia do consultor civil. Localizamos o segundo cofre. Registrei tudo que achei lá dentro e atualizei os dados. Havia oitocentos e sessenta e cinco mil dólares em dinheiro, uma senha para um cofre do Security National Bank, filial da rua 88, cinco discos com dados e doze discos com vídeos.

Ela apontou para a mesa.

— Tudo está lançado e lacrado, bem como o registro do confisco do cofre.

— Pelo seu excesso de precaução, tenente, suponho que a batata seja mais quente do que você imaginava — afirmou Whitney.

— Muito mais, senhor. — Ela olhou fixamente para o comandante. — Os dados continham suas anotações pessoais. Greene mantinha registros de tudo, inclusive dados contábeis. Também havia uma espécie de diário pessoal. A deterioração progressiva do seu estado a partir do momento em que ele foi infectado está bem documentada, com dores crescentes, paranoia, raiva e confusão mental.

— E quanto aos vídeos? — perguntou Tibble. — Ele fazia chantagem?

— Exato, senhor. Fiz uma pesquisa e identifiquei alguns clientes de Greene. Eles não sabiam que estavam sendo filmados durante suas atividades, e tais atividades são muito explícitas. Algumas delas ocorreram em local ainda não identificado, e outras foram feitas no segundo quarto do apartamento. Nesses vídeos, encontramos vários cidadãos proeminentes de nossa sociedade envolvidos em atividades ilegais e/ou situações embaraçosas de cunho sexual. Entre eles estão uma juíza criminal, a esposa de um professor universitário que apoia o Partido Conservador e creio ter ligação com Clarissa Price. Além dos citados, temos várias celebridades e o prefeito de Nova York.

— Meu santo Cristo! — Tibble olhou para ela por mais de cinco segundos e então massageou as têmporas. — A identificação de Peachtree é definitiva?

— Sim, senhor. Eu o reconheci, mas escaneei a imagem eletronicamente, para confirmar sua identidade.

— Isso é merda no ventilador! — Ele abaixou as mãos. — Tudo bem, o idiota chifrou a mulher e foi filmado.

— Não, senhor. A coisa é um pouco mais... constrangedora do que adultério.

— Solte logo a bomba, Dallas — ordenou Whitney, com impaciência. — Somos todos adultos aqui.

— Ele aparece vestido de mulher, curtindo uma ardente sessão de sexo com outro homem, incluindo um pouco de domínio e punição, e depois... ahn... gratificação oral e consumação.

— A coisa melhora a cada minuto. — Parecendo cansado, Tibble recostou a cabeça no apoio de trás da cadeira e analisou o teto. — O prefeito Steven Peachtree é um travesti que vinha sendo chantageado por um agente de sexo ilegal que também traficava drogas e teve a morte promovida por uma organização terrorista responsável por sete assassinatos, até agora.

— Em suma, é isso aí — concordou Eve.

— Se a mídia souber disso... — Ele balançou a cabeça, levantou-se e caminhou até a janela. — Para ele é fim de carreira, de um jeito ou de outro. Nem mesmo o talentoso Chang será capaz de pescá-lo do vaso sanitário. A cidade já está em estado de convulsão sem precisar de mais isso. Vamos manter a discrição, por enquanto.

— Preciso interpelar o prefeito, secretário, bem como as outras pessoas conhecidas que aparecem nos vídeos.

Tibble olhou por cima do ombro e fitou Eve.

— Você acha que Peachtree está envolvido com os Buscadores da Pureza? Será que o prefeito montaria uma organização terrorista em sua própria cidade? Pode ser que ele tenha feito escolhas muito equivocadas em nível pessoal, mas não é burro o bastante para cuspir no prato em que come.

Por que não?, pensou Eve. Quando alguém usa os serviços de um cafetão ilegal para marcar o encontro dos seus sonhos, é sem-noção o bastante para fazer qualquer outra coisa.

— Não posso determinar a extensão da burrice dele sem interrogá-lo, senhor.

— Você pretende arrastá-lo para uma importante investigação de homicídio só porque ele usou a porcaria de um sutiã?

Eve sentiu a paciência se esgotando como se fosse uma uva secando ao sol.

— Senhor, estou pouco me lixando se o prefeito se veste de pastora e seduz um monte de carneiros e ovelhas em seus dias de folga. Mas, se ele entra no meu caso, a coisa muda de figura. É minha constatação, na condição de investigadora principal, que o grupo Buscadores da Pureza tem pessoas de poder, autoridade e influência entre seus membros. Meus pedidos de mandados para a abertura de arquivos lacrados envolvendo menores de idade foram sistematicamente rejeitados, e isso continua a acontecer sem motivos plausíveis. Os mandados solicitados para investigar as pastas do Serviço de

Proteção à Infância também foram bloqueados ou negados. Esses lacres me impedem de dar continuidade à investigação.

— Mas você encontrou um jeito de acessá-los no caso de Dukes.

— Sim, senhor, encontrei — ela respirou fundo —, e vou continuar a buscar maneiras de alcançar esses dados. Sete pessoas, incluindo um policial, estão mortas. Vou continuar cavando até encontrar as respostas e me certificar que a justiça foi feita. O prefeito de Nova York é suspeito nessa investigação, quer o senhor goste ou não.

— Secretário Tibble. — Whitney se colocou em pé e, por pouco, teve de atuar como juiz em uma luta de boxe. — A tenente Dallas tem razão.

Tibble desviou seu olhar fulminante para Whitney.

— Você acha que eu não sei o quanto ela está certa? Pelo amor de Deus, Jack, eu tenho um distintivo há mais anos do que ela tem de vida. Eu sei que ela tem razão. Também sei que vamos passar meses tentando sair dos escombros quando tudo isso desabar sobre nossas cabeças. Um travesti terrorista. Meu Jesus, dá para imaginar o quanto a mídia vai deitar e rolar com uma história dessas?

— A mídia não é preocupação minha — disse Eve.

— Se você pretende subir na vida, é melhor se preocupar com a mídia, sim — trovejou Tibble, olhando para Eve. — Você já estaria usando um distintivo de capitã se prestasse mais atenção à percepção e à imagem, tenente. No passado, você fez escolhas que a impediram de ser a mais jovem capitã da Polícia de Nova York.

— Harry.

Tibble afastou com um aceno a objeção de Whitney e tornou a se virar para a janela.

— Desculpe ter dito isso. A situação me desnorteou. Eu trabalho com o sujeito. Não me considero amigo pessoal dele, mas certamente temos uma relação cordial. Fui apresentado à sua família. Acreditava conhecê-lo. Gostaria de tomar um pouco de café, tenente. Puro, sem açúcar. Pode ser?

Eve ficou calada para não falar nada de que se arrependesse. Em vez de responder, foi até a cozinha anexa e programou o AutoChef enquanto sua raiva se debatia, por dentro, com o treinamento que recebera.

Eles podem pegar o distintivo de capitã e enfiar no rabo.

Depois de alguns instantes, voltou. Como Tibble continuava olhando para fora pela vidraça, ela colocou o café do secretário de Segurança sobre a mesa e entregou uma segunda xícara a Whitney.

— O senhor está ordenando que eu ignore as provas que chegaram às minhas mãos e abandone a rota de investigação que leva ao prefeito Steven Peachtree, secretário?

— Tenho certeza, tenente — disse Tibble, continuando de costas para a sala —, que se eu lhe ordenasse algo dessa natureza você desobedeceria ao meu comando ou entregaria seu posto e seu distintivo, esfregando-o na minha cara. Como deve estar com raiva o bastante para escolher a segunda opção, prefiro lhe pedir desculpas, mais uma vez.

"Não tenho direito de tornar pessoal um assunto profissional, nem de despejar minhas frustrações sobre você. Vou lhe adiantar apenas que existem sombras e tons no que está certo, tenente; quanto mais alto for o seu posto, mais sombras existirão e mais profundas elas se tornarão."

— Estou ciente da dificuldade da situação e da sua posição, secretário Tibble.

— De um modo geral você acha que tudo isso é besteira. — Ele abriu um sorriso do jeito estranho que tanto aterrorizava tiras e criminosos ao longo dos anos. Voltou para a mesa, pegou o café e o bebeu devagar. — Na maioria das vezes, tem razão quanto a isso. Mas, para encerrar, eu lhe digo que não, tenente. Não vou mandar você ignorar as provas que chegaram às suas mãos.

Sem pensar, ele se sentou à mesa dela.

— O que peço é que você adie um pouco esse confronto até eu conversar com o prefeito. Qualquer parte dessa conversa que seja pertinente à sua investigação lhe será repassada. Não se trata apenas do homem, mas do cargo. É o cargo que merece nosso respeito e proteção. Espero que você tenha confiança na minha capacidade de separar o homem do cargo que ocupa, e acredite na minha habilidade para conduzir esse interrogatório preliminar pessoalmente.

— Acredito que o senhor é mais que capaz para lidar com esse confronto inicial, senhor. Quer que eu lide com os outros indivíduos identificados nos vídeos?

— Discretamente. Preciso de cópias desses vídeos, e também das suas anotações e pastas.

— Já está tudo aqui, senhor.

— Jack, parece que vamos começar o dia com um pouco de filme pornô — comentou o secretário, ao pegar a pacote que Eve lhe ofereceu.

— Minha noite de ontem terminou assim — afirmou Eve, e isso fez Tibble soltar uma gostosa gargalhada.

— Nosso trabalho nunca é monótono.

— Quanto disso tudo devo contar à minha equipe?

— Confiança é uma via de mão dupla. Deixo isso ao seu critério. — Ele se levantou. — Se Peachtree for parte disso, vamos derrubá-lo do cavalo. Estou lhe dando minha palavra. — Ele estendeu a mão.

— Vamos derrubar todos eles do cavalo, senhor. Estou lhe dando a minha.

Depois que eles saíram, Eve chamou Peabody para a sua sala.

— Sente-se! — ela ordenou. Em seguida, exatamente como Tibble fizera, assumiu a posição de comando, atrás da mesa. — Surgiram novos dados que mudam o curso da investigação. Ainda não recebi autorização para compartilhar os detalhes com o resto do grupo, mas você me acompanhará, hoje, em várias visitas e situações delicadas. Até eu liberar as informações que receberemos, você não deverá comentar nada sobre isso com nenhum membro da equipe.

— Não vamos contar nada a eles?

— Por enquanto, não; Código Cinco. Todo registro que eu mandar você fazer será lacrado.

Peabody engoliu as dezenas de perguntas que lhe chegaram à ponta da língua.

— Sim, senhora.

— Antes de começarmos essa nova rodada de entrevistas, vamos dar mais uma passadinha na casa de Dukes. Ele precisa de mais pressão. Pretendo fechar o dia usando Clarissa Price e Thomas Dwier como apoios laterais.

— E o que existe entre esses apoios laterais tem ligação com o resto do caso, afinal?

— Tem, além de muitas outras coisas e pessoas. Vou contar alguns fatos novos a você, dentro do permitido, no caminho para a casa de Dukes.

— Chantagem?! — exclamou Peabody, quando a viatura parou no primeiro sinal vermelho. — Nossa! Nick Greene metia a mão em um monte de buracos desagradáveis.

— Eram buracos lucrativos. Ele mamava três milhões por ano só dessa vaquinha.

— Você acha que ele foi infectado por fazer chantagem?

— Acho, sim. Veja os outros. Eram pedófilos ou exploradores de crianças. Greene trabalhava com adolescentes, raramente, mas o grosso dos seus clientes e empregados eram adultos.

— Você disse desde o início que os Buscadores da Pureza iriam estender seus tentáculos para outras áreas.

— E pretendem fazê-lo, mas não tão cedo. Tem muitos pedófilos por aí, como Fitzhugh, para mantê-los ocupados. Greene estava numa posição limítrofe, não era um pedófilo típico. Acho que alguém, provavelmente mais de uma pessoa, tinha outros motivos pessoais para vê-lo morto. É claro que eliminar um indivíduo desprezível foi o fator básico, mas se livrar das chantagens que ele fazia e da ameaça de exposição pública tornou-se um bônus irresistível. Só que isso foi burrice. É um erro matar o chantagista antes de destruir as armas dele.

— Você pode me contar se Dukes era um dos chantageados?

— Dukes não era um deles, mas sabe como a coisa rola. Sabe quem foi infectado ou está programado para ser. Está na base de tudo, e vamos sacudi-lo um pouco. Ou sua esposa. Ela é o elo fraco.

— Você acha que ela vai entregar o marido?

— Talvez, se ficar suficientemente apavorada. Não faz parte do bando, mas conhece Dukes, sua agenda e seus hábitos, pois só assim cuidaria da casa de acordo com os caprichos dele. Se achar que estamos pressionando sua mulher, Dukes vai ficar tão puto que talvez chute o balde e se traia. É fácil fazê-lo explodir.

Eve procurou uma vaga para estacionar, mas acabou embicando na entrada da garagem dos Dukes. A primeira coisa que reparou foi nas flores murchas ao lado da porta.

— Ele fugiu.

Peabody seguiu os olhos de Eve.

— Talvez a esposa tenha se esquecido de regá-las.

— Não, ela não seria besta de esquecer. Isso devia estar no topo da sua lista de tarefas diárias. Droga, droga! — Eve tocou a campainha mesmo assim. Tocou e tocou.

— As cortinas continuam nas janelas. — Peabody esticou o pescoço para ver lá dentro. — E os móveis também.

— Deixaram tudo para trás. Saíram às pressas. Devem ter colocado o pé na estrada, com mala e cuia, menos de vinte e quatro horas depois da nossa primeira visita.

Eve começou a tocar a campainha dos vizinhos, até que uma das portas se abriu. Ela exibiu o distintivo para uma mulher de cabelos brancos e agasalho de ginástica cor-de-rosa.

— Aconteceu algo? Houve algum acidente? Meu marido...

— Não, senhora, nada errado. Desculpe assustá-la. Procuro por um dos seus vizinhos, a família Dukes. Eles não atendem a campainha.

— Os Dukes. — Ela deu uns tapinhas na cabeça, como se tentasse despertar as lembranças. — Não sei se... Ah, é claro, é claro! Eu vi a matéria no noticiário. Ora, mas a senhora é a policial que ele jurou processar.

— Que eu saiba, nenhum processo foi aberto contra mim até o momento, senhora. Sabe informar onde eles estão?

— Deixe ver... Na verdade, eu não tenho intimidades com eles. Ela é uma linda mulher, muito jovem. Eu a vejo ir a pé ao mercado todas as segundas e quintas-feiras. Nove e meia da manhã em ponto. Dá para acertar o relógio por ela. Pensando bem, agora que a senhora mencionou, não sei qual foi a última vez em que eu a vi. Eles perderam o filho mais velho, não foi? Mudaram para cá faz uns dois anos; não soube ao certo o que aconteceu. Eles nunca conversaram a respeito com nenhum vizinho. Tem gente que é assim. É uma coisa terrível, terrível de verdade, perder um filho.

— Sim, senhora, sem dúvida.

— Eu o via entrando e saindo de vez em quando. Não me parecia nem um pouco simpático. Aos domingos a família saía toda junta, às dez em ponto. Iam à igreja, imagino, pela forma como se vestiam. Estavam de volta quando dava meio-dia e meia. Nunca vimos o menino brincando aqui fora com seus amigos. Aliás, nunca vi outra criança entrar naquela casa.

Ela suspirou e olhou para o outro lado da rua.

— Acho que os pais prendiam muito o menino, com medo de que algo pudesse acontecer com ele também. Vejam só, Nita está saindo. Ela é minha companheira de jogging.

Ela acenou de forma escandalosa para uma mulher que saía de um prédio do outro lado da rua. Ela também vestia uma roupa de ginástica, só que era azul-bebê.

— Nita sabe de tudo o que acontece por aqui — informou a senhora, com o canto da boca, em tom de confidência. — Pergunte a Nita a respeito deles.

— Elas vieram prender você, Sal? — perguntou Nita, com a voz alegre, aproximando-se. — É melhor trancar bem a porta da cela, policial, senão ela escapa.

— Conversaremos sobre escapadinhas depois, Nita — Sal reagiu. — Elas querem saber sobre os Dukes, que moram duas casas depois da sua.

— Saíram de viagem faz dois dias. Encheram o carro de malas. Se querem saber, a esposa não me pareceu nem um pouco satisfeita com a viagem. Estava chorando. Isso aconteceu... deixe ver... Quarta. Sim, quarta-feira de manhã cedinho. Eu estava no jardim da frente regando as plantas e os vi colocando as malas no carro.

— A senhora sabe se eles receberam alguma visita antes disso?

— Receberam, sim. A visita de vocês — disse Nita, com um sorriso sagaz. — Na véspera de irem embora. E deixaram o "comandante" aqui do bairro muito irritado, pelo que eu vi no noticiário, mais tarde.

— Nita!

— Ah, qual é, Sal? Eu não gostava do sujeito e não tenho medo de admitir isso para ninguém.

Ela abanou a mão com ar de desdém e se chegou mais, pronta para um papinho amigável entre amigas.

— Tive um cocker spaniel, o velho Frankie. Ele morreu no ano passado. Eu o levava para passear na rua duas vezes por dia. Poucos meses antes de sua morte, eu parei diante da casa dos Dukes, um dia, para bater um papinho com uma amiga que vinha pela calçada. Pois o velho Frankie fez suas necessidades lá, junto do jardim deles, e eu não reparei, pois estava distraída.

Ela suspirou longamente, com tristeza.

— Tadinho do velho Frankie. É claro que eu teria limpado a sujeira que ele fez. Limpei o cocô daquele cachorro durante dezesseis anos. Mas o "comandante" nem me deu tempo para fazer isso; apareceu na porta, me deu uma esculhambação e disse que iria me denunciar. Parecia nunca ter visto uma cagadinha de cachorro em toda a sua vida. Rebati os insultos, é claro, pois não sou de levar desaforo para casa.

Ela soltou o ar com um sopro. Continuava visivelmente revoltada.

— Ele bateu a porta na minha cara, eu limpei o cocô, acabei o passeio com Frankie e voltei para casa. Acabei de entrar e uma tira de ronda bateu na minha porta. Muito novinha e com certo embaraço, ela me disse que Dukes prestara queixa de mim. Dá para acreditar num troço desses? Como eu obviamente já me livrara da "prova do crime", a coisa não deu em nada. A policial me explicou que ele estava espumando de raiva, contou que tentara acalmá-lo e me aconselhou a, dali para frente, manter o cão longe do terreno dele.

— Esse foi o único problema pessoal que a senhora teve com ele?

— Nunca mais lhe dirigi a palavra, nem ele a mim.

— Eles perderam um filho — lembrou Sal. — Isso deixa a pessoa amarga.

— Tem gente que já nasceu amarga. — Nita apontou com a cabeça para a casa do outro lado da rua. — Acho que aquele homem é uma dessas pessoas.

Eve realizou as três primeiras entrevistas da lista de Greene na privacidade da casa ou do escritório de cada um dos indicados. Em cada um desses lugares, teve de lidar com graus diversos de negação, indignação, embaraço e súplica.

No caso da juíza Vera Archer, ela viu uma fria aceitação.

— Prefiro continuar esta conversa sem a presença da sua auxiliar, tenente Dallas — pediu a juíza.

— Peabody, espere lá fora.

Vera Archer cruzou as mãos sobre a mesa. Sua sala privativa era um espaço funcional e muito organizado que condizia com a imagem da juíza. Ela era uma mulher alta e muito atraente, apesar do semblante severo. Muito magra, com sessenta e três anos, usava os cabelos cortados muito curtos. Tinha reputação de tomar decisões rápidas, diretas e abrangentes, e derrubava a maioria das apelações que os advogados lhe submetiam.

Não aceitava encenações teatrais no tribunal que presidia.

Pelo visto, pensou Eve, ela curtia tais encenações apenas em particular. Em um dos vídeos confiscados, Eve vira a juíza fazendo um striptease muito glamouroso que começou com um vestido longo cor-de-rosa e terminou em uma calcinha fio dental e muita sensualidade, isso tudo diante de dois rapazes musculosos e como prelúdio para um atlético e movimentado *ménage à trois*.

— Eu sabia que iria enfrentar isso desde que soube que Nick Greene tinha sido assassinado, tenente. Minha vida privada não está aberta a objeções. Não violei nenhuma lei, exceto as do bom-senso.

— Mas pagava sete mil e quinhentos dólares por mês a Nick Greene.

— Pagava. Não é ilegal pagar honorários. E se determinarmos que era um caso de chantagem, o crime está em extorquir, e não em pagar. Não vou explicar o conteúdo do disco nem as motivações que me levaram a fazer aquilo. Tenho direito à minha privacidade.

— Tem sim, Meritíssima, e a senhora certamente pagou caro para mantê-la. Entretanto, o conteúdo daquele disco e os pagamentos que fez a ele fazem parte, agora, de uma investigação de homicídio.

O olhar da juíza Archer permaneceu fixo em Eve, sem nenhum abalo.

— A mim, interessava mantê-lo vivo, tenente. Eu podia arcar com essa despesa, mas não com a publicidade que adviria da exposição pública do material. Seria um constrangimento insustentável para minha toga e para o meu casamento. Contei tudo ao meu marido, cerca de um ano atrás. A senhora poderá confirmar essa informação com ele, se for preciso, mas eu afirmo, mais uma vez, que se trata de assunto pessoal. Posso lhe contar apenas que eu e ele concordamos que seria melhor manter os pagamentos mensais.

— A senhora sabe das circunstâncias da morte de Nick Greene?
— Sim.
— Apesar de ser simpática ao seu desejo de privacidade, Meritíssima, essa simpatia não se estende à busca pelos terroristas responsáveis pelo assassinato de Nick Greene e mais seis pessoas, até agora.

— De que forma expor o conteúdo desse disco vai ajudá-la em sua missão, tenente? Preciso ter o respeito das pessoas no tribunal que presido. Você persegue e prende os criminosos, mas depois cabe aos tribunais completar o ciclo da justiça. Como poderei fazer a minha parte se me transformar em alvo de risos e piadinhas?

— Farei todo o possível para proteger sua privacidade. Conte-me como a senhora tomou conhecimento dos serviços que Greene oferecia.

A juíza Archer apertou os lábios com força, formando uma linha fina e quase invisível.

— Soube dele por meio de uma conhecida. Tudo me pareceu inofensivo, e embora a oferta dos serviços fosse relativamente questionável, eu os utilizei. Como uma válvula de escape, poderíamos dizer, para as pressões do meu trabalho. Fiz uso desses serviços uma vez por mês durante vários meses. Foi quando ele me deu uma cópia do disco, anexando as condições de pagamento e as consequências da minha recusa em aceitá-las. As negociações foram muito razoáveis e profissionais.

— A senhora deve ter ficado com muito ódio dele.
— Sim, mas o pior foi me sentir tão tola. Uma mulher com mais de sessenta anos e que presidia um tribunal há quatorze não devia se permitir ser ludibriada com tamanha facilidade. Eu paguei, porque sempre pagamos pelas nossas tolices, e parei de utilizar seus serviços.

— A senhora não teve medo de que ele divulgasse o conteúdo, mesmo recebendo o dinheiro?

Ela virou a cabeça de lado, fingindo surpresa pela pergunta.

— E se privar de uma mesada não muito grande, mas constante? Não.

— Alguma vez ele aumentou o valor ou ameaçou fazê-lo?

— Não. Com relação a isso, ele era um bom homem de negócios. Quem suga o sangue da vítima demais ou com muita pressa, acaba matando-a. — A juíza Archer ergueu as mãos em sinal de impotência; foi o único excesso que se permitiu ao longo de toda a conversa. — Eu nem mesmo lamentava os pagamentos. Eles me lembravam de que sou humana. Aliás, foi por ser humana que eu errei, para início de conversa. Talvez precisasse me lembrar de que sou humana. Você deve ter feito um levantamento de dados a meu respeito, em nível pessoal e profissional. Estou certa, tenente?

— Sim, Meritíssima, fiz uma pesquisa básica.

— Sempre servi à lei, e muito bem. Minha carreira é testemunha disso. Não estou disposta a me aposentar. — Ela olhou para a pequena janela de sua sala. — Assisti à matéria do Canal 75 hoje de manhã. A morte que escolheram para ele foi cruel e medonha. Greene era um chantagista, lucrava com o que alguns chamam de pecado, e certamente explorava as fraquezas humanas das pessoas. Mas não merecia ter morrido daquela forma. A menina também não.

Ela tornou a olhar para Eve, um olhar direto e firme.

— Você suspeita que eu possa fazer parte desse grupo de justiceiros que se autointitulam puros? Saiba que eles defendem tudo o que eu mais abomino, tenente. Eles representam tudo o que eu dediquei minha vida a combater. Não passam de tiranos e covardes brincando de Deus. Estou disposta a abrir mão da presença de um advogado e me submeter ao detector de mentiras agora mesmo, se desejar. Peço apenas que isso ocorra de forma discreta, sob a assistência de um profissional qualificado e licenciado, e que, quando os resultados me livrarem de suspeitas, todos os discos ou arquivos relacionados a mim e ligados a esse assunto sejam lacrados para sempre.

— Concordo com essas condições e vou providenciar tudo. Posso pedir à dra. Mira para realizar os testes pessoalmente.

— Respeito e aceito a dra. Mira.

— Creio que os resultados colocarão um ponto final no seu envolvimento nesse caso, Meritíssima.

— Obrigada.

— Posso lhe pedir sua ajuda e opinião pessoal em outro assunto ligado a esta investigação?

— Claro.

— Solicitei a abertura de vários arquivos lacrados, todos ligados a vítimas menores de idade e diretamente relacionados com o caso. O Serviço de Proteção à Infância impetrou mandados bloqueando o acesso não apenas a esses dados como também a todos os registros da agência. O promotor está tentando superar este bloqueio, mas não consegue.

— Registros lacrados, especialmente quando envolvem crianças, são uma questão melindrosa, tenente.

— Homicídios em série também são, Meritíssima; bem como terrorismo. Obstrução de uma investigação prioritária também é uma questão melindrosa. Correr contra o tempo é essencial ao meu trabalho, mas essa ferramenta está sendo mantida fora do meu alcance. Não se trata de divulgar arquivos lacrados para o público, e sim da obtenção de uma investigação justa para pistas sólidas. Se esse assunto lhe fosse apresentado, como a senhora julgaria o caso, Meritíssima?

Archer se recostou, pensativa.

— Essas pistas são realmente sólidas, tenente? Não tente me enrolar!

— São sólidas como rocha. O juiz que emitiu os mandados mantendo os lacres argumenta que os arquivos devem permanecer fechados para proteger os menores e suas famílias de mais sofrimento, e para garantir sua privacidade. O promotor alega que tais registros são pistas sólidas para a investigação de vários homicídios, e argumenta que o conteúdo de tais arquivos será conhecido apenas pela equipe investigativa.

— Se a coisa está nesse pé, você poderá conseguir a liberação desses lacres através da minha corte. Quem assinou os mandados de bloqueio?

— O juiz Matthews.

— Os pedidos que você fez depois foram sustados pelo mesmo juiz?

— Não, Meritíssima. Os mandados posteriores foram mantidos pelo juiz Lincoln.

— Lincoln. Entendo. Pode deixar que vou efetuar algumas averiguações para você, tenente.

Eve saiu do tribunal com Peabody ao lado e parou um momento para tomar ar.

— Se ela não está limpa, perdi todo o meu senso de direção.

— Vamos continuar trabalhando com a lista de chantageados?

— Sim, vamos em frente. Nesse meio-tempo, faça uma pesquisa sobre o juiz Lincoln.

— Outro juiz? Que beleza, hein?

— Talvez ele não tenha nada a ver com Greene, mas está na lista da juíza Archer. Ela disfarça as emoções muito bem — reconheceu Eve, ao entrar na viatura. — Mas não tanto quanto supõe. Vi um lampejo em seu rosto ao contar que Lincoln estava sustando os pedidos de liberação dos lacres.

Franzindo o cenho, ela atendeu ao *tele-link* do carro, que tocou.

— Dallas falando!

— Vou encontrá-la no O'Malley's, tenente — disse Dwier, com a voz dura. — Daqui a vinte minutos. Vá sozinha.

— Nada disso. Esquilo Azul — contrapôs Eve, querendo a vantagem do campo para si.

E desligou.

Capítulo Vinte

Eve não ia mais ao Esquilo Azul com tanta frequência quanto nos tempos de solteira. O estabelecimento era uma espelunca sem pontos positivos, incluindo a comida e os serviços. De dia, a freguesia era composta de clientes rudes e uma ou outra alma perdida, desavisada e tola o bastante para achar que conseguiria, ali, uma refeição barata e um pouco de agitação.

À noite, a boate transbordava de pessoas que agitavam de verdade e eram duronas ou loucas o suficiente para arriscar a vida consumindo o que acreditavam ser álcool.

A música era ensurdecedora, as mesas minúsculas eram raramente limpas e o ar tinha um fedor constante de bebida de má qualidade e zoner estragado.

Eve sentia uma afeição estranha pelo lugar, e ficou feliz em ver que nada mudara desde sua última visita.

Durante algum tempo, Mavis trabalhara ali regularmente, como cantora, sempre com roupas exíguas e indescritíveis de tão exóticas; naquele palco, a velha amiga de Eve guinchava a plenos pulmões diante de uma pista de dança apinhada que parecia entender e apreciar aquele tipo de música.

Ao se lembrar de Mavis, Eve tentou avaliar se, no papel de futura mãe, sua amiga iria desacelerar seu ritmo alucinante de vida.

Nem pensar, decidiu.

— Fique numa mesa do outro lado da pista — Eve ordenou a Peabody. — Pode pedir algo para comer, se tiver coragem.

— Até que as batatas fritas daqui não são tão más. Vou arriscar.

Eve escolheu uma mesa em um canto do fundo e se sentou. Reconheceu que as batatas realmente não eram ruins e mereciam uma chance.

Teclou o pedido no cardápio eletrônico e decidiu não se arriscar a ponto de consumir o café dali. Preferiu água mineral sem gás, apesar de suspeitar que o líquido viria de uma das torneiras da cozinha nojenta, onde as garrafas deviam ser enchidas por sujeitos com dedos peludos.

Sem sinal de Dwier, ela pegou o comunicador para conferir com Feeney em que pé as coisas estavam.

— Quais são as novidades?

— Estamos quase lá. — Havia gotículas de suor sobre as sobrancelhas do capitão e seus cabelos pareciam mais arrepiados e despenteados que nunca. — Em mais duas horas poderemos clonar o vírus. Onde você está?

— No Esquilo Azul. Vou almoçar daqui a alguns minutos.

— Você gosta de viver perigosamente, Dallas.

— Gosto, sim. Marquei um encontro com Dwier, aqui. Ele deve estar chegando a qualquer momento. Acho que vai me propor um acordo.

— Quer que eu sugira um bom acordo para ele? — Feeney soprou os cabelos, bufando para cima. — Você pode me contar o que os chefões vieram fazer em sua casa logo cedo?

— Ainda não, preciso confirmar algumas informações, antes. Desculpe, Feeney, mas não posso contar mais nada, por enquanto.

— Você deve ter pescado um peixão, não é, garota? Não esquenta comigo, não. Lembre-se apenas de que peixes grandes têm dentes afiados.

— Deixa comigo. Dwier acabou de entrar. A gente se fala depois.

Ela guardou o comunicador e esperou Dwier chegar à mesa.

— Mandei vir sozinha, Dallas. Mande a tira que está do outro lado do salão vazar, ou não vai ter papo.

— A tira precisa se alimentar. Se quiser conversar, a escolha é sua. — Eve abriu a tampa da garrafa de água que acabara de surgir pela fenda ao lado da mesa. — Conselho de amiga, Dwier: fique longe do café, se quiser continuar vivo — avisou, com naturalidade.

Ele se largou no banco em frente a ela, do outro lado da mesa. Eve não se surpreendeu ao vê-lo pedir uma bebida alcoólica engarrafada.

— Sua namorada lhe contou da conversa que tivemos ontem, Dwier?

— Mostre respeito ao falar de Clarissa. Ela é uma dama. Gente como você não consegue reconhecer uma dama.

— Pode ser, mas reconheço de longe tiras safados, conspiradores, assassinos e fanáticos. — Olhando para ele fixamente, ela tomou um gole da água. — E não me importo com a pele deles.

— Quero que você pare de pegar no pé dela. Só vou avisar uma vez.

— Está me ameaçando, Dwier? — Eve se inclinou na direção dele. — Está insinuando que se eu continuar seguindo uma linha de investigação que envolva Clarissa Price você tentará me causar algum dano físico?

— Qual é, Dallas, pregaram algum microfone em você?

— Não, não estou grampeada. Só quero captar direito a natureza do seu aviso antes de sair chutando o seu saco por esse piso imundo e jogar você na calçada devido a um mal-entendido.

— Você se acha fodona, né? Tiras de homicídios sempre se acham os reis da cocada preta. Todos se consideram elite, ou uma porra dessas. Vá trabalhar nas ruas alguns dias recolhendo lixo humano, pegando pedaços de crianças estupradas ou agredidas, vá chapinhar no vômito de um adolescente idiota com overdose do jazz comprado de um dos abutres que sobrevoam as escolas. Aí eu quero ver por quanto tempo você aguenta ser fodona.

Eve sentiu um curtíssimo instante de pena por um tira que testemunhara mais do que conseguia aguentar. Mas era exatamente ali que ficava a linha divisória, a linha que, quando ultrapassada, levava ao abismo.

— Foi por tudo isso que você se envolveu nessa história, Dwier? Não aguentou seguir os procedimentos corretos e ver alguns deles implodirem debaixo do seu nariz? Foi por isso que decidiu bancar o juiz, o júri e o carrasco?

As batatas fritas que Eve pedira foram servidas pela fenda, mas ela as ignorou. A garrafa de Dwier surgiu logo atrás. Ele agarrou a bebida e girou a tampa com violência, como se desejasse torcer o pescoço de alguém.

— Quero que você largue do pé de Clarissa.

— Essa frase é repetida. Você não tem nenhuma figurinha nova para a gente trocar, não?

Ele tomou dois goles longos da garrafa.

— Não estou dizendo que tenho novidades para você. Mas se tivesse, ia querer fazer um acordo.

— Não faço nenhum acordo antes de saber as cartas que você vai colocar na mesa.

— Não tente me trair. — Ao ver seu riso com cara de deboche, Eve perdeu o pouco de simpatia que sentia por ele.

Ele não era simplesmente um tira que descarrilara sob pressão. Era alguém que tivera um gostinho especial de fazê-lo e se sentia importante. Parecia um balão, cheio de arrogância, sentindo-se justo a ponto de estourar de orgulho.

— Sou um tira — continuou ele. — Sei como a banda toca. Se eu tiver algo a acrescentar sobre a recente onda de homicídios, vou precisar de imunidade para Clarissa e para mim mesmo, com relação a um possível envolvimento nosso no caso.

— Imunidade... — Eve se recostou, escolheu com muito cuidado uma batata frita, ergueu-a e ficou um bom tempo analisando-a, à altura dos olhos. — É *só isso* que você quer? Que eu limpe a sua barra assim, numa boa? Sete mortos; um deles era tira, e você quer uma carona para você e sua "dama"? Uma carona de carruagem real para fora do atoleiro? Por que você acha que eu teria condições de conseguir essa mágica para você, Dwier?

— Você consegue, sim. Tem fama, peso, influência.

— Vamos colocar a coisa de outro modo. — Ela cobriu as batatas com sal, porque as pobrezinhas precisavam desesperadamente de um pouco de sabor. — Por que razão delirante você imagina que eu usaria a fama, o peso e a influência que eu possa ter para ajudá-lo a escapar disso numa boa?

— Você quer estourar o grupo. Conheço o seu tipo. Resolver o caso vem em primeiro lugar, para manter no alto a sua porcentagem de casos resolvidos. Acha que vai receber mais uma porra de medalha por isso.

— Você não me conhece nem um pouco. — A voz dela era baixa e letal. — Quer uma imagem interessante para colocar na cabeça, Dwier? Vou lhe dar esta: uma menina de dezesseis anos com o corpo retalhado de cima a baixo, o sangue espalhado pelas paredes, formando uma trilha que mostrava por onde ela tentara escapar de um homem enlouquecido por pessoas que decidiram que ele devia morrer. O nome dela era Hannah Wade. Uma garota idiota e marrenta que foi parar no lugar errado na hora errada. Como aconteceu com Kevin Halloway, um jovem policial competente, de grande futuro, que só estava fazendo o seu trabalho. Como é que os mandachuvas do seu grupo chamam as vítimas paralelas, na hora de apresentar o índice de sucessos? Perdas aceitáveis?

— Clarissa ficou arrasada com essa garota. Ela se desmontou toda de dor. Não dormiu a noite toda.

Eve sentiu um gosto amargo de bile na garganta, e o colocou de volta para dentro com um gole d'água.

— Esse remorso vai pesar a favor dela, na hora de o promotor analisar o caso. Pode ter sido induzida ao erro. Talvez vocês dois possam ter sido desencaminhados pelas pessoas que chefiavam os Buscadores da Pureza. Na sua visão, vocês estavam apenas buscando um modo de proteger as crianças sob sua guarda.

— Isso mesmo. — Ele bebeu tudo e pediu uma segunda garrafa. — Se a coisa for apresentada assim, rola uma imunidade. O fato é que, se soubermos de algo relevante para as investigações, estaremos dispostos a colaborar, voluntariamente.

Vômito humano, pensou Eve, encarando-o com o rosto completamente sem expressão.

— Você sabe que eu não posso lhes garantir imunidade, Dwier. Essa decisão não está em minhas mãos. Posso apenas requisitá-la.

— Mas você pode forçar a barra. Sabe os botões certos para apertar.

Ela afastou o olhar por um momento, porque a deixava enjoada saber que acabaria tentando um acordo. *Devo pensar no bem maior*, lembrou a si mesma. Às vezes, a justiça não pode ser alcançada de maneira completamente limpa.

— Tudo bem. Vou tentar obter imunidade para vocês. Mas você desiste da polícia, e ela também sai do emprego.

— Você não pode...

— Cala a boca, Dwier! Fique caladinho, porque o que eu vou lhe propor é o melhor que você vai obter. E é uma oferta do tipo "pegar ou largar". Vou tentar usar meu prestígio para pedir imunidade. Vou tentar convencer o promotor de que as suas informações e as de Clarissa Price foram fundamentais para a minha investigação. Se elas não forem assim tão importantes, essa conversa não vai valer xongas. Se rolar algo bom, você e Price escapam numa boa, sem cumprir pena. Mas você vai dar baixa da polícia e ela vai se demitir do Serviço de Proteção à Infância. Vai depender do promotor manter ou não seus benefícios de aposentadoria. Isso estará fora do meu alcance, mas vocês escapam.

Ela colocou o prato de lado.

— Se você não aceitar esse acordo, prometo solenemente caçar vocês dois implacavelmente, até colocá-los para ver o sol nascer quadrado. Vou acusá-los de crimes múltiplos, assassinatos em primeiro grau, formação de quadrilha e conspiração para matar um monte de gente. Vou com tudo, e os dois vão passar o resto da vida atrás das grades. O último suspiro que darão acontecerá dentro de uma cela apertada. Vou fazer disso a minha missão pessoal na vida.

Os olhos dele brilharam com a raiva, o terror e a ação do álcool. E também, Eve reparou com certa surpresa, um ar de quem fora insultado.

— Estou na força policial há dezesseis anos. São dezesseis anos ralando em prol do cumprimento da lei.

— E agora só sobraram cinco. Cinco minutos para decidir. — Eve se levantou da mesa. — Faça o favor de ter desaparecido da minha frente ou abra a matraca quando eu voltar.

Quando ela atravessou a pista de dança, Peabody fez menção de se levantar. Eve simplesmente balançou a cabeça e seguiu em frente.

Entrou no que os funcionários do Esquilo Azul chamavam de toalete. Cinco privadas e duas pias estreitas e rasas. Eve ligou a torneira fria e jogou água no rosto diversas vezes, até dissipar o calor da raiva e do nojo.

Com o rosto pingando, ergueu a cabeça e viu seu reflexo no espelho manchado. Sete pessoas mortas, pensou. Sete! E ela estava a ponto de ajudar dois dos responsáveis a escapar numa boa, para poder agarrar os outros.

Era preciso aceitar isso para levar justiça a Kevin Halloway, a Hannah Wade? Será que era preciso chegar a esse ponto?

Há sombras e tons no que está certo, foi o que Tibble tinha dito. Naquele instante ela se sentiu manchada por essas sombras

Enxugou o rosto e pegou o comunicador.

— Comandante. Preciso montar um acordo com Thomas Dwier e Clarissa Price.

* * *

Dwier continuava sentado à mesa quando ela voltou. Sua terceira garrafa estava quase vazia. Eve especulou consigo mesma há quanto tempo ele tentava afogar a consciência.

— Fale! — ordenou ela.

— Preciso de algumas garantias.

— Já expliquei tudo uma vez, não vou repetir. Abra o bico ou caia fora.

— Quero que você entenda que nós fizemos o que era necessário. Você trabalha para tirar a escória das ruas, e antes mesmo de terminar o relatório os caras já estão soltos, de volta às ruas. O sistema se tornou lento e complacente. Toda essa merda de direitos civis nos pega pela garganta, os advogados mamam uma nota preta, há muita corrupção, a gente não consegue fazer nosso trabalho.

— Não quero ouvir palestras, Dwier. Quero dados. Quem comanda o show?

— Vou lhe contar tudo do meu jeito. — Ele passou as costas da mão sobre a boca e se curvou sobre a mesa. — Eu e Clarissa engatamos um lance aí... Ela dedicou toda a sua vida a ajudar crianças, e viu metade delas, talvez mais, ser sacaneada pelo sistema. Começamos a sair para desabafar e levar um lero, e acabamos nos aproximando. Depois do que aconteceu com o filho dos Dukes, ela estava pensando em desistir, tirar o time de campo. Foi aquele caso que quase acabou com a carreira dela. Clarissa tirou duas semanas de licença para decidir o que fazer da vida... foi então que Don foi conversar com ela.

— Don? Donald Dukes?

— É. Ela estava no olho do furacão, no meio do sufoco, entende? Ele contou a ela sobre esse grupo, que ansiava por respostas e tentava achar um caminho melhor para fazer justiça. Um grupo clandestino.

— Que promoveria a pureza da sociedade.

— Sim, os Buscadores da Pureza. Ele contou que já havia um monte de gente na jogada. Pessoas como ele, como Clarissa, muitos cidadãos preocupados. Ele a convidou para uma reunião.

— Onde?

— No porão de uma igreja no centro. A igreja do Salvador.

— O porão de uma igreja?! — Eve não sabia o porquê de essa informação ofender tanto sua sensibilidade. Ela não era, nunca fora, uma pessoa religiosa. Mas o choque a atingiu fundo. — Isso tudo é comandado por uma igreja?

— Ali era apenas um dos locais de reunião. Cada vez nos encontrávamos em um local diferente. Ela foi ao primeiro dos encontros com Don, isto é, Donald Dukes. Ele salvou Clarissa da depressão, fez com que ela recuperasse a motivação pelo seu trabalho. Participei da reunião seguinte com ela. Tudo se encaixava e fazia sentido — insistiu ele. — O programa era muito bom. Se é para deixar a cidade pura e limpa, é preciso acabar com o lixo. Os tiras e os tribunais estão com as mãos atadas. Ninguém mais respeita a lei, simplesmente porque ela não funciona. Essa merda de sistema não funciona mais, e você sabe disso, Dallas.

Eve olhou para ele e reparou no rubor provocado pelas cervejas e pelo senso de virtude pessoal. O sistema nem sempre funciona, refletiu. Agora, por exemplo, um crápula como este vai escapar sem ir preso.

— Quem dirige as reuniões?

— É uma democracia — explicou Dwier, com uma pontinha de orgulho. — Todos nós temos voz ativa. Dukes foi um dos fundadores. Temos tiras, médicos, juízes, cientistas, líderes religiosos. Temos gente que pensa.

— Quero nomes.

Ele afundou a cabeça na mesa e esfregou a garrafa gelada na testa.

— Todos se apresentam apenas pelo primeiro nome, mas eu reconheço alguns deles, e pesquisei o passado de outros. É preciso saber com quem a gente vai para a cama. Escute, Dallas. Sei que temos alguns bugs no programa. Talvez tenhamos forçado muito a barra. Os técnicos achavam que conseguiriam deletar o vírus logo depois que a Pureza Absoluta fosse alcançada, mas pintou uma falha. Eles estão trabalhando dia e noite para resolver o problema. Organizamos uma vaquinha para Halloway. Vamos fazer uma contribuição generosa para a Fundação dos Oficiais da Polícia Feridos em Ação, e essa contribuição será oferecida em nome dele.

— Ah, isso certamente vai trazer todo o conforto do mundo para a família dele. Quero nomes, Dwier!

— Você acha que é fácil ser dedo-duro? — Ele bateu com a garrafa quase vazia no tampo da mesa. — Acha que é moleza entregar pessoas com quem você trabalhou lado a lado?

— É mais fácil matar? É mais fácil jogar uns trocados no chapéu de um tira morto só porque houve uma falha? Não quero ouvir histórias tristes sobre dor, Dwier, nem sobre seu senso distorcido de lealdade. Quero nomes. É você ou eles. Sem nomes, não tem acordo.

— Sua vaca!

— E como! Lembre-se disso. Vamos lá... Donald Dukes? A esposa?

— Não. Ele a manteve fora da história. Não gosta de trabalhar com mulheres.

— Mas recrutou Clarissa.

— Acho que ele se sentiu pressionado a chamá-la, pois os dois já tinham passado por muita coisa juntos. — Dwier encolheu os ombros. — Tem o Matthew Sawyer, cirurgião-chefe do Kennedy Memorial. Opera cérebros. Keith Burns é um dos responsáveis pela parte de programação. Ajudou Dukes a criar o vírus. Era o padrinho de Devin, filho de Dukes. Tem Stanford Quillens, que também é médico. Mais o juiz Lincoln. E também Angie e Ray Anderson; seu filho foi estuprado por Fitzhugh. Angie é dona de uma firma que presta consultoria na área de mídia, no centro da cidade.

Ele continuou a desfiar nomes. Eve gravou tudo. Ele pediu outra cerveja. Continuava alerta, Eve notou. Quatro cervejas em menos de uma hora e ele se mantinha ligado. Seu organismo já devia estar habituado a uma ingestão pesada de bebidas.

Havia outros médicos, outros tiras, uma mulher que trabalhava na câmara municipal, mais programadores, duas assistentes sociais aposentadas e um ministro religioso.

— Esses são os que eu confirmei. Clarissa deve saber o nome de mais alguns.

— Quem banca a organização?

— Todo mundo colabora com o que pode, além de doar um pouco do seu tempo ao grupo. — Ele tomou mais um gole. — Alguns membros têm bala na agulha e gostam de apoiar financeiramente as organizações em que acreditam. Temos apoio poderoso na esfera política, e teríamos conseguido mais adeptos se não fossem os acidentes de percurso.

— Qual é o maior apoio político de vocês?

— O prefeito. Peachtree nunca comparece às reuniões, mas envia declarações ao grupo e faz contribuições pessoais. Acho que foi um dos fundadores, ao lado de Sawyer, Lincoln e Dukes.

— Você está me dizendo que essa organização nasceu no gabinete do próprio prefeito?

— Pelo que eu sei, sim. Peachtree desejava reformas na legislação, mas não conseguia nada através das pesquisas de opinião. Acabou descobrindo outro jeito. É um verdadeiro herói.

Eve ouviu calada e segurou o sentimento de nojo e mais uma onda de enjoo.

— Como vocês escolhem os alvos?

— Apresentamos o nome e a ficha de cada um para os membros. É feita uma votação.

— Quem mais foi indicado para morrer?

— Temos só mais uma pessoa infectada, nessa primeira fase. Resolvemos parar o processo até consertarmos as falhas do programa. Dru Geller é a próxima a morrer. Ela é dona de um clube privê, trabalha com prostituição. Vende carne nova para os clientes. Pega quase sempre jovens que fugiram de casa, recolhe-os e os enche de erótica. Sua morte vai ocorrer em algum momento das próximas dez horas.

— Como é que vocês sabem o instante exato em que a infecção resulta na morte?

— Só os técnicos podem responder a isso. Não é minha área. Mas nós conseguimos rastrear as horas de uso de todos os computadores infectados. Os programadores rodam programas de simulação para saberem quanto tempo ainda falta para a pureza ser alcançada.

— Quando será a próxima reunião?

Dwier fechou os olhos.

— Hoje, às oito da noite, na igreja do Salvador, centro da cidade.

— Onde Dukes está?

— Em um local seguro, ao norte do estado. — Ele balançou a cabeça. — Albany. Fui designado para conseguir uma nova residência para ele. Dukes continua trabalhando no aperfeiçoamento do programa. Ele, Burns e os outros técnicos. Vão consertar os bugs em poucos dias, estão quase lá. Ninguém podia imaginar que aquela garota estaria no apartamento de Greene. Como é que se pode adivinhar um troço desses? Se bem que, no fim das contas, ela e Greene eram farinha do mesmo saco. Ela recebeu o que merecia. Não passava de uma putinha que...

Eve lhe deu uma bofetada violenta. Sua mão se levantou e voou sobre a cara dele antes mesmo de ela perceber a fúria que a invadira. Dwier nem teve tempo de se desviar do golpe. A bofetada estalou e ecoou pelas paredes da boate. Alguns clientes desviaram os olhos para outro lado.

Eve se levantou, fora de si.

— Fique onde está. Peabody! Você vai acompanhá-lo para a delegacia. Você poderá contar sua história completa ao promotor. Clarissa Price também está sendo recolhida por uma viatura, neste exato momento.

— Ei, espere um instante!

— Cala essa boca, seu monte de merda latejante! Você conseguiu sua imunidade, mas ficará sob custódia até o resto dos seus "heróis" serem pegos no flagra. Há uma viatura estacionada aí fora com um advogado da promotoria. Ele vai levar você para depor. Thomas Dwier, você está sob custódia a partir deste instante. Devolva seu distintivo e sua arma. Agora! — gritou Eve, agarrando o braço dele. — Se tentar resistir, vou derrubá-lo do jeito que eu queria, em vez de seguir os procedimentos que você tanto despreza.

— As pessoas sabem que nós estávamos certos. — Ele colocou a arma sobre a mesa e jogou o distintivo, que caiu ao lado da pistola. — Quatro monstros estão fora das ruas graças a nós.

Eve recolheu o distintivo, a arma e o ergueu da cadeira, pelo colarinho.

— Existem vários tipos de monstros, Dwier. Você não serve nem para isso. Não passa de um informante, um rato dedo-duro, um mero caguete. É uma vergonha para a polícia.

Quando ele foi colocado dentro da viatura, Eve entrou no seu carro e apoiou a testa sobre o volante.

— Você está bem, Dallas?

— Não. Não estou nada bem. — Ela pegou o distintivo e a arma de Dwier no bolso. — Coloque tudo em um saco plástico e lacre. Nunca mais quero colocar minha mão nisso. Eu lhe consegui imunidade e uma carona até a delegacia. Talvez eu o pegasse de jeito no interrogatório; pode ser que ele dedurasse os comparsas, mesmo sem vantagens. Mas aceitei o acordo porque talvez ele não entregasse todo o ouro e eu não tenho tempo para descobrir.

— O promotor não teria dado imunidade para Dwier se não considerasse isso o mais acertado a fazer.

— Quando a gente ganha a torta inteira, abrir mão de uma fatia é uma troca razoável. Foi isso que o promotor considerou. Foi o que Dwier imaginou que fosse acontecer. Eu gostaria de concordar com essa visão. Procure o endereço de uma mulher chamada Dru Geller. Ela deve ter ficha na polícia.

Eve pegou o comunicador e relatou tudo ao comandante, incluindo os passos que daria a seguir para salvar Dru Geller.

Eve levou uma hora para preparar tudo como queria. Era um tempo precioso, mas ela se recusava a perder outro policial. Não naquele dia.

— Não há como saber em que condições ela está — avisou Eve à equipe de emergência que montou, com elementos escolhidos cuidadosamente. — Supomos que é violenta e está armada. Quero três homens na porta e três cuidando das janelas. Vamos entrar rapidamente. Basta dominá-la, prendê-la e transportá-la. Ela não pode ser atingida por armas de atordoar nem de choque, mesmo no modo mínimo. É grande a probabilidade de que a infecção tenha se espalhado a tal ponto que uma rajada para atordoar, mesmo fraca, possa lhe causar a morte. Vamos usar tranquilizantes, apenas tranquilizantes.

Ela acenou com a cabeça para a planta do apartamento.

— Todos já se familiarizaram com a localização dos cômodos. A vítima não saiu de casa. Não sabemos em que local do apartamento ela está, mas a maior probabilidade é que esteja no quarto principal, aqui — apontou. — Os comunicadores deverão permanecer abertos durante toda a operação. Assim que a imobilizarmos, ela será transferida imediatamente para os paramédicos, acompanhada por dois membros da nossa equipe até o centro médico, onde uma junta especializada já está à sua espera.

Talvez eles conseguissem salvá-la, pensou Eve, aproximando-se da porta do apartamento de Dru Geller. Mas talvez não. Se as informações de Dwier eram precisas, a vítima tinha menos de oito horas de vida pela frente. Pela avaliação de Morris, talvez a infecção fosse irreversível, depois de ter se instalado.

Eve estava arriscando a vida de seis policiais, mais a vida da sua auxiliar e a sua por uma mulher que, muito provavelmente, não teria salvação.

Ela colocou o tranquilizador junto do peito e acenou com a cabeça para o responsável pela abertura da fechadura eletrônica.

— Abrindo... — descreveu ela para a equipe, falando baixinho no comunicador. — Fechadura aberta. Esperem pelo meu sinal.

Ela abriu a porta lentamente. Sentiu o fedor de comida estragada e urina concentrada. As luzes estavam apagadas e o sol fora bloqueado pelas telas de privacidade instaladas nas janelas. A sala parecia uma caverna e cheirava muito mal.

Eve mandou que Peabody e um segundo policial a seguissem, pela esquerda. Entrou rapidamente, agachada, apontando e arma em semicírculo da esquerda para a direita.

— A sala está vazia.

Foi quando ouviu uma espécie de rosnado. O som que um cão raivoso faz, quando acuado.

— Vou para o quarto principal. Entrem atrás de mim em ziguezague e corram em direção à janela.

Ela se encostou no portal, balançou a cabeça uma vez e entrou de repente.

Dru Geller estava de costas para a parede. Vestia apenas uma calcinha. Havia sangue em seus seios, brotando de arranhões que ela fizera em si mesma. Seu nariz sangrava também e a gosma vermelha lhe escorria pelos lábios arreganhados, manchando-lhe os dentes e pingando do queixo.

Eve percorreu o cômodo com os olhos em um décimo de segundo, e reparou na tesoura fina e comprida que ela segurava, como se fosse uma faca.

Foi então que a tesoura voou pelo quarto com as lâminas abertas e com a velocidade de uma flecha. Eve desviou do projétil e atirou um dardo com tranquilizante, que atingiu Geller no seio esquerdo.

— Agora! Entrem e atirem outra dose nela — ordenou, ao ver que Geller lançava o corpo para frente, com fúria.

Um segundo dardo com tranquilizante a atingiu na barriga, mas mesmo assim ela pulou em cima de Eve como um gato selvagem, com dentes arreganhados e unhas afiadas. Suas artérias oculares pareciam latejar, e Eve percebeu quando o sangue começou a escorrer pelos olhos da mulher enlouquecida, que uivou ao ser atingida por um terceiro dardo no ombro esquerdo.

De repente, ela apagou como uma lâmpada, os olhos vermelhos reviraram para cima e seus membros ficaram moles como os de uma boneca de pano.

Tudo aconteceu em segundos, pouquíssimos segundos. Houve muita ação e agitação no cômodo; Dru Geller foi virada de barriga para cima e imobilizada.

— Chamem os paramédicos, transportem-na para o hospital — ordenou Eve. — Depressa, depressa!

— Temos um elemento da equipe ferido aqui!

— O quê? — Limpando o sangue que respingara em seu rosto, Eve se levantou e olhou para trás.

Viu Peabody caída no chão, sangrando muito, com a tesoura enterrada profundamente no ombro.

— Não, droga, não! — Eve já estava de joelhos ao lado da auxiliar em menos de um segundo, e passou a mão de leve sobre seu rosto pálido como o de um cadáver.

— Eu fiz um zigue na hora do zague — Peabody balbuciou. Virou a cabeça e fitou com olhos opacos os aros prateados da tesoura. — Não está muito mal, está?

— Não, não foi nada. Chamem um médico logo. Agora mesmo! — Eve despiu a jaqueta e a colocou de um jeito que ajudava a estancar o sangue que não parava de jorrar.

— Tire as lâminas, pode puxar. Você faz isso? — Peabody agarrou as mãos de Eve com força. — Tá me fazendo mal ver esse troço espetado saindo de dentro de mim.

— Melhor não. Os paramédicos estão chegando. Eles vão cuidar de você.

— Se a tesoura tivesse acertado dois dedinhos mais abaixo, o colete reforçado teria me salvado. A chance de acertar os poucos centímetros desprotegidos era mínima. Puxa, Dallas, isso dói. Tá doendo pra cacete! Estou com frio. Deve ser do choque, né? Não é isso, Dallas? Não estou morrendo, não... Estou?

— Você não está morrendo. — Eve agarrou uma colcha amarrotada que alguém da operação lhe entregou. — Não posso perder meu tempo treinando outra auxiliar.

Eve olhou para cima no instante em que um paramédico entrou.

— Faça alguma coisa! — ordenou.

Ignorando a rispidez de Eve, ele passou um scanner clínico sobre o ponto de entrada da tesoura e mediu os sinais vitais de Peabody.

— Vamos lá, policial — começou ele. — Qual é o seu nome?

— Peabody. Sou a Peabody. Quer tirar a porra da tesoura que está enfiada no meu ombro?

— Claro. Mas vou ter de lhe aplicar um anestésico, antes.

— Aplique um monte deles. É Dallas quem gosta de sentir dor.

Ele sorriu para ela e preparou a seringa de pressão.

— Ela está perdendo muito sangue — reclamou Eve. — Você vai ficar aí, deixando o sangue dela escorrer todo no chão?

— Estou só mantendo sua pressão estável — disse ele, com a voz calma. — Sua jaqueta já era. Uma pena, o tecido parece de excelente qualidade. Vou arrancar o corpo estranho. Quando eu falar três, Peabody, o.k.?

— Um... dois... três!

O paramédico olhou para Eve e fez mímica das palavras com os lábios: "Segure-a firme."

Eve teve uma fisgada na boca do estômago e quase sentiu na própria carne o choque das lâminas percorrendo lentamente os músculos de Peabody. Sentiu o solavanco rápido do corpo de sua ajudante contra suas mãos, que a seguravam com firmeza.

O sangue jorrou com intensidade sobre os dedos de Eve e escorreu, quente e viscoso.

Então ela foi deixada de lado, pois o paramédico precisava estancar o ferimento.

Vinte minutos depois, Eve caminhava de um lado para outro na sala de espera do setor de emergência. Quase nocauteou o médico que ordenou sua retirada da sala de tratamento. Ela só não o socou por lembrar que ele devia estar consciente na hora de operar Peabody.

McNab irrompeu pelas portas, correndo e mancando muito, com Roarke logo ao lado dele.

— Onde ela está? O que estão fazendo com ela? A situação está muito feia?

— Está em tratamento. Estão cuidando dela, fazendo um curativo. Foi como eu lhe disse, McNab. A tesoura perfurou fundo o seu ombro, mas não atingiu as artérias principais. Os médicos avaliam que não haverá danos na musculatura. Vão limpar a ferida, ela vai tomar um pouco de soro e sangue, depois vão costurá-la. É capaz até de a liberarem depois.

Eve reparou o instante em que ele olhou para as mãos que ela estendera. Eve ainda não tinha tido tempo de lavar o sangue. Xingando a si mesma, baixinho, enfiou as mãos nos bolsos.

— Em que sala de tratamento ela está?

— Sala B. Virando o corredor, à esquerda.

Ele saiu correndo e Eve passou as mãos no rosto.

— Não aguento mais ficar aqui — resmungou baixinho e seguiu para fora.

— A coisa foi mais séria do que você contou a McNab? — Roarke quis saber.

— Acho que não. O paramédico agiu depressa e com muita competência. Disse que o ferimento era fundo demais para tratar no local, mas nada era tão perigoso. Só que ela perdeu muito sangue.

Ela olhou para as mãos.

— Você também sangrou — notou ele, traçando os dedos ao longo do maxilar de Eve, onde as unhas de Dru Geller haviam se enterrado.

— Não foi nada. Droga, isso não foi nada. — Ela se desvencilhou dele e chutou o pneu de uma ambulância estacionada junto à porta da emergência. — Fui eu quem mandou que ela entrasse comigo.

— Ela é menos tira do que você?

— Não se trata disso. Nada a ver. — Ela girou o corpo. — Levei Peabody e mais seis tiras lá para dentro. Fui eu quem os convocou e montou a operação. Desviei para o lado quando Geller atirou a tesoura em mim.

Como os olhos dela estavam rasos d'água e a voz começando a falhar, ele a abraçou com ternura.

— Peabody não foi tão rápida na hora de desviar. Acha que a culpa é sua?

— Não se trata de culpa. Trata-se de bom-senso. Eu a levei até lá, levei todos eles para garantir segurança e transporte para uma mulher que provavelmente iria morrer de qualquer jeito. Ordenei àquelas pessoas que colocassem a própria vida na linha de fogo por ela. Uma mulher que prostitui garotinhas. Puxa, isso não é uma tremenda ironia? Minhas mãos estão encharcadas com o sangue de Peabody por causa de uma mulher que vende crianças para sexo.

Ela agarrou a camisa dele com mãos em punhos e perguntou:

— Tudo isso por quê? — quis saber. — Qual é o propósito de tudo isso?

— Tenente.

Ela pulou de susto ao ouvir a voz de McNab e se virou, depressa.

Ele nunca tinha visto Eve chorar. Sempre pensou que ela não seria capaz disso.

— Minha gatinha acordou. Você tinha razão, Dallas, eles vão liberá-la daqui a pouco. Avisaram que vão mantê-la aqui só por mais uma hora, para acompanhamento. Ela ainda está meio grogue da anestesia, mas perguntou se você estava por perto.

— Vou lá falar com ela.

— Dallas. — McNab se colocou no caminho e segurou Eve pelo braço. — Se você perguntar a ela qual o propósito de tudo isso, ela lhe dirá. Você não perguntou a mim, mas eu vou lhe dizer, mesmo assim. Quando alguma barra-pesada precisa ser enfrentada, somos nós que devemos fazê-lo. Eu não estava lá, mas nem precisava estar para saber que você entrou pela porta na frente dela. Portanto, você já sabe qual é o propósito.

— É... Talvez precise de alguém para me lembrar disso, de vez em quando.

Roarke a olhou indo lá para dentro.

— Você é um bom sujeito, Ian — elogiou, colocando a mão sobre o ombro de McNab. — Vamos comprar umas flores para Peabody?

— Eu geralmente roubo as flores que ofereço a ela.

— Vamos abrir uma exceção, pelo menos dessa vez.

Capítulo Vinte e Um

Whitney recebeu o relatório de Eve verbalmente, em seu gabinete. Sua tenente estava em mangas de camisa, com a blusa toda manchada por placas de sangue seco.
— Peabody já foi liberada do centro médico?
— Eles a estavam preparando para receber alta quando eu saí. Ela vai precisar de uns dois dias de licença médica, senhor.
— Cuide para que não lhe falte nada. Dwier e Price estão sob custódia, e vão permanecer isolados, sem comunicação um com o outro, até a situação ser resolvida. Já colocamos o local indicado, em Albany, sob vigilância. Depois de limparmos a casa aqui em Nova York, Donald Dukes será preso lá. Decidimos não prendê-los antes da sua batida policial na reunião de hoje à noite, não foi?
— Sim, senhor. Dwier e Price eram apenas os soldados da operação. Dukes era um dos generais. — O "comandante", lembrou Eve. — É muito provável que ele mantenha contato com outros membros importantes da organização. Vamos deixá-lo ficar quietinho por lá até desmantelarmos a espinha dorsal do grupo. Senhor, já que Dwier implicou diretamente o prefeito Peachtree, peço permissão para conduzir um interrogatório formal.

— O prefeito concordou em ficar em prisão domiciliar, temporariamente. As ligações que ele faz e recebe estão sendo monitoradas. Seguindo o conselho do seu advogado, ele admitiu a sua... transgressão sexual, mas continua a negar categoricamente qualquer ligação com os Buscadores da Pureza. Politicamente, ele está acabado.

— Apenas politicamente — queixou-se Eve.

— Sim. Isso não é suficiente, e eu não discordo de você. Entretanto, a operação de desmonte e apreensão desta noite tem prioridade sobre o interrogatório do prefeito. Vamos recolher todos, ou quase todos os membros da organização com um único golpe e, essencialmente, vamos destruí-la. Essa é a primeira ação a ser tomada, agora.

— Quando o gabinete do prefeito se transforma na linha de frente de uma organização terrorista, interrogá-lo também é uma ação prioritária, comandante.

— E fará alguma diferença, para a resolução do caso, você interrogá-lo agora ou amanhã?

Ela queria derrubá-lo naquele momento mesmo, se possível. Queria sentir o gostinho da derrota dele em sua garganta.

— Fará diferença sim, comandante, se ele puder nos fornecer alguma informação adicional.

— Pois eu lhe garanto que, com a tropa de advogados que Peachtree arregimentou, você vai gastar muito tempo e precisar de muita determinação para conseguir descobrir algo mais além do nome completo dele. Você não tem tanto tempo para gastar hoje. Ele está ferrado, Dallas. Já era. Consiga se satisfazer com isso por mais algumas horas. Eu lhe dou minha palavra de que às dez horas, amanhã de manhã, ele será todo seu.

— Sim, senhor. Obrigada.

— Você fez um trabalho maravilhoso neste caso, apesar dos inúmeros obstáculos que apareceram. — Ele hesitou, analisando o rosto dela. — Gostaria de me referir a algo que o secretário Tibble disse hoje de manhã. Você merece ser promovida a capitã, Dallas.

— Não me importo com isso.

— Ah, que se fodam os regulamentos, Dallas. Isso é entre mim e você, não vai sair desta sala. Você realmente merece ser promovida a capitã. Conquistou esse direito. Se fosse apenas uma questão de mérito, já teria esse posto. Lamentavelmente, as promoções não são baseadas apenas em mérito. Sua idade, por exemplo, é um fator negativo. Quantos anos você tem, Dallas? Trinta?

— Trinta e um, senhor.

— Tenho algumas camisas mais velhas que você. — Ele riu de leve. — Preciso escondê-las da minha mulher, que preferia jogá-las fora, mas gosto muito delas. A idade é um fato a ser considerado em qualquer promoção, e pode ser usada até como vantagem, conforme o caso.

— Comandante Whitney, tenho consciência de que a minha vida pessoal é um peso importante nessa questão. Sei que meu casamento com Roarke é visto com certa desconfiança em alguns círculos, inclusive dentro da polícia, a não ser quando interessa às autoridades. Isso sempre será um fator contrário à minha promoção. O prefeito contratar um cafetão ilegal, se vestir de mulher e dançar o mambo sexual com outro homem não vai ser tão prejudicial ao seu futuro político do que o meu casamento para a minha carreira. Mas o secretário Tibble estava certo. A escolha foi minha.

— Espero que você saiba que o seu casamento não é visto por este gabinete como um empecilho para sua ascensão profissional.

— Sim, eu sei.

— Nem pelo secretário de Segurança, para ser franco. Se dependesse de mim, você já seria capitã.

— Antigamente, isso me incomodava. Agora, já não é mais tão importante. Eu nunca conseguiria participar dos jogos da política com a mesma paixão que sinto pelo meu trabalho.

— Um dia você vai pensar diferente. — Sua cadeira estalou quando o comandante se recostou. — Você vai levar mais alguns anos na estrada, mas chegará a esse ponto, e vai enxergar as coisas de outro modo. Vá para casa, Dallas. Tome um banho, prepare-se bem. Depois, vá acabar com a raça desses canalhas.

Eve decidiu seguir as ordens ao pé da letra. No minuto que entrou em casa, rumou direto para o chuveiro. Só lamentou não conseguir se livrar da frustração e da raiva com tanta facilidade quanto se limpava do sangue e do suor.

Espalmando as mãos nos azulejos, baixou a cabeça para que os fortes jatos de água pudessem bater com mais força nos ombros, massageando os pontos de dor.

Não pensou em nada. Durante vinte minutos debaixo da ducha, se permitiu deixar a mente esvaziar. Mais calma, entrou no tubo secante e deixou que os pequenos redemoinhos de ar quente girassem e soprassem sobre sua pele. Então, enrolou no corpo uma toalha e foi para o quarto.

E viu Roarke.

— Sente-se, Eve.

— Aconteceu alguma coisa com Peabody? — Seu sangue pareceu desaparecer do rosto.

— Não, nada disso, ela está ótima. Aliás, está a caminho daqui de casa. Você precisa se sentar.

— Tenho uma operação muito importante para executar daqui a poucas horas. A equipe investigativa merece estar lá na hora da batida, mas precisa ser informada de tudo.

— Isso pode esperar mais alguns minutos. Você precisa relaxar um pouco. — Ele a levantou do chão.

— Ei! Quem é você, um coelho tarado? Não tenho tempo para sexo.

— Se eu achasse que é de sexo que você precisa, já estaríamos na cama. — Em vez disso, ele a colocou no sofá e se sentou ao seu lado.

— Vire-se de costas para mim e feche os olhos.

— Escute, Roarke, eu... Ah, que delícia! — Os olhos dela estremeceram de prazer quando ele enterrou os indicadores e os polegares nos músculos dos seus ombros.

— Você está com nós de tensão muscular maiores que meus punhos. Eu podia lhe dar um relaxante muscular, mas vamos tentar desse jeito.

— Ah, é? Pois olhe, se você não parar com isso em, digamos, quinze minutos, vou te dar porrada.

Ele inclinou a cabeça e tocou com os lábios seu ombro tenso.

— Eu amo você, Eve. Amo cada centímetro teimoso e obstinado do seu corpo.

— Não me sinto obstinada, me sinto... — Ela se percebeu novamente ansiosa e relutante. — Não estou muito segura de mim mesma. Preciso sentir no fundo da alma que estou certa. Você não é assim? Aquele babaca do Dwier tem certeza absoluta de que está com a razão. Não tem uma única duvidazinha sequer, nem uma pontada de consciência pesada. No momento, está apenas pensando em salvar sua pele e a da sua mulher.

— Um monte de gente se julga certa quando está completamente errada. Alimentar dúvidas mantém você humano.

— Não nesse caso. Não quando você começa a duvidar do âmago da questão. Não foi assim que esse grupo arregimentou tanta gente? Pegou os que duvidavam da estrutura da sociedade e deixaram de confiar nela. Eu troquei Dwier pelos outros, hoje. Permiti que um tira mau escapasse ileso para conseguir encerrar o caso.

— Você fez uma escolha.

Ela se virou e pegou a mão dele. Roarke fora uma das suas escolhas. A melhor da sua vida. Pelo menos disso ela não tinha dúvida.

— Dwier disse que eles fizeram uma vaquinha para uma grande doação em nome de Halloway, em memória dele. Como se tivessem o *direito* de fazer o que fizeram.

Roarke envolveu-a com os braços, puxou-a para trás e esperou que ela desabafasse.

— Lá estava eu sentada, olhando para ele, ouvindo essas justificativas de merda, toda aquela propaganda, e me lembrei de como Colleen Halloway me agradeceu. Ela se sentiu grata e eu estava ali, libertando um dos responsáveis pela morte do seu filho.

Ela recolheu os joelhos e repousou o rosto sobre eles.

— O que aconteceu com Hannah Wade não me sai da cabeça. Continuo vendo o rosto dela caído sobre o próprio sangue. E Dwier me disse apenas que "foi mal", não passou de um acidente, mas ela recebeu o que merecia porque era uma puta. Me deu vontade de encher a cara dele de porrada até ele desmaiar. Em vez disso, dei uma força para o promotor lhe conseguir imunidade, para ele não precisar pagar pelos seus crimes. Por nenhum deles. Afinal, estou defendendo os mortos ou pisoteando a memória deles?

— Você sabe a resposta para essa pergunta. — Virou-a de frente para ele. As faces de Eve estavam novamente molhadas. — Você sabe a resposta em seu coração.

— Costumava saber essa resposta pelas entranhas. Costumava senti-las nos *ossos*. Não sei em que tipo de tira vou me transformar, se não tornar a me sentir desse jeito.

— Não conheço esse tal de Dwier, mas sei de uma coisa: pode ser que ele não passe o resto da vida numa cela, mas nunca mais se sentirá livre. Conheço você, Eve. O que você fez, fez por Halloway, por Hannah Wade e pelo resto deles. Abriu mão de suas necessidades em troca das deles.

— Não sei se fiz isso. Só espero, por Deus, que tenha valido a pena. — Ela usou as palmas das mãos para secar o rosto. — Vou derrotá-los hoje à noite. E amanhã vou mandar Peachtree para o inferno junto com eles. — Ela expirou com força e ajeitou os cabelos para trás da orelha. — Para fazer isso, preciso me livrar dessa sensação.

— Quer receber algumas notícias boas?

— Bem que eu preciso delas.

— Conseguimos identificar a estrutura completa do vírus e já o clonamos. Isso significa que poderemos criar um escudo permanente contra ele, e isso nos dará acesso completo aos dados ainda por descobrir nas unidades infectadas.

— Dá para rastrear tudo até a fonte de onde eles vieram?

— Sim. Faremos isso. Vai levar mais um tempinho, mas estamos quase lá, chegando ao foco.

— Ótimo. Vou solicitar um mandado de busca e apreensão. Dessa vez ele vai ser emitido — acrescentou, pensando na juíza Archer. — Todos os equipamentos de Dukes e os que existem em seu laboratório deverão ser confiscados. Preciso que você pesquise as ligações que ele recebeu. Alguém o avisou para que fugisse e informou para onde devia ir. Também vamos rastrear as ligações de Dwier e de Price, só para o caso de eles estarem omitindo algum nome.

— Temos muito trabalho pela frente.

— Você e Jamie podem correr atrás disso hoje à noite, enquanto fazemos a batida.

— Você mesma disse que toda a equipe merecia estar presente nesse momento.

— Não posso levar o garoto para participar de uma operação policial. — Ela se levantou e foi até o closet. — Você vai ser muito mais valioso para mim no laboratório, Roarke. Não estou enrolando você e, para provar isso, não vou lhe ordenar que fique em casa. — Ela pegou uma blusa e se virou. — Em vez disso, vou pedir.

— Isso é golpe baixo. — Ele se levantou também. — Tudo bem, eu aceito ser seu rato de laboratório por mais um tempo, então.

— Obrigada.

— Mas, por favor, não use essas calças com essa blusa, querida. Onde está com a cabeça?

— Vou a uma batida policial, não a uma festa.

— Isso não é razão para não estar bonita. Vamos ver... Que roupa a tira mais bem-vestida da cidade deve usar para desmontar uma grande organização terrorista? Pronto! Não tem erro se você usar um preto básico.

— Isso é piada? — perguntou ela, enquanto ele escolhia outra blusa.

— Ter uma boa noção de se vestir bem nunca é piada. — Ele lhe entregou a blusa e passou o dedo, carinhosamente, na covinha do seu queixo. — É bom ver você sorrir novamente, tenente. Ah, mais uma coisa: use as botas pretas, e não as castanhas.

— Não tenho botas pretas.

Ele vasculhou o closet e tirou lá de dentro um par de resistentes botas pretas.

— Agora tem — informou.

A meio quarteirão da igreja do Salvador, Eve estava sentada dentro da van de vigilância, discutindo com Peabody, que permaneceu em pé.

— Escute aqui: você já tem muita sorte por simplesmente estar comigo, policial. Lembre-se de que você está de licença médica.

— Não estou, não, porque não assinei o papel de afastamento

— Eu assinei por você.

— Então assine de novo para me trazer de volta.

— Você se esqueceu do "senhora" — reclamou Eve, rangendo os dentes.

— Não esqueci, não. — Peabody empinou o queixo.

— Que tal se eu anotar "insubordinação" em sua ficha?

— Pode anotar. — Peabody cruzou os braços sobre o peito. — Consigo encarar isso. Do mesmo modo que consigo encarar essa operação.

— Talvez tenha razão. — Eve bufou com força.

Ao lado dela, Feeney desviou os olhos do monitor, fitou Eve e pensou: "Oh-oh."

— Estou com curativo — argumentou Peabody, relaxando um pouco ao ver que Eve parecia estar cedendo. — Sinto-me pronta para qualquer coisa. O ferimento não foi tão grave, afinal.

— Pois é. Acho que eu também reagi de forma exagerada. — Eve ergueu as mãos e se colocou em pé. — Você deve saber como está se sentindo de verdade, certo?

— Pode crer. Senhora — emendou.

— Então, tá legal. — Eve deu um tapinha no ombro de Peabody. Então o apertou com força. Viu o momento em que a cor desapareceu por completo do rosto da sua auxiliar e observou seus lábios moles quando eles formaram um doloroso "o". — Como se sente agora?

— Só um pouquinho...

— O curativo está bom? — Eve viu as gotas de suor que surgiram sobre as sobrancelhas de Peabody. — Está se sentindo pronta para entrar em ação?

— Estou...

— Sente-se nessa cadeira. E cale a boca.

— Sim, senhora. — Quando Eve a empurrou de leve para trás, as pernas de Peabody cederam, e ela não saberia dizer se foi ela mesma quem colocou a cabeça entre os joelhos ou se foi Eve quem fez isso. De qualquer modo, sentia-se grata.

— Você vai ficar aqui na van de vigilância, dando assistência a McNab. Alguma objeção quanto a isso, detetive? — completou, olhando para McNab.

— Não. Claro que não, senhora tenente. — Ele deu uma batidinha nas costas de Peabody. — Você está bem, gatinha?

— Nada de "gatinha"! — Eve quase arrancou os próprios cabelos. — Não existem gatinhas nem gatinhos em uma operação policial. Qual é a de vocês? Entrem nessa e vou transferi-los pessoalmente para uma delegacia do Queens.

Ela girou o corpo e se sentou novamente ao lado de Feeney.

— Qual é a situação? — quis saber ela.

— Alguns gatos pingados estão começando a aparecer — brincou Feeney —, mas ainda está tudo tranquilo. — Ele baixou a voz: — Bom trabalho, ali atrás. Peabody ainda não está pronta para enfrentar uma barra dessas, mas tenho de reconhecer que a garota tem garra.

— Haverá outras batidas — concordou Eve, analisando o monitor. — Há sempre uma operação grande à frente.

A igreja era pequena, um prédio despretensioso que, um dia, fora pintado de branco. Estava cinza, agora; um cinza desbotado e sujo onde se via uma cruz solitária, preta, na fachada. Não havia campanário, só algumas janelas na parte da frente.

Eve já sabia como o ambiente era por dentro. Analisara cuidadosamente as plantas e a gravação feita por Baxter. Ele se disfarçara de mendigo e havia vagado lá por dentro. Embora não tivesse conseguido descer ao porão, gravara boas imagens do piso principal.

E arrancara dez fichas de crédito do diácono, que finalmente o expulsou do lugar.

Havia cinquenta bancos, vinte e cinco de cada lado. Uma espécie de pódio ficava bem no centro, e duas portas saíam do salão. Baxter conseguira espiar dentro de uma delas e gravara algumas cenas em uma espécie de escritório, antes de o diácono chegar correndo para expulsá-lo.

O equipamento do escritório era topo de linha, muito mais sofisticado que o de uma igreja de bairro poderia bancar.

Havia apenas três portas que davam para a rua. A da frente, a do lado leste e a dos fundos, que levava ao porão.

Todas estavam vigiadas. Quando os participantes chegassem, pensou Eve, os policiais cercariam o prédio como se fossem os anéis de Saturno.

— Estou captando um pouco mais de papo — informou Feeney.

Eve pegou um dos fones de ouvido e ligou-o.

Era um papo sobre esportes. "Você assistiu ao jogo dos Yankees?" As mulheres trocavam receitas e falavam dos cuidados com os filhos. Alguém mencionou uma liquidação na Barney's.

— Minha nossa! — Feeney balançou a cabeça. — Parece uma APM.

— Uma o quê?

— Associação de Pais e Mestres de uma escola. Os assuntos são esses. Com que tipo de terroristas estamos lidando?

— Pessoas comuns — disse Eve. — É isso que os torna tão perigosos. A maioria deles são pais e mães de família em busca de um meio de limpar as ruas. Dia desses, assisti a um filme antigo com Roarke que era exatamente assim. Um faroeste clássico. Os bandidos faziam o que queriam na cidade. O responsável pela segurança não conseguia impedi-los e era sempre posto pra correr. Um dia, os habitantes resolveram se unir; cada um colaborou um pouco, juntaram uma grana e contrataram um bando de pistoleiros ou assassinos de aluguel. Grande expressão essa, você não acha? Assassinos de aluguel.

Eve curtiu o termo por alguns segundos e pegou algumas das amêndoas cobertas de açúcar que Feeney sempre trazia consigo.

— O povo contratou esses caras só para matar os bandidos. E eles cumpriram o trato. Mas, depois, decidiram: "Puxa, gostamos desse lugar; vamos ficar por uns tempos aqui, mandando no pedaço; ninguém vai reclamar, certo? E se não gostarem, eles vão fazer o quê?" E a cidade ficou refém dos tiranos.

— Trocaram os bandidos por outros.

— Pois é, e pagaram caro por isso. Muita gente que cuidava da sua vida foi prejudicada. No fim, um xerifão chegou para trazer a lei de volta, o que devia ter sido feito desde o princípio. Depois de muitos tiroteios, com vilões baleados despencando do alto de telhados ou sendo arrastados pelas ruas, amarrados a cavalos, o mocinho limpou o lugar e colocou ordem na casa.

— Não temos cavalos, mas vamos colocar ordem na casa hoje à noite.

— Isso mesmo!

Eles esperaram. Houve muito papo, alternado com longos períodos de silêncio e rápidas atualizações de outras unidades espalhadas ao longo do perímetro. O trabalho dos tiras, refletiu Eve, tomando mais café enquanto monitorava tudo, resumia-se a horas de espera, muita papelada e relatórios, períodos de insuportável tédio. E alguns instantes, preciosos e decisivos, onde tudo se resumia em vida ou morte.

Eve olhou para Peabody. Instantes decisivos, pensou. Centímetros decisivos. E a mão do destino.

— Estão começando a reunião — avisou Feeney, baixinho. — Todos os que eram esperados para esta noite já devem ter chegado. Os canalhas estão dando início à sua reunião para discutir assassinatos rezando o Pai-Nosso.

— Pois vão ter muito que rezar. — Eve se levantou. — Vamos cercá-los e depois prender todo mundo.

Ela checou tudo com o chefe de cada unidade de invasão e mandou que todos os participantes esperassem até ela e Feeney se juntarem a Trueheart e Baxter.

Sua equipe de ataque seria a primeira a entrar pela porta do porão.

Eve deu uma cutucada em Baxter para se certificar de que ele estava usando o colete de proteção. Rindo, ele a cutucou de volta.

— Esse equipamento pesa uma tonelada, não é, Dallas?

— Você não imagina o quanto esse troço me atrapalha e me irrita — admitiu ela, fazendo um giro no ar com os dedos. Ele se virou e ela arrancou o adesivo que ocultava as letras NYPSD, Departamento de Polícia e Segurança de Nova York, na parte de trás da sua jaqueta.

— A reunião está rolando — relatou McNab pelos fones. — O juiz Lincoln está presidindo o encontro. Estão lendo a minuta da última reunião.

— Vamos esperar alguns minutinhos — ordenou Eve. — Assim, conseguiremos gravar mais informações e conseguir boas provas. Quanto mais material tivermos para entregar à promotoria, maior será o tombo deles.

— Tenente? — Trueheart sussurrou, como se já estivesse dentro da igreja. — Quero agradecer à senhora por ter me escolhido para participar desta operação.

— Se você quer puxar o saco de alguém, puxe o meu, Trueheart — avisou Baxter. — Depois é a minha vez de babar o ovo de Dallas. É assim que funciona a cadeia alimentar — explicou.

— Estão começando a discutir novos assuntos — relatou McNab. — O tema é a purificação de Greene. Estão dizendo que a eliminação de Hannah Wade foi apenas um infeliz dano paralelo. Uma vítima indireta. Jesus!

— Tenente? — A voz de Peabody surgiu, alta e clara. — Acabamos de receber a notícia: Dru Geller não resistiu e acaba de falecer.

Oito mortos, pensou Eve. A coisa vai acabar aqui.

— Essa reunião está encerrada! — anunciou. — Todos prontos?

— Positivo — respondeu Baxter.

— Todas as unidades, invadir. Vão, vão, *agora*!

Eve entrou pela porta antes de todo mundo e desceu um lance de antigas escadas de ferro. Em sua mente, visualizou as outras unidades de ataque entrando pela frente, pelo lado e se espalhando pelo andar térreo.

Com a arma em punho e o distintivo erguido bem alto, ela empurrou com força a porta do porão.

— Polícia de Nova York! Todos parados!

Ouviram-se alguns gritos e choros. Algumas pessoas se espalharam, tentando se esconder ou fugir. As unidades de apoio secundário começaram a surgir por todos os lados, como formigas em um piquenique. Formigas armadas com rifles a laser e pistolas de atordoar com dois canos.

— Mãos para cima. Todos vocês, coloquem as mãos para cima! — gritou Eve. — Quem não obedecer receberá uma rajada de atordoar. Este prédio está cercado. Vocês não têm por onde escapar.

Estão todos presos, acusados da realização de atos terroristas, acusados de conspiração com o intuito de cometer assassinatos, acusados da morte de um policial. Há outras acusações, que lhes serão comunicadas individualmente, no momento certo.

Ela deu um passo em frente, analisando os rostos e os movimentos. Alguns choravam baixinho, enquanto outros permaneciam rígidos, exibindo fúria. Havia pessoas que se ajoelhavam, com as mãos postas em oração, como mártires prontos para serem devorados pelos leões dos pagãos.

— Todos deitados! — ordenou Eve. — De cara no chão e as mãos atrás da cabeça!

Ela se virou de repente ao pressentir que o juiz Lincoln colocou a mão dentro do paletó.

— Faça isso — disse, baixinho. — Me dê uma razão para acabar com a sua raça.

As mãos dele baixaram. Seu rosto era duro e suas feições pareciam ter sido gravadas em pedra. Eve já participara de uma sessão no tribunal presidida por ele, para prestar testemunho. E confiara num rosto que parecia feito para servir à Justiça.

Ela pegou a arma sob o paletó dele e o empurrou para o chão.

— Somos a solução — ele disse. — Temos coragem para agir, enquanto outros se sentam de braços cruzados.

— Aposto que Hitler disse essa mesma frase. Para o chão! — Ela o empurrou até colocá-lo de joelhos. — Cara no chão e mãos atrás da cabeça!

Eve fez questão de colocar as algemas nele pessoalmente.

— Isso é por Colleen Halloway — disse, baixinho, no ouvido do juiz. — Ela sabe mais sobre coragem do que você jamais saberá, pois não passa de uma vergonha para a humanidade.

Ela se levantou e ordenou:

— Baxter, apresente em voz alta, para esse bando de heróis, os seus direitos.

Eram duas e meia da manhã quando ela conseguiu entrar em casa, de volta. Mas não era a fadiga que a molestava agora, e sim um desgaste muito mais amplo e interno que lhe atacava o corpo e a mente.

Não sentiu a descarga de adrenalina que a vitória geralmente lhe provocava; não curtiu a energia que lhe bombeava os músculos sempre que um caso era encerrado. Ao fechar a porta de entrada, não conseguiu nem mesmo lançar o insulto usual para Summerset, que a esperava em pé no saguão.

— Apesar do avançado da hora, devo aguardar seus convidados e atender aos seus eternos apetites para comidinhas e bebidas?

— Não. Cada um deles tem sua casa, e hoje eles vão dormir nela.

— A operação foi bem-sucedida?

— Eles mataram a oitava vítima antes de eu conseguir impedi-los. Portanto, minha resposta vai depender da sua definição de sucesso.

— Tenente.

A mente de Eve estava obscura demais para demonstrar mais que uma leve irritação. Ela parou no segundo degrau da escada e olhou para trás.

— Que foi? O que você quer?

— Durante as Guerras Urbanas, havia várias organizações comandadas por civis. Muita gente arriscava a própria vida para proteger a vizinhança sitiada, ou para reconstruir locais dizimados. Houve muitos atos de heroísmo. E havia grupos de orientação diferente, também organizados, que buscavam unicamente destruir, punir e se engajar em outros níveis de luta armada. Eles montavam suas próprias leis, cortes e tribunais. Estranhamente, todos esses julgamentos acabavam em um veredicto de culpado, e a pessoa era levada para execução sumária.

"Cada um desses grupos", ele disse, "obteve momentos de sucessos em suas próprias agendas. A história, como sabemos, é sempre iluminada por uns e escurecida por outros."

— Não estou preocupada em fazer história.

— É uma pena — disse ele, enquanto ela continuava a subir as escadas. — Porque foi exatamente o que a senhora fez esta noite.

Ela passou no laboratório antes de ir para o quarto, mas encontrou apenas Jamie lá dentro. O rapaz estava, obviamente, em hora de folga, e entrara em ritmo de recreação. Havia uma reprodução em 3D do Yankee Stadium no monitor. Ele jogava contra os Baltimore Orioles, que estavam com dois *home runs* de dianteira no sexto *inning*.

— Merda, você é cego? — Ele deu um tapa no console quando o juiz marcou um *strike* no seu batedor. — Essa bola foi alta e fora, seu babaca.

— Nada disso. Pegou bem na quina — discordou Eve. — A bola deu uma beliscada na linha de *strike*. Bom arremesso.

— Ah, qual é, Dallas? — reclamou o garoto, pausando o jogo e olhando para trás. — Quer tentar me derrubar em uma partida? Só nós dois? — convidou ele. — O jogo fica melhor com dois oponentes de verdade do que quando a gente joga com o computador.

— Aceito o desafio. Vou te derrotar, mas vai ser em outra hora, agora não. Já está tarde, vá para a cama.

— Ei, ei, pera lá! — Ele se agitou todo. — Você não vai me contar como foi a operação?

— Um sucesso.

— Disso eu *já sei*, acompanhei tudo daqui. Mas não sei dos detalhes. Conte-me os detalhes, Dallas.

— Amanhã eu farei uma reunião com toda a equipe.

— Um detalhezinho só, vai? Se você me contar uma novidade, eu lhe pago com outra.

— Confiscamos discos que continham os registros de todas as reuniões da organização. Amarramos os safados tão bem amarrados e costuramos esse saco de gatos tão bem costurado que não dá para eles escaparem lá de dentro nem com uma espada afiada. Agora, conte a sua novidade.

— Uau, legal! Rastreamos tudo.

— Encontraram a fonte?

— Foi molinho, depois de conseguirmos clonar o sacana. O vírus foi enviado para as vítimas a partir do computador confiscado na área de trabalho de Dukes. Ele fez um escalonamento para enviá-los em períodos de três dias. E foi ele quem enviou pessoalmente cada um deles.

— Os agentes o pegaram em Albany, esta noite. Ele convocou os advogados na mesma hora, mas eu vou acabar com ele amanhã. Agora vá para a cama, garoto.

— Vou só acabar com os Orioles, antes.

— Tudo bem — ela cedeu. Seguiu em direção à porta e parou. — Jamie... Eu fui contra quando Roarke trouxe você para a equipe. Estava errada. Você desempenhou um trabalho magnífico.

— Obrigado! — O rosto do garoto se iluminou como um sol que nascia.

Eve deixou Jamie tentando vencer os Orioles e foi para a sala de trabalho de Roarke. Ele também tinha uma tela diante de si, mas não estava brincando. Não deu para ver que negócio milionário estava sendo fechado, pois ele desligou o monitor assim que ela entrou.

— Meus parabéns, tenente. Onde está sua equipe?

— Foram para algum lugar barulhento a fim de distrair a cabeça tomando uns drinques. Eles me chamaram para ir junto, mas dispensei o convite.

— Que bom! Assim você pode tomar um drinque especial em minha companhia. — Ele se levantou para completar o conhaque que tomava e servir um vinho para ela. — Conseguimos descobrir a fonte da infecção.

— Sei, Jamie já me contou. Passei no laboratório antes de vir para cá.

— Ele ainda está acordado?

— Yankees e Orioles, fim da sexta entrada. O time de Baltimore está ganhando por dois *home runs*; eles perderam dois jogadores, mas têm um corredor na primeira base.

— Ah, tudo bem, então. — Ele lhe entregou o vinho. — Ele também lhe contou que nós descobrimos um monte de transmissões? Duas delas para Price e Dwier, e mais duas feitas por eles. Temos também três, até agora, feitas pelo *tele-link* do gabinete do prefeito Peachtree. A última foi efetuada na tarde da sua primeira visita à casa dos Dukes; uma mensagem de texto. Ele aconselhou Dukes a tirar umas pequenas férias com a família, e lhe deu a sugestão de um endereço em Albany. O texto foi escrito de forma a não comprometer ninguém, mas, diante das circunstâncias, é suficientemente danoso para ambos.

— Vou fisgar Dukes e o prefeito amanhã. — Ela se sentou no braço de uma cadeira, mas não bebeu o vinho. — Distribuí os interrogatórios depois da batida pelos membros da equipe. Forcei a barra com alguns suspeitos, além de vários grupos menores e mistos. Todo mundo berrou "quero meu advogado", parecia até grito de torcida. Arranquei a história completa de uma dona de casa patética em menos de trinta minutos. Ela abriu o bico, apesar de seu advogado reclamar o tempo todo que ela estava depondo sob pressão. Peguei mais leve com ela, para ver se ele calava a boca, e ela me entregou um monte de informações de bandeja.

— Você os impediu de agir e desmontou a organização.

— Prendi um juiz, dois outros tiras, um deles já aposentado, depois de trabalhar por trinta anos. Enquadrei mães quase tão apavoradas para entrar em contato com as babás de seus filhos do que com o fato de que iam passar a noite na cadeia. Prendi um garoto que mal começou a fazer a barba e uma senhora com mais de cem anos. Ela cuspiu na minha cara! — Sua voz estremeceu ao lembrar a cena. — Ela cuspiu em mim na hora em que eu a coloquei no camburão.

Roarke acariciou os cabelos dela e, quando ela virou a cabeça, encaixou-a sob seu braço.

— Lamento muito.

— Eu também — ela murmurou. — Só que eu não sei exatamente o que lamento mais. Preciso ir para a cama. — Ela se afastou dele e endireitou as costas. — Vou deixar para analisar amanhã de manhã os dados que você e Jamie conseguiram descobrir.

— Pode ir que eu vou para o quarto assim que puder. Preciso participar de uma reunião, agora.

— Uma reunião? São quase três da manhã.

— É em Tóquio. Vamos fazer uma holoconferência.

Ela concordou com a cabeça e colocou de lado o vinho que mal tocara.

— Você não deveria estar lá pessoalmente? Em Tóquio?

— Posso estar onde bem quiser. E quero estar aqui.

— Ocupei muito do seu tempo ultimamente.

Ele esfregou o polegar, de leve, sob os olhos dela.

— Ocupou mesmo, e espero ser recompensado adequadamente. — Ele beijou a testa dela. — Agora, vá para a cama. Tenho que trabalhar.

— Eu bem que poderia ir até o seu escritório do centro um dia desses para prestar consultoria em... alguma coisa.

— O que será que eu fiz para merecer uma ameaça dessas?

Essa reação a fez sorrir.

— Então eu poderia ir às compras em sua companhia. Para ajudar você a escolher um terno, ou algo assim.

— Só de pensar nisso me dá um frio na espinha que se espalha pelos ossos. Vá dormir, tenente.

— Tudo bem. A gente se vê mais tarde, então.

— Humm. — Seu computador holográfico emitiu um sinal e ele a observou sair da sala.

Capítulo Vinte e Dois

Eve acordou antes de amanhecer, e calculou que horas eram pela escuridão à sua volta. Devia faltar ainda uma hora para o sol raiar, e ela pensou em apagar e voltar a dormir por boa parte desse tempo.

Tinha dormido como se estivesse em coma, tendo se jogado de bruços na cama, após se livrar de todas as peças de roupa. Nem sentiu quando Roarke deitou. Pelo menos, não sonhou com nada.

Ela se virou de lado e observou, na penumbra, a forma indistinta dele. Era muito raro Eve acordar antes de Roarke. Talvez por isso era incomum ela ter a chance de ficar deitada no escuro e ouvi-lo dormir, com a casa totalmente em silêncio.

Ele dormia como um gato, pensou ela. Não. Era ainda mais silencioso do que um gato. O suave ronronar que ela ouviu vinha do outro lado da cama, onde Galahad se espalhara, de barriga para cima, como se tivesse sido atropelado.

Sensação gostosa aquela, saber que todos estavam recolhidos e quentes na cama, em silêncio e segurança.

Aquele era um momento delicioso demais. Ela não pretendia desperdiçar quase uma hora na cama, dormindo.

Arrastou-se de forma sedutora, se colocou por cima de Roarke e encontrou sua boca exatamente na posição que ela gostava. E o acordou com o calor de seu beijo.

Ela sentiu o instante em que o corpo dele se livrou do sono. Foi como um estalar de dedos. Em décimos de segundo ele se retesou, avaliou o possível perigo e tornou a relaxar.

— Trabalhou até tarde? — ela perguntou, de encontro à sua boca macia.

— Humm.

— Continua dormindo?

— Agora não.

Ela riu e arrastou os dentes ao longo do maxilar dele.

— Pode ficar deitadinho aí. Deixe todo o trabalho comigo.

— Já que você insiste...

Ela estava quente, completamente nua e com o corpo macio e repousado, após algumas horas de sono. Na escuridão que antecedia a aurora, ela se movia sobre ele como um sonho, cheia de aromas, toques e sombras. Seus lábios e dedos o excitavam, despertando necessidades que nunca ficavam completamente adormecidas.

As mãos dela emolduraram-lhe o rosto e sua boca mergulhou sobre a dele.

Ela suspirou junto do seu corpo rijo. Pareceu-lhe ouvir algo de desejo no som rouco, e enquanto ela se ajeitava por cima, ele fez um traçado carinhoso com os dedos em suas costas, subindo e descendo, pontilhando-lhe o corpo delgado e esbelto, tanto por conforto quanto por sedução.

A minha tira, pensou ele. Tão atormentada. Tão dividida. Ali, porém, eles eram seguros e ajustados. Ali, eram o certo um para o outro.

Ele sabia disso, e ela percebeu também, lançando a boca ao longo de sua garganta. Ele sempre soube. Ter essa dádiva, ter alguém que sabia de tudo e conseguia compreender era algo irresistível.

— Eu amo você, Roarke. Amo você. — Sua boca se encontrou com a dele novamente, com mais calor agora, demonstrando o primeiro sinal de urgência. — Amo você. Estou repetindo a frase para compensar as vezes que me esqueci de dizer o quanto eu amo você.

O beijo voltou a ficar suave. O coração dela bateu mais forte, compassadamente, no mesmo ritmo que o dele.

Em um movimento lento e longo, ele a rolou e se colocou por cima dela. Ele apertou com os lábios sua clavícula esquerda, ao mesmo tempo que suas pernas se entrelaçavam, até que, por fim, as dela se afastaram. Ele conseguia vê-la melhor agora. Reparou no formato do seu rosto, no brilho dos seus olhos. Penetrou-a devagar, praticamente deixando-se deslizar para dentro dela, num roçar suave de seda contra seda. E sentiu quando ela perdeu o fôlego por um segundo.

Mais uma vez um movimento lento, seguido de outro longo, depois um terceiro, mais fundo. O corpo dela se erguia de encontro ao dele, e o dele se lançava ritmado sobre o dela. Ela estremeceu e procurou pelas mãos dele. Seus dedos se entrelaçaram. Suas bocas se uniram mais uma vez.

Acima de ambos, o dia amanhecia.

Ainda não tinha dado sete horas e Eve já analisava os dados que Roarke e Jamie haviam levantado na noite anterior. Ela uniu as sobrancelhas em uma expressão de estranheza, refletiu sobre o que lia, considerou as possibilidades.

— Dukes já era, não tem como escapar. Obviamente, ele sabia de tudo. Basicamente ele era o homem que comandava a ação. Mesmo sem uma confissão formal, vou entregar ao promotor um caso tão bem amarrado que só um babuíno perderia essa causa.

— Então, por que esse olhar irritado?

— Estou me perguntando se esse cara sabia que era o otário-mor. O tempo todo. Não importa quem seja pego e quem caia de bunda no chão, ele vai levar o tombo maior, e sua queda será a mais dura. É o nome dele que a mídia vai trombetear aos quatro ventos, é do rosto dele que todos vão lembrar, quando o povo se revoltar. Se ele ainda não percebeu isso, pode ser que eu consiga usar esse dado para convencê-lo a dedurar alguém que eu ainda não tenha enquadrado.

— Os poderosos vão tentar escapar do anzol — concordou Roarke.

— Sei que vão. — Eve franziu o cenho mais uma vez. — Política — disse, baixinho — é um tremendo jogo.

Ela olhou para Roarke e continuou:

— Vou conferir algumas coisinhas e depois sigo direto para arrasar com ele. Quero um bom tempo na sala com ele, antes de passá-lo para Feeney e seguir para pegar Peachtree.

— Você vai interrogar Peachtree na Central de Polícia?

— Não. Em sua residência. O envolvimento dele com a organização continua como Código Cinco até ele ser formalmente indiciado.

— Quero acompanhar os interrogatórios. — Ele olhou para ela do sofá da saleta, onde acompanhava as cotações da bolsa no pequeno centro de comunicações e assistia aos noticiários da manhã em um telão.

— Para quê?

— Para virar essa página, ver o fim da história. Abri mão de participar da batida policial, ontem à noite. Agora quero ver os interrogatórios finais.

— Qual é o seu problema, gostosão? Você está liberado. Missão cumprida, o jogo acabou. Larga a bola! Volte ao trabalho, vá comprar o Alasca, ou algo assim.

— Tenho tantas terras no Alasca quanto me interessa ter no momento. Mas, se você sente algum desejo oculto de possuir uma geleira, é só me enviar um memorando. Dá para você conseguir uma autorização para que eu assista a tudo, tenente. É um pedido razoável.

— Para o interrogatório de Dukes dá para conseguir, sim. Quanto a Peachtree...

— Ele teve meu apoio financeiro para se eleger. Você não é a única revoltada com a situação. Quero acompanhar tudo até o fim.

— Certo, tudo bem; vou agitar isso. Mas vou sair de casa daqui a dez minutos, então você tem de correr para...

— Espere um segundo. — Os olhos dele se estreitaram ao olhar para o telão, onde Nadine Furst surgiu para apresentar uma notícia de última hora.

"O plantão do Canal 75 informa: quarenta e três pessoas suspeitas de participação no grupo conhecido como Buscadores da Pureza foram presas na noite passada, quando se reuniam na igreja do Salvador, localizada na rua Franklin. Essa operação da polícia de Nova York foi liderada pela tenente Eve Dallas. Fontes da polícia identificaram alguns dos suspeitos detidos. Entre os nomes estão o do Meritíssimo Lincoln, juiz criminal desta cidade, Michael e Hester Stanski..."

— Onde foi que ela conseguiu esse material? — explodiu Eve, e quase deu um soco na tela. — Nós não queremos divulgar os nomes dos envolvidos, por enquanto.

— Ouça o resto — sugeriu Roarke. — Tem algo estranho aqui. Não há razão para esse tipo de vazamento de informações ocorrer.

"Donald Dukes", Nadine continuou, "um ex-sargento da marinha e cientista de computação, também foi preso em uma residência localizada em Albany, e está sob custódia. Várias acusações foram feitas contra Dukes, incluindo conspiração para cometer os assassinatos conhecidos como Operação Pureza, que tiveram início na semana passada."

Houve uma curta pausa, e Nadine prosseguiu:

"O desdobramento mais perturbador dos crimes perpetrados pela Operação Pureza são as acusações lançadas sobre o prefeito Steven Peachtree. Fontes oficiais confirmam que o prefeito de Nova York é o principal suspeito dos crimes atribuídos ao grupo que se autodenomina Buscadores da Pureza, e será interrogado oficialmente na manhã de hoje. Entre as provas que ligam o prefeito Peachtree à Operação Pureza está um vídeo envolvendo conduta sexual inapropriada; esse material foi apreendido na residência de Nick Greene durante a investigação sobre a sua morte. Suspeita-se que esse vídeo polêmico tenha sido usado como parte de um esquema de chantagem. Não conseguimos entrar em contato com o prefeito para ouvir seus comentários a respeito do caso, e o gabinete da prefeitura não divulgou nenhum comunicado oficial a respeito das alegações."

— Fi-lha-da-mãe! — No instante exato em que Eve xingou Nadine, seu comunicador tocou, ao mesmo tempo que o *link* ao lado da cama e o *tele-link* de bolso. Eve imaginou que os centros de comunicação do seu escritório doméstico e de sua sala na Central deviam estar igualmente tocando e piscando mais do que uma árvore de Natal.

— Esse é o olho do furacão, tenente — avisou Roarke. — Você vai ter de enfrentar a tormenta.

Ignorando os *links*, ela atendeu o comunicador.

— Tenente... — Foi tudo o que Whitney disse.

— Sim, senhor. Acabei de assistir. Não sei onde ela conseguiu essas informações, mas vou descobrir tudo o que puder.

— Aja rápido. Os advogados de Peachtree já devem estar em ação, à procura de sangue.

— Com vazamento ou sem vazamento, comandante, vou fazer uma prisão, hoje. E vai ser pra valer.

— Não faça nenhuma declaração para a mídia — ordenou ele. — Não confirme nem negue nada até esclarecermos tudo. Pegue Dukes antes, e acabe com ele, Dallas. Espere meu aviso sobre quando e onde agarrar Peachtree.

— Não atenda a nenhum dos *tele-links* — ela avisou a Roarke, fechando o comunicador e guardando-o de volta no bolso. — Peça a Summerset para monitorar todas as ligações e manter Jamie escondido em algum lugar. Não quero que o garoto converse com ninguém a respeito de nada, nem com sua mãe.

— Você acha que foi Jamie quem vazou essas informações para Nadine? Eve...

— Não, é claro que não foi ele. Jamie já é um excelente tira. Eu sei exatamente de onde veio esse vazamento. — Ela agarrou a jaqueta. — Essa pode não ser minha praia, mas eu sei jogar direitinho esse esporte, quando é necessário. E sei como vencer o jogo. Se você vai comigo, arrume-se depressa — avisou. — Você tem cinco minutos.

Ela deixou que ele dirigisse e passou o tempo todo no *tele-link*, analisando a situação com os membros da sua equipe, coordenando suas funções e pedindo reforço na Central para impedir que os repórteres, que já deviam estar acampados na rua, invadissem o prédio como um enxame.

Eve ligou direto para Nadine.

— Escute, Dallas, antes que você pule no meu pescoço, vou logo avisando que recebi aquele boletim trinta segundos antes de entrar no ar. Nem eu mesma tive tempo de ler a notícia antes. Mesmo querendo, não teria tido tempo de dar a dica a você.

— Quem lhe passou a informação?

— Você esta me pedindo para revelar a fonte, e sabe que eu não faria isso. Para sorte minha, o texto me foi passado direto pelo produtor do Canal 75. Não sei qual foi sua fonte. Ou fontes — emendou. — Ele jamais colocaria uma bomba dessas no ar sem confirmar tudo com, pelo menos, duas fontes. Tudo o que sei é que alguém do alto escalão passou tudo para ele, com a condição de que fosse eu a ler a notícia no ar. Ele confirmou o texto e eu fiz o meu trabalho.

— Pediram você, especificamente?

— Exatamente.

— Espertos — decidiu Eve.

— A coisa está pegando por aqui, Dallas. Você precisa me fazer uma declaração o mais rápido possível. Quais as provas que você tem ligando o prefeito Peachtree às atividades dos Buscadores da Pureza?

— Sem comentários, Nadine.

— A merda atingiu o ventilador e vai rebater direto na cara de Peachtree. Boa parte vai respingar em você também. — Enquanto falava, Nadine virou um pouco a cadeira e pesquisou alguns dados manualmente no computador. — O prefeito tinha cinquenta e três por cento de aprovação popular antes disso. Muitos dos seus eleitores são pessoas importantes, que o apoiam com solidez e têm muita grana. Do outro lado da arena estão aqueles que vão linchá-lo politicamente, usando você como arma.

— Não vou emitir nenhum comentário, mas, só por curiosidade: em quem você apostaria, Nadine? Nos que o apoiam ou nos que querem ver a caveira do prefeito?

Aquele era um bom ângulo, refletiu Eve, e não custava nada saber a opinião de alguém acostumado ao jogo político.

— Ele vai renunciar — garantiu Nadine. — Não há como escapar disso. Sem os detalhes mais picantes do escândalo sexual, não dá para projetar mais nada. Mas é claro que ele vai apanhar muito por trair a esposa e por qualquer ligação com Greene.

— Quer uma dica, só entre nós, Nadine?

Eve percebeu que a repórter se viu dividida.

— O.k. — cedeu ela, por fim. — Informação extraoficial, Dallas. Pode contar.

— E se a coisa for um pouco mais suculenta do que uma simples traição conjugal? E se envolver algum desvio sexual?

— Ah, meu Deus, assim você me mata! Se a coisa for boa e suculenta, ele está frito, pelo menos a curto prazo. Ser condenado por assassinato, a não ser que ele esteja com sangue fresco nas mãos, é outro assunto completamente diferente. O apoio popular vai ter gente dos dois lados, e ele vai ficar na berlinda por um tempo.

O povo tem memória curta e seletiva. Ninguém vai lembrar se ele é culpado ou inocente, mas vão saber que realizou algo grande em sua gestão. Se ele não pegar nenhuma pena pesada e escapar das acusações de cunho sexual, poderá se candidatar novamente daqui a alguns anos. E provavelmente vai vencer.

— Então, isso tudo é política — declarou Eve. — A gente se vê depois.

— Dallas...

Mas Eve já desligara.

— Você fisgou uma ponta de linha interessante, tenente — disse Roarke. — Dá até para imaginar o tamanho do novelo de lã.

— Sim, vamos ver o quanto conseguimos desenrolar desse novelo. Siga direto pela entrada da garagem. Ah, e se atropelar algum repórter pelo caminho, ganha pontos extras.

Depois de entrar no prédio, Eve agitou tudo depressa. Já estava diante de Dukes e de sua equipe de advogados, na sala de interrogatório, quinze minutos depois. Escolheu fazer dupla com Peabody, de propósito, para deixar Dukes ainda mais revoltado por enfrentar duas mulheres.

Ela ligou o gravador, informou os dados principais e se recostou.

— Podemos dar início ao interrogatório — ela comunicou a todos.

— Tenente Dallas. — O chefe da equipe de advogados, um sujeito de ombros largos e queixo quadrado chamado Snyder, interrompeu a gravação antes mesmo de Eve começar a falar. — O sr. Dukes quer que todas as perguntas e comentários sejam dirigidos a mim ou a um dos meus associados. Como é seu direito. Ele prefere que ninguém lhe dirija a palavra diretamente, e também não quer fazê-lo.

— Tudo bem. Informe então ao seu cliente que, por meio de mandados devidamente emitidos e executados, todos os centros de comunicação e de dados de sua residência foram confiscados, e o computador pessoal registrado em seu nome foi encontrado na casa em Albany. Todas as unidades citadas foram oficialmente investigadas. Técnicos ligados ao Departamento de Polícia de Nova York extraíram dados e registros de transmissões feitas por essas unidades. Aproveite para informar ao seu cliente que os dados e registros obtidos são suficientes para encerrá-lo em uma cela, longe de sua família, de seus amigos e de qualquer outra coisa relacionada ao seu passado, pelo resto de sua vida.

Ela sorriu ao dizer isso e manteve os olhos em Dukes o tempo todo.

— Informe também ao seu cliente — continuou Eve — que eu estou mais feliz que pinto no lixo. Vim dançando de alegria no caminho para cá, agora de manhã, não foi, Peabody?

— A senhora dança um tango de arrasar, tenente.

— Seu sarcasmo está sendo registrado pela gravação — avisou Snyder.

— Sim, isso é excelente.

— Tenente, se a senhora tem, como alega ter, provas tão avassaladoras contra o meu cliente, não entendo por que está perdendo seu tempo na condução deste interrogatório.

— Basicamente para me exibir e tripudiar sobre vocês. — Ela sorriu. — E, já que isso ofende a minha sensibilidade, me senti na obrigação de dar a este babaca... Opa, desculpe. Me senti na obrigação de proporcionar ao seu cliente uma oportunidade para ele demonstrar remorso e cooperar com a polícia, para que esse remorso e esse espírito de cooperação possam vir a ser considerados no momento em que for determinada a sua sentença. Vocês já fizeram as contas? Oito condenações por assassinato em primeiro grau? Entre as vítimas está um policial, e só esse crime já garante prisão perpétua em uma prisão fora do planeta, sem possibilidade de liberdade condicional.

— Tenente... — Snyder espalmou as mãos sobre a mesa. — A senhora não tem nenhum caso de assassinato em primeiro grau para trabalhar, e certamente não pode imputar ao meu cliente a culpa pela morte de um policial. A verdade nua e crua é que não existe nenhuma prova irrefutável que ligue Donald Dukes às atividades dessa suposta organização.

— Das duas, uma: ou vocês são tão sanguinários quanto seu cliente ou ele não lhes transmitiu todas as informações sobre os crimes que cometeu. Em qual das opções você aposta, Peabody?

— Acho que devemos dar ao dr. Snyder e à sua equipe o benefício da dúvida. Dukes "se acha", tenente. Ele se julga importante demais e não vê necessidade de contar detalhes aos advogados. Gosta de manter tudo sob controle.

— Você acha que usar essa farda torna você importante — resmungou Dukes, baixinho.

— Isso mesmo! — Peabody se inclinou na direção dele. — Ela me torna uma tira. Ela me torna alguém que jurou proteger o povo de gente como você — continuou ela, espalmando as mãos sobre a mesa e chegando a um palmo do rosto dele. — Essa farda me fez ser uma das pessoas que pisaram no sangue gosmento das pessoas que você matou.

— Você não deve se dirigir diretamente ao meu cliente, policial! — reagiu Snyder, pondo-se de pé. Para alegria de Eve, Peabody também se levantou e o enfrentou à altura:

— O seu cliente se dirigiu a mim primeiro, e isso está gravado — reagiu Peabody. — Se ele fez isso, eu tenho toda a liberdade de responder.

— Crianças, crianças! — Eve bateu palmas uma vez e fez um gesto para todos se sentarem. — Não devemos deixar a raiva anular os bons modos. Se vamos dar a Snyder o benefício da dúvida, Peabody, é importante informá-lo sobre as provas que temos.

— Pois eu acho que devíamos simplesmente entregar tudo ao promotor e deixar que eles se afundassem, tenente.

— Peabody, quanta crueldade!

— Se vocês duas acham que podem brincar de tira bom *versus* tira mau pra cima de mim... — começou Snyder.

— Ora, nem pensaríamos nisso — interrompeu Eve, exibindo um sorriso cruel. — A propósito, só para registro, eu sou a tira má. Sou *sempre* a tira má.

— Vaca! — resmungou Dukes.

— Viu só? Ele sabe. Aliás, com relação a isso — continuou Eve —, deixe-me avisá-lo de que você ainda não me viu em ação, Don. Já identificamos e clonamos seu filho adorado, seu vírus justiceiro. Passamos por ele numa boa e rastreamos todo o caminho que ele percorreu desde a fonte, no computador do seu laboratório. Temos suas impressões digitais, suas impressões de voz, sua senha pessoal. Tudo seu e de mais ninguém. Você nunca imaginou que nós conseguiríamos clonar e desativar a sua belezinha, não é?

Eve se inclinou e se colocou quase nariz com nariz, e completou:

— Tenho uns técnicos em informática trabalhando para mim que fazem você parecer um hacker no primeiro ano de faculdade.

— Isso é conversa-fiada.

— Temos o registro de um e-mail portador do vírus e transmitido do seu computador pessoal, usando a sua senha, para Louis K. Cogburn, com data de 8 de julho de 2059, às quatorze horas. Temos um e-mail também infectado transmitido por você para Chadwick Fitzhugh no dia 8 de julho, às vinte e três e quatorze.

Mantendo os olhos fixos nele, Eve recitou os dados de todas as transmissões, que ela fizera questão de decorar. Viu o ar de incredulidade que se estampou em seu rosto e a raiva que se seguiu.

Ela queria a raiva.

— Pegamos você pelo saco. Eles sabiam que era você que nós iríamos enforcar quando eliminássemos o vírus. Você não é um general, Don. Não é nem mesmo um soldado nas mãos de quem manda neste show. Você é apenas o cordeiro de sacrifício.

— Você não sabe de porra nenhuma! — reagiu ele. — Não passa de uma mulher recalcada, querendo se passar por homem.

— Você acha? Pois eu lhe mostro meus colhões, Don, e você me mostra os seus.

— Gostaria de consultar o meu cliente — interrompeu Snyder. — Em particular. Quero interromper o interrogatório até tirar algumas dúvidas com o meu cliente.

— Vocês os mataram, não foi? — quis saber Eve.

— Nós os executamos, sim — Dukes confirmou, quase cuspindo, e empurrou Snyder para o lado, com força, quase derrubando-o da cadeira quando ele tentou impedi-lo de continuar. — Cale a boca! — ordenou ao advogado. — Cale a porra dessa boca! — Você é parte do problema, do mesmo jeito que ela. Por uma boa grana você seria capaz de defender até o Diabo. É gente da sua laia que coloca lixo humano de volta nas ruas. Não preciso de você. Não preciso de ninguém.

— Está abrindo mão de um representante legal, sr. Dukes? — perguntou Eve.

— Insisto em conversar com meu cliente em parti...

— Vá se foder! — interrompeu Dukes, erguendo-se de um salto. Sua cadeira voou para trás e bateu na parede. — Fodam-se vocês todos! Nós realizamos algo grandioso. Acham que eu tenho medo de ir para a prisão? Eu servi ao meu país. Servi à minha comunidade.

— De que modo o senhor serviu à comunidade? — interessou-se Dallas.

— Exterminando insetos! — Seus lábios se contorceram.

— Sr. Dukes. — Com calma admirável, Snyder se levantou. — Devo solicitar mais uma vez que o senhor utilize o direito de permanecer calado. A tenente Dallas vai encerrar este interrogatório, e nós iremos para uma sala privada, a fim de discutir estratégias...

— Caia fora daqui! — ordenou Dukes a Snyder, sem olhar para ele. — Você e sua irmandade de insetos estão despedidos!

— Que fique registrado que Snyder e Associados não são mais os representantes legais de Donald Dukes — afirmou o próprio Snyder, pegando a pasta e fazendo sinal para seus dois colegas. — Tenha um bom dia, tenente Dallas.

— Coloque-se de guarda — ordenou Eve. Peabody se levantou e abriu a porta para os advogados.

— Donald Dukes. — recitou Eve. — Você e seus comparsas conspiraram para assassinar Louis K. Cogburn?

As costas dele ficaram eretas e sua cabeça se elevou, orgulhosa. O ódio lhe pareceu brotar por todos os poros.

— Exatamente. Nós fizemos isso.

— Vocês conspiraram para assassinar Chadwick Fitzhugh?

— Eu criei o vírus. Fiz a maior parte do trabalho sozinho. Ele é uma coisa linda. Fui eu que infectei o verme citado. Fui eu quem infectou todos eles.

— Concorda que, por meio da conspiração para provocar essas mortes, vocês causaram a morte do detetive Kevin Halloway?

— Sim. Que diferença faz um tira morto? Eliminamos ainda a prostituta Mary Ellen George e Nick Greene, juntamente com a puta que ele estava treinando, sei lá o nome dela. Executamos também Dru Geller. Isso responde às suas perguntas?

— Quem lhe deu a ordem para agir?

— Não recebo ordens!

— Vocês conspiraram com o prefeito Steven Peachtree para assassinar os indivíduos citados?

— Descubra isso você.

— Já descobri — Eve lhe informou. — Você está acabado. Não preciso de você para descobrir mais nada. Leve-o daqui, Peabody. Encaminhe-o para a cela onde ele passará o resto da vida.

Ele voou em cima de Eve. Foi um pulo silencioso e ágil, de pantera. O punho dela se ergueu por instinto e o acertou no queixo, com violência. Quando a cabeça dele foi lançada para trás com o golpe, ela pegou a arma. Mas Peabody sacou a pistola de atordoar primeiro e o abateu.

— Droga, Peabody! — Eve colocou as mãos nos quadris quando ele caiu, esparramado, aos seus pés. — Eu queria fazer isso.

— Eu também, e fui mais rápida que você, Dallas. Pare de reclamar, porque você conseguiu dar um socão nele. Foi trabalho de equipe.

— É. — Eve abriu os lábios, mas o sorriso não alcançou seus olhos. — Um tremendo trabalho de equipe, Peabody.

Roarke corroborou essa opinião quando se encontrou com Eve em sua sala, minutos depois.

— Vocês estiveram afinadas como um duo de violinos. Foram duas virtuoses fantásticas, ainda mais se considerarmos que só haviam se encontrado com o oponente uma única vez.

— Eu já conhecia a raça dele.

— De fato. Você conhecia com precisão seus pontos fracos e conseguiu induzi-lo a uma confissão detalhada. Bom trabalho, tenente.

— Ainda não acabou. Falta a cena final. — De repente, ela ouviu os xingamentos e vozes alteradas que vinham da recepção e seguiam pelo corredor em direção à sua sala. — O último ato vai começar agora. Quer esperar para assistir?

— Não perderia isso por nada no mundo.

— Um mundo que já é quase todo seu — resmungou, no instante em que Chang invadiu sua sala como um tsunami.

— Você precisa apresentar uma declaração para a mídia, tenente. Eu já a escrevi. O texto deve ser lido *imediatamente.* Você deve assumir toda a responsabilidade por passar informações mal-intencionadas para uma repórter do Canal 75. — Ele jogou um disco e uma cópia impressa da declaração sobre a mesa de Eve. Seus olhos estavam esbugalhados e pareciam os de uma fera.

— Por que eu faria isso, Chang?

— Porque estou mandando! Porque essa foi a última vez que você prejudicou meu trabalho de relações públicas, Dallas. Foi a última vez que você fez chacota das minhas funções.

— O seu trabalho é que é uma chacota, Chang.

Ele deu um passo na direção dela. Eve percebeu que Chang se imaginou colocando as próprias mãos em volta da garganta dela e apertando com força até seus olhos pularem das órbitas. Seja pela ousadia que viu nos olhos dela ou pela presença de Roarke, ele resistiu à tentação.

— Você fez vazar para a mídia uma história antes da hora. Usou sua influência sobre uma repórter famosa para adiantar seu cronograma pessoal. Criou uma tempestade para distrair a atenção pública das suas manobras erradas na investigação. Para... Para se enfeitar e se exibir diante do público, deixando a cagada para eu limpar depois. O prefeito Peachtree não foi indiciado. Ele nem mesmo foi interrogado, mas você já providenciou para que ele pareça culpado aos olhos do povo.

— Pior é que parece isso mesmo, não é? Só tem uma pequena correção na sua história, Chang: não fui eu que vazei a nota para a imprensa.

— Acha que pode salvar sua pele mentindo para mim?

Eve ajeitou o corpo, colocando-se meio de lado. Roarke recostou-se na parede para assistir a tudo, fascinado. Perguntou a si mesmo se Chang tinha a percepção de que estava a um passo de ser eliminado da face da Terra.

— Não admito que ninguém me chame de mentirosa, Chang. Muito menos você.

— Quem é que tem amizade pessoal com Nadine Furst? Quem é que sempre a favorece com dicas e entrevistas exclusivas?

— Eu mesma. E sabe por quê? Porque sei que ela favorece mais a verdade do que os índices de audiência. Minha amizade com ela foi exatamente o motivo de alguém providenciar para que o vazamento fosse direcionado justamente para ela. Esse tipo de manobra é a sua cara, Chang.

A imagem da mão apertando a garganta era tão irresistível que Eve resolveu usá-la. Ela o pegou com uma única mão pelo colarinho e o atirou com força de encontro à parede; ele teve de se colocar na ponta dos pés.

— Todo esse barraco, essa tempestade na mídia e o festival de baixarias vão manter você ocupado por um bom tempo, certo, Chang?

— Tire as mãos de mim, senão vou denunciá-la por agressão!

— Faça isso. Aposto que um monte de tiras vai entrar aqui dentro da sala correndo para salvar sua bunda imunda da minha fúria. Vão chover vantagens. Você vai ganhar novos cachês, vários bônus. Me colocar para fora do campo vai ter um gostinho especial, não é? Foi você quem deixou o material vazar para a imprensa, Chang?

O rosto dele adquiriu um fascinante tom de castanho-avermelhado, enquanto ele se debatia e tentava se livrar da mão de Eve.

— Me solta! Me solta!

— Foi você que vazou a porra dessa história?

— Não! Isso não é uma coisa que um relações-públicas deixe vazar antes da hora, até tudo estar preparado, Dallas. Foi você quem vazou!

— Não, eu não! — Ela o largou. Ele despencou com o som surdo dos dois calcanhares batendo no chão, e quase se desequilibrou. — Pense bem no assunto, Chang. Agora, caia fora da minha sala.

— Vou abrir uma queixa contra você — ameaçou ele, alargando o colarinho. — Você tem de ler a declaração que eu preparei, senão...

— Larga do meu pé e vá enxugar gelo! — sugeriu ela, dando-lhe um empurrão com força.

— Excelente espetáculo — comentou Roarke.

— O último ato ainda não acabou. A cena de encerramento vai começar a qualquer momento.

— Aproveitando o intervalo... — Ele acariciou as pontas dos cabelos de Eve e fez deslizar os dedos em volta de sua nuca. Ela enrijeceu o corpo e pareceu tão mortalmente embaraçada que ele riu. — Que foi?

— Estou de serviço. Cai fora. Sério. — Ela se afastou rapidamente dele e foi até o AutoChef. No instante em que programava o café, ouviu o clique-clique de saltos altos vindo pelo corredor. — Pronto! Vamos ter mais!

Jenna Franco irrompeu na sala tão furiosa quanto Chang, embora com mais elegância.

— Tenente Dallas! — Ela mastigou cada sílaba, como se tentasse destroçar as palavras, e cumprimentou Roarke com um leve aceno de cabeça, dizendo: — Desculpe, mas preciso conversar com a tenente. Em particular.

— Claro.

— Por favor, vá dar uma ajudinha a Feeney, na sala de conferência B — pediu Eve. — Ele está agitando alguns detalhes técnicos que talvez lhe interesse acompanhar. A sala dele fica no andar de baixo — acrescentou Eve. — Setor cinco.

— Tudo bem. Vou deixar as caras damas entregues aos seus assuntos pessoais. — Lançando um olhar casual para Eve, ele saiu silenciosamente e fechou a porta.

— Você foi longe demais dessa vez! — Ao contrário de Chang, a vice-prefeita manteve a voz baixa e controlada.

— Em que sentido?

— Quem é você para decidir que o prefeito Peachtree é culpado? Quem é você para repassar ao público informações constrangedoras? Informações que arruinarão sua carreira política e sua vida pessoal, antes mesmo do primeiro interrogatório? Você não lhe deu a mínima chance de defesa.

— Soltar a bomba para a mídia acabou com ele de vez, não foi? Quer café?

— Como ousa ficar aí toda arrogante, tão absurdamente exibida depois do que fez?

— Pois é. Igualzinho a você. — Eve se encostou no AutoChef e provou um gole do café. — Foi você quem soltou a bomba para a mídia, Franco.

— Você ficou louca?
— Não. Nem você. Aliás, você é uma mulher muito esperta, Franco. O que ainda não consegui descobrir é se fez tudo isso, montou uma organização, assassinou um monte de gente, arruinou várias vidas só porque queria manchar a imagem de Peachtree ou porque acreditava de verdade no que estava realizando. Refleti muito a respeito disso agora de manhã, mas ainda não tenho certeza. Acho que foi um pouco dos dois.

— Se você acha que pode salvar a própria pele me pintando com as mesmas tintas que usou para pintar o prefeito, Dallas, está muito enganada.

— Não foi ele que fez as ligações.
— Do que você está falando?
— Peachtree não fez as ligações do gabinete para Dukes. Quem fez foi você. Usando a sala dele e o *tele-link* dele. A transmissão avisando a Dukes para ele fugir, por exemplo, realmente foi feita da sala do prefeito, às dezesseis e quarenta e oito. Mas Peachtree saiu da sala às dezesseis e quarenta e dois. Ele aparece saindo da prefeitura pelas câmeras de segurança no momento exato em que a ligação estava sendo completada. Esses seis minutos é que fizeram toda a diferença.

Eve gesticulou com a caneca e tomou um gole longo.

— Você ainda estava no prédio, pois é uma servidora pública muito dedicada. O assistente de Peachtree viu você entrar na sala dele minutos depois de ele sair. Você é a única pessoa que poderia ter entrado em contato com Dukes a partir daquele *tele-link*, naquele minuto.

Jenna Franco ajeitou a barra do seu terninho azul-acinzentado e determinou:

— Isso é um absurdo.
— Não, não, apenas detalhezinhos. Daqueles que sempre derrubam o vilão. Você provavelmente achou que nós nunca conseguiríamos rastrear a fonte do vírus, mas por que arriscar? Você já vinha usando o prefeito o tempo todo, como fachada. Política é um assun-

to muito esquisito para mim, mas sei que foi desse jeito que a coisa aconteceu.

Eve atravessou a sala e encostou-se à quina da mesa.

— Você quer o cargo dele — continuou. — Provavelmente quer ir mais longe, mas prefeita de Nova York é um excelente ponto de partida. Ele é muito popular. Talvez consiga se reeleger, e é insuportável esperar na vice-prefeitura quando se pode ser a mandachuva principal.

— É isso que acha?

— Você viu a oportunidade de remover um obstáculo, e até mesmo usar esse obstáculo para impulsionar suas ambições, especialmente depois que ele tornou a coisa ainda mais fácil, ao se envolver com Nick Greene.

— As preferências sexuais do prefeito Peachtree deveriam ser um assunto particular dele.

— Deveriam. Mas vamos voltar um pouquinho no tempo. Você está sempre ligada nos assuntos do momento. Acompanha os noticiários e as pesquisas de opinião. As crianças estão sendo exploradas lá fora, e elas são futuras eleitoras, pobrezinhas. Os pais dela, outros pais, outros cidadãos, também eleitores, estão indignados com a situação, desiludidos ou simplesmente revoltados. Algo deve ser feito, e você é a garota certa para a missão. Tem muito controle. Tem muito poder. Tem diploma de advogada. Sabe que alguns desses bandidos, escória da sociedade, vão continuar impunes. Mas você descobriu um jeito de fazê-los pagar. Isso é uma realização e tanto.

Um leve sorriso surgiu no rosto de Jenna Franco. Seus olhos brilharam de fúria e, Eve notou, de arrogância.

— Você realmente acha que vai conseguir fazer com que essa história cole?

— Já peguei Dukes. — Eve encolheu os ombros. — Desmantelei a organização. Se você me escapar, não vai ser tão difícil de aceitar, pois já fiz mais de quarenta prisões e encerrei mais um caso na minha carreira.

— Então, esse teatro todo que você está encenando aqui é uma coisa só entre nós duas?

— Isso mesmo. Só você e eu. Conversa de garotas. Papo entre as jogadoras, depois do apito final.

— Então, fique à vontade e continue sua história. — Franco fez um gesto magnânimo.

— A coisa desmoronou à sua volta, Franco, mas você ainda tinha um recurso extra. Deixar vazar a história para a mídia. Enterrar o prefeito na lama, de vez. Basta defendê-lo, mas não muito. Se ele for condenado, você poderá lamentar a perda de um homem corrompido pelo próprio poder, derrotado por uma distorcida noção de dever público. Se ele for inocentado, você fará louvores ao sistema, por ter libertado um homem sem máculas. Talvez no fundo, bem no fundo, isso tudo se deva ao seu equivocado senso de justiça, Franco. Mas, acima de tudo, é um caso de pura política.

— Você está enganada. — Franco passeou pela sala e pegou uma segunda caneca do café que Eve preparara. — Já que estamos só nós duas aqui, e já que eu a respeito, Dallas, não vou dizer que está errada em tudo. A Operação Pureza era uma solução válida. O extermínio de uma praga. E poderá voltar a ser.

Ela colocou a cabeça de lado e continuou:

— Não podíamos abrir mão de usar alguém como você. Forçar a barra para transformar você num símbolo da mídia não foi acidente. Você tem impacto, Dallas. Com sua paixão, suas habilidades e sua presença marcante, você manteria o interesse do povo na história por tanto tempo quanto eu precisava. Acho que percebi, quando nos encontramos no gabinete de Tibble, que você arranjaria um meio de desmontar o esquema. Tive de aceitar essa possibilidade e lidar com ela. Eu sempre escolho minhas batalhas.

— Por que escolheu essa?

— Todo político precisa de uma plataforma. Esta é a minha. Dukes queria infectar você com o vírus — acrescentou —, mas esse não era o nosso objetivo. Esse não era o nosso cronograma. Quantas crianças inocentes nós salvamos, Dallas?

— Esse vai ser seu slogan?

— Se eu precisasse de um slogan, poderia ser, sim. É a pura verdade. Peachtree tem boas intenções, mas é molenga demais e muito cauteloso, politicamente. Mais cedo ou mais tarde suas taras iam ser expostas, mesmo. Por que razão eu aceitaria afundar com ele?

— Então você indicou Greene e matou três coelhos com uma cajadada. Eliminou mais um predador, expôs o comportamento sexual inadequado do prefeito e o tornou suspeito de múltiplos homicídios. Fiquei intrigada por não ter havido nenhuma tentativa de recuperar os vídeos que provocaram a chantagem. Isso não fazia sentido, a não ser que a ideia fosse exatamente essa: que eles fossem descobertos.

— As pessoas que apareceram naqueles vídeos mereceram ser expostas por suas fraquezas, por serem tolas e por lidarem com um homem como Greene.

— E você foi a juíza de tudo isso? De todos eles?

— Exato. Pelo menos fiz parte de um grupo que acredita que a hora do julgamento passou. Você e eu, Dallas, não somos molengas nem cautelosas. Nós agimos. Fazemos as coisas acontecerem. Vou ser prefeita de Nova York, sim — reconheceu, com simplicidade. — E, em poucos anos, serei governadora. Depois, irei para Washington. Vou ser a terceira mulher presidente dos Estados Unidos, e antes de completar cinquenta anos. Você poderá subir comigo, se quiser. Não lhe agradaria ser comandante da polícia de Nova York, Dallas? Chefe de polícia Eve Dallas. Posso fazer isso acontecer em cinco, talvez seis anos.

— Não, obrigada. Isso é politicagem demais para a minha cabeça. Mas tenho uma curiosidade: como planeja cumprir todos esses projetos de dentro da cadeia, vice-prefeita?

— Mas como é que você vai conseguir me mandar para a cadeia, querida? — ela argumentou. — Fui muito cuidadosa nesse ponto. Essa história da ligação feita da sala de Peachtree será descartada pelos meus advogados, e com facilidade. Ele poderia ter deixado a mensagem programada para envio depois de sua saída do prédio. O assistente poderia ter se enganado quanto a me ver dentro da sala exatamente nesse dia e nessa hora. O andar é muito movimentado.

— Mas a mensagem não foi programada, e o assistente não se enganou — insistiu Eve.

— Claro que não, mas você nunca conseguirá provar. Nada do que eu disse nesta sala lhe servirá. Será a sua palavra contra a minha. E no momento, Dallas, com o eficientíssimo Chang convencendo o público de que foi você quem deixou a história vazar para Nadine Furst, sem falar na opinião pública em compasso de espera quanto ao valor da Operação Pureza e quanto à sua participação em acabar com ela, a minha palavra tem muito mais peso do que a sua.

— Talvez sim. . Talvez não. Mas a sua palavra gravada aqui vai servir numa boa. — Eve pegou o comunicador. — Acho que isso foi a cereja que faltava no bolo — sentenciou.

Franco pousou a caneca na mesa com estrondo.

— Você está grampeada?

— Ah, sim, grampeadíssima.

— Mas nada do que eu disse aqui será aceitável em um tribunal. Você não leu meus direitos e armou uma armadilha. Tudo o que eu disse foi num momento de pura raiva, só para me vingar por você ter deixado vazar a nota para a imprensa.

— Bem pensado. Vamos ver até onde seus advogados conseguem ir com essa versão. Jenna Franco, você está presa por conspiração para cometer assassinato. — Enquanto listava os nomes e a lista de acusações, Eve pegou as algemas. Quando Franco recuou, a porta se abriu.

O prefeito entrou na frente de todos, seguido por Whitney e Tibble.

— Você é uma vergonha, Jenna — disse Peachtree, baixinho. — Espero que o sistema que você usou de forma tão errada coloque sobre sua cabeça a espada da Justiça.

— Não tenho nada a dizer. — O rosto da vice-prefeita se tornou rígido como pedra, enquanto Eve a algemava. — Exijo a presença dos meus advogados e não vou fazer nenhuma declaração.

— Agora é meio tarde para isso. — Eve olhou para Nadine, que entrava pela porta com a câmera atrás. — Conseguiu transmitir tudo, Nadine?

— Cada palavra — garantiu a repórter. — Transmissão ao vivo é o máximo. Nossos índices de audiência estão nas estrelas.

— Vocês transmitiram ao vivo?! — O rosto duro de Franco ficou branco como neve. — Você instalou câmeras aqui dentro?

— Minha pequena plataforma. Ah, tem mais uma coisinha: se você acha que isso vai ser descartado ou pretende fazer queixinha ao Departamento de Polícia de Nova York, deixe-me lembrá-la que esta é a minha sala e você entrou aqui por livre vontade, sem convite. Portanto, eu não tinha nenhuma obrigação legal de alertá-la sobre a presença da mídia. Agora, me deem licença, cavalheiros. — Eve empurrou Franco em meio aos homens que se apertavam em sua sala. — Peabody, venha comigo.

— Sim, senhora. — Peabody pulou para o corredor na mesma hora.

— Leia os direitos da prisioneira e fiche-a.

Quando Franco foi levada, Nadine saltou sobre a vice-prefeita com perguntas lançadas como rajadas de laser. Eve conseguiu ouvir sua voz tensa e furiosa, repetindo:

— Não tenho nada a declarar.

— Tenente. — Peachtree saiu no corredor, ao lado de Eve. — Excelente trabalho. Gostaria de lhe agradecer pelo que você fez pelo Departamento de Polícia, pela cidade e por mim, pessoalmente.

— Cumpri apenas com minha obrigação. Se o senhor tivesse culpa nos assassinatos, certamente teria sido preso com eles.

— E acha que eu não me sinto culpado? — perguntou ele, olhando para Franco, que seguia adiante, pelo corredor. — Por não enxergar o que estava debaixo do meu nariz?

— O que está muito perto de nós é mais difícil de ver do que o que está a distância.

— Talvez tenha razão. — Ele estendeu a mão e Eve o cumprimentou. — Secretário... Comandante... — chamou ele. — Precisamos limpar essa bagunça.

Quando Tibble passou, cumprimentou Eve com a cabeça e avisou:

— Entrevista coletiva daqui a uma hora. Bom trabalho, tenente.

— Obrigada, senhor.

— Você e sua equipe receberão um elogio oficial, Dallas — informou Whitney. — Quero seu relatório em minha mesa antes da coletiva com a imprensa.

— Sim, senhor. Isso será providenciado.

Eve voltou para sua mesa e Roarke entrou na sala.

— Um tremendo espetáculo — elogiou ele.

— Foi mesmo. Atirá-la aos lobos da mídia foi um bônus irresistível. Mas tive que armar tudo muito depressa, nem tive tempo de lhe contar.

— Você me contou — ele corrigiu —, quando olhou para mim aterrorizada pela ideia de eu beijá-la aqui, dentro de sua sala.

— É... A galera da DDE vai me zoar durante muitos dias por causa disso.

— As câmeras ainda estão ligadas?

— Não.

Ele se inclinou e a beijou de forma lenta, ardente e profunda.

— Pronto! — ele disse. — Agora me sinto melhor.

— Chega de brincadeiras em hora de serviço, garotão. Tenho muito trabalho. Cai fora!

— Deixe-me fazer só uma pergunta: você agora sabe que está certa, não sabe?

Ela fechou os olhos. Ele sempre sabia, pois a conhecia bem. Quando tornou a abrir os olhos e encontrou os dele, tudo lhe pareceu claro.

— Sim, agora eu sei que estou certa. Sinto nas entranhas; sinto nos ossos.

— Eu também. — Ele caminhou até a porta e olhou para trás. — Tenente?

— Que foi?

— Você é uma tremenda tira.

— Pode apostar. — Ela sorriu.

Eve colocou a caneca de café de lado e se virou para o monitor. Enquanto os outros brincavam de fazer política, ela mergulhou de volta no trabalho.

Impresso no Brasil pelo
Sistema Cameron da Divisão Gráfica da
DISTRIBUIDORA RECORD DE SERVIÇOS DE IMPRENSA S.A.
Rua Argentina 171 – Rio de Janeiro, RJ – 20921-380 – Tel.: 2585-2000